grafit

Dieses Buch ist ein Roman. Handlungen und Personen sind frei erfunden. Ähnlichkeiten mit lebenden oder toten Personen sind nicht gewollt und rein zufällig.

Bibliografische Information der Deutschen Nationalbibliothek
Die Deutsche Nationalbibliothek verzeichnet diese Publikation in der Deutschen Nationalbibliografie; detaillierte bibliografische Daten sind im Internet über http://dnb.d-nb.de abrufbar.

FSC www.fsc.org
MIX
Papier aus verantwortungsvollen Quellen
FSC® C083411

Cäcilienstraße 48, 50667 Köln
Internet: http://www.grafit.de
E-Mail: info@grafit.de

Umschlaggestaltung: Nele Schütz Design unter Verwendung von shutterstock/Sky Cinema
Gestaltung Innenteil: César Satz & Grafik GmbH, Köln
Lektorat: Dr. Marion Heister
Druck und Bindearbeiten: CPI – Clausen & Bosse, Leck
ISBN 978-3-89425-595-4
1. Auflage 2019

Jutta Blume

Die Aktivistin

Thriller

grafit

Jutta Blume, 1972 in Berlin geboren, studierte Landschaftsplanung und Wissenschaftsjournalismus. Sie absolvierte ein Praktikum in Costa Rica und gab in Madrid Deutschunterricht. Längere Reisen führten sie nach Süd- und Mittelamerika. Heute lebt sie als freie Journalistin in Berlin. Ein wichtiger Fokus ihrer Arbeit liegt auf den sozialen Bewegungen in Zentralamerika.

Für die Arbeit an *Die Aktivistin* erhielt sie Aufenthaltsstipendien der Künstlerwohnung Soltau, der Franz-Edelmaier-Residenz für Literatur und Menschenrechte in Meran und des Ventspils Writers' and Translators' House.

Nuestras conciencias serán sacudidas por el hecho de estar sólo contemplando la autodestrucción basada en la depredación capitalista, racista y patriarcal.

Unser Bewusstsein wird erschüttert werden, wenn wir über die Selbstzerstörung nachdenken, die auf der kapitalistischen, rassistischen und patriarchalen Plünderung beruht.

Berta Cáceres

ULRICH

1

29.05.2019

Die Straße, die zu ihrem Dorf führte, war zu einer vierspurigen Autobahn ausgebaut worden, die frischen weißen Streifen auf dem Asphalt blendeten im Sonnenlicht. Durch die Verbreiterung der Straße waren die Hütten und Werkstätten, die einst hinter Bäumen versteckt gewesen waren, direkt an ihren Rand gerückt. Barfüßige Kinder holten sich auf dem erhitzten Asphalt Brandblasen an den Fußsohlen. Ein Stück weiter waren nur noch frische Pflanzungen von Ölpalmen zu sehen. Zwei Jahre würde es dauern, bis sie die ersten Früchte trugen. Finanziert aus Mitteln der Zentralamerikanischen Bank für Wirtschaftsintegration priesen die Schilder am Straßenrand. Bald würde vergessen sein, dass auch hier einmal Häuser gestanden hatten. Häuser, in denen Menschen gelebt hatten.

Er drehte das Radio lauter. »*Quién sabe dónde está mi cenizenta, sin ella no hay fiesta*«, elektrisch verzerrt quäkende Stimmen über einem simplen Synthesizerrhythmus. Ulrich hasste Reggaeton, aber die Musik versetzte ihn in der Zeit zurück und ließ sein Herz aufgeregt pochen.

Zwei Wochen war es her, dass er sein Ticket nach Honduras gekauft hatte. Vielleicht war es eine Schnapsidee, ein dummer Fehler, begangen nach einem Mojito zu viel in seiner Stammkneipe. Hatten sie dort ein falsches Lied gespielt, das ihn sentimental gemacht hatte, vielleicht sogar das, was gerade im Radio lief? Ein Kollege hatte davon geredet, seinen nächsten Urlaub in Kolumbien zu verbringen, wo er einmal in einem Straßenkinderprojekt gearbeitet hatte. Er wollte sehen, was aus seinen ehemaligen Schützlingen geworden war. Ralf hatte ein Helfersyndrom und damit war er nicht allein in Ulrichs Freundeskreis. Gepaart mit einem Mangel an professioneller

Distanz konnte das manchmal anstrengend sein. Ulrich hatte kein Problem mit professioneller Distanz. Nun ja, die Sache mit Yessica stand auf einem anderen Blatt. Die hatte aber nichts mit einem Helfersyndrom zu tun. Es war eine Art Unfall gewesen, so wie eben immer genau die Dinge geschahen, die nicht sein durften. Und jetzt war da dieser Gedanke, dass es vielleicht kein Unfall gewesen war.

O Mist, das da vorne sah aus wie ein Kontrollposten. Ungewollt spürte Ulrich einen Schuss Adrenalin in seinen Adern kribbeln. Die Beamten konnten ihm nichts anhaben, aber allein ihr martialisches Auftreten machte ihn nervös. Einige von ihnen hatten Masken über dem Gesicht und Maschinengewehre im Arm. Damals hatte er ein paarmal gesehen, wie sie Einheimische aus den Autos geholt hatten. Einmal war ein Mann von einem Kontrollposten weggerannt und sie hatten auf ihn geschossen. Es sah so aus, als ob er ihnen entwischt war. Zumindest hatte sich Ulrich mit diesem Gedanken beruhigt.

Ein Soldat in neongelber Warnweste winkte ausgerechnet ihn aus dem Verkehr. Ruhig atmen, Hände sichtbar auf dem Lenkrad lassen. Ausweis und Fahrzeugpapiere lagen glücklicherweise griffbereit. Es war eine Routinesituation. Immer musste man damit rechnen, dass einem irgendjemand auflauerte. Soldat oder bewaffneter Räuber.

Ulrich war neben dem Soldaten in Warnweste zum Stehen gekommen. Er kurbelte die Scheibe herunter und griff nach den Dokumenten, aber der Soldat nahm keine Notiz davon.

»Wohin sind Sie unterwegs?«, wollte er wissen.

»Triunfo de la Cruz.«

»Ihnen ist bewusst, dass Triunfo Teil der Modellstadt Cuero Ulúa Victoria ist?«

»Welchen Unterschied macht das?«

»Dass ich Sie nach dem Zweck Ihres Besuchs fragen muss.«

»Persönlich.« Es war nicht nötig, den Wegelagerern der Armee zu viele Informationen zukommen zu lassen. Spätestens wenn er in Ulrichs deutschem Pass blätterte, würde der übereifrige Kontrolleur Ruhe geben.

»Wen wollen Sie dort besuchen?«

»Ich bin Tourist, mein Visum gilt noch für über zwei Monate, hier, können Sie alles gerne überprüfen.« Er wedelte erneut mit seinen Papieren, die der Soldat unwillig entgegennahm.

»Die Verwaltung hat aus gegebenem Anlass die Einreisebestimmungen für die Modellstadt verschärft. Ich bin leider nicht befugt, Ihnen Näheres zu sagen. Sie haben also nicht vor, jemanden zu besuchen?«

»Triunfo soll einen der schönsten Strände von Honduras haben.«

»Ich müsste mal einen Blick in Ihren Kofferraum werfen.«

»Bitte.« Ulrich betätigte den automatischen Öffner.

»Steigen Sie bitte aus.«

Er seufzte unmerklich. Der Soldat hatte offenbar beschlossen, ohne jeglichen Anlass Ärger zu machen. Ulrich überlegte, ob er seine Vergangenheit als Entwicklungszusammenarbeiter in Honduras erwähnen sollte, entschied sich aber dagegen, um keinen Anlass zu weiteren Fragen zu geben. Stattdessen stellte er sich zwei Meter neben den Soldaten und schaute zu, wie dieser den Inhalt des Kofferraums beäugte.

»Was ist dadrin?« Der Soldat stieß mit seinem Gewehrlauf in zwei weiße Säcke, die neben dem Reisekoffer lehnten.

»In dem einen Reis, im anderen Bohnen.«

»Sie sind wohl der Meinung, dass Sie bei uns nichts zu essen bekommen? Machen Sie die Säcke auf.«

Ulrich öffnete mit seinem Taschenmesser die obere Naht und fluchte innerlich, weil der Inhalt sich während der weiteren Fahrt unweigerlich im Kofferraum verteilen würde.

Der Soldat stocherte mit seinem Gewehrlauf, der wohl sein Universalwerkzeug war, erst zwischen Reiskörnern, dann zwischen schwarzen Bohnen herum, zeigte sich aber nicht zufrieden. »Ausleeren!«

»Wie bitte?«

»Ich will sehen, dass Sie keine illegalen Güter darin transportieren.«

»Das ist doch lächerlich.«

»Dienstanweisung. Also?«

»Haben Sie zumindest eine Plane, auf die ich die Säcke ausschütten kann? Ich möchte den Inhalt ungern einzeln von der Straße auflesen.«

Der Soldat winkte einen Kollegen heran, der nach einem kurzen Wortwechsel tatsächlich zwei Müllsäcke brachte und neben der Straße auslegte. Reis und Bohnen ergossen sich darauf, die Hälfte ging doch daneben. Ein weiteres Rühren mit dem Gewehrlauf tat sein Übriges.

»Sie können weiterfahren«, sagte der Soldat und gab die Papiere zurück, die er nach wie vor keines Blickes gewürdigt hatte.

Ulrich klaubte die Überreste seiner Gastgeschenke vom Boden auf. Er war nicht bereit, den Soldaten ein paar einfache Mahlzeiten zu spendieren.

Schlagartig wusste er wieder, warum er nicht hatte nach Honduras zurückkehren wollen. Aber Triunfo war anders, beruhigte er sich, er musste nur ankommen. In Triunfo kam nie ein Polizist vorbei. Die meisten Menschen waren etwas widerspenstig, aber nicht unfreundlich und schon gar nicht bösartig. Vor allem wohnte Yessica dort.

Yessica, ausgestattet mit der Triunfo-typischen Ruhe, mit einer ihr eigenen Energie, an die keine von Ulrichs früheren oder späteren Freundinnen und Geliebten heranreichen konnte. Man sollte seine Ex-Beziehungen niemals vergleichen. Keine Grundregel der Entwicklungsorganisation, sondern einfacher Beziehungsknigge. Aber was sollte er machen?

Carmen war gegen Yessica einfach fade. Er hatte wirklich sein Bestes versucht, ziemlich genau ein halbes Jahr lang, aber es hatte nicht gereicht. Zu Nikolaus machte sie die ersten

Andeutungen über Kinder. Zum Jahreswechsel war sie Geschichte.

Ulrichs Bonner Freunde hatten fast alle Kinder. Auch wenn sie sich Mühe gaben, sich weiter wie normale Menschen zu benehmen, redeten sie zu viel über das, worüber Eltern halt so redeten. Die richtige Kita, die richtige Schule, öffentlich oder doch lieber Montessori oder Waldorf und so weiter. Oder sie redeten nicht mit Ulrich. Vergaßen ihn bei Einladungen zum Kaffeetrinken, zum Rheinspaziergang oder beim Pläneschmieden für Silvester. Es war ja so toll, wenn sich die Kinder miteinander beschäftigen konnten. Dass sich die Erwachsenen unabhängig von ihren Kindern miteinander beschäftigten, kam ihnen nicht mehr in den Sinn. Carmens Kinderwunsch wäre ein Weg gewesen, wieder dazuzugehören. Stattdessen hatte er ihr seine mangelnden Gefühle offenbart und war anschließend zum Surfen nach Lanzarote gefahren.

Ulrich lief der Schweiß, ein Tropfen kitzelte ihn am Ende des Rückens, wo die Poritze anfing. Ach ja, er hatte bei der Kontrolle die Klimaanlage abgeschaltet. Er ließ sie aus. Die Hitze hatte etwas Vertrautes, mit dem Schweiß schienen langsam die letzten anderthalb Jahre seiner drögen Bonner Existenz aus ihm herauszuperlen. Innendienst, komplett risikofrei und im klimatisierten Büro. Der Schweiß machte es einfacher, in Honduras anzukommen. »Hier an der Küste«, hatte ein Kollege aus Tegucigalpa einmal gesagt, »ist Schwitzen ja eine tagesfüllende Beschäftigung.«

In ungefähr einer Stunde würde er vor Yessicas Haustür stehen. Er versuchte, sie sich vorzustellen, ihre hochgewachsene und kräftige Gestalt, ihr Gesicht, ihr Lächeln, aber es gelang ihm nur in einzelnen Puzzlestücken. Die Augen, die Nase, plötzlich fehlten die Mundwinkel, die zu ihrem Lächeln gehörten, fehlte die Stellung ihrer Zähne in ihrem Mund. Er versuchte es stattdessen mit Yessicas Stimme. In seiner Erinnerung hörte er sie die Menschen auf einer Dorfversammlung ansprechen, aber als er Sätze erklingen lassen wollte, die sie nur zu ihm gesagt hatte, war der Ton weg. Nur noch Untertitel, während der Erinnerungsfilm stumm gestellt worden war.

Die Straße, die noch vor einem Jahr am Zentrum von Tela vorbeigeführt hatte, war nun gesäumt von Großbaustellen. Hotels, Banken, Shoppingmalls. Wer sollte all diese Angebote nutzen, wenn sie fertig waren? Ein Einwohner von Triunfo hatte Ulrich einmal erklärt: »Sie wollen hier ein zweites Cancún bauen.« Schiere Übertreibung oder der Mann hat keine Vorstellung von Cancún, hatte Ulrich sich damals gedacht und gewichtig zu der Prognose des Mannes genickt. Es war wichtig, alle Gesprächspartner ernst zu nehmen. Bedeutete in Wirklichkeit: Es war wichtig, allen Gesprächspartnern das Gefühl zu geben, man würde sie ernst nehmen.

Tela war kein touristisches Ziel, vielleicht verirrten sich ein paar einheimische Urlauber für ein paar Tage dorthin, vielleicht auch ein paar ausländische auf der Durchreise. Ulrich hatte Telas hässliche Strandpromenade trotzdem schätzen gelernt, erstens, weil es dort Internet gab, zweitens, weil er unbehelligt von irgendwelchen Projektpartnern oder vom Projekt betroffener Bevölkerung herumsitzen, einen Fruchtsaft trinken, E-Mails schreiben oder einfach nur auf den Horizont schauen konnte.

Jetzt fuhr er am Zentrum und der dahinterliegenden Bucht von Tela vorbei, folgte dem Verlauf der alten Bundesstraße. Die Berge auf der rechten Seite hatte die Modellstadt noch nicht zu verwerten gewusst. Auf der linken Straßenseite zählte Ulrich fünf Einfahrtstore zu sogenannten Residenz-Hotels und Beach-Clubs. Cancún. Mit Leichtigkeit hätte eine dieser Einfahrten auch die ehemalige Zufahrtsstraße nach Triunfo sein können. Unsinn. Innerhalb von anderthalb Jahren war es nicht möglich, die Einwohner zu vertreiben und den Ort in einen Beach-Club umzuwandeln. Außerdem hatten die Einwohner ihre Landtitel schwarz auf weiß, dafür hatte er gesorgt.

Dann entdeckte Ulrich endlich den nie fertiggestellten Unterstand am Straßenrand, der einmal ein Wachposten hatte werden sollen. Daneben war noch immer die improvisierte Autowerkstatt, vor der ein paar Schweine ihre Nasen durch den Boden pflügten. Auch die drei einfachen Holzkreuze waren noch da, die an die Opfer eines Erschießungskommandos im Jahr 2014 erinnerten. Die Brache gegenüber, auf der die Täter sie mit Kugeln durchsiebt hatten, war jetzt von einem Bauzaun umschlossen. Die bekannten Wegmarken machten Ulrich Mut, dass er in zehn Minuten vor Yessicas Haus halten und sie dort bei irgendeiner Beschäftigung im Garten antreffen würde. »Yessica«, flüsterte er, fast ehrfürchtig, testete den Klang des vertrauten Namens. Sie würde aufschauen und möglicherweise würde ihr bei seinem Anblick irgendein Werkzeug aus der Hand fallen. Doch was dann? Nur nicht nachdenken, so kurz vor dem Ziel.

Ihm kam ein Pärchen auf einem Fahrrad entgegen, ein Junge mit einem Mädchen im Damensitz auf der Stange, das wiederum in einem Arm ein Baby an sich presste. Aus dem Fenster des um die Ecke biegenden Taxis wummerten die Bässe einer Cumbia. Ulrich hatte das Zentrum von Triunfo erreicht. Absurderweise war die eigentliche Hauptstraße noch immer unbefestigt und eine einzige Aneinanderreihung von Schlaglöchern.

Im Schatten des Kiosks an der Ecke saßen die üblichen Nichtstuer. Ihre Blicke folgten seinem Wagen. Ein Mann mit Dreadlocks hob die Hand zum Gruß und rief etwas, was Ulrich durch die geschlossene Scheibe nicht verstehen konnte. Er drückte kurz auf die Hupe und hoffte, dass die Männer das als freundlichen Gruß auffassen würden.

Er vermisste die Pepsi-blaue Mauer der Schule, bis er merkte, dass er schon daran vorbei war. Sie war weiß überstrichen worden, weder die Worte *Pepsi* noch *Centro Escolar* waren mehr darauf zu lesen. Ebenso fehlten dahinter die Wegweiser zu den Cabañas Marí und zur Pizzeria. Ulrich trommelte auf das Lenkrad. Er war aufgeregt wie ein kleines Kind vor seinem Geburtstag. Nein, anders. Bei seinen Geburtstagen hatte er immer gewusst, dass sie stattfinden würden. Aber die Begegnung mit Yessica? Was, wenn sie nicht zu Hause war? Würde er auf der Straße herumlungern und auf sie warten? Unerkannt den Ort verlassen und es später noch einmal versuchen? Ein Getränk an einem Kiosk bestellen und nach ihr fragen? So würde die Kunde, dass ein Gringo auf sie wartete, wahrscheinlich schnell zu ihr durchdringen und die Überraschung wäre verpatzt.

Jetzt fehlten nur noch etwa hundert Meter. Sein Herz war so laut, dass es die Bässe jedes vorbeifahrenden Taxis übertönt hätte. Das Haus lag ein Stück von der Straße zurückgesetzt hinter Bananenstauden. Das Tor war geschlossen. Ulrichs Hoffnung sank. Yessica ließ es normalerweise offen, um den Nachbarinnen zu zeigen, dass sie jederzeit willkommen waren. »Als ich klein war, hatte hier niemand Zäune«, hatte sie ihm einmal erklärt. Jetzt war es anders, auch hier vertrauten sich die Nachbarn nicht mehr uneingeschränkt. Zögernd legte Ulrich die Hand auf die Klinke. Dabei bemerkte er die alte Frau im Nachbargarten, die ihn anscheinend schon eine Weile beobachtete.

»Buiti Binafi!«, rief er ihr zu.

»Buiti Baravello«, antwortete sie, wie eine Lehrerin, die einen Schüler korrigiert. Ach ja, es war schon Nachmittag. Ulrich kannte die Alte nicht. Entweder hatte sie vor einem Jahr nicht dort gewohnt oder sie hatte sich stets im Haus versteckt.

»Ist Yessica zu Hause?«

»In dem Haus ist niemand.«

Ulrich drückte die Klinke herunter. Das Tor war verschlossen.

»Wann kommt Yessica wieder?«

»Keine Ahnung. Ich kenne keine Yessica. Aber weg gehen sie alle.«

»Was meinen Sie, sie gehen alle? Ziehen sie weg?«

»Wegziehen, ja, wer weiß das schon? Plötzlich sind sie nicht mehr da.«

Etwas kryptisch, die Alte. Aber warum kannte sie Yessica nicht? Vielleicht hatte sie ihren Namen vergessen?

»Na, wann haben Sie Ihre Nachbarin denn das letzte Mal gesehen?«

»Ach, das ist schon eine ganze Weile her. Aber das war ein Mann, bestimmt keine Yessica. Und Sie, warum stellen Sie mir diese ganzen Fragen? Sind Sie von der Polizei?«

»Ich suche einfach nur Yessica. Sie ist eine alte Freundin.«

»Mh.« Die alte Frau wirkte nicht überzeugt. Sie musterte Ulrich von Kopf bis Fuß und wieder zurück. Abschätzig. »Ich glaube, das Mädchen ist mit einem anderen durchgebrannt«, sagte sie nach einer Weile. ›Mädchen‹ war eine seltsame Bezeichnung für eine Frau wie Yessica.

»Ist das wahr?«, fragte Ulrich zweifelnd.

»Ich habe doch schon gesagt, ich kenne keine Yessica.«

Es war zum Verzweifeln. Er würde keine sinnvolle Antwort aus der Alten herausbekommen. Wahrscheinlich war sie geistig verwirrt.

»Vielleicht hat Yessica hier gewohnt, bevor Sie hierhergezogen sind?«, versuchte Ulrich es trotzdem erneut.

Sie schüttelte bestimmt den Kopf und presste dabei die Lippen aufeinander. »Ich wohne hier schon mein ganzes Leben, mein Junge.«

»Aber wer hat denn dann zuletzt in Ihrem Nachbarhaus gewohnt?«

»Ich sage doch, niemand, die Leute sind schon lange weg.«

Die Alte war einfach verrückt, sagte Ulrich sich, er durfte sie nicht ernst nehmen. Vielleicht würde Yessica schon heute Abend nach Hause zurückkehren.

»Danke«, stieß er hervor und setzte sich wieder in den Wagen. Welche normale Person konnte er jetzt am besten nach

Yessica fragen? Die naheliegendste wäre ihre Mutter gewesen, aber die war schon vor einem Jahr gestorben, das hatte ihm Yessica in einer ihrer seltenen Nachrichten geschrieben.

Er versuchte, sich Mut zuzusprechen. Yessicas Haus war in gutem Zustand, sein malvenfarbiger Anstrich noch immer frisch. Es hing kein Zu-verkaufen-Schild am Zaun. Der Garten war einigermaßen gepflegt, auch wenn länger kein Laub mehr geharkt worden war. Aber manchmal kam Yessica nur zum Nötigsten, wenn sie von einer Versammlung zur nächsten reiste und nur ab und an vorbeikam, um zu prüfen, dass die ältere Tochter gut für die jüngere sorgte. Vielleicht war gerade wieder so eine Phase. Wo war dann Yessicas jüngere Tochter, Paty? Die ältere – Wie war der Name doch gleich? Silvia, nein Diana! – studierte seit einem halben Jahr in Tegucigalpa, das stand in der letzten Nachricht, die er von Yessica bekommen hatte. Darin hatte sie nicht angedeutet, dass sie selbst fortgehen wollte.

Warum hatte er ihr nicht geschrieben, dass er kommen wollte? Aus Angst, dass sie es ihm ausreden würde? Er war sich bis zum Schluss nicht sicher gewesen, ob er es tun würde. Ein Satz von ihr, dass es nicht gut war, dass sie es vergessen sollten, hätte bestimmt gereicht, um ihn von seinem Vorhaben abzuhalten. Er hatte auch nicht versucht, sie anzurufen. Er hatte Angst vor dem schlichten Wort ›Nein‹. Für Yessica gab es nach diesem Wort nichts mehr zu diskutieren, es war endgültig. Auch wenn viele Männer das anders sahen. Aber jetzt, wo er quasi schon vor ihrer Haustür stand? Sie konnte ihm sagen, sie sei auf Reisen, in der Hauptstadt, im Nachbarland, sie käme erst in zwei Wochen zurück. Wie lange er denn bliebe? Nur drei Wochen? Das sei schlecht, sie käme zwar in zwei Wochen zurück, aber ...

Er startete den Wagen und fuhr die Hauptstraße zurück zum Kiosk der alten Männer. Auf der Betonbank saßen zwei in gräulich verwaschenen T-Shirts, einer in langen, einer in kurzen Hosen, beide in Flipflops. Am Pfosten des Vordachs lehnte ein Mountainbike. Einer der beiden Alten blätterte in einer Zeitung – sie kamen alle hierher, um sich die Zeitung auszuleihen –, der andere nuckelte an einer Pepsi. Am Verkaufstresen hing ein kleiner Junge, der gerade mal so hinüberschauen konnte. Ulrich grüßte die Männer und stellte sich neben das Kind, das mit einem Zweilempiraschein wedelte, für den es sich ein Aluminiumtütchen voll mit Luft und fünf glutamatgetränkten Chips kaufte, wertlose Churros, an deren Verkauf mal wieder einer der reichsten Männer des Landes verdiente.

Der Pulpería-Besitzer schlurfte langsam durch den Raum, riss die Churros von einem Haken, schlurfte zurück, um sie auf die Theke zu legen, und verschwand dann mit den zwei Lempiras wieder im hintersten Teil des Raumes, wo die Kasse stand. Man konnte nur hoffen, dass sich in der Zwischenzeit keine Kinder an der Seite vorbeidrängelten, denn das taten sie gerne. Weder der alte Herr noch seine Frau mit den verächtlich herabgezogenen Mundwinkeln taten jemals zwei Sachen gleichzeitig, noch ließen sie sich von einer Schlange von Kunden beeindrucken.

»Sie sind zurück«, bemerkte der Verkäufer gleichmütig. »Was bekommen Sie?«

»Ja, mal wieder auf Besuch. Eine Pepsi bitte.« Nur nicht mit der Tür ins Haus fallen.

»Bitte. Noch etwas?«

»Nein danke. Und wie läuft es hier?«

Der Alte zuckte mit den Schultern. »Fünfundzwanzig Lempiras.«

Ulrich gab ihm einen Fünfziger. Der Mann schlurfte zur Kasse in der hinteren Ecke und kam dann mit dem Wechselgeld zurück. »Schlecht läuft es«, sagte er, als hätte er den ganzen Weg gebraucht, um über die Antwort nachzudenken.

»Das Geschäft?«

»Das Geschäft ist wie immer. Aber früher oder später werden sie Triunfo abreißen. Vor zwei Monaten haben sie die Schule geschlossen. Doña Mari ist auch nicht mehr da. Also, wenn Sie ein Hotel suchen, gibt es nur noch den Ami.«

»Wieso wurde denn die Schule geschlossen?«

»Kein Geld mehr. Ist alles in den Taschen der da oben gelandet.« Der Alte schnaubte. »Es hat sich viel verändert im letzten Jahr. Waren Sie schon am Strand? Der ist nämlich immer noch so schön wie früher.«

»Nein, noch nicht, ich wollte mir erst eine Unterkunft suchen.«

»Wie gesagt, der Ami hinten. Aber gehen Sie an den Strand, Mann, solange es gratis ist.«

»Werde ich gleich machen, danke für den Tipp mit dem Hotel.«

Der Kioskbesitzer hatte ihn wiedererkannt, konnte ihn aber nicht wirklich einordnen. Oder er wollte nicht darüber reden. Ulrich setzte sich neben die beiden älteren Männer auf die Bank.

»Wie läuft's?«, fragte ihn der, der nicht in der Zeitung blätterte. »Zum ersten Mal in Triunfo?«

»Ich war vor über einem Jahr schon mal hier. Sehr schön«, entgegnete Ulrich, der sich noch nicht auf eine Geschichte festlegen wollte. »Aber leer ist es. Sind Ferien?«

»Du bist ja lustig. Permanente Ferien, wenn du so willst. Die paar Kinder, die noch hier leben, müssen im Zentrum zur Schule gehen. Und weißt du was? Ihre Eltern lassen sie mit dem Taxi hinfahren, weil es keinen Schulbus gibt. Oder die Kinder bleiben halt zu Hause und sehen fern.«

»Sag mal, kennst du eine Yessica? Sie hat auch ein kleines Mädchen, Paty, glaube ich. Sie haben in Delicias gewohnt.«

»Yessica, eine schöne Frau, was?« Der Alte blinzelte verschwörerisch. »Ich habe sie selten gesehen in letzter Zeit und das Mädchen hat sie, glaube ich, zu einer Verwandten auf den

Inseln geschickt. Aber sie wohnt noch hier, du wirst sie bestimmt treffen, falls du ein paar Tage bleibst.«

»Das hatte ich vor. Danke. Ich habe sie letztes Jahr zufällig kennengelernt, ich würde gerne wissen, wie es ihr und ihren Mädchen ergangen ist.«

»Die Große ist schon aus dem Haus. Will Lehrerin werden. Jetzt, wo wir keine Schule mehr haben.«

»Nein, nicht Lehrerin. Irgendetwas mit Tieren«, meldete sich der andere zu Wort.

»Sie wird schon einen Job finden. Manchmal müssen die Kinder auch woanders ihr Glück suchen«, beschwichtigte Ulrich.

»Ja, manchmal. Bei uns immer. Egal ob es um Kinder oder um Tiere geht.«

Ulrich überlegte, wie er einen harmlosen Ausgang aus diesem Gespräch fand. Immerhin, Yessica war angeblich noch da. Die Alten vom Kiosk waren in der Regel gut informiert. Obwohl er natürlich gerne gewusst hätte, ob sie noch heute oder erst in ein paar Tagen zurückkehrte. Eins war sicher, sie würde erfahren, dass ein Gringo nach ihr gefragt hatte, sobald sie im Ort auftauchte.

»Das tut mir leid, Mann. Ich werde mal gucken, ob der Ami ein Zimmer für mich hat, und dann muss ich endlich in dieses herrliche Meer springen«, läutete Ulrich seine Verabschiedung ein.

In dem Moment hielt ein zerbeulter Geländewagen vor dem Kiosk, der ihm nur zu gut bekannt war. Juancito. Es war zu spät, die Flucht anzutreten, das wandelnde Gemeindegewissen vergaß nichts. Schon hörte Ulrich, wie die Fahrertür zugeschlagen wurde, und der alte Herr trat hinter seinem Vehikel hervor. Er kniff die Augen zusammen, die ohnehin schon in einem tiefen Gewirr von Falten lagen. Es dauerte keine zwei Sekunden, bis sein Blick sich wieder erhellte.

»Herr Geissenberg, was für eine Überraschung! Ich hätte

gedacht, nachdem wir an die Koreaner verkauft worden sind, wärt ihr hier arbeitslos geworden.«

»Juancito, ich freue mich auch, Sie zu sehen«, erwiderte Ulrich spöttisch, »aber um ehrlich zu sein, bin ich privat hier. Wie ich diesen Herren schon erzählt habe: Ich bin im Urlaub, ich bin gekommen, um einmal mehr in dieses unvergleichliche Meer zu springen.«

»Das können Sie Ihrem Großvater erzählen. Sie wären in eines dieser neuen Resort-Hotels gefahren. Na ja, wahrscheinlich sind Sie das auch, damit Sie abends Ihre Ruhe haben. Aber irgendetwas führen Sie eben doch im Schilde.«

»Juancito, Sie haben unrecht. Ich wollte gerade losgehen und gucken, ob der Ami noch ein Zimmer frei hat. Im Schilde führe ich gar nichts, das habe ich noch nie getan. Und sonst so, wie geht es Ihrer Familie?«

»Was soll mit der sein? So wie immer, die Jungs fangen zu wenig Fisch, Adriana hat ihr drittes Kind bekommen und die anderen sind alle weg.«

»Haben Sie etwas von Yessica gehört?«

»Ich glaube, sie hat einen neuen Freund in La Ceiba oder San Pedro. Ich habe sie schon lange nicht mehr gesehen.«

»Ah ja. Macht sie ihre Beratung nicht mehr?«

»Sie machen sich über mich lustig, oder? Das Geld kam doch von euch.«

»Schon, aber ich dachte …«

»Ja, sehen Sie sich ruhig an, was aus uns geworden ist. Ich wünsche Ihnen einen angenehmen Urlaub.«

Damit bewegte sich Juancito auf den Verkaufstresen zu. Ulrich betrachtete einen Moment seine Gestalt von hinten. Er schien geschrumpft zu sein, sein Rücken ein wenig krummer. Er sah noch immer drahtig aus, aber sein Gang wirkte schlapp. Juancito war das, was man auf Englisch *pain in the ass* nannte, weder in der deutschen noch in der spanischen Sprache fiel ihm ein besserer Ausdruck ein. Juancito hatte stets die Arbeit der

Deutschen Gesellschaft schlechtgemacht. Zum Glück hörten weniger Menschen auf das wandelnde Gemeindegewissen, als es Juancito wahrhaben wollte. Auch wenn sich niemand traute, ihm öffentlich zu widersprechen. Aber da waren die anderen, die ihre Meinung einfach für sich behielten. Yessica hatte natürlich nie etwas auf Juancito kommen lassen. Fast nie. Einmal hatte sie angemerkt, dass er in seinem ganzen Leben nie einen Handschlag in seinem eigenen Haushalt getan habe. Nach dem Tod seiner Frau seien alle Haushaltsaufgaben an die älteste Tochter Adriana gefallen. Ulrich solle jetzt seine Klappe halten. Yessica dürfe so etwas sagen, weil sie Frau und Garífuna sei. Ulrich hatte nur verständnisvoll genickt, wie er es im Vorbereitungsseminar gelernt hatte.

»Juancito, eine Frage noch.«

Der Alte schien ihn nicht zu hören. Oder er wollte ihn nicht hören. Erst als Ulrich erneut ansetzen wollte, drehte Juancito sich um.

»Dann fragen Sie doch.«

»An welche Koreaner wurde Triunfo verkauft?«

Der Alte schüttelte ungläubig den Kopf. »Lesen Sie gar keine Zeitung? *Hyunwoo.* Hierzulande *Victoria S.A.*, Rohstoffförderung, Stahlindustrie, Maschinenbau, Elektrogeräte. Vielleicht brauchten sie einen Ort, um ihren Stahl zu verbauen, gucken Sie sich nur die ganzen Hochhäuser an, die sie in Tela hochziehen. Wegen eines Deals mit *Hyunwoo* haben die Leute auf Madagaskar übrigens ihren Präsidenten verjagt.«

»Was will ein Stahlkonzern hier an der Küste?«, fragte Ulrich.

»Wie gesagt, keine Ahnung. Wenn Sie es herausfinden, sagen Sie mir Bescheid.«

Ulrich war einerseits froh, dass keiner von Juancitos politisch-moralischen Vorträgen kam. Andererseits ergab die Geschichte keinen Sinn. Tourismusindustrie hätte er erwartet oder eine Expansion der Ölpalmenplantagen. Aber Rohstoffindustrie? An den schönsten Stränden von Honduras?

»Danke. Ich melde mich die Tage noch mal.«

Er stieg in den erhitzten Mietwagen. Die Ausdünstungen von neuem Plastik riefen eine Übelkeit hervor, die er nur mühsam herunterschlucken konnte. Er stellte die Klimaanlage so kalt es ging und fuhr im Schritttempo die Dorfstraße entlang in Richtung Osten.

Das kleine Hotel des Amis hätte einen frischen Anstrich vertragen können. In dem verblichenen Namensschild *Gran Surf Hotel* hatte ein Scherzbold ein m eingefügt, sodass nunmehr *Gran Smurf Hotel* zu lesen war. Das Anwesen erweckte nicht den Eindruck, dass überhaupt noch Zimmer vermietet wurden. Ein großer Mann mit langem, in der Mitte des Schädels dünn werdendem Haar war über die Motorhaube eines Jeeps gebeugt. Er trug knielange Shorts mit aufgedruckten Palmen, sodass man ihm den alternden und seit mindestens zwanzig Jahre aus der Mode gekommenen Surfer ansah. Für einen Surfer war die Bucht von Tela ein denkbar ungünstiger Ort, denn die Wellen blieben meist seicht und wenn das Meer wütend wurde, brachen sie sich zu dicht am Ufer, um sie auf einem Brett reiten zu können. Ulrich hatte den Ami in seiner Zeit hier nur wenige Male gesehen. Der Mann betrieb neben dem Hotel die *Garífuna Adventure Tours,* die aber schon lange nicht mehr richtig liefen. Ganz selten hatten sie noch Ausflüge zur Punta Izopo gemacht, einer Landzunge, auf der sich mit etwas Glück Krokodile beobachten ließen, aber auch Menschen mit Gewehren, die nicht ins Naturschutzgebiet gehörten.

Ulrich stieg aus dem Auto und ging ein paar Schritte auf den Ami zu. »Hallo, haben Sie noch Zimmer frei?«, rief er über den Zaun.

Der andere sah ihn beinahe perplex an, als müsste er sich

erst an die Bedeutung der Frage erinnern. »Ja, klar. Sie können sich sogar das schönste aussuchen. Ich muss es allerdings erst herrichten lassen. Fahren Sie Ihr Auto herein. Ich rufe Janet, damit sie Ihnen alles zeigt.«

Der Ami konnte sich offenbar nicht an Ulrich erinnern. Gut so, das gab ihm Zeit, sich eine Geschichte auszudenken und eine Strategie, um nach Yessica zu suchen.

Statt Janet kam ein etwa vierzehnjähriges Mädchen mit einem Gewirr von Zöpfen auf dem Kopf wie ein kleines Kind und Hüften, die den Ansatz zeigten, in die Breite zu gehen.

»Kommen Sie mit«, sagte es. »Sie wollen ein Zimmer im oberen Stock, mit Blick auf den Strand, stimmt's? Wie lange bleiben Sie?«

»Das habe ich mir noch gar nicht so genau überlegt. Eine Woche vielleicht.«

»So lange!« Das Mädchen sah erschrocken aus. »Ich glaube, am Wochenende kommt eine Reisegruppe, da ist vielleicht alles voll. Ich muss den Chef noch mal fragen.«

»Ist nicht so schlimm. Zeig mir erst mal das Zimmer. Wir können uns später eine Lösung überlegen.«

Im Treppenhaus lag abgebröckelter Putz in den Ecken. Ein Sack Mörtel sprach von der Absicht, die Wände wieder in einen ansehnlichen Zustand zu bringen.

»Kommen Sie«, rief das Mädchen, wohl damit er nicht allzu genau in die Ecken sah. Auf dem Gang im oberen Stock gab es sechs Türen.

Das Mädchen steuerte auf die hinterste zu. Das Zimmer wirkte, als wäre es längere Zeit unbewohnt gewesen. Das Bett war nicht bezogen und die Matratze etwas angegilbt. Die Türen eines in die Wand eingelassenen Schrankes standen offen und gaben den Blick auf ein Sammelsurium von Kleiderbügeln frei. Das Mädchen zog die Vorhänge vom Fenster zur Seite. Das Fliegengitter sah intakt aus, ein wesentliches Detail, auf das Ulrich immer achtete. Draußen standen ein kleiner Tisch und ein Klappstuhl, auf dem Tisch hatten Vögel ihre weißen Spuren hinterlassen.

»Wenn es Ihnen gefällt, mach ich das Zimmer gleich fertig«, versicherte das Mädchen. Es zog an der Schnur des Deckenventilators, um zu demonstrieren, dass er funktionierte. Sofern es keinen Stromausfall gab, erinnerte sich Ulrich, denn die waren häufig.

»Und das Bad?«, fragte er.

»Entschuldigung, das habe ich fast vergessen.« Das Mädchen öffnete die Tür zu einer Kammer. Mit Toilette, Miniaturwaschbecken und Dusche – das hieß einer Armatur an der Wand und einem Bodenabfluss. In der Duschecke stand außerdem eine große blaue Plastiktonne. »Wir bekommen leider erst heute Abend Wasser. Dann mach ich Ihnen die Tonne voll.«

»Ist schon in Ordnung, ich nehme das Zimmer«, sagte Ulrich, der sich zwar insgeheim auf eine ausgiebige Dusche gefreut hatte, aber wusste, dass es auch in den besten Hotels von Tela nicht immer mit dem Wasser aus der Leitung klappte.

»In einer halben Stunde ist alles fertig«, erklärte das Mädchen.

Ulrich ließ den Koffer stehen und ging die paar Schritte bis zum Strand. Auf einem umgedrehten Boot im Schatten eines Meertraubenbaumes saß ein älterer Mann und entwirrte ein Fischernetz. Sie grüßten sich mit einem Kopfnicken. Zwei Hunde, die im Schatten gedöst hatten, kamen auf Ulrich zu und schnüffelten an seinen Beinen, befanden ihn dann aber für uninteressant. Er lief ins Wasser, erst kam eine tiefere Rinne, dann wurde es wieder so flach, dass das Wasser nur bis zu den Knien reichte. Erst danach lohnte es sich, kopfüber in die Wellen einzutauchen. Plötzlich war er wieder in einer anderen Zeit. Yessica drängte sich fast körperlich in seine Gedanken. Er spürte beinahe, wie sie sich ihm unterhalb der Wasseroberfläche näherte, die Beine, die sich um seine schlangen und ihn dann in strampelnden Schwimmbewegungen wieder losließen. Die Vorstellung war so lebhaft, dass er eine Erektion bekam. Er zwang sich, mindestens hundert Meter am Ufer entlangzukraulen. Dabei trieben ihm die Wellen beim Einatmen das Salzwasser in Mund und Nase. Das half hervorragend gegen erotische Fantasien.

Noch von Meerwasser triefend, stand er wieder vor dem Ami im Garten. »Haben Sie eigentlich Internet?«

Der Ami setzte ein künstliches Grinsen auf. »Wir haben so lange für einen vernünftigen Internetanschluss gekämpft, aber es gibt einfach keine Antenne in der Gegend, die stark genug ist. Auch der GSM-Empfang klappt nur selten. Es tut mir leid. Wenn Sie wirklich Internet brauchen, müssen Sie nach Tela fahren.«

»Aber Sie hatten doch mal Internet?«

»Wie kommen Sie denn darauf? Waren Sie schon hier?«

»Nur auf Durchreise. Ich muss das verwechselt haben.«

»Ja, bestimmt haben Sie das. Ihr Zimmer ist fertig, nur mit der Dusche müssen Sie wohl leider bis heute Abend warten.«

»Hat mir das Mädchen schon gesagt. Haben Sie vielleicht ein kühles Bier für mich?«

»Ja klar. Fanny, hol dem Gast ein kaltes Bier!«, rief er ins Haus.

Sogleich erschien das Mädchen mit einer Flasche Salvavida, auf der sich Kondenswassertropfen bildeten.

Der Blick auf das Meer, der noch vom Schwimmen erfrischte Körper, das kühle Bier in der Hand, fast fühlte sich Ulrich entspannt. Wenn er sich nicht in den Kopf gesetzt hätte, unbedingt eine Frau aus seiner Vergangenheit zu finden. Hinzu kam das vage Gefühl, dass an diesem Ort noch mehr nicht stimmte, als offensichtlich war.

2

30.05.2019

Kokosbrot von der Straße zu einer Tasse löslichem Kaffee auf dem Balkon schmeckte, zusammen mit der Meeresluft, ein wenig nach Urlaub. Ulrich hatte ohne Abendessen ins Bett gehen müssen. Das einzige Restaurant am Ort hatte Ruhetag und im Haus des Amis ließ sich nichts zubereiten, weil die Gasflasche leer war.

Schon vor Yessicas Haus, das er unverändert fand, verflog die Urlaubsstimmung wieder. Ulrich stieg gar nicht erst aus dem Auto, sondern setzte seinen Weg nach Tela fort. Dort parkte er am Beginn der Strandpromenade, um ein paar Meter zu Fuß zu gehen. Die Promenade war früher schon nicht ansehnlich gewesen, nun fand Ulrich sie komplett verschandelt. Man hatte die Palmen gefällt und den Sandstreifen verkleinert. Anstelle der Palmen standen nun riesige Kübel mit unangemessen mickerigen Pflanzen darin. In das Pflaster war in Mosaiksteinen www.victoria-sa.com eingelassen. Links von der gepflasterten Fläche standen säuberlich aufgereiht Korbstühle auf frisch gezimmerten Mahagoniterrassen. Die Disziplin der Stühle war nur durch ein paar vereinzelte Anzugträger gestört, die sich zu einer Besprechung zusammengesetzt hatten. Hinter den Terrassen warfen verspiegelte Fensterfronten das Abbild von Stuhlformationen vor Meerwasser zurück. Daneben parkte ebenso pedantisch in Reih und Glied wie die Korbstühle eine kleine Flotte mausgrauer Segways. Die Strandpromenade, so wie Ulrich sie kannte, war nicht länger als fünfhundert Meter, der Gebrauch elektrischer Fortbewegungshilfen wirkte daher einigermaßen lächerlich.

Was hier gebaut worden war, hatte nichts mit Ulrichs Vorstellung eines Karibikstrandes zu tun, sah eher aus wie eine kleine Version des Frankfurter Bankenviertels am Meer. Er drehte der neuen Gleichförmigkeit den Rücken zu und setzte seine Füße in das, was vom Strand übrig geblieben war. In der Mitte der Bucht war ein ziemlich großes Schiff zu sehen. Neben dem Schiffsschornstein glaubte Ulrich eine Art Kran zu erkennen. Hochseefischerei? Er beobachtete den entfernten Koloss eine Weile, versuchte auszumachen, ob er näher kam oder sich in irgendeine andere Richtung bewegte. Aber das Schiff schien vor Anker zu liegen.

Ulrich wandte sich wieder der Strandpromenade zu und versuchte sich für eines der Etablissements zu entscheiden. Alles, was er brauchte, war Internet, das Ambiente spielte keine besondere Rolle. Doch die strengen Stuhlformationen wirkten dermaßen feindselig, dass er weiterlief. Und tatsächlich, das Hotel, in dem er schon früher gerne seine Korrespondenz erledigt hatte, war noch da. Mit seiner weiß getünchten Fassade und der vergleichsweise kleinen Terrasse wirkte es nun deplatziert wie eine Gartenlaube mitten auf der Einkaufsstraße. Ulrichs Füße trugen ihn von selbst in den sicheren Hafen des Bekannten. Geradezu erleichtert war er, als er in der Lobby den Besitzer, einen dunkelhäutigen Mann mit grauem Haar und schwarz umrandeter Brille, herumlaufen sah. Ulrich hatte seinen Namen vergessen. Der Mann war Garífuna und treuer Anhänger der Nationalen Partei, jedenfalls damals. Er verachtete all jene, die den sozialen Bewegungen nahestanden, also auch Menschen wie Yessica. Der Mann würde ihn bestimmt gleich mit einem warmen Lächeln begrüßen. Ein guter Hotelier kannte die Gesichter seiner Gäste auch noch nach Jahren.

Ulrich setzte sich an den Tisch, der am nächsten an der WLAN-Antenne stand. Dann starrte er auf das leere Feld der Suchmaschine und fragte sich, wonach er eigentlich suchte. Klar, nach Yessica. Aber wie? Er tippte: *Yessica López García.*

Leider hatten ihre Eltern die Namensgebung nicht suchmaschinenoptimiert.

Yessica López García ist auf Facebook. Um dich mit Yessica

López García zu verbinden .... Nicht die Yessica López García, die du meinst?

Allein zwanzig Yessica López Garcías gab es bei Facebook, keine davon dem Foto nach die richtige. Manche hatten kein Foto von sich selbst als Profilbild, sondern Katzen, Blumen oder kleine Kinder und teilten noch dazu ihre Inhalte nur mit Freunden. Aber wenn Yessica bei Facebook wäre, hätte sie sich doch vor langer Zeit mit ihm angefreundet.

Auch die Trefferliste außerhalb des sozialen Netzwerks war hoffnungslos. Das Einzige, was Ulrich per Zufall weiterbringen konnte, war die Bildersuche. Vielleicht war Yessica bei irgendeinem Termin oder irgendeiner Demo fotografiert worden. Immerhin kannte er ihr Gesicht gut genug, um sie auch auf schlechten Fotos wiederzuerkennen. Stark geschminkte Yessica Garcías präsentierten ihr gefrorenes Lächeln, leicht bis gar nicht bekleidete räkelten sich im Nebel der Weichzeichnung, Mädchen posierten in verschiedenen Sportuniformen. Ach ja, auch Hunde und Katzen und selbst Polizistinnen durften nicht fehlen.

Ulrich konzentrierte sich auf Fotos von Versammlungen. Wenn man Yessica suchte, war es am wahrscheinlichsten, sie auf irgendeiner Art von Versammlung zu treffen. Sei es eine ihrer Aufklärungsstunden für Teenager oder eine politische Dorfversammlung. Yessica war in Menschenmengen ganz in ihrem Element. Ihre Reden hielt sie nicht, um selbst im Mittelpunkt zu stehen, sondern um zu überzeugen. Sie war selbstbewusst, aber nicht eitel.

Einen wie mich braucht sie nicht, ging es Ulrich wieder durch den Kopf. Ich war immer nur der Klotz am Bein. Und dann war da diese arrogante Angst gewesen, dass Yessica eine Ausfahrt nach Europa suchte.

Nein, Yessica war vielleicht empfänglich für ein Urlaubswochenende, ein schönes Kleid und ein gutes Abendessen, auch für Geld, um ihren Kindern eine bessere Ausbildung zukommen zu lassen. Der Gedanke, dass sie mehr von der Affäre gewollt haben konnte, war Unsinn, eigene Eitelkeit.

Ulrich blieb an einem recht unscharfen Foto hängen. Die stehende Person neben dem Flipchart konnte Yessica sein. Sie trug eine helle Jeans, ein gelbes T-Shirt und ein malvenfarbenes Kopftuch. Er klickte auf das Foto, in der Hoffnung, auf der dazugehörigen Seite mehr Informationen darüber zu erhalten, bei welcher Gelegenheit es gemacht worden war. Vielleicht war es ja noch nicht allzu lange her oder es gab sogar einen Hinweis auf Yessicas jetzige Tätigkeit. Das Foto ließ sich nur wenig vergrößern.

Das war eindeutig Yessica, die dort stand und redete. Allerdings erkannte Ulrich auch die Person, die in schlechter Haltung zur Linken der Rednerin saß. Es war er selbst in Jeans, blauem Poloshirt und mit einer etwas herausgewachsenen Frisur. Ulrich war enttäuscht, versuchte sich aber dennoch zu erinnern, wo sie gewesen waren und worüber sie geredet hatten. Er war nicht immer geistig anwesend gewesen. Manchmal hatte er nur seinen Part heruntergeleiert und danach kaum noch zugehört. In der Nachmittagshitze brach seine Konzentration oft zusammen.

Er gab auf. Die Spuren, die Yessica im Internet hinterlassen hatte und die ein Laie wie er in einer Stunde nachvollziehen konnte, waren unwesentlich und veraltet. Wenn er wirklich mehr über ihren Verbleib herausfinden wollte, sollte er sich weiter im Dorf umtun. Vielleicht nicht gerade bei den alten Männern.

Was hatte Juancito gestern gesagt, wie diese koreanische Firma hieß? *Hyunwai?* Und der honduranische Ableger, klar, *Victoria S.A.*, die hatten sich ja gleich in der neuen Strandpromenade verewigt. Also: *Hyunwai Victoria S.A. Tela Honduras.*

Sie meinten: Hyunwoo Victoria S.A.?

Ulrich klickte auf den Link.

Am 21.12.2016 hat der Vorstandsvorsitzende der Victoria S.A. Huay Soo den Vertrag über die Entwicklung von Cuero Ulúa Victoria S.A. an der Atlantikküste unterschrieben. Er versprach, gemeinsam mit dem Komitee für die Beste Praxis die Sonderzone für Entwicklung und Beschäftigung schnellstmöglich zu verwirklichen und damit Wachstum und Wohlstand in die Region zu bringen. Auch könne der bereits ernannte Technische Sekretär Mauricio Bustillo nun bald offiziell sein Amt antreten.

Ulrich verstand kein Wort. Von der Sonderzone mit dem seltsamen Namen hatte gestern schon der Soldat an der Straße gefaselt. Aber was für ein Komitee und was für ein Sekretär? Waren diese Sonderzonen nicht längst vom Tisch gewesen? Und warum hatte er seinerzeit nichts von diesem Vertrag mitbekommen? Im Dezember 2016 war er noch in Honduras gewesen.

Er wusste, dass Yessica sich über die Sonderzonen ereifert hatte. Die Regierung wollte Teile des Staatsgebietes an Firmen vergeben, die dort sogenannte Modellstädte bauen sollten. Die Firmen wären gleichzeitig auch für die ganze Verwaltung zuständig und könnten Gesetze erlassen. Yessica hatte das Ganze mit den Konzessionen an die Bananengesellschaften Anfang des 20. Jahrhunderts verglichen. »Sie haben damals schon die Garífuna von ihrem Land vertrieben. Dann durften wir zurückkehren, weil die Panamakrankheit die Plantagen zerstört hatte. Und jetzt denkt man erneut, unser Land profitabel vermarkten zu können, also sollen wir wieder verschwinden.«

Zur Zeit des Bananenbooms hatte das Gebiet rund um Tela der *United Fruit Company* gehört. Aber was die Modellstädte anging, hatte Ulrich gedacht, dass das Projekt vom Verfassungsgericht abgelehnt worden war. Es half nichts, er musste wohl später Juancito danach fragen. Lag es an dieser Sonderzone, dass Triunfo halb verwaist erschien?

Er hatte noch eine Idee, wie er nach Yessica googeln konnte: *Yessica López Gesundheitsberatung Frauen Mädchen Triunfo de la Cruz.*

Sie nötigten die Frauen zur Abtreibung und vernachlässigten ihre eigenen Kinder.

Was war das? Ulrich folgte dem Link, landete auf einer Seite mit dem Namen *Nomasmentiras* – keine Lügen mehr. Unter der Überschrift prangten Passfotos von Yessica und ihrer Kollegin Laura.

Yessica López und Laura Benítez aus Triunfo de la Cruz haben jahrelang Frauen ihren Kinderwunsch ausgeredet, schwangere Frauen sogar zur Abtreibung genötigt, und das alles mit deutschen Entwicklungshilfemitteln. Um ihre eigenen Kinder kümmern sich die zweifache Mutter López wie auch Benítez, Mutter eines vierjährigen Sohnes, nicht. Sie haben ihre Kinder zu Verwandten abgeschoben, um besser andere Frauen agitieren zu können.

Benítez' Nachbarn berichten, dass sie den Jungen im letzten halben Jahr nicht ein einziges Mal besucht habe. López und Benítez schimpfen sich Feministinnen, in Wirklichkeit sind sie nur Egoistinnen, die Entwicklungshilfegelder, die unsere arme Bevölkerung dringend braucht, in die eigene Tasche stecken und sich ein schönes Leben machen.

Einwohnerinnen von Triunfo fordern von den Entwicklungsorganisationen, sofort den Vertrag mit den Betrügerinnen zu kündigen und stattdessen Hebammen von dem Geld zu bezahlen. (25.11.2018)

Lesen Sie auch:
Vermeintliche Menschenrechtsbeobachter stacheln zu Gewalt an.

Kommunistische Indoktrination: Garífuna-Organisation will Nordküste an Kuba anschließen.

Ulrich klickte wahllos auf den zweiten Titel.

Die Garífuna-Organisation OCGH plant, die von der Regierung geplante Modellstadt zu sabotieren. Führende Mitglieder der Organisation, darunter Juan Pablo Murillo und Yessica López, wurden bei einem Treffen mit Vertretern der kubanischen Regierung beobachtet. Murillo und López leisten seit Jahren schädliche Propaganda gegen die Entwicklungspläne der Regierung. Mit dem jetzigen Treffen wurde offenbar, dass sie Agenten des kommunistischen Kubas sind. Denn während sie die Investitionen ablehnen, die die Regierung unseres Präsidenten ins Land geholt hat, nehmen sie bereitwillig Gelder der kubanischen Regierung entgegen. Die Garífuna-Organisation erkennt die Sonderentwicklungszone nicht an, es würde uns nicht wundern, wenn sie die Gebiete als Nächstes für zu Kuba zugehörig erklärt.« (13.8.2018)

Die OCGH, was für die Organisation der Garífuna-Gemeinden von Honduras stand, war seit ihrer Gründung vor fast dreißig Jahren nie eine Freundin der Regierung gewesen. Die Organisation forderte mehr Selbstbestimmungsrechte für die afroindigenen Garífuna. Zentrale Forderung war dabei von jeher, den kollektiven Landbesitz der Gemeinden zu respektieren. Dass die Mitglieder der OCGH diffamiert wurden, hatte schon fast Tradition.

Ulrichs Blick rutschte in Richtung der Kommentare unter dem Artikel.

Stellt diese Vaterlandsverräter an die Wand! Seit Jahren lassen wir uns das Gezeter dieser Nichtsnutze gefallen. Jetzt sehen wir auch noch zu, wie sie unsere schönen Strände Kuba in den Rachen werfen. Es reicht!

Kulturlose Halbwilde, alles Inzest, das Pack.

Deportiert sie nach Guantanamo!

Ulrich wollte gar nicht weiterlesen. Es war egal, ob die Kommentare echt waren oder Teil der Propagandashow. Leider folgten auf derartige Verleumdungen und Beleidigungen oft tätliche Angriffe.

Am beunruhigendsten war, dass der erste Artikel mit Fotos von Yessica und Laura versehen war. Aber wenn Yessica etwas passiert wäre, hätte ihm das wohl schon jemand gesagt.

Der Knall ließ das Geschirr auf den Tischen klappern und die Gäste kurzzeitig in ihren Posen gefrieren. Der Knall war nicht ohrenbetäubend, aber so dumpf, dass eine geballte Kraft dahinterstecken musste. Es war nicht der helle Klang eines Schusses. Nach der Erstarrung drehten sich die Leute auf ihren Stühlen um, fanden in den Gesichtern der anderen Gäste auch keine Erklärung und rannten aufgeregt zur Balustrade der Terrasse.

Der Eigentümer des Hotels eilte mit besorgtem Gesicht heraus, an einem Ohr sein Handy. Er nahm das Handy herunter, wischte die gröbste Besorgnis von seinem Gesicht und sprach mit lauter Stimme zu den aufgesprungenen Gästen: »Meine Herrschaften, bitte setzen Sie sich doch wieder. Wir werden mit Sicherheit bald herausfinden, dass dieser Knall harmlos war. Aber so lange bleiben Sie doch bitte hier und bewahren Sie Ruhe. Vielleicht ist auf einer der Baustellen etwas heruntergefallen, wir haben sehr viele Baustellen, da passieren manchmal Unfälle.«

Ulrich fand die Erklärung nicht gerade beruhigend. Sollte das heißen, dass den Bauarbeitern regelmäßig Betonplatten auf den Kopf fielen? Nach seinem unglücklichen Erklärungsversuch entdeckte der Hotelier Ulrich, der mit dem Rücken zur Balustrade stand, die Hände nach hinten aufgestützt. Der Eigentümer setzte ein breites Willkommenslächeln auf und kam mit ausgestreckter Hand näher.

»Welch eine Ehre! Seit wann sind Sie denn wieder im Land? Haben sich einfach so an mir vorbeigeschlichen, gibt es denn so was!«

»Das kann man so nicht sagen. Sie waren beschäftigt. Natürlich hätte ich Sie noch begrüßt. Wie geht es Ihnen? Wie läuft das Geschäft?«

»Bestens, mein Lieber, ich meine, mir geht es bestens, der Familie auch.« Er hielt noch immer Ulrichs Hand fest, die er geschüttelt hatte, und sah sich nun etwas nervös nach den Umstehenden um. »Lassen Sie uns später weiterplaudern, ich glaube, ich bekomme endlich jemanden ans Telefon.«

Seine letzten Worte wurden vom Lärm eines Hubschraubers zerhackt, der aus der Richtung des Meers kam und direkt über ihnen immer tiefer sank. Der Hubschrauber war olivgrün. Bald war er über das Hotel hinweg und schien im Zentrum von Tela zur Landung anzusetzen. In das Geräusch der Rotorblätter mischte sich Sirenengeheul. Die Gäste blickten verstört von einem zum anderen, tippten auf ihren Handys herum, schrien in ihre Telefone und hielten sich dabei das andere Ohr zu. Ulrich hatte ebenfalls instinktiv sein Handy gezückt, wusste aber nicht, wen er anrufen sollte. Seine alte Dienststelle? Vorsichtshalber die deutsche Botschaft in Tegucigalpa? Da kam auch schon wieder der Hotelier auf die Terrasse.

»Achtung! Darf ich kurz um Ihre Aufmerksamkeit bitten?«

Ein Mann mit Handy am Ohr und eine Dame, die sogar bis zum Strand hinuntergelaufen war, schenkten ihm keine Beachtung.

»Sie müssen mir jetzt zuhören! Das ist eine offizielle Ansage.«

Die beiden entlaufenen Gäste nahmen ihn immer noch nicht wahr. Er rannte die Stufen zum Strand hinunter, packte die Dame am Arm und zog sie hinter sich her. Das war immerhin so außergewöhnlich für einen Hotelier, dass der telefonierende Gast ihn jetzt neugierig anstarrte. Zurück zwischen den anderen Gästen ließ der Hotelbesitzer die empörte Dame wieder los, ohne sich auch nur bei ihr zu entschuldigen.

»Ich habe mit dem Polizeichef telefoniert. Es hat ein Attentat gegeben. Mehr wollte er mir nicht sagen. Es wurde eine sofortige Ausgangssperre in Cuero Ulúa Victoria verhängt. Ich muss Sie daher bitten, bis auf Weiteres hierzubleiben. Außerdem sollten Sie sich zu Ihrer Sicherheit in den Innenbereich des Hotels begeben. Wir werden Sie selbstverständlich informieren, sobald wir mehr wissen.«

Es folgte ein ziemlicher Tumult. Die einen sprangen auf, scharrten mit den Stühlen über den Boden und rafften ihre Teller zusammen. Die anderen warfen lauthals Fragen in den Raum.

»Und wie lange soll das Ganze dauern?«

»Kommen wir hier heute überhaupt noch weg?«

»Was fällt denen ein, ich habe Arbeit zu erledigen!« Wobei nicht klar war, wer mit ›denen‹ gemeint war, die Polizei oder die Attentäter.

»Können wir das bitte drinnen weiterdiskutieren?«, rief der Hotelier in die Runde. »Die Polizei patrouilliert schon durch die Stadt und fordert alle Menschen auf, Innenräume aufzusuchen. Wir wollen hier keinen Ärger mit der Polizei und möchten sie lieber bei ihrer Arbeit unterstützen. Seien Sie also bitte vernünftig und gehen Sie zügig hinein!«

Der Hotelier hatte recht, es machte sowieso keinen Sinn, auf der Terrasse herumzuhängen. Besser war es, sich drinnen schnell einen Platz vor dem Fernseher zu sichern.

Während die Leute noch diskutierten, schlängelte sich Ulrich in den innen liegenden Teil des Restaurants und fand sogar einen Stuhl unterhalb des Fernsehers, wo er auf Dauer Nackenstarre bekommen würde. Eine Serviererin zielte mit der Fernbedienung auf das Gerät. Auf *HRN* lief eine Telenovela, als wäre nichts geschehen. Sie schaltete weiter auf den Sender aus La Ceiba, auf dem ein Moderator fröhlich über einen bevorstehenden Festumzug quatschte. Nachdem sie sich durch vier oder fünf Kanäle gezappt hatte, landete sie beim oppositionellen Fernsehsender. Der Bildschirm war in der Mitte geteilt, links sah man den Moderator im Studio, rechts einen Korrespondenten, der aufgeregt von einem Bein auf das andere hüpfte und bei genauerem Hinsehen auf der Plaza von Tela stand. Im Hintergrund flackerte blaues Licht.

»Carlos, was ist passiert in Tela? Weiß man schon Genaueres?«, fragte der Moderator.

»Leider kann ich zurzeit nicht viel mehr als spekulieren. Es hat ein Treffen des Komitees für die Beste Praxis stattgefunden, es sollte gerade eine Pressekonferenz des Komitees, des Technischen Sekretärs und der Investoren starten, als es diese Explosion gegeben hat. Ich selbst war nicht dabei, sie haben mir den Zutritt verweigert.«

Er wurde fast von Sirenen übertönt, dann vernahm man laute Stimmen im Kommandoton. »Räumen Sie sofort den Platz!«

»Ich bin vom Fernsehen, hier ist mein Presseausweis!«

»Wer hat Ihnen erlaubt, hier zu drehen? Es herrscht Ausgangssperre.«

»Carlos, gibt es ein Problem?«, quatschte der Moderator dazwischen, obwohl das Problem offenkundig war.

»Es sind zehn Uniformierte, die gerade auf mich zukommen, soweit ich es erkennen kann, tragen sie die Uniformen der Militärpolizei.« Das rechte Bild wurde schwarz.

»Carlos, kannst du mich hören? Wir können dich nicht mehr sehen.«

»Sie haben den Kameramann mit dem Gesicht auf den Boden gedrückt und seine Arme auf den Rücken gedreht. Lassen Sie mich los!« Es folgte ein lang gezogener Schmerzensschrei, dann knackte und raschelte es, schließlich war die Leitung tot.

»Carlos? Wir können dich auch nicht mehr hören! Carlos? Meine Damen und Herren, es ist äußerst beunruhigend, was wir derzeit aus Tela vernehmen. Einmal mehr tritt dieser Unrechtsstaat das Recht auf Informationsfreiheit mit Füßen. Wir tun alles, um so schnell wie möglich wieder eine Verbindung mit unseren Kollegen in Tela herzustellen, um die wir nach dem Übergriff, den wir gerade live gesehen haben, sehr besorgt sind. Carlos konnte uns nicht mehr berichten, ob bei der Explosion in Tela Menschen zu Schaden gekommen sind. Wenn Sie uns gerade aus Tela zuhören oder mit Verwandten und Freunden dort gesprochen haben, rufen Sie uns bitte an und erzählen Sie uns, was Sie wissen. In diesem Moment hält das ganze Land den Atem an.«

Der Moderator wusste nichts und versuchte, die Zeit zu füllen, bis auf wundersame Weise eine Information bei ihm ankommen würde. Ulrich musste daran denken, wie am 11. September 2001 ein um Fassung ringender Ulrich Wickert über eine Stunde lang wirres Zeug geredet hatte, während im Hintergrund in Endlosschleife lief, wie erst in den einen, dann in den anderen Zwillingsturm ein Flugzeug hineinflog und eine riesige Rauchwolke herausquoll. Mehr noch als die qualmenden Hochhäuser hatte Ulrich damals das entgleiste Gesicht des sonst stets eloquenten Fernsehsprechers beeindruckt.

Ulrich sah sich im Raum um. Die Leute waren inzwischen hereingekommen, die Kellner trugen Teller und Getränke hinterher und räumten das nicht mehr gebrauchte Geschirr draußen ab. Für sie schien die Anweisung der Polizei nicht zu gelten. Rechts an der Wand lehnte der Hotelbesitzer und starrte ebenfalls auf den Fernseher, ohne gegen die Programmwahl zu protestieren. Ulrich war sich sicher, dass er diesen Sender im Normalfall nicht duldete. Nur folgte auf den Blackout leider nichts Informatives mehr.

»Jetzt suchen Sie schon einen anderen Sender«, rief Ulrich der mit der Fernbedienung fuchtelnden Serviererin zu. »Versuchen Sie es mal mit *CNN*, *Al Jazeera* oder *Telesur*! Von den honduranischen Sendern ist doch nichts zu erwarten.«

Die Serviererin folgte tatsächlich seinem Rat. Doch nichts. *CNN* zeigte eine Dokumentation über die höchsten Wolkenkratzer der Welt, *Al Jazeera* war nicht zu empfangen und *Telesur* berichtete über eine Korruptionsaffäre in Paraguay.

Ich muss hier weg, dachte Ulrich, und zwar sofort. Er wollte entweder zurück nach Triunfo oder direkt ins Zentrum des Geschehens, wo die Militärpolizei gerade den Fernsehreporter von der Straße gefegt hatte. Hauptsache, nicht in diesem Hotel mit diesen in Geld gepuderten und gleichzeitig etwas angestaubten Leuten sitzen. Es war seltsam, er war eigentlich kein ungeduldiger Mensch. War auf seinen Reisen ein Bus im Schlamm stecken geblieben oder der Reifen irgendeines Vehikels geplatzt, konnte er stundenlang am Straßenrand stehen und warten, bis die Panne behoben war. Wenn bei einem Gewitter der Strom ausfiel, konnte er einfach im trüben Zimmer sitzen bleiben und in den Regen starren. Wenn die Leute zu einer Dorfversammlung erst zwei Stunden später eintrudelten, war das auch kein Problem.

Das hier war neu. Es gab keine Bombenattentate in Honduras. Es gab Raubüberfälle, gezielte Hinrichtungen, Verschwindenlassen, Folter. Von Bombenattentaten hatte er noch nie gehört. Hier war irgendetwas anderes aus dem Ruder gelaufen und die Polizei wollte keine Zeugen am Tatort haben.

Umso seltsamer, dass es Ulrich so sehr nach draußen zog,

raus aus seinem temporären Oberschichtengefängnis, dahin, wo man die Ereignisse auf der Haut spüren konnte – und sei es in Form von Schlagstöcken.

Ihm fiel nur ein Mensch ein, den er anrufen konnte, damit er ihn rausholte: seinen ehemaligen Chef. Allerdings wusste Ingo nichts davon, dass Ulrich sich in Honduras aufhielt. Wie viel weniger konnte er also ahnen, dass sein ehemaliger Mitarbeiter gerade wegen eines mutmaßlichen Bombenattentats in einem Restaurant in Tela festsaß?

Ulrich hatte sein altes Mobiltelefon aktiviert, in dem alle seine honduranischen Kontakte gespeichert waren. Es tutete fünfmal, schon erwartete Ulrich, dass die Mailbox antworten würde.

»Díga?«, sagte Ingos durch das Telefon entfernt klingende Stimme.

»Hier ist Ulrich, dein alter Kollege. Ich habe euch vor anderthalb Jahren verlassen.«

»Ulrich! Ja klar, ich weiß. Aber sag, was gibt es so Dringendes, was rufst du mich auf meinem honduranischen Movil an?«

»Ich bin in Honduras.«

»Nein! Du klingst eigentlich so, als würdest du vom Mars aus anrufen. Was machst du hier? Und warum hast du mir nicht vorher Bescheid gesagt? Mensch, das musst du mir alles in Ruhe erzählen. Aber jetzt ist gerade schlecht, ich bin inmitten einer Besprechung.«

»Entschuldige die Störung, aber es ist wirklich dringend. Ich sitze in Tela fest und muss hier weg.«

»Du bist in Tela?«

»Ja, und ich sitze unter einer verdammten Ausgangssperre in einem Restaurant. Ich komme nicht einmal an mein Auto, das steht am anderen Ende der Stadt.«

»Na, ich würde sagen, du bist auf jeden Fall sicherer, wenn du da sitzen bleibst. Wir haben gerade in den Nachrichten gehört, was passiert ist. Das kann doch nicht wahr sein. Als wenn nicht sowieso schon alles schlimm genug wäre.«

»Meinst du, dass du mir helfen kannst, oder nicht? Ich kann hier nicht sitzen bleiben, Ingo. Ich kann dir das jetzt nicht am Telefon erklären.«

Ingo stieß unwillig die Luft aus. »Es hat sich alles geändert. Wir haben in der Zone quasi keine Rechte, weil wir keinen Kooperationsvertrag mit dem Technischen Sekretariat haben. Ich muss jetzt auflegen. Ich rufe dich zurück, wenn ich aus der Sitzung raus bin, okay?«

»Wann …« setzte Ulrich an, aber sein Ex-Chef hatte ihn schon weggedrückt. Wahrscheinlich hatte er das Telefon gleich komplett ausgeschaltet. Ob er wirklich zurückrufen würde? Ulrich hatte keine Ahnung. Eigentlich war Ingo zuverlässig, kollegial und ließ auch in verfahrenen Situationen niemanden im Stich. Aber Ulrich war nicht mehr sein Mitarbeiter und sie hatten seit seiner Verabschiedung vor anderthalb Jahren keinen Kontakt mehr gehabt.

Ulrich ließ sein Handy aus zehn Zentimeter Höhe mit der Rückseite auf die Tischplatte plumpsen. Als wenn das Gerät etwas dafür könnte. Wenn er doch wenigstens rauchen würde. Die Raucher unter den Gästen durften trotz Ausgangssperre auf die Terrasse.

Zwei Stunden später stand Ingo plötzlich im Raum, streckte ganz nach deutscher Manier die Hand aus, um Ulrichs beinahe zu zerdrücken, eine Praxis, die er sich nach über fünf Jahren in Zentralamerika nicht abgewöhnt hatte. Er war ein auch für mitteleuropäische Verhältnisse großer Mann, in Honduras fiel er zwangsläufig auf und stieß sich auch nicht selten den Kopf an zu niedrigen Türrahmen. Trotzdem war nicht zu übersehen, dass sein Bauch sich zu einer ansehnlichen Kugel entwickelt hatte. Das weiße Poloshirt der Gesellschaft trug nicht gerade dazu bei, ihn schlanker erscheinen zu lassen. Die Poloshirts waren so Achtzigerjahre. Glaubten die deutschen Entwicklungshelfer wirklich, sie wären hier auf einem gemütlichen Golfausflug mit einem föngewellten Don Johnson? Konnte Ingo als Chef nicht etwas gegen diese unappetitliche Dienstkleidung tun?

Ingo interpretierte seinen gequälten Gesichtsausdruck falsch. »Habe ich dir wehgetan? Das tut mir leid, ich dachte, du wärst inzwischen wieder in deinem alten Kulturkreis angekommen.«

»Ja, und ich darf dir mitteilen, dass in meinem und deinem alten Kulturkreis seit mindestens zwanzig Jahren niemand mehr Poloshirts trägt. Wirklich, du solltest etwas unternehmen. Und sag jetzt nicht, dass ihr euch im Land der Maquilas keine neue Kleidung leisten könnt.«

Ingo lachte. »Ulrich, ganz der Alte, immer mit dem Blick fürs Wesentliche.« Einen gewissen Sinn für Humor konnte man ihm nicht absprechen. »So, und jetzt lass uns hier verschwinden, bevor irgendjemand anfängt, Fragen zu stellen. Das Auto steht vor der Tür. Ich fahre dich ganz schnell aus der Stadt raus und dann vergessen wir beide, dass wir uns heute überhaupt getroffen haben.«

Ulrich nickte, warf sich seinen Rucksack über die Schulter und klemmte den Laptop unter den Arm. Er sah sich nach dem Hotelbesitzer um, konnte ihn aber nicht entdecken, was seine Flucht vereinfachte.

»Don Camilo ist vorhin mit einem Polizisten weggefahren«, interpretierte Ingo seinen Rundumblick. »Ich konnte auf gar keinen Fall vor seinen Augen hier hereinlaufen. Das Auto ist schon auffällig genug.«

Eigentlich war es nur die Plakette der Deutschen Gesellschaft, die den Wagen auffällig machte. Ein silbergrauer Pick-up mit Doppelkabine und Allradantrieb, relativ neu, aber funktional. Auch die dunkel getönten, von außen kaum einsehbaren Scheiben waren üblich und galten als Sicherheitsmaßnahme für die Mitarbeiter. Allerdings hatte Ulrich gleich zu

Beginn gelernt, dass es überlebenswichtig war, diese Scheiben in bestimmten Orten und Stadtteilen herunterzukurbeln, weil die jeweils herrschenden Banden nicht tolerierten, dass nicht identifizierbare Personen in ihren Hoheitsbereich eindrangen.

»Wieso tust du das für mich?«, fragte Ulrich, als sie im Wagen saßen und die Türen hinter sich zugeschlagen hatten.

»Weil du mich darum gebeten hast. Und weil ich nicht einschätzen kann, was hier als Nächstes passiert. Ich bin tatsächlich etwas besorgt um deine Sicherheit. Ich weiß nicht, ob du schon irgendwelche Nachrichten gehört hast. Die Explosion soll ein Attentat auf das Komitee gewesen sein, auch wenn die Komiteemitglieder anscheinend alle mit einem blauen Auge davongekommen sind. Aber es hat wohl den Technischen Sekretär und ein paar Journalisten erwischt. Offiziell bestätigt ist davon natürlich gar nichts.«

»Was meinst du mit ›erwischt‹? Tot?«

»Tot oder in akuter Lebensgefahr. Zwei Lokalreporter und eine ausländische Journalistin, heißt es, wobei die einen behaupten, sie sei US-Amerikanerin, die anderen, sie sei Argentinierin.«

»Mann, das ist heftig. Hat sich jemand zu dem Anschlag bekannt?«

»Viel mehr als du weiß ich auch nicht. Vielleicht sind die Reporter nicht tot, sondern nur schwer verletzt. Das Komitee und der Technische Sekretär hatten zu einer Pressekonferenz eingeladen. Ich glaube, es gab nichts wirklich Neues, das war eher eine Promotion-Veranstaltung.«

»Ich habe ehrlich gesagt keinen blassen Schimmer, was es mit diesem Komitee und dem Technischen Sekretär auf sich hat.«

»Du hast dich nicht so viel mit Honduras beschäftigt, seit du das Land verlassen hast, oder?«

»Geht so. Du weißt ja, wie viel bei uns in den Nachrichten über Honduras kommt.«

»Du hast mitbekommen, dass hier eine dieser Sonderentwicklungszonen eingerichtet wurde?«

»Ja, so weit bin ich. Sie sollten eine Art Freihandelszonen sein, die von Unternehmen regiert werden, oder? Soweit ich weiß, sollten sie selbst über ihre Steuern bestimmen dürfen und sogar ihre eigene Polizei einsetzen können. Aber ich dachte, das Verfassungsgericht hätte die Zonen kassiert.«

»Es wurde ein neues Gesetz verabschiedet, das im Prinzip den gleichen Inhalt hat. Für die Zonen gibt es ein internationales Komitee, das quasi die Regeln erarbeitet. Es wurde von der honduranischen Regierung eingesetzt. Aber inwieweit es noch Rücksprache mit ihr hält, weiß kein Mensch.«

»Aha. Und was verspricht sich die Regierung davon?«

»Freihandelszonen mit einem sauberen Image. Wenn die Sonderentwicklungszonen von internationalen Experten verwaltet werden, dann müssen Investoren nicht befürchten, dass sie mit korrupten Politikern oder kriminellen Banden in Verbindung gebracht werden. Natürlich kann das Komitee nicht die alltäglichen Verwaltungsaufgaben übernehmen. Deswegen setzt es wiederum den Technischen Sekretär ein, der ist eine Mischung zwischen Präsident und Verwaltungschef.«

»Und wer saß auf dem Posten?«

»Mauricio Bustillo. Er war ehemals Berater und Redenschreiber des honduranischen Präsidenten. Davor hatte er diverse Parteiposten inne. Er wirkte immer etwas farblos, aber ich glaube, er ist – also er war – ein knallharter Hund. Viele sagen, er sei dem Präsidenten treu ergeben und eine Marionette auf seinem Posten gewesen. Ich wäre mir da nicht so sicher, ich glaube, wenn der Typ erst mal Morgenluft geschnuppert hatte, dann war er auch zum Königsmord fähig. Das ist nur so ein Bauchgefühl. Aber vielleicht hat er genau deswegen seinen eigenen Stadtstaat bekommen: damit sich die beiden nicht in die Quere kamen.«

»Hast du ihn mal getroffen?«

»Klar, es ging ja darum, ob wir hier unsere Projekte weiterführen können. Er hat gar nichts gesagt. Hat sich alles angehört, irgendetwas notiert und uns auf später vertröstet. Er müsse sich erst mit dem Komitee besprechen. Mir war der Typ äußerst unsympathisch. Was natürlich kein Grund ist, ihm den Tod zu wünschen.«

»Und woher weißt du, dass dieser Bustillo getötet wurde?«

»Wie gesagt, das ist alles unbestätigt. Die Infos kommen von der Botschaft. Die uns übrigens dringend geraten hat, uns aus der Angelegenheit herauszuhalten.«

»Um zu meinem Auto zu kommen, müssten wir, glaube ich, links abbiegen.«

»Das werde ich bestimmt nicht tun. Ich fahre nicht wieder ins Zentrum hinein. Wir dürfen kein Risiko eingehen. Wenn man diese blöde Plakette einfach kurz abschrauben könnte … aber so: Wenn ich mich für meine Präsenz während eines Terrorakts rechtfertigen muss, dann gibt das ganz schnell einen diplomatischen Eklat. Wo steht dein Auto?«

»Am anderen Ende der Strandpromenade.«

»Kommt gar nicht infrage.«

»Fährst du mich dann zurück nach Triunfo?«

»Ich habe doch gesagt, dass ich dich aus der Stadt rausfahre.«

»Das ist zehn Kilometer außerhalb der Stadt, wenn ich mich nicht irre.«

»Ich meinte, der Modellstadt. Cuero Ulúa Victoria. Die Militärpolizei wird auf dem Territorium jedes Haus durchkämmen, besonders bei den Garífuna. Es ist besser, wenn du heute noch auf normales honduranisches Staatsgebiet kommst.«

»Wieso? Ich bin Tourist. Außerdem geht das nicht. Ich habe in Triunfo noch etwas zu erledigen.«

»Was machst du überhaupt hier? Und wieso hast du nicht vorher Bescheid gesagt, dass du kommst?«

»Das kann ich dir gerade nicht erklären. Vielleicht hatte ich einfach eine Art Heimweh. Aber nicht nach der Arbeit, verzeih, wenn ich das so sage. Nach dem Geruch des Meeres, den Geräuschen der Steine, die von unten gegen die Karosserie hüpfen, nach ordentlichen Gewittern, ach, was weiß ich.«

»Bist du auf einmal unter die Poeten gegangen? Vielleicht hast du Sehnsucht nach den Frauen, denen du hier den Kopf verdreht hast?«

»Wie kommst du denn auf den Quatsch? Ich habe keiner Frau den Kopf verdreht. Aber wo wir schon von Frauen reden, weißt du, was aus Yessica geworden ist?«

»Welche Yessica?«

»Yessica López García. Sie hat in einem Projekt zur gesundheitlichen Aufklärung gearbeitet. Außerdem war sie ziemlich engagiert bei der Organisation. Ich habe gerade ein paar fiese Artikel über sie im Internet gefunden.«

»Ach ja? Sie kann auch ganz gut schimpfen. Sie hat mich am Telefon zusammengestaucht, nachdem ihr Projekt nicht weiterfinanziert wurde.«

»Weißt du, ob sie noch hier ist?«

»Keine Ahnung. Ich habe nie wieder etwas von ihr gehört. Wir mussten auf Druck der honduranischen Regierung auch die Unterstützung für die Radioprogramme der Garífuna aufgeben, die hatten ja alle keine Sendeerlaubnis mehr, und du kannst dir vorstellen, dass wir sonst Ärger aus dem Ministerium bekommen hätten. Wir machen jetzt mehr Projekte in der Mosquitia als hier in der Gegend.«

»Also weißt du nicht, wo Yessica jetzt ist?«

»Sie scheint dir wirklich wichtig zu sein. Nein, tut mir leid, am besten fragst du dich in Triunfo durch. Aber ich bringe dich nicht dorthin.«

»Bitte. Ich habe meine ganzen Sachen dort. Mein Mietauto steht in Tela. Was soll ich denn deiner Meinung nach machen? In die Hauptstadt fahren, erklären, dass ich mein

Auto stehen lassen musste, und meinen restlichen Urlaub in den Wind schießen? Ich fahre nach Triunfo und halte einfach dort die Füße still. Ich wohne im Hotel des Amis, das ist total unverdächtig.«

»Wie gesagt, ich rate dir ab, aber du bist ein erwachsener Mensch. Sobald wir auf der Hauptstraße sind, kannst du in ein Taxi umsteigen. Ich lasse mich in Triunfo nicht blicken.«

»Wie du meinst. Und danke für deine Hilfe.«

»Keine Ursache. Wir müssen mal ein Bier zusammen trinken. Aber bitte in einer anderen Gegend. Ruf mich an, sobald du dich wieder frei bewegen kannst.«

Sie hatten Tela – die alte Stadt Tela, die es ja nominell nicht mehr gab – durchquert, ohne dass irgendjemand versucht hätte, sie aufzuhalten. Als sie auf die Straße einbogen, die von den vielen Baustellen gesäumt wurde und weiter nach Triunfo führte, sahen sie überall Militärfahrzeuge.

»Ach du Scheiße«, murmelte Ingo. Es war klar, dass er Ulrich nicht einfach am Straßenrand absetzen und auf ein Taxi warten lassen konnte. »Ich fahr dich bis zum Abzweig. Falls wir hier überhaupt durchkommen.«

»Aber ich kann unmöglich …«

Ingo wurde auf einmal ärgerlich. »Was kannst du unmöglich? Du hättest auch im Restaurant sitzen bleiben können wie alle anderen. Was denkst du eigentlich? Ich rufe dir gleich ein Taxi und du bleibst im Auto sitzen, bis es kommt.«

»Ist das nicht viel auffälliger, als wenn du nach Triunfo reinfährst?« Ulrich wollte die Geduld seines Ex-Chefs nicht überstrapazieren, aber er konnte seine Logik einfach nicht nachvollziehen. Weiter konnten sie die Diskussion nicht führen, weil ihnen zwei Männer in Tarnuniformen mit schwarzen Masken unter dem Helm und erhobenen Maschinengewehren den Weg versperrten.

»Scheiße.« Ingo trat auf die Bremse. »Du sagst nach Möglichkeit gar nichts, okay? Ach ja, und immer die Hände sichtbar halten, in keinen Taschen kramen und auf gar keinen Fall plötzliche Bewegungen machen.«

»Das weiß ich alles noch«, antwortete Ulrich und versuchte, seine Stimme souverän klingen zu lassen.

Ingo betätigte den Fensteröffner, legte die Hände aufs Lenkrad und wartete, dass sich einer der Uniformierten näherte. Doch die beiden blieben unbeweglich wie die Kreml-Wache. Ingo schrak zusammen, als ihn ein Soldat ansprach, der von hinten an die Fahrertür herangetreten war.

Ganz schlecht, Ingo, urteilte Ulrich. Wachsam bleiben, den Rundumblick einschalten und sich auf keinen Fall überraschen lassen.

»Papiere!«

Ingo reichte dem Soldaten Pass und Führerschein, die er bereits griffbereit auf dem Armaturenbrett liegen hatte.

»Woher kommen Sie?«

»Aus dem *Hotel Hacienda*«, antwortete Ingo wahrheitsgemäß.

»Hat man Ihnen dort nicht gesagt, dass eine Ausgangssperre verhängt wurde?«

»Nein. Was ist denn passiert?«

»Wohin wollen Sie?« Auf Gegenfragen war der Soldat nicht geeicht.

»Wir müssen heute noch nach La Ceiba. Wir fangen morgen früh eine wichtige Arbeit an.«

»Hm. Haben Sie einen Dienstausweis?«

»Natürlich, er liegt im Handschuhfach. Dürfte ich eben?« Ingo machte eine Kopfbewegung dorthin.

»Na los.«

Zum Glück musste er nicht lange suchen, bis er den Ausweis der Deutschen Gesellschaft in der Hand hielt.

»Direktor, ja? Sie sollten wissen, dass auch für Sie die Gesetze dieses Landes gelten. Fahren Sie und sehen Sie zu, dass

Sie so schnell wie möglich aus der Zone rauskommen. Ich will heute nichts mehr von Ihnen hören.«

Er reichte die Papiere zurück und gab den Maschinenpistolenträgern ein Handzeichen, dass sie die Straße freigeben sollten. Ingo trat das Gaspedal durch und blickte verbissen nach vorne. Vermutlich bereute er die ganze Aktion. Ulrich wusste nicht, was er sagen sollte, und so schwiegen sie bis zum Abzweig nach Triunfo.

»Schon gut, lass mich aussteigen und fahr einfach weiter. Ich gehe zu Fuß. Ich werde dir für diese Rettungsaktion ewig dankbar sein«, sagte Ulrich, griff seinen Rucksack und öffnete die Tür.

»Ich hoffe, sie hat dich gerettet. Du solltest wirklich so schnell wie möglich hier abhauen. Ruf mich an, wenn du im Hotel angekommen bist.«

Schnell verschwanden die Rücklichter des Pick-ups hinter der nächsten Kurve. Ulrich wanderte in die dunkle Stille hinein, nicht einmal Musik war aus den Häusern am Abzweig zu hören. Das hier war unheimlicher, als nachts durch einen dunklen Wald zu gehen. Er sog tief die warme Luft mit dem leichten Geruch nach Meer ein. Alles war gut, Triunfo war ein friedvoller Ort. Wenn nur die drei Kreuze am Straßenrand nicht wären. Endlich im Ortszentrum, steuerte er auf den Kiosk zu, in der Hoffnung, sich noch ein Bier, einen hausgemachten Likör sowie einen Kommentar der alten Männer zum heutigen Geschehen abzuholen. Doch der hölzerne Verschlag über dem Verkaufstresen war geschlossen, die Bänke davor waren leer. Enttäuscht und mit schweren Füßen machte sich Ulrich auf den Weg zum Gran Surf Hotel. Er musste mehrere Minuten klopfen, bis er Schritte hörte. »Wer ist da?«, fragte eine zaghafte Mädchenstimme.

»Ulrich, Ihr Gast.«

Fanny öffnete ihm die Tür mit einem Blick, als würde ein

Gespenst vor ihr stehen. Erst jetzt fiel Ulrich auf, dass er seit dem in der Aufregung halb stehen gelassenen Mittagessen nichts mehr zu sich genommen hatte.

»Hättest du vielleicht noch eine Kleinigkeit zu essen im Haus?«

Fanny schüttelte immer noch mit entsetztem Blick den Kopf.

»Ein paar Tajadas mit einem Spiegelei werden sich doch wohl finden?«, versuchte es Ulrich erneut. Vielleicht war das in ihren Augen ja kein Essen, das man einem Gast anbieten konnte.

»Wir haben immer noch kein Gas bekommen. Entschuldigung, die Ereignisse. Das konnte ja niemand ahnen, mein Herr.«

»Ich weiß eigentlich immer noch nicht so recht, was geschehen ist. Es heißt, es habe einen Anschlag gegeben.«

»Ja, in Tela. Meine Mutter sagt, niemand darf hier raus oder rein. Ich weiß auch nicht mehr, mein Herr. Am besten, Sie fragen morgen den Chef.«

»Und wo ist deine Mutter?«

Man konnte eine Jugendliche unter diesen Umständen doch nicht alleine auf ein Hotel aufpassen lassen.

»Sie war in La Ceiba und kann nicht zurückkommen. Beten Sie, dass sie morgen wieder nach Hause kann. Und beten Sie, dass wir endlich Gas geliefert bekommen, mein Herr!«

Was würde Ingo machen, wenn er an die östliche Grenze dieser merkwürdigen Zone kam und nicht herausgelassen wurde?

»Das wird sich schon alles wieder beruhigen. Morgen wissen wir bestimmt mehr. Kann ich wenigstens noch ein Bier haben? Oder am besten gleich zwei? Und ein paar Chips vielleicht?«

Fanny ging in Richtung Küche und kam mit zwei eiskalten Flaschen Salvavida und einer dieser Miniaturtüten mit undefinierbaren Industriesnacks zurück.

»Danke«, sagte Ulrich und ging die Treppe hinauf zu seinem Zimmer.

Er öffnete ein Bier und rief Ingo an. Es tutete. Achtmal, zehnmal, zwölfmal, nun komm schon, nimm ab, alle in Honduras telefonieren beim Autofahren. Jetzt sei nicht so überkorrekt.

Konnte es sein, dass Ingo in einer Kontrolle festhing? Es wäre gut zu wissen, wo genau die Grenze dieses *Victoria-S.A.*-Territoriums war.

»Der gewünschte Teilnehmer antwortet nicht. Bitte versuchen Sie es später noch einmal.«

Ja, danke für den schlauen Tipp. Ulrich versuchte es ungefähr alle fünf Minuten, doch Ingo ging nicht ans Telefon. Musste er sich Sorgen machen? Was hatte ihn bloß zurück in dieses verdammte Land getrieben? War die Sehnsucht nach Yessica wirklich so schlimm geworden, dass er darüber alles andere hatte vergessen können? Hatte er sich wirklich eingebildet, hier einen netten, nostalgischen Urlaub verbringen zu können? Sehnsucht machte blind, blöd und vergesslich. Ulrich kippte schon das zweite Bier in sich hinein. Ingo würde sehen, dass er angerufen hatte. Wenn er konnte, würde er sich melden. Es machte keinen Sinn, es weiterzuversuchen.

Nachdem Ulrich das zweite Bier heruntergestürzt hatte, ließ er sich rückwärts aufs Bett fallen und starrte lange Zeit in Richtung Decke, die er in der Dunkelheit gar nicht sehen konnte. Sein Kopf fühlte sich komplett leer an.

3

31.05.2019

In Rückenlage schlug er morgens die Augen wieder auf. So, als hätte er am Abend eine Betäubungsspritze bekommen und wäre erst jetzt aus der Narkose aufgewacht. Die Luft war heiß und stickig. Ulrich erhob sich kurz, um an der Schnur des Ventilators zu ziehen, und ließ sich dann sofort wieder rückwärts fallen. Er beobachtete die Ventilatorflügel, die langsam an Fahrt gewannen, bis sie in der Bewegung verschmolzen. Der kühle Luftzug trocknete Ulrichs klebrige Haut.

Er fuhr auf und tastete auf dem Nachttisch nach seinem Handy, fand es nicht, sprang beinahe panisch auf. Wo hatte er es gestern Abend liegen lassen? Er schüttelte das Laken aus und das Gerät purzelte zu seinen Füßen auf den Boden. Er hob es auf und schaute auf das Display. Keine Anrufe in Abwesenheit, keine Nachrichten. Er drückte auf Wahlwiederholung. Warum hatte Ingo sich nicht zurückgemeldet? Es klingelte. Dreimal. Dann kam ein Besetzt-Signal. Ingo oder irgendjemand anders, der im Besitz seines Handys war, hatte Ulrich weggedrückt. Er öffnete sein Adressbuch, tippte Y wie Yessica ein. Hielt einen Moment inne, als er ihren Namen und ihre Nummer auf dem Display hatte. Er musste sie anrufen. Die Zeit der Kindergartenspiele war vorbei. Seine Fingerspitze zitterte über der Taste mit dem grünen Hörer, senkte sich dann beherzt. Doch in sein Ohr drang nur die nächste Enttäuschung: »Die gewählte Rufnummer ist nicht vergeben. Bitte rufen Sie die Auskunft an.«

Ulrich stieg in seine Strandshorts, zog sich ein T-Shirt über den Kopf und schlüpfte in seine Flipflops. Vor allem sein Gesicht sah furchtbar zerknittert aus. Er griff nach dem Autoschlüssel und erinnerte sich dann, dass der Wagen in Tela stand. Dann fiel ihm ein, dass er doch ins Meer springen wollte, aber auf der Straße richtete er seine Schritte in eine andere Richtung.

Die kleine Radiostation von *Umalali*, dem Sender aus Triunfo, gemacht von Triunfeños und Triunfeñas, war nicht weit von seiner Unterkunft entfernt. Von außen war sie nur an dem ungefähr zehn Meter hohen Sendemast zu erkennen, der zwischen ein paar Bäumen aufragte. Ein Pfad zwischen einem Wohnhaus und einem überdachten Kochstand führte zur Radiostation. Vor der Freiluftküche hatte sich eine Gruppe Frauen versammelt und diskutierte. Auf Garífuna, sodass Ulrich nichts verstand.

Er zuckte zusammen. In einer solchen Gruppe war es nicht unwahrscheinlich, Yessica anzutreffen. Er musterte die Frauen, noch bevor er ihnen einen Gruß zurief. Die meisten waren ältere Semester. Sie trugen die typischen weiten Kleider, die Ulrich immer an Nachthemden erinnerten. Er kannte einige Gesichter, sie gehörten zur örtlichen Frauengruppe. Die Frauen besaßen ein paar Felder, auf denen sie gemeinschaftlich Yuca anbauten, woraus sie dann das Fladenbrot Casava herstellten. Damit verdienten sie ein bisschen Geld. Sonst trafen sie sich zum wöchentlichen Gesprächskreis, bei dem keine Männer willkommen waren und der strikt auf Garífuna abgehalten wurde.

Yessica gehörte nicht zur Frauengruppe, hatte aber großen Respekt vor ihr. Auch wenn einige der Mitglieder aus ihrer Sicht zu bibeltreu waren. Yessica eckte mit ihrer Arbeit an. Statt über Treue und Enthaltsamkeit redete sie mit jungen Leuten über praktische Dinge, wie den Gebrauch von Kondomen und die Gefahren von AIDS. Sie predigte den Mädchen aber auch, den eigenen Wert zu erkennen. Erkenne deinen eigenen Wert und tue nur das, was du selbst willst. Und wenn du etwas tust, dann tue es so, dass es dir später nicht leidtun muss.

Was das Selbstbewusstsein anging, waren die älteren Frauen

von Triunfo wiederum ein leuchtendes Vorbild. Sie nahmen kein Blatt vor den Mund und ließen sich von keinem Mann herumkommandieren. Seltsamerweise war das vielen der Mädchen und jungen Frauen abhandengekommen.

Ulrich versuchte, sich an den Namen der einen oder anderen Frau zu erinnern. Hieß die kleine Alte mit dem Puppengesicht dort Betty? Oder Cristina? Und die Jüngste von allen, an sie konnte er sich auch erinnern, Mutter von fünfzehn Kindern, eine sehr herzliche und selbstbewusste Frau. Nicht nur Mutter von fünfzehn Kindern, sondern auch Radiomacherin und politische Aktivistin für die Landrechte der Garífuna. Aber wie war ihr Name? Amada? Antonia? Er konnte nicht ewig hier stehen und sie anstarren.

»Buiti Binafi«, rief er der Gruppe zu, zum Glück diesmal zur richtigen Tageszeit.

Ein vielstimmiges »Buiti Binafi« schallte zurück. Alle musterten ihn.

»Doña ...«, begann Ulrich und konnte sich immer noch nicht zwischen Betty und Cristina entscheiden.

Betty oder Cristina kam ihm zuvor.

»El Alemán! Sind Sie wieder zurück? Don ... ach, verzeihen Sie, ich habe Ihren Namen vergessen.«

»Uli«, antwortete Ulrich. Mit Nachnamen sprach sich hier niemand an. Außerdem war seiner unaussprechlich, genauso wie Ulrich. Nur Juancito machte sich einen Spaß daraus, ihn ›Señor Geissenberg‹ zu nennen, was aber mehr klang wie ›Heisenberg‹ mit gehauchtem H. »Doña Betty?«, fragte Ulrich aufs Geratewohl.

Sie lachte, wobei sie eine prominente Zahnlücke entblößte. »Nein, Bertha, mein Sohn. Fängt auch mit B an. Willkommen zurück! Einen schönen Tag haben Sie sich ja nicht gerade ausgesucht, gütiger Gott!«

»Doña Bertha, Doña ... Entschuldigung, ich habe auch ein schlechtes Namensgedächtnis. Ich freue mich, Sie alle hier zu treffen, auch wenn die Umstände ziemlich schrecklich sind. Wirklich, ich bin total überrumpelt.«

»Willkommen in der Modellstadt, Compita«, schaltete sich nun die jüngste der Frauen ein. »So hat diesen Verbrecher also seine gerechte Strafe getroffen. Soll ich Ihnen sagen, was schrecklich ist, Compa? Das, was sie jetzt mit der Bevölkerung machen werden.«

»Welchen Verbrecher hat es erwischt?« Er wusste es schon von Ingo, aber er wollte hören, ob die Frauen die Informationen hatten.

»Mauricio Bustillo.«

Der Aufsteiger aus der Nationalen Partei, von dem Ingo gesprochen hatte. Jetzt war er in den Himmel aufgestiegen.

»Was ist mit den Journalisten?«

»Da sagen sie immer noch nichts Genaues drüber, das ist ein Staatsgeheimnis, mein Sohn.«

»Weiß man schon, wer hinter dem Attentat steckt?«

»Nein. Aber sie werden es uns in die Schuhe schieben. Terroristen werden sie uns nennen und was nicht noch alles. Sie warten doch nur auf eine Gelegenheit, sich unser Land zu nehmen, das Land, auf dem ich geboren bin und auf dem ich sterben werde.«

»Amada, das ist nur eine Vermutung«, schaltete sich eine andere Frau ein. »Ich glaube, dass Bustillo sich mit seinen Parteikumpanen angelegt hat. Das sind doch alles Banditen und Drogenhändler. Die kratzen sich gegenseitig die Augen aus. Nicht einmal das Fünkchen Ehre haben sie.«

»Ja, meine Liebe, aber sie werden es trotzdem so verpacken, dass wir daran schuld sind.«

»Wenn ihr mich fragt, haben die sich verrechnet. Selbst wenn sie Bomben werfen und uns Terroristen schimpfen, werden sie unser Land nicht bekommen. Wisst ihr noch, wie wir diesen feinen Herrn Abgeordneten verjagt haben?«

»Du meinst den mit der Mauer?«

»Die wundersamerweise wieder eingestürzt ist …«

»Ja, Compitas, ich erinnere mich genau. Wie der geguckt hat! Und seine bescheuerten Gorillas erst!«

»Ich hätte da noch eine ganz andere Frage«, unterbrach Ulrich die Diskussion und biss sich angesichts seines Muts auf die Unterlippe. Sollte er sie wirklich stellen? Dann wusste es das ganze Dorf. Egal, sie befanden sich im Ausnahmezustand. »Weiß eine von Ihnen etwas von Yessica?«

Im nächsten Moment fand sich Ulrich im Kreuzfeuer der Blicke wieder. Fragend die harmloseren, streng bis missbilligend die anderen.

»Welche Yessica?«, fragte Amada und wirkte doch so, als wüsste sie genau, wer gemeint war.

»López García. Die bei der Gesundheitsstation gearbeitet hat.«

»Oh, die Ärmste hat ihren Job verloren. Die Gesundheitsstation wurde geschlossen. Sie musste sich etwas Neues suchen.«

»Das habe ich schon gehört«, antwortete Ulrich. »Nur kann mir niemand sagen, wo sie jetzt ist.«

»Ist sie nicht nach Vallecito gegangen?«, sagte eine dicke Frau, die bislang nicht mit Ulrich gesprochen hatte.

Amada sah sie strafend an und widersprach ihr: »Nein, das glaube ich nicht. Bei allem Respekt, Yessica ist nicht fürs derart einfache Leben gemacht. Jeden Tag Wasser vom Brunnen holen, morgens Feuer anzünden, um den Kaffee aufzusetzen, das wäre nichts für sie. Ich mein das gar nicht böse, aber sie ist halt eher eine Frau des Worts. Ist sie nicht zu ihren Verwandten auf die Inseln gegangen?«

»Ich glaube, sie wollte zu ihrer Tochter nach Tegucigalpa«, warf eine andere Frau ein.

Irgendwie kam es Ulrich so vor, als würden die Frauen ihn absichtlich mit widersprüchlichen Informationen bombardieren. Wenn es um Yessica ging, hatte wohl jeder und jede in diesem Ort eine andere Lüge parat. Sie trauten Ulrich nicht. Yessica hatte ihm sogar mal erklärt, warum die Politischen im Dorf Fremden kaum Auskunft über den Verbleib einer bestimmten Person gaben: Zu oft hatte es in der Vergangenheit Attentate gegeben, besonders auf diejenigen, die für die Rechte der Garífuna eintraten.

Ulrich wollte sich nicht länger abwimmeln lassen, aber er wollte auch nicht zu großes Misstrauen säen. »Beim Abschlussbericht unseres letzten Projekts sind noch ein paar wichtige Fragen aufgetaucht, die die Gesellschaft mit Yessica klären müsste.«

»Wir werden ihr Bescheid sagen, wenn wir sie sehen«, sagte Amada und es klang wie: Euer Projekt hat mich noch nie interessiert.

»Na ja, es ist dringend. Wenn sie länger weg ist ... Hat denn niemand Kontakt zu ihr oder ihren Verwandten, sodass ich sie schneller erreichen kann? Sie hat doch eine erwachsene Tochter.«

Die Frauen schwiegen betreten. »Wir haben ihre Nummer nicht. Aber wenn wir jemanden aus ihrer Familie treffen, werden wir es ihr ausrichten lassen«, wiederholte Amada bestimmt.

»Hat die Organisation keinen Kontakt zu ihr?«

»Das weiß ich nicht. Am besten fragen Sie Juancito. Oder Sie fahren ins Büro nach La Ceiba.«

»Okay.« Ulrich seufzte. »Danke«, setzte er hinzu.

Er blickte auf sein Handy, das ihm noch immer kein Lebenszeichen von Ingo meldete. Er wollte es schnell noch einmal versuchen, bevor er mit den Leuten im Radio sprach. Er musste seinem Ex-Chef Bescheid sagen, dass sich Yessica vielleicht bei der Gesellschaft melden würde. Dann sollte unbedingt jemand ihre Nummer aufschreiben und sie Ulrich zukommen lassen. Das war schon die zweite wenig professionelle Handlung, um die er Ingo bitten musste, und diesmal war es kein

Notfall. Auch wenn Ulrich die Suche nach Yessica von Stunde zu Stunde dringlicher vorkam. Als wäre sie entführt worden und drohte, in einem Verlies zu verdursten. Hirngespinste.

»Sí?«, drang Ingos Stimme aus dem Lautsprecher. Ulrich hatte gar nicht mehr damit gerechnet, dass er antworten würde, und musste erst die Worte in seinem Mund sortieren.

»Hier ist Ulrich. Was ist passiert gestern Abend? Haben Sie dich … Also ich habe mir ein wenig Sorgen gemacht. Wir hatten doch gesagt, dass wir telefonieren, wenn ich wieder zu Hause bin. Ich hab dich auch angerufen, aber dein Telefon war aus.«

»Du musst nach Tegus kommen und dich auf der Botschaft melden. Das Ganze wird ein Nachspiel haben.« Ingos Stimme klang frostig.

»Aber was ist denn passiert?«

»Darüber möchte ich am Telefon nicht reden. Aber abgesehen von der schlechten Laune und der Müdigkeit, die ich dir verdanke, geht es mir gut.«

»Wann muss ich mich auf der Botschaft melden? Und angenommen, ich hätte dich nicht erreicht, woher sollte ich das eigentlich wissen?«

»Sag mal, stellst du dich so blöd oder warst du das schon immer? Hier geht es nicht um dich, hier geht es um meinen Job.«

»Ich war seit anderthalb Jahren nicht hier, ich kann doch die ganze verdammte Situation nicht einschätzen. Warum …«

»Schluss jetzt. Wir reden, wenn du in Tegus bist.«

»Ich dachte, du wärst nach La Ceiba gefahren.«

»Eben nicht. Der nächste Kontrollposten hat mich nach Tegus geschickt. Noch fünf Stunden Autofahrt, schönen Dank!«

»Schon gut. Ich muss versuchen, an dieses Auto zu kommen. Und ich muss verstehen, was hier überhaupt los ist. Wirklich, ich tu mein Bestes, versprochen. Und ich bin dir wirklich dankbar.«

»Ja, dir auch einen schönen Tag.«

Ingo hatte aufgelegt. Bei der Laune hätte Ulrich die Bitte nicht vorbringen können. Aber Yessica würde sich wahrscheinlich sowieso nicht bei der Gesellschaft melden, um offene Fragen aus dem alten Projekt zu klären. Auch dann nicht, wenn sie erfuhr, dass Ulrich dahintersteckte.

Die Gittertür gab den Weg frei zu einem kahlen dunklen Raum, der kaum charmanter wirkte als eine Gefängniszelle. An den Wänden hockten Männer und Frauen auf Plastikstühlen und lauschten der Stimme des Radiosprechers aus einer Box. Daneben standen auf dem mit Klebeband geflickten Tisch eine Zweiliterflasche neongrüner Limonade und ein Stapel Plastikbecher.

Die Kabel der Box führten unter der Tür in die Sprecherkabine nebenan. Die Blicke einiger Zuhörer klebten an der Membran des Lautsprechers, andere starrten zu Boden oder in ihre Becher. Vor allem die Frauen fächelten sich mit gefalteten Zetteln Luft zu und blickten gequält. Ein Standventilator in einer Ecke des Raumes erzeugte mehr Geräusche, als dass er für Kühlung sorgte. Die Stimme aus der Box sprach Garífuna, wobei ab und an spanische Namen und Begriffe einflossen wie ›Technischer Sekretär‹, ›Rathaus‹ oder ›Militärpolizei‹. Ulrich glaubte auch den Namen Ronald Reagan zu vernehmen, hielt dies jedoch für einen akustischen Irrtum. Was sollte der Ex-Präsident der USA mit der ganzen Angelegenheit zu tun haben? Er verfluchte sich dafür, dass er die paar Garífuna-Brocken, die er mit Yessica gepaukt hatte, wieder vergessen hatte. Der Mann im Radio hieß Ángel, erinnerte sich Ulrich, und seine Mission war es, Sprache und Kultur der Garífuna zu wahren.

Ulrich sah sich genauer in der Runde um. In der Ecke rechts von ihm saß Laura, Yessicas ehemalige Kollegin von der Gesundheitsstation. Später musste er versuchen, sie auf ein paar Worte abzupassen. Jetzt war sie mit der Betrachtung ihrer mehrfarbig lackierten Fußnägel beschäftigt, während sie mit dem Mädchen flüsterte, das neben ihr saß. Vielleicht eine der Jugendlichen, mit denen sie arbeitete. Neben dem Mädchen saß ein weiteres, das die Arme vor dem Körper verschränkt und den Blick Richtung Decke gerichtet hatte. Räumlich und altersgemäß ließ sich der Gruppe der jungen Garífuna noch ein schlaksiger Junge in Röhrenjeans und neongrünen Turnschuhen zuordnen. Er drückte auf den Tasten seines Handys herum, damit seine Hände nicht vor lauter Nervosität von seinem Körper wegflogen. Die drei jungen Leute mussten vom Gesundheits- und Jugendaufklärungsprogramm sein, das Laura leitete.

Auf der anderen Seite des Raumes saß im weitestmöglichen Abstand die Fraktion der alten Männer, so als wäre Jugend eine schlimme und ansteckende Krankheit. Bei ihnen war Ulrich sich nicht sicher, ob sie alle mit dem Radio zu tun hatten. Die alten Männer hatten nun einmal die Angewohnheit, gefragt oder ungefragt überall herumzulungern, und anders als bei Jugendlichen gab es keine Autorität, die sie verscheuchen konnte. Es war die Rache des Alters für die Gängeleien der Jugend. Der Lebensabschnitt des Im-Recht-Seins.

Die älteren Frauen bevorzugten es anscheinend, ein Schwätzchen vor der Tür zu halten. Entweder sie wussten schon alles oder sie hatten keine Lust, sich die Welt von Männern erklären zu lassen. Außer Ulrich war ein weiterer Weißer im Raum, dunkel- und wursthaarig, in Schlabberhosen und Trekkingsandalen. Sein Outfit zeichnete ihn als internationalen Freiwilligen aus. Ulrich hatte in seiner Zeit einige von ihnen kommen und gehen sehen, kennengelernt kaum, weil sie alle Mitarbeiter von staatlichen Entwicklungsorganisationen als Feinde ansahen. Ulrich war sich fast sicher, dass der andere Weiße die Stimme aus dem Lautsprecher auch nicht verstand, obwohl er die Pose eines aufmerksamen Zuhörers eingenommen hatte.

Ulrich stand noch immer in der Tür. Jeder weitere Schritt

war eine Entscheidung, eine Zuordnung zu Alter oder Jugend, die sich nur schwer wieder rückgängig machen ließ. Setzte er sich zu den alten Männern, würden sie ihn höflich grüßen und dann weiter angespannt zuhören, vielleicht sogar das Gehörte auf Garífuna kommentieren. Der Freiwillige würde ihn nach Möglichkeit wie Luft behandeln und ihn innerlich dafür hassen, dass er sich zu ihm gesellte. Sein bester Versuch waren die jungen Leute aus dem Ort. Aber Ulrich hatte ein wenig Angst vor Laura. Sie konnte sehr bissig sein. Er nahm beherzt neben dem Jungen mit den leuchtenden und, wie ihm jetzt auffiel, blitzsauberen Schuhen Platz.

»Worüber redet er?«, flüsterte Ulrich ihm zu.

»Über gestern. Das Attentat.«

»Das habe ich mir gedacht. Aber was sagt er genau?«

»Ach, viele Sachen. Die Militärpolizei ist überall in Tela. Es gibt eine Ausgangssperre. Die Polizei will die ganze Gegend durchkämmen. Aber in Boquete wurde sie noch nicht gesehen. Sobald sie ins Dorf hineinfährt, wird es Alarm geben. Es gibt Gerüchte, dass sie morgen kommt, vielleicht auch schon heute Nacht.«

»Psst!«, kam es drohend von Laura herüber. Sie hatte ihr eigenes Getuschel unterbrochen und sah streng in Richtung von Ulrich und dem Jungen. »Was machst du hier? Wer hat dir erlaubt hereinzukommen?«, fragte sie dann laut.

Nun hatte Ulrich die Aufmerksamkeit des ganzen Raumes, was nicht gerade das war, was er sich gewünscht hatte. Allein Ángel in seiner Sprecherkabine bekam nichts mit.

»Hallo Laura. Die Frauen draußen haben mir gesagt, ich solle reingehen. Ich bin mehr oder weniger zufällig hier. Wollte nur mal dem guten alten Triunfo einen Besuch abstatten, als gestern diese schreckliche Sache passiert ist.«

»Laura, wer ist das?«, fragte eine Frau, die Ulrich bislang gar nicht wahrgenommen hatte. Wieso fragte sie ihn nicht einfach selbst?

»So ein Typ von der Deutschen Gesellschaft. Ich habe ihn lange nicht mehr gesehen. Keine Ahnung, warum er auf einmal hier ist.«

Mit so viel offener Feindseligkeit hatte Ulrich doch nicht gerechnet. Hatte Yessica Negatives über Ulrich erzählt? Hatte sie am Ende alle Vertraulichkeiten zwischen ihnen bereut und ihn vor der Kollegin schlechtgemacht?

»Wirklich, ich bin nur auf Besuch hier. Ich arbeite nicht mehr für die Gesellschaft, also doch, aber nur noch im Innendienst. Mit Honduras habe ich nichts mehr zu tun. Ich bin im Urlaub und jetzt bin ich hier gestrandet. Mein Auto steht in Tela, ich komme nicht weg. Ich bin ins Radio gekommen, weil ich die Nachrichten hören will«, erklärte sich Ulrich nun der ganzen Runde. »Aber wenn ich störe, dann bitte ich vielmals um Entschuldigung und gehe vor die Tür.«

Einer der alten Männer hatte angefangen zu kichern und sagte etwas auf Garífuna. Alle lachten.

»Er sagt: ›Warum setzt du dich nicht einfach vor dein Radio, wenn du Nachrichten hören willst?‹«, sagte Laura, die als Einzige nicht mitgelacht hatte.

»Ganz einfach, weil ich kein Radio habe. Wieso also nicht zum Sender gehen, wenn er quasi vor der Tür ist?«

Auf einmal tönte Ángels Stimme auf Spanisch aus dem Lautsprecher: »Normalerweise begrüße ich an dieser Stelle immer all diejenigen, die in Triunfo zu Besuch sind, und fordere sie auf, unseren wunderschönen Strand zu genießen und für uns alle zu erhalten, für die Erholungssuchenden wie für die Triunfeños.«

Als hätte er die im Vorzimmer aufgebrandete Diskussion mitbekommen.

»Doch wer will schon heutzutage Triunfo, das sie dem Namen einer Firma untergeordnet haben, einen Besuch abstatten? Eine Firma, die erst gestern unter Beweis gestellt hat, wie explosiv ihre Geschäfte sind. Und die nun im Namen dieser Geschäfte Krieg führen will, für den ihr die Soldaten der honduranischen Regierung gerade recht kommen. Wir haben heute viele Hörerinnen und Hörer außerhalb von Triunfo vor den Radiogeräten. *Radio Progreso* hat versprochen, dieses Programm auszustrahlen, und wir hoffen, dass sie nicht einmal mehr von Militärs besetzt worden sind. Die Wahrheit ist unerwünschter denn je in diesem Land und wer sich entschieden hat – ich betone ›entschieden‹, wie sie sagen –, in dieser Firmenenklave zu leben, hat die Freiheit, zwischen Telenovelas per Satellit auf Koreanisch, Chinesisch, Russisch, Arabisch und welchen Sprachen auch immer zu wählen, aber nicht, einen autonomen lokalen Radiosender zu empfangen, unser *Radio Umalali*. Die großen Sender, meine Freunde, sind gleichgeschaltet und berichten: nichts. Zu ihrem Leidwesen ist kein Star gestorben, dem sie ihr Programm hätten widmen können wie damals beim Putsch 2009 Michael Jackson.«

Ulrich wurde ungeduldig. Lohnte es sich überhaupt zuzuhören? Hatte Ángel am Ende auch nichts zu berichten?

Ángel fuhr fort. »Was wissen wir bis jetzt? Mehrere Zeugen in Tela bestätigen uns, dass es gegen Mittag eine Explosion gegeben hat, kurz darauf wurden Militärhubschrauber über der Stadt gesehen und es wurde eine Ausgangssperre verhängt. Die offizielle Darstellung ist, dass es ein Bombenattentat bei der Firma *Victoria* gegeben hat, mitten in ihrem neuen Glaspalast, und zwar während einer Pressekonferenz des sogenannten Komitees für die Beste Praxis, über dessen fragwürdigen Charakter wir schon mehrfach gesprochen haben. Die Polizei hat den Tod des Verwalters, des sogenannten Technischen Sekretärs ihrer Modellstadt, Mauricio Bustillo, bestätigt.«

Einer der Radiozuhörer klatschte leise in die Hände.

»Bustillo war ehemaliger Wahlkampfberater des De-facto-Präsidenten von Honduras und wir wissen alle, dass dieser Wahlkampf mit Betrugsgeldern finanziert wurde. Bustillo hat sich aus unser aller Taschen bereichert und hat die kriminellen Geschäfte anderer unterstützt. Wir werden uns auf diesem Sender nicht damit aufhalten, den Verlust Bustillos zu betrauern. Was uns mehr bewegt, ist, dass es augenscheinlich Opfer unter den Journalisten gegeben hat. Die Namen konnten wir bisher nicht herausfinden, auch nicht, ob es wirklich Tote gegeben hat. Wir wissen außerdem nichts über den Verbleib unseres Kollegen Carlos Reyes von *Globo TV* und seines Kameramanns, die gestern auf der Plaza von Tela bei laufender Kamera verhaftet wurden. Meine lieben Hörerinnen und Hörer, der Bombenanschlag von Tela wird sich als ein Anschlag gegen uns herausstellen, gegen den Frieden, in dem wir seit Jahrhunderten hier an der Küste leben. Dieses Attentat wird nichts anderes als ein Vorwand sein, die Küste zu militarisieren. Wir Garífuna sind ein friedliches Volk. Wir kämpfen mit friedlichen Mitteln. Die Mitglieder dieses Komitees sind alles andere als friedfertig. Ich übertreibe nicht, wenn ich sage: Jeder von ihnen hatte Feinde, die ihm den Tod gewünscht haben. Jedes dieser Komiteemitglieder hat Menschenleben auf dem Gewissen, auch wenn sie sich nicht eigenhändig mit Blut befleckt haben. Meine Damen und Herren, haben wir es nötig, uns mit den Motiven dieses Anschlags zu befassen?«

»Unsinn! Wir sollten sie einfach davonjagen«, rief der Mann, der geklatscht hatte, in den Raum.

Ángel konnte ihn in seiner Kabine natürlich nicht hören.

»Nein und ja, würde ich sagen. Wir könnten sagen, nein, das geht uns nichts an, denn es war kein Angriff auf uns. Wir könnten auch sagen ja, wenn wir der Meinung sind, dass die ganze Geschichte eine Inszenierung ist. Ich glaube, wir sollten uns das sogenannte Komitee für die Beste Praxis einmal genauer ansehen. Wer sind diese Leute? Sechs Mitglieder sind US-Amerikaner, kein einziges Mitglied ist farbig. Mindestens zwei Mitglieder, vielleicht auch mehr, waren schon in den Achtzigern an Waffen- und Drogengeschäften in Mittelamerika beteiligt, nur zwei Mitglieder kommen aus Honduras und sind selbstverständlich beide in der Nationalen Partei, genauso wie der Technische Sekretär, Bustillo. Alle Mitglieder dieses Komitees hängen der Ideologie des Neoliberalismus an, das heißt, sie wollen den Armen noch mehr wegnehmen, um es den Reichen zu geben. Ja, und dann haben noch mindestens zwei der Leute die berüchtigte Militär- und Folterschule der Gringos besucht und ich weiß nicht, wie viele die reaktionären Contras in Nicaragua unterstützten. Das sind so ungefähr die Leute, mit denen wir es hier zu tun haben. Der Name ›Komitee für die Beste Praxis‹ alleine ist ein Hohn. Nun, wer würde ein Attentat auf eine solche Gruppe verüben? Die Linke, soziale Bewegungen, Oppositionelle. Das werden uns bald alle offiziellen Medien weismachen. Noch interessanter ist aber, dass außer Bustillo niemand aus dem Komitee gestorben ist. Das spricht noch mehr dafür, dass es sich um eine Inszenierung handelt.«

Ángel war eine Labertasche. Genau wie Juancito. Er kam vom Hundertsten aufs Tausendste, scherte sich null um den Aufbau einer Nachricht. Klar war es interessant, wer in diesem Komitee saß, aber im Moment wollten doch alle wissen, was in Tela passiert war. Ob wirklich Journalisten getötet worden waren. Oder ob in ein paar Stunden die Militärpolizei Triunfo stürmen würde. Als ob Ángel Ulrichs Gedanken vernommen hätte, wechselte er das Thema.

»Bleiben wir bei der Nachrichtenlage. Zwischen sechs Uhr abends und sechs Uhr morgens wurde für alle Gebiete, die in den offiziellen Grenzen der Sonderzone liegen, eine Ausgangssperre verhängt. Die Militärpolizei patrouilliert angeblich im gesamten Gebiet, obwohl sie hier noch nicht gesehen wurde. Es ist zurzeit nicht erlaubt, die Grenzen der Zone zu passieren. Mit anderen Worten: Wir leben im Gefängnis und vielleicht bleibt das so, bis sie jedes Haus auseinandergenommen haben. Hinzu kommt, dass viele Menschen nicht zur Arbeit kommen, denn die Straßensperren an der Hauptverbindungsstraße kann nur passieren, wer im Besitz gültiger Ausweispapiere inklusive Eintrag ins Personenregister ist und außerdem einen Arbeitsvertrag vorweisen kann. Wie immer schert es die Bürokraten nicht, wie wir Armen leben. Arbeitsverträge, dass ich nicht lache! Wer von uns hat in den letzten zehn Jahren ein solches Papier in der Hand gehalten? Kleinen Moment bitte, ich erhalte gerade einen Anruf«, unterbrach er seinen eigenen Vortrag. »Vielleicht gibt es Neuigkeiten. Ich bin sofort wieder bei Ihnen.«

Mit diesen Worten zog Ángel die Musik hoch.

»Ich höre soeben, dass wir doch einen Gast in Triunfo haben, und es tut mir natürlich leid, ihn nicht gebührend begrüßt zu haben. Das Besondere ist, dass dieser Gast sich sogar live bei uns im Studio befindet und dass er, wie ich vernommen habe, gestern in Tela war, als sich der sogenannte Anschlag zugetragen hat.«

Ulrich erstarrte. Nein, das konnte nicht sein Ernst sein. Es war schon immer Ángels Angewohnheit gewesen, jeglichen Besuch im Radiosender ohne Vorwarnung vor das Mikrofon zu zerren. Aber Moment, Ulrich konnte nicht gemeint sein, denn selbst wenn jemand Ángel gesagt hatte, dass Ulrich vor der Tür des Sendestudios saß, dann wusste der- oder diejenige noch lange nicht, dass er den gestrigen Tag in Tela verbracht hatte. Doch seine Hoffnung zerschlug sich, als sich die Tür öffnete und Ángel ihn am Arm in die Kabine zog. Ulrich schüttelte wild mit dem Kopf. Allein lautstark protestieren konnte er nicht, weil er wusste, dass das Mikrofon angeschaltet war.

»Ich darf Ihnen Don Uli aus Deutschland vorstellen. Uli, was führt Sie nach Triunfo?«

Wenn Yessica im Land war, würde sie ihn jetzt hören. Wenn sie ihn nicht hörte, würde ihr jemand von seinem Auftritt erzählen.

»Ehrlich gesagt, ich hatte Sehnsucht.« Ein Fingerzeig an Yessica. Oder war es eher ein Wink mit dem Zaunpfahl? »Ich war früher schon einmal hier. Ich habe die Zeit in Triunfo sehr genossen, wenn ich das in diesem traurigen Moment sagen darf. Die Leute, die Atmosphäre, der wunderbare Strand ...«

Glücklicherweise unterbrach ihn Ángel in seiner platten Schwärmerei.

»Man hat mir gesagt, Sie waren gestern zur fraglichen Zeit in Tela. Was haben Sie dort gesehen und gehört?«

Wenn Ulrich wüsste, für wen dieses ›man‹ stand. War es nicht substanziell, täte er jetzt am besten daran zu dementieren, denn die Frage, wie er trotz Ausgangssperre aus Tela herausgekommen war, würde sich wenig später anschließen.

»Das stimmt nicht ganz«, antwortete Ulrich. Lügen war ihm noch nie leichtgefallen. Noch schlimmer war es, wenn er sich seine Lügengeschichte erst im Moment des Redens ausdenken musste. »Ich bin morgens nach Tela gefahren, weil ich ins Internet musste. Dann habe ich aber einen alten Bekannten getroffen, der mich zum Mittagessen nach La Ensenada eingeladen hat. Ich habe mein Mietauto stehen lassen, weil wir beide noch Dinge in der Stadt zu erledigen hatten. Später haben wir dann die Hubschrauber gehört und nach Nachrichten im Fernsehen gesucht. Auf *Globo TV* war kurz dieser Reporter zu sehen, auf der Plaza von Tela, um ihn herum jede Menge Militärpolizei, dann war das Bild weg und er hat noch sagen können, dass er jetzt verhaftet werde. Das war eigentlich alles, was ich gesehen habe, also auch nicht mehr als irgendjemand anders fernab des Geschehens.«

»Das zeigt mal wieder, wie weit es ist mit der Pressefreiheit in diesem Land. Die anderen Sender schweigen die Ereignisse tot, bis sie gnädigerweise eine offizielle Version von der Polizei bekommen, und die Einzigen, die berichten, werden auf offener Straße zusammengeschlagen und verschleppt. Danke, Don Uli, da hat sich die Gerüchteküche wohl verselbstständigt. Sind Sie denn gestern noch zurück nach Triunfo gekommen?«

»Ja, der Bekannte hat mich gefahren.«

»Und Sie sind auf der Straße nicht gestoppt worden?«

»Nein, zum Glück nicht. Aber ich traue mich nicht mehr, mein Auto abzuholen.«

»Eine letzte Frage: Was hört man in Europa von den Modellstädten in Honduras?«

»Wie immer, wenn es um Honduras geht, hört man gar nichts. Mindestens fünfzig Prozent der Deutschen wissen nicht einmal, wo Honduras liegt. Wenn die honduranische Mannschaft bei der WM etwas besser gespielt hätte, wäre vielleicht auch ein klein wenig mehr über die Politik des Landes berichtet worden. Aber mit dem schlechten Spiel war da nichts zu machen.«

»Interessant, dass in Europa der Fußball über die Politik entscheidet. Und ich dachte, nur Bananenrepubliken wie die unsere würden Fußballkriege führen. Nun, Don Uli, vielen Dank und erzählen Sie den Menschen in Ihrem Land, wie es in Honduras wirklich ist.«

»Danke, Ángel, und viel Glück in diesen schwierigen Zeiten.«

Ulrich konnte nicht schnell genug aus der Sprecherkabine kommen. Ohne irgendeinem der im Vorzimmer Anwesenden ins Gesicht zu sehen, stürzte er ins Freie. Er wollte nur weg, bevor ihn irgendjemand mit seiner Lüge konfrontieren konnte. Wer hatte Ángel gesagt, dass er gestern in Tela gewesen war? Was lag der Person daran, ihn im Radio vorzuführen und so vielleicht das Augenmerk der Polizei auf ihn zu lenken?

Von der Radiostation waren es nur drei Minuten an den Strand. Ulrich zog sich das T-Shirt über den Kopf, streifte die Latschen von den Füßen und rannte ins Meer.

Kopfüber tauchte er in eine Welle, die über ihm mit Getöse brach. Er schwamm gegen ihre geballte Kraft an, bekam immer wieder ungestüm das Gesicht gewaschen. Erst als er über die Brecher hinaus war, legte er sich mit dem Rücken auf die Meeresoberfläche. Im Sand dösten ein paar Hunde. Sie waren nutzlose Kreaturen ohne Herrchen oder Frauchen, die in den Tag hineinlebten und nichts von der ungewissen Zukunft wussten. Würde man sie am Ende vergiften oder einfangen und einschläfern?

Wie wäre es, wenn Yessica auf einmal am Strand auftauchte? Ulrich sah sie lebensecht in leuchtend rotem T-Shirt zu einer weißen eng anliegenden Jeans. Um den Kopf hatte sie ein grünes Tuch gebunden. Sie legte eine Hand über die Augen, um besser aufs Meer hinausschauen zu können. Konnte sie seinen Kopf in den Wellen erkennen? Sie hatte sein T-Shirt entdeckt, das er über einen weiß gewaschenen umgekippten Baumstamm gehängt hatte. Wenn sie es in die Hand nahm und daran roch, würde sie erkennen, dass es Ulrich gehörte?

In Wirklichkeit lagen am Strand nur die Hunde. Einer war aufgestanden und streckte sich in die Länge, in eher katzen- als hundeartigen Bewegungen. Er tapste zu dem Baumstamm und schnüffelte an Ulrichs Sachen, um dann weiter dem Spülsaum des Meeres zu folgen. Weiter hinten, im Schatten der Bäume, war eine Frau in einem türkisfarbenen knielangen T-Shirt-Kleid an den Strand getreten. Sie hielt einen Moment inne und schaute aufs Meer hinaus, ließ ihren Blick über die Wellen gleiten. Vielleicht suchte sie ihr badendes Kind oder ihren Mann, der zum Fischen hinausgefahren war.

So ein Quatsch, Ulrich hatte die Frauen von Triunfo noch nie auf ihre Männer wartend am Strand gesehen. Nur einmal, als ein Fischer über Nacht im Sturm verschwunden war. Aber da hatte nicht nur seine Frau am Strand gestanden und die Wasserfläche bis zum Horizont abgesucht, sondern das halbe Dorf. Nach einer Nacht auf dem Meer war der Mann, dem im Sturm die Ruder gebrochen waren, zwei Buchten weiter mit seinem Einbaum angespült worden. Zu Fuß war er zurück ins Dorf gekommen, erschöpft, aber glücklich, dass er wieder bei den Seinen war.

Die Frau trat aus dem Schatten der Bäume hervor. Das war doch Laura, die gerade noch im Radiosender gesessen hatte. Sie schien Ulrich an den Strand gefolgt zu sein. Was nun?

Ulrich ließ sich Zeit im Wasser. Er hatte wenig Lust, das feindselige Gespräch wieder aufzunehmen, auch nicht unter vier Augen. Vielleicht wurde Laura es ja müde, am Strand auf ihn zu warten. Vielleicht war sie auch nur gekommen, um allein zu sein, bemerkte, dass jemand im Wasser war, und ging hundert Meter weiter. Laura hatte nun seine Kleidungsstücke entdeckt und hockte sich daneben auf den Baumstamm. Sie winkte ihm.

Ulrich ärgerte sich, dass sie den Fluss seiner Gedanken behinderte. Solange sie dort am Strand saß und auf ihn wartete, konnte er an nichts anderes denken als an die peinliche Situation im Radio. Welche Konsequenzen würde sie nach sich ziehen? Die deutsche Botschaft, die ihn laut Ingo nach Tegucigalpa zitiert hatte, würde nun wissen, wo er sich aufhielt. Würden die Beamten ihn abholen lassen? Durften sie das überhaupt?

Unwillig ließ sich Ulrich von den Wellen auf das Ufer zutreiben. Erst als ihn der weiße Schaum so weit an den Strand gespült hatte, dass sein Bauch fast über den Sand scheuerte, stand er auf. Es war ihm unangenehm, nass und nur in Badehose vor Laura zu stehen. Es machte ihn, den ihr Angriff sowieso schon verletzt hatte, nur noch verwundbarer. Nach nur ein paar verbalen Tritten würde er vor ihr am Boden liegen und sich zusammenrollen wie ein Fötus.

»Was machst du hier?«, fuhr ihn Laura sofort an.

»Baden, siehst du doch.« Er griff nach seinem T-Shirt.

»Haha. Und, wie ist das Wasser? Angenehm, ja? Das freut mich.«

»Vielleicht sagst du mir einfach, was ich für dich tun kann.«

»Du für mich?« Sie lachte gekünstelt. »Du bist es doch, der irgendetwas von uns will, du und deine dämliche Gesellschaft.«

»Ich bin nicht für die Gesellschaft hier.«

»Ach, erzähl mir nichts. Ihr habt uns an die Koreaner oder die Amis oder an was weiß ich wen verkauft. Erst vermesst ihr Ländereien, dann kommt die Regierung, erklärt alles zum Teil einer Modellstadt und überträgt das ganze Gebiet den Koreanern. Soll das Zufall sein, oder was?«

»Wir haben Grundstücke für den biologischen Korridor vermessen, sonst nichts. Der biologische Korridor sollte …«

»Alles Tarnung! Und das Geld für die Gesundheitsstation auch. Nichts hätten wir von euch annehmen dürfen, gar nichts. Ihr wolltet uns nur abhängig machen und in die Pfanne hauen, bäm.«

»Bestimmt nicht. Außerdem weiß ich nichts über die Gesundheitsstation, das war nicht mein Projekt.«

»Darin seid ihr ganz groß, was? Immer heißt es: ›Ich muss meine Chefs fragen, wir müssen das mit unserer Zentrale in Deutschland klären oder mit dem Ministerium.‹ So ging es doch die ganze Zeit. Und wie durch ein Wunder taucht dann diese Gringatante auf. Ihr habt uns an die Gringos verschachert.«

»Moment mal. Von welchen Gringos sprichst du?«

»Stell dich nicht so blöd. US-Aid. Kaum wart ihr raus, haben die uns ein Angebot gemacht.«

»Ach ja? Und wann war das? War Yessica zu dem Zeitpunkt noch hier?«

»Ja, und sie fand die Alte gleich unsympathisch. Meinte, das sei so eine Politikerin, die irgendetwas wolle. Wir haben trotzdem mit ihr geredet, so verzweifelt waren wir.«

»Und was wollte sie?«

»Sie wollte unsere Arbeit zerstören. Die Gesundheitsstation hätte sie an eine Kirche übertragen, dafür hat sie uns Arbeitsverträge versprochen. Und Schul- und Kindergartenplätze für unsere Kinder. Yessicas Mädchen waren ja in der Schule, aber mein Kleiner noch nicht. Das heißt, die Versprechungen kamen eigentlich später, nachdem wir schon abgelehnt hatten. Sie hat versucht, uns zu kaufen, verstehst du? Aber an eine Kirche, nur über unsere Leichen! Wir sollten das ganze Aufklärungsprogramm für Frauen und Mädchen streichen.«

»Ich kann mir vorstellen, dass Yessica richtig wütend war.«

»Meinst du, ich nicht? Das war unser Baby!«

»Ihr habt also abgelehnt und habt immer noch kein Geld. Und Yessica ist abgehauen, weil sie keinen Job mehr hatte? Aber warum kennt ihre Nachbarin sie nicht mehr?«

»Dann ging es erst richtig los. Erst hat die Gringa uns gestalkt mit ihren Bestechungsversuchen. Dann kam auf einmal das hier, warte, ich habe die SMS aufgehoben.« Sie hielt Ulrich ihr Telefon hin.

Ihr komunisten-votzen haltet schnell eure klappe, wir wissen wo die medikamente liegen wir haben zyankali für drekige negerschlampen.

Sie steckte das Telefon wieder ein. »Ich habe das sogar angezeigt, hat die Polizei natürlich nicht interessiert. So was schreiben sie auf und werfen es in den Mülleimer.«

»Und dann?«

»Dann haben wir die Medikamente vernichtet. Was hätten wir sonst machen sollen?«

»Hat Yessica die Nachricht auch bekommen?«

»Die und andere. Aber sie war schon immer hart im Nehmen.«

»Sie ist also nicht deswegen weggegangen?«

»Das kann ich dir nicht sagen. Als Erstes haben wir die Station geschlossen. Wir hatten nicht nur kein Geld, sondern auch keine Medikamente mehr.«

Laura verstummte. Sie studierte Ulrichs Gesicht und sah dabei fast amüsiert aus.

»Du bist wegen Yessica hier, stimmt's? Sie hat viel über

dich geredet. Sie mochte dich, weißt du, auch wenn sie dich für einen Feigling hielt. Beruflich wie persönlich. Aber irgendetwas an dir hat es ihr angetan.« Sie grinste. »Du bist ja auch ein ganz hübsches Kerlchen.«

Ulrich lief rot an und hoffte, dass sie das nicht sehen konnte, weil er einen leichten Sonnenbrand hatte.

»Kein Grund, zur Salzsäule zu erstarren«, fuhr Laura fort. »Wir Frauen müssen uns solche Bemerkungen die ganze Zeit anhören. Na ja, leider bist du total korrumpiert.«

»Du lenkst ab. Was ist mit Yessica? Wo kann sie sein?«

»Überall und nirgends. Wahrscheinlich nimmt sie sich eine längere Auszeit. Sie hat ja Kontakte auf der ganzen Welt.«

»Ich verstehe das nicht. Warum kann mir niemand sagen, wo sie ist? Für mich fühlt es sich langsam so an, als wollte es mir auch niemand sagen. Die Nachbarin behauptet, Yessica habe nie dort gelebt, die Nächsten sagen, sie sei bei Verwandten auf den Inseln, wieder andere, sie käme bald zurück. Es ist so, als hättet ihr euch verabredet, alle etwas Unterschiedliches zu erzählen.«

»Nein, glaub mir, es weiß niemand, wo sie ist. Yessica hat sich nicht verabschiedet.«

»Meinst du, sie ist ausgewandert?«

»Ich glaube nicht, dass sie für immer weg ist. Yessica liebt Triunfo, weißt du? Aber manchmal wird es hier einfach zu viel. Vielleicht kommt sie in ein paar Monaten wieder, vielleicht in einem halben Jahr. Aber wahrscheinlich nicht morgen und nicht übermorgen.«

Ulrich trat gegen den Baumstamm, was seinen nackten Zehen überhaupt nicht gefiel. »Was mache ich hier bloß?«, murmelte er.

»Du bist offenbar zu spät gekommen. Am besten, du verschwindest schnell wieder, bevor das ein fieser Schlamassel wird. Es könnten auch noch andere Leute aus dem Ort auf die Idee kommen, dass du für die Koreaner oder für das Komitee arbeitest. Ruf deine Botschaft an und sie holt dich raus. Yessica wird kein Lebenszeichen von sich geben, verstehst du, selbst wenn sie gehört haben sollte, dass du hier bist und nach ihr suchst. Fahr also nach Hause und vergiss den ganzen Albtraum!«

»Ich weiß nicht. Vielleicht kann ich ja irgendetwas für euch tun?«

Laura schüttelte den Kopf. »Du bestimmt nicht.«

»Und Yessicas Große ist in Tegus, ja?«

Sie reagierte nicht.

»Schon gut, du hast ein Schweigegelübde abgelegt. Danke, dass du mir trotzdem die Geschichte der Gesundheitsstation erzählt hast.«

»Bitte.« Da war ein kleines unkontrolliertes Zucken in ihren Mundwinkeln. Schnell drehte sie Ulrich den Rücken zu und entfernte sich.

Der Weg zu Juancitos Haus fiel Ulrich nicht leicht. Er wusste, dass der Alte ihn nicht leiden konnte, von Anfang an nicht hatte leiden können. Wahrscheinlich hatte Juancito ihn schon nicht leiden können, bevor er ihn überhaupt kennengelernt hatte. Der einzige Grund, warum er Ulrich jemals hatte gewähren lassen, war, dass Yessica zumindest Teile seines Tuns verteidigt hatte. Jetzt war keine Yessica da, die ihn vor dem griesgrämigen Mann beschützen konnte.

Juancito wohnte mit einer seiner Töchter und ihren Kindern im Ortszentrum. Er war Witwer, die Tochter war Strohwitwe. Ihr Mann fuhr zur See und kam nur alle paar Monate vorbei. Viel mehr wusste Ulrich nicht über die Familie. Er hatte Juancitos Haus nie betreten, aber wie jeder Mensch in Triunfo wusste er, wo das wandelnde Dorfgewissen wohnte.

Ulrich klopfte an der Haustür und hielt den Atem an. Es waren Stimmen aus dem Fernsehen zu vernehmen. Er klopfte noch einmal und es ertönte das eingespielte Lachen einer

Comedyshow. Er hatte keine Zeit für Höflichkeit. Also lief er um den einstöckigen Bau aus rohen Ziegeln herum. Juancito saß gebückt auf einem alten Plastikstuhl und schraubte an einem tragbaren Radiogerät herum.

»Ausgerechnet dann, wenn man es braucht, geht das olle Ding kaputt. Und nach Tela fahren und ein neues besorgen kann ich auch nicht«, begrüßte ihn Juancito, gar nicht erstaunt, dass Ulrich auf einmal in seinem Patio stand.

»Ich bin heute Morgen in die Radiostation gegangen, weil ich auch kein Gerät habe. Wieso haben Sie das nicht gemacht?«

»Ach, ich weiß doch, was die erzählen. Das haben sie doch sowieso alles von mir. Ich will wissen, was auf den anderen Sendern läuft. Señor Eyssenberg, was verschafft mir die Ehre?«

Juancitos Tochter Adriana war aus dem Haus getreten. Auf einer Schulter trug sie lässig einen schlafenden Säugling. Am kleinen Finger ihrer freien Hand baumelte ein Plastikstuhl, die restlichen Finger schlossen sich um ein Glas Wasser.

Sie stellte Ulrich den Stuhl hin, bedeutete ihm mit einem Nicken, dass er sich setzen sollte, und überreichte ihm dann das Glas. Sie selbst nahm in der Hängematte Platz.

»Danke«, murmelte Ulrich. »Darf ich zum Baby gratulieren?«

»Ganz niedlich, wenn er schläft, oder? Und wenn er quengelt, kümmert sich sein Opachen um ihn, nicht wahr, Papa?«

Juancito brummelte irgendetwas.

»Sie sind sehr putzig, wenn sie zusammen Radio hören. Dann gucken sie beide ganz interessiert auf den Apparat, als würde ein kleiner Mann drinsitzen.«

»Adriana, das reicht. Ich glaube, du siehst zu viel fern in letzter Zeit, das ist nicht gut für deinen Geist.«

»Ach, Papa, das liegt nicht am Fernsehen, das ist nur die Stilldemenz.« Sie fing an zu schielen und machte einen Fischmund.

Ulrich wollte seine Zeit ungern mit dem Geplänkel zwischen Vater und Tochter verschwenden. Vielleicht würde Adriana ihn für einen unhöflichen Zeitgenossen halten, aber er wandte sich wieder an Juancito: »Was ist hier eigentlich in den letzten anderthalb Jahren passiert?«

»Pfff ... Wieso interessiert Sie das plötzlich? Weil irgendein Spinner eine Bombe explodieren lässt? Wir haben genug Tote und Vertriebene ohne Bomben, in Honduras gibt es mehr Tote als in Kriegsgebieten, wussten Sie das? Klar wussten Sie das, deswegen sind Sie ja froh, wieder in Deutschland zu sein. Also, wieso sind Sie zurückgekommen?«

Ulrich nahm einen tiefen Atemzug. Es war an der Zeit, die Wahrheit zu sagen. Es fühlte sich an wie ein Geständnis, das er viel zu lange aufgeschoben hatte.

»Ich suche Yessica.«

Juancito lachte kurz auf und wurde dann wieder ernst. »Yessica? Yessica López García?«

»Genau die. Laura hat mir gesagt, dass sie schon seit einer Weile verschwunden ist. Und dass sie vorher bedroht wurde. Wer hat sie bedroht und warum?«

»Das geht Sie leider gar nichts an.«

Gratis zu der Antwort bekam Ulrich einen mitleidigen Blick von Adriana.

»Was soll das Geheimnis? Laura hat mir die Geschichte mit der Kirche erzählt. Erst haben sie versucht, sie zu bestechen, dann haben sie sie bedroht, nicht wahr?«

»Na, wenn sie Ihnen schon alles erzählt hat, was fragen Sie mich dann? Ich werde bedroht, seit ich denken kann, nicht erst seit der Geschichte mit der Modellstadt«, fuhr Juancito fort. »Aber mich können sie nicht erschrecken. Wenn ich sterben muss, muss ich sterben. Ich bin ein alter Mann. Außerdem bin ich dem Tod schon mindestens dreimal von der Schippe gesprungen. Einmal haben sie mich von der Straße gedrängt, ein anderes Mal meine Bremskabel durchgeschnitten und einmal haben sie mir das Haus angezündet.«

»Wissen Sie, wer das war? Hatte es etwas mit der Zone zu tun?«

»Ach, wissen Sie, mal nennen Sie es Tourismusprojekt, mal biologischer Korridor oder jetzt Sonderzone. Aber es geht doch immer nur darum, an das Land unserer Ahnen zu kommen.«

»Moment mal, Sie wollen mein Projekt mit dieser Sonderzone in einen Topf werfen? Ich habe doch schon tausendmal erklärt, dass wir für den biologischen Korridor niemandem Land wegnehmen wollten.«

Da hatte Ulrich monatelang geredet und Juancito wollte es immer noch nicht begreifen. Der biologische Korridor war in erster Linie ein Naturschutzprojekt. Es ging darum, die Verbindung von besonderen Lebensräumen in Zentralamerika zu erhalten, damit Tiere und Pflanzen ungehindert wandern konnten. Aber es sollte auch darum gehen, wie die Bevölkerung vom Erhalt des Reichtums der Natur profitieren konnte. Um das Projekt attraktiver zu machen, hatte die Deutsche Gesellschaft verschiedene soziale Aspekte hinzugefügt. Auch wenn es um biologische Vielfalt und um Soziales ging, hatte Ulrich sich im Rahmen des Projekts mit Eigentumsfragen beschäftigen müssen. Denn um Gebiete unter Schutz zu stellen oder von Gemeinden nachhaltig bewirtschaften zu lassen, musste man zunächst wissen, wem sie offiziell gehörten. Und diese Aufgabe hatte sich in Honduras als mehr als kompliziert herausgestellt.

»Ihr kommt her und glaubt, ihr könnt uns erklären, wie Nachhaltigkeit funktioniert. Aber wir leben seit zweihundert Jahren mit und von der Natur, die du hier siehst. Wir haben eure Hilfe nie gebraucht. Ihr habt euer eigenes Land verpestet und jetzt kommt ihr her und erklärt uns, wie wir leben sollen«, wetterte Juancito weiter.

»Papa, Señor Geissenberg hat dich etwas ganz anderes gefragt. Wissen Sie, wir haben natürlich Anzeige erstattet, aber die Täter sehen immer gleich aus. Sie haben meinen Papa in einem Pick-up ohne Nummernschild verfolgt. Beim Überholen haben sie ihm einen Stein in seine Scheibe geworfen. Darum war ein Zettel mit einer Drohung gewickelt. Sie hätten ihn treffen können. Dann wäre er jetzt tot.«

»Bin ich aber nicht. Und ihre Nachricht klebe ich mir höchstens ins Sammelalbum.«

»Was war das denn für eine Nachricht?«, fragte Ulrich.

»›Hör auf, die Leute gegen die Enteignungen aufzuhetzen. Wir haben schon eine Kugel für deinen Kopf.‹ Das alte Thema.«

»Das heißt, es geht doch um die Sonderzone?«

»Wissen Sie was? Es gibt so einen Gringoprofessor, Romer heißt er. Der hat sich die Sonderzonen ausgedacht. Er nannte sie Modellstädte und hat behauptet, er würde sie an menschenleeren Orten bauen. Er wollte sie perfekt planen, von Anfang an alles richtig machen und so alles Hässliche vermeiden. Keine Slums, keine Kriminalität, keine Korruption, keine Armut. Das Böse ausmerzen, indem man von Null anfängt. Nun hatte Professor Romer das Pech, dass der Planet Erde schon bewohnt ist. Dann hieß es, die Sonderzonen würden in dünn besiedelten Gebieten eingerichtet. Wir, die wir hier wohnen, haben das Recht, mit den Füßen abzustimmen, ob wir in ihrer Kapitalistenzone leben wollen. Aber ohne unser Land können wir nicht leben, verstehen Sie?«

»Haben die Leute, die Sie bedrohen, etwas mit Romer zu tun?«

»Ach was! Romer war nur derjenige, der als Erstes diese blöde Idee hatte. Hier haben wir jetzt die Koreaner, aber bestimmt auch unsere üblichen Verdächtigen, die ihr Geld machen wollen. Die Koreaner erledigen jetzt die Drecksarbeit für sie.«

»Also bedrohen die Leute von der koreanischen Firma Sie. *Hyunwei* hieß sie, richtig?«

»Ich weiß nicht, warum Ihnen so wichtig ist, wer uns bedroht. Geht es nicht eher ums Prinzip? Alles was ich sagen kann: Die Koreaner sind hierhergekommen und haben das Blaue vom Himmel versprochen: Arbeitsplätze, bessere Schulen, asphaltierte Straßen, Kanalisation. Dann haben sie die Leute unter Druck gesetzt zu gehen und ihnen lächerliche Summen dafür angeboten.«

»Haben sie die Entschädigungen auch bezahlt?«

»Sie sind schon mit einem Bündel Scheine in der Hand zur Welt gekommen, oder? Unser Land kann man nicht für Geld erwerben, wann werden Sie das endlich begreifen? Euch mit eurem Bio-Korridor hätten wir am besten auch mit Stöcken und Macheten verjagen sollen, wie die Koreaner.«

Es war wohl das Beste, alle Beleidigungen zu schlucken. »Und dann haben sie angefangen, einzelnen Leuten Morddrohungen zu schicken, richtig? Den Leuten, die sie für führende Köpfe in Triunfo halten. Ihnen zum Beispiel. Oder Yessica López.«

»Das weiß ich nicht.«

»Juancito, Sie wissen doch sonst immer alles. Oder steckt die Kirche dahinter, die die Gesundheitsstation übernehmen wollte?«

»Die haben wir auch in die Flucht geschlagen. Das war ein Spaß!«

»Wieso verraten Sie mir nicht, was mit Yessica los ist?«

»Mein lieber Freund, ich weiß nicht, wo sie ist. Wirklich nicht.«

»Und wer weiß es dann?«

»Fahren Sie zu unserem Büro in La Ceiba und fragen Sie die Koordinatorin. Wenn sie es nicht weiß, dann weiß es niemand.«

Adriana zog irgendwo unter ihrem Baby ein Handy hervor.

»Den Fünf-Uhr-Bus könntest du noch schaffen«, meinte sie.

»Haben sich eigentlich alle in Triunfo verabredet, mich so schnell wie möglich wieder loszuwerden?«, fragte Ulrich.

»Sie können auch bleiben und den Leuten weiter dumme Fragen stellen«, antwortete Juancito. »Das ist Ihre Entscheidung.«

»Schon gut, ich fahr ja schon. Würde es Ihnen etwas ausmachen, mich zur Hauptstraße zu bringen? Ich müsste allerdings noch mein Gepäck aus dem Zimmer holen.« Einen kurzen Moment dachte Ulrich an das Mietauto, das noch immer in Tela stand, mit dem Sack Reis und dem Sack Bohnen im Kofferraum. Vielleicht stand es auch längst nicht mehr da, war im Verdacht, eine Autobombe zu sein, abgeschleppt worden. Oder von ein paar Gaunern geknackt worden.

»Wenn ich Sie damit los bin, immer gerne. Na dann, gehen wir.« Juancito schlüpfte in ein paar verblichene Badelatschen, rückte seinen Strohhut zurecht und ging Ulrich voran ums Haus herum.

»Ach so, noch etwas«, rief Ulrich ihm hinterher. »Haben Sie die Liste der Komiteemitglieder?«

»Welche Liste?«

»Ángel hat heute im Radio davon gesprochen. Sie haben Informationen zu den Mitgliedern dieses Komitees gesammelt.«

»Ja, aber es gibt keine Liste. Das ist hier so etwas wie Allgemeinwissen. Schicken Sie mir eine E-Mail und ich schreibe es Ihnen auf.«

»Ist das nicht zu unsicher? Das könnte doch jemand mitlesen.«

»Ach was, das sind keine Geheimnisse. Lesen Sie den letzten Bericht von ADEHUH, Sie wissen schon, die Menschenrechtsorganisation, die alle paar Jahre einen Bericht über unsere Region herausgibt. Da ist genau dokumentiert, dass sie unsere Gemeinde nicht befragt haben, wie sie es hätten tun müssen, und die Drohungen gegen Gemeindemitglieder auch. Finden Sie alles im Internet.«

Ulrich machte eine Notiz in seinem Kopf. Gleich heute Abend würde er den Bericht suchen. Und eine E-Mail an Juancito schreiben, die dieser hoffentlich nicht erst in drei Monaten beantwortete, wenn er gerade mal wieder Lust hatte, sich an einen Computer zu setzen und zufällig Internet durchs Dorf wehte.

An der Straße stand der verbeulte Truck, Juancitos Markenzeichen. Die Scheibe in der Fahrertür fehlte.

Yessica

4

02.04.2019

»So, mir reicht's. Du hörst sofort auf, vor meinem Haus herumzulungern. Und das ist das einzige Mal, das ich das halbwegs höflich sage. Also, verschwinde und lass dich nie wieder blicken. Und komm bloß nicht auf die Idee, mir stattdessen einen deiner Kollegen zu schicken!«

Yessica brüllte den Mann in dem Pick-up an, wie sie manchmal Hunde anbrüllte, die sich ihr knurrend in den Weg stellten. Wie bei den Straßenkötern schrie sie auch jetzt über ihre eigene Angst hinweg. Es war bereits das dritte Mal innerhalb kurzer Zeit, dass der Pick-up vor ihrem Haus stand. Als sie ihn zum ersten Mal bemerkt hatte, war er schnell davongefahren, als sie aus dem Haus trat. Zu schnell, um zu sehen, ob das Fahrzeug ein Nummernschild hatte. Inzwischen wusste sie, dass es keins hatte, alles andere hätte sie auch gewundert. Beim zweiten ungebetenen Besuch hatte der Fahrer sich nicht mehr so schnell vertreiben lassen. Er machte in aller Seelenruhe ein Handyfoto von ihr. Erst als sie ihr Telefon hervorholte und Juancito anrief, ließ er den Motor an und entfernte sich langsam.

Sie konnte den Sicario vor ihrem Haus nicht länger dulden. Er würde immer frecher werden, es sich am Ende auf ihrer Terrasse oder in ihrem Wohnzimmer gemütlich machen. Und wenn er den Befehl erhielt: bumm. Schon wegen Paty musste dieser Typ so schnell wie möglich verschwinden. Am Wochenende sollte das Mädchen von der Insel herüberkommen.

Der Mann, schätzungsweise Ende zwanzig, mit einem roten Basecap, reagierte nicht auf ihr Geschrei. Es schien fast, als würde er sie angrinsen. Jedenfalls verzog er seinen Mund so, dass Yessica seine vergoldeten Schneidezähne sehen konnte.

»Sag mal, verstehst du kein Spanisch, du hirnlose Kreatur? Das halbe Dorf ist auf dem Weg hierher, ich würde mich jetzt ganz schnell vom Acker machen, sonst wird es ungemütlich für dich.«

Er ließ die Scheibe auf der Beifahrerseite ganz herunter, sodass sie die Pistole auf dem Beifahrersitz sehen konnte. Er reichte ihr ein offiziell aussehendes Dokument, machte eine Kopfbewegung in Richtung des Revolvers und fuhr in gemütlichem Tempo davon.

Yessica starrte auf das Papier in ihrer Hand. Obwohl die Buchstaben vor ihren Augen tanzten, wusste sie, was es war. Der Vertrag mit der Kirche, unten eine freie Linie für ihre Unterschrift. War Hermilo wirklich so dreist, dass er ihr einen Killer quasi mit Absender auf den Hals schickte? Yessica klammerte sich an ihr Gartentor, ihr Atem ging stoßweise. Sie streckte das Papier zwischen Daumen und Zeigefinger weit von sich, als würde von ihm ein bestialischer Gestank ausgehen.

»Buiti Binafi!«, rief die alte Isidora von nebenan herüber. »Was wollte der denn?«

»Ärger. Haben Sie den schon öfter hier stehen sehen?«

»Das Auto ja, ein paarmal. Einmal ist er auch ausgestiegen und um Ihr Haus herumgeschlichen. Ich wollte es Ihnen eigentlich gleich erzählen, aber dann, ach, die Sache mit meiner Tochter, ich habe mich so aufgeregt und darüber habe ich es wieder vergessen.«

Schöne Scheiße. Hatte er am Ende noch Kameras installiert? Oder ausgekundschaftet, wo das Schlafzimmer war und ihr Bett stand, sodass er im Dunkeln schneller zielen konnte?

»Hat der Mann Sie angesprochen?«

»Er mich? Nein. Ich habe ihn gefragt, ob er ein Freund oder Verwandter von Ihnen ist.«

»Das heißt, Sie haben meinen Namen gesagt?«

»Na ja, wer vor Ihrer Haustür steht, wird schon wissen, dass er zu Yessica López will.«

»Itu Isi! Am besten, Sie reden mit überhaupt niemandem

mehr, der vor meiner Haustür herumlungert. Wenn Sie jemand nach mir fragt: Sie kennen mich nicht und ich habe auch nie hier gewohnt.«

»Ist ja gut. Kommen Sie, ich mache Ihnen einen Kaffee und Sie beruhigen sich.«

»Kaffee, nee, mein Herz rast so schon davon. Vielleicht haben Sie ja noch einen Schluck Giffiti im Haus? Ich glaube, der würde helfen, den bösen Geist dieses Besuchers zu vertreiben.«

Bald waren sie alle da, Juancito, Ángel, Amada und ihr Mann, Bertha, Victor. Alle versicherten, sie würden den Sicario sofort verjagen, wenn er noch einmal auftauchen sollte, seine Pistole würde ihnen keine Angst machen. Aber dann waren sie sich doch einig, dass es das Beste wäre, wenn Yessica für ein paar Tage aus Triunfo verschwinden würde. Sie würden eine Wache bei ihrem Haus installieren, um zu sehen, ob der Sicario zurückkehrte. Schließlich blieb nur noch Amada bei ihr im Haus, Victor hielt draußen auf der Straße Wache.

Yessica suchte aus dem Adressverzeichnis ihres Telefons die Nummer ihrer Schwester heraus, zögerte kurz und rief dann doch an.

Ihre Schwester begrüßte sie fröhlich, aber überrascht. »Yessica, meine Liebe! Paty freut sich schon auf dich. Ich setze sie heute gleich nach der Schule auf die Fähre, ihre Sachen sind schon gepackt. Du müsstest mal den Rock ihrer Schuluniform nähen, da ist eine Naht aufgeplatzt, aber das wird sie dir selbst zeigen.«

»Es tut mir leid, du musst sie dieses Wochenende bei dir behalten. Ich weiß, du brauchst dringend frei, aber sie sind mal wieder hinter mir her. Paty wäre nicht sicher hier.«

»Was ist passiert? Haben sie wieder an deinem Auto herumgeschraubt?«

»Nein, schlimmer, sie haben mir direkt einen Sicario geschickt. Er hat mir heute Morgen seine Knarre gezeigt.«

»O mein Gott! Aber du bleibst jetzt nicht da?«

»Natürlich nicht. Ich hoffe, es wird alles bald wieder besser. Ich will so gerne meine Kleine sehen! Ich rufe dich heute Nachmittag noch mal an, wenn sie von der Schule zurück ist. Ich muss ihr unbedingt sagen, dass ich sie lieb habe.«

»Ich weiß, du diskutierst das nicht gerne, aber willst du dich nicht mal für eine Weile aus der Politik heraushalten? Bis es wieder ruhiger geworden ist?«

»Dafür ist es jetzt zu spät. Sie erpressen mich. Wenn ich nichts tue, werden sie mich trotzdem weiterverfolgen.«

»Ach je, pass ganz doll auf dich auf, ja? Und melde dich, sobald du in Sicherheit bist!«

»Du bist mir nicht böse wegen Paty, oder?«

»Nein, mach dir darüber keine Gedanken. Ich drück dich.«

»Ich dich auch.«

Auf der Fahrt nach La Ceiba mit dem unentwegt plappernden Juancito an ihrer Seite, den sie geflissentlich ignorierte, fasste Yessica den Entschluss, dass es so nicht weitergehen konnte. Einmal mehr für eine Weile untertauchen, abwarten, dass sich die Lage beruhigte, und den anderen so lange die Arbeit überlassen. Bis sie jemand anders so sehr auf dem Kieker hatten, dass der oder die Nächste sich zeitweilig unsichtbar machen musste. Und das alles in einem Moment, in dem der Ort und damit auch der Widerstand schrumpfte. Wenn es so weiterging, würden sie sie irgendwann so in der Zange haben, dass die Bewegung zerbrach. Um ihre Heimat zu retten, bedurfte es eines Plans B, nach dem sie nicht mehr wie die Opferlämmer die andere Wange hinhielten.

Yessica musste zugeben, dass Typen wie dieser goldbezahnte Sicario Gewaltfantasien in ihr auslösten. Sie hätte versuchen können, nach der Pistole zu greifen und dem Arschloch die Kugel in den Kopf zu jagen, die er für sie bestimmt hatte. Das wäre Notwehr. Aber sie wusste, dass die honduranischen

Gerichte eine politische Aktivistin nicht mit Notwehr davonkommen lassen würden. Eine solche Gelegenheit, eine wie sie hinter Gitter zu bringen, würde man sich hierzulande nicht nehmen lassen. Es hatten schon andere jahrelang unschuldig im Knast geschmort, ohne dass sie überhaupt eine Waffe angefasst hatten. Aber abgesehen davon, dass so ein Killer wahrscheinlich ganz gute Reflexe hatte und schneller nach seiner Waffe greifen konnte als sie, löste Yessica das Problem ja nicht dadurch, dass sie einen bezahlten Killer um die Ecke brachte.

Es gab schließlich genug von seiner Sorte.

Es bedurfte eines intelligenten Plans B. Und sie hatte bereits eine Idee. Sie musste nur den Mut haben, sie umzusetzen. Die Koordinatorin würde nicht begeistert davon sein. Wenn Paty und Diana nicht wären und wenn sie nicht noch an einem weiteren Punkt Hilfe bräuchte, würde Yessica ihren Plan allein durchziehen. Dann würde sie niemanden gefährden außer sich selbst, falls die Sache schiefging. Aber momentan war sie sich nicht einmal sicher, ob ihr die Koordinatorin würde helfen können, selbst wenn Yessica sie von ihrem Plan überzeugte.

5

05.04.2019

»Wenn dir jemand helfen kann, dann Guthrie«, hatte die Koordinatorin gesagt. Und ein paar Tage später war Yessica in Managua, um den US-amerikanischen Journalisten zu treffen.

Kein einziger Ort in Honduras erschien sicher genug. Das Geld für die Fahrkarte musste sie aus der Schulgeldkasse für Paty nehmen. Es kam ihr vor, als würde sie ihre kleine Tochter bestehlen. Wenn sie ihren Plan durchzog, würde sie wenigstens bald wieder Geld verdienen. Sie hätte sich eine andere Vertrauensperson gewünscht als diesen älteren weißen Nordamerikaner. Wenn es schon jemand aus den USA sein musste, hätte die Koordinatorin nicht wenigstens eine Journalistin auftreiben können? Aber so wie die Welt nun einmal war, hatten vornehmlich Männer Kontakte zum Militär. Die eckige Art, wie sich der Mann bewegte, seine altmodische Höflichkeit – einen Stuhl zurückziehen, auf den sie sich setzen wollte, ihr die Tür öffnen und ihr mit einer ausladenden Geste den Vortritt lassen – das alles machte ihn nicht sympathisch. Er war ein Klotz mit sorgsam antrainierten guten wie altertümlichen Manieren.

»Señor Guthrie, ich brauche mich nicht mit Höflichkeiten aufzuhalten, oder? Die Koordinatorin hat Ihnen gesagt, um was es geht?«

»Vage. Ich telefoniere nicht gerne und tausche ungern zu viele Informationen per E-Mail aus. Auch nicht verschlüsselt. Ein Sicherheitsexperte hat mir mal gesagt: ›Wenn du wirklich etwas geheim halten willst, schreibe es auf einen Zettel und verbrenne ihn hinterher.‹ Sie glauben, dass Sie vom Komitee für die Erarbeitung der besten Praxis verfolgt werden?«

»Jein. Nicht direkt natürlich. Sie kennen den Bericht von ADEHUH über alle Vorfälle der letzten zwei Jahre?«

Die ADEHUH – die Vereinigung für Menschenrechte in Honduras – war eine regierungsunabhängige Organisation, die normalerweise im Abstand von zwei Jahren einen Bericht über die Menschenrechtssituation im Land herausgab. Journalisten galten die Berichte als zuverlässige Informationsquelle.

»Ich habe ihn überflogen. Schauen Sie mich nicht so böse an! Wenn ich jede Menschenrechtsverletzung in Honduras bis ins Detail nachvollziehen wollte, käme ich nicht mehr dazu, Artikel zu schreiben. Und ich beschäftige mich nicht nur mit Honduras.«

»Señor Guthrie! Ich weiß, für Ihre Leser ist Honduras ein kleines, unbedeutendes Land auf dem amerikanischen Hinterhof, in dem sowieso Hopfen und Malz verloren ist.«

»Ungefähr so, ja. Und Mexiko liegt näher und liefert täglich frische Gräueltaten.«

»Dummerweise ist dieses Land meine Heimat, aber das ist mein Problem, das sehe ich ein. Ich hätte mich ja auch woanders zur Welt bringen lassen können.« Guthrie setzte zum Widerspruch an, aber Yessica fuhr fort: »Wir haben trotzdem eine besondere Situation. Ich komme aus einer Gegend, die eigentlich gar nicht mehr zu Honduras gehört. Die an eine Firma aus Südkorea verpachtet wurde und von einer Gruppe Ihrer Landsleute als eine Art politisch-wirtschaftliches Labor regiert wird. Das Versprechen dieser Leute ist, aus dem Nichts etwas Neues zu schaffen, nicht wahr? Etwas, was das Schlechte, das vorher da war, radikal außer Kraft setzt. Ich will Ihnen beweisen, dass die Modellstadt oder deren Macher und Macherinnen dabei sind, genau an den alten Sumpf und das alte Unrechtsregime anzuknüpfen. Sie werden dabei alle Taktiken einsetzen, die schon immer auf dem sogenannten Hinterhof der USA eingesetzt wurden. Sie werden Todesschwadronen auf alle hetzen, die gegen sie sind. Aber das wird immer noch nicht für einen internationalen Skandal reichen, oder? Ich werde zeigen, dass sie bis zum Hals im Sumpf des Drogenhandels stecken und damit kein Stück besser sind als die alte, schlechte Regierung.«

»Das klingt mir eher nach einer Aufgabe für die Drogenvollzugsbehörde der USA.«

»Die DEA kommt dieser Aufgabe aber nicht nach. Sie hebt mal hier und da Teile einer Drogenbande aus, aber sie dringt nicht in die höchsten Ebenen vor. Außerdem hat sich die DEA noch nie für Menschenrechtsverletzungen interessiert. Ich weiß nicht, inwiefern die DEA hier mitspielt. Ich weiß, dass die DEA in Honduras Unschuldige erschossen hat, angeblich, weil sie sie für Drogenschmuggler hielt. Aber jetzt geht es mir um Todesschwadrone – militärische Intelligenz, die gezielt tötet – und wie diese Akteure des angeblich Neuen, der Entwicklung mit ihnen zusammenarbeiten.«

»Wer ist denn in der Sonderentwicklungszone getötet worden?«

»Bis jetzt noch niemand. Zum Glück. Aber ein Killer wartet vor meiner Haustür, er hat mir schon seine Waffe gezeigt. Vor ein paar Monaten hat jemand meine Bremskabel durchgeschnitten. Es gab nur einen leichten Aufprall, weil ich langsam gefahren bin. Jemand hat einen Brandsatz in die Radiostation geworfen, aber nur den Betonfußboden und nichts Brennbares in der Nähe getroffen. Wenn es so weitergeht, wird jemand sterben.«

»Gut, es gab Attentate. Leider gibt in diesem Land ständig solche Vorfälle, das brauche ich Ihnen ja nicht zu erzählen. Haben Sie Anhaltspunkte, wer hinter den Attentaten steckt oder wer den bewaffneten Mann zu Ihnen geschickt hat?«

»Was den Killer angeht, der hat mir diesen Wisch übergeben.« Yessica legte den Vertragsentwurf mit der Kirche Divina Creación auf den Tisch. »Das ist eine Kopie, die können Sie behalten. Alles andere habe ich ebenfalls dokumentiert: Bestechungsversuche, Droh-SMS, diffamierende Artikel, Manipulationen an meinem Auto.« Sie legte einen Stapel computergeschriebener Protokolle zu dem anderen Blatt.

»Vielen Dank, ich schaue mir das später in Ruhe an. Und das geht alles auf das Konto dieser Kirche?«

»Niemals. Der Chef dieser Kirche hasst unsere Organisation mit Sicherheit und mich erst recht. Aber ich glaube, in diesem Fall ist er bestenfalls ein Strohmann. Das Protokoll, das ich Ihnen gegeben habe, umfasst nur Vorfälle, die mich betreffen. Es gibt andere bei uns im Ort, die könnten ebenso lange Berichte schreiben, Juancito zum Beispiel. Der alte Sturkopf weigert sich nur, alles zu protokollieren. Ich glaube, dass Profile von allen Leuten existieren, die gegen die Sonderentwicklungszone sind. Und dass bei jeder einzelnen Person ein anderer Angriffspunkt gesucht wird. Bei mir und Laura ist das die Gesundheitsstation, bei Ángel ist es das Radio. Hinter diesen Aktionen stehen Leute, die die Sonderentwicklungszone durchdrücken wollen, und die arbeiten mit militärischer Intelligenz. Ich kann es bisher nicht beweisen. Aber ich werde das recherchieren, verdeckt. Nur kann ich das nicht alleine. Ich brauche einen zweiten Mann.«

»Aha. Und was soll der tun?«

»Das ist ein bisschen speziell und zugegeben wenig attraktiv. Ich suche einen Militär mittleren Ranges, stationiert in den Departamentos Atlantida oder Colón, der von seiner Institution die Nase voll hat, bisher aber nicht aufgefallen ist. Trotzdem muss er willig sein, auf unbestimmte Zeit beim Militär auszuharren, um meinem Spionageauftrag nachzukommen. Ich kann keine zusätzliche Bezahlung anbieten, keine Gefahrenzulage, nur die unsichere Aussicht, seinen Chefs am Ende eins auszuwischen. Das klingt nicht nur aussichtslos, das ist es auch, oder?«

»Hm, ich glaube, das Stellenprofil ist zu ungenau. Irgendein frustrierter Militär irgendwo an der Atlantikküste bringt Sie nicht wirklich weiter. Sie müssten die richtige Einheit finden.«

»Und wie mache ich das?«

»Lassen Sie mich nachdenken. Also, der Mann soll herausfinden, wer diese Profile, von denen Sie sprechen, erstellt. Mit anderen Worten, wer Sie ausspioniert. Und ob es Pläne gibt, Sie oder jemanden aus Ihrem Umfeld zu ermorden. Und zweitens: ob jemand vom Komitee für die Beste Praxis von diesen Plänen weiß oder sie sogar befördert, richtig?«

»Ganz genau.«

»Nehmen wir einmal an, wir finden jemanden, der all das herausfinden kann und bereit ist, die Information am Ende preiszugeben. Der Mensch muss schon jetzt bereit sein, ins Exil zu gehen.«

»Ja, und das wahrscheinlich nicht in den Vereinigten Staaten.«

»Und im Bereich Drogenhandel soll die Person auch heimlich ermitteln?«

»Wenn es sich ergibt. Aber das ist eher meine Aufgabe.«

»Aha. Wie das, wenn ich fragen darf?«

»Ich sammle auf andere Weise Informationen über diese Komiteemitglieder. In einem eher weiblich konnotierten Berufsfeld.«

»Verstehe. Sie heuern als Putzfrau, Köchin oder Kindermädchen an?«

Yessica sah ihn nur an. Immerhin war Guthrie zu höflich, um Hure hinzuzufügen. Zu viel wollte sie nicht verraten. Sie vertraute dem Mann nicht, auch wenn sie dazu gezwungen war.

»Darf ich mal Ihr Handy sehen?«

Sie schüttelte den Kopf. »Ich habe es ausgeschaltet und den Akku herausgenommen. Das haben Sie doch auch, oder?«

»Wir müssen an der Kommunikationstechnologie arbeiten. Morgen treffen Sie sich mit einem Bekannten, der sich mit so etwas auskennt.«

Der Bekannte war eine junge Frau, die sich als Xiomara vorstellte. Sie legte gleich los, zählte die Vor- und Nachteile verschiedener Verschlüsselungstechniken auf, referierte über halbwegs sichere Passwörter und die Einfallstore für Spionagesoftware. Es gab immerhin ein paar grundlegende Dinge, die Yessica eigentlich schon gewusst hatte, an die sie sich im Alltag aber doch nie gehalten hatte. Etwa, niemals ihr Handy aus den Augen zu verlieren. Da sie diese Regel nicht beachtet hatte, bestand Xiomara darauf, das Betriebssystem des Geräts zu löschen und komplett neu aufzuspielen. Ja, alle gespeicherten Daten würden verloren gehen, aber in jeder Datei konnte sich Malware verbergen. Alles, was Yessica noch brauchte, Telefonnummern und Adressen etwa, sollte sie per Hand abschreiben und hinterher wieder neu eingeben. Richtig zufrieden wirkte Xiomara mit der Lösung nicht.

»Eigentlich bräuchten du und alle, mit denen du kommunizieren willst, ein Kryptophon. Kannst du dir aber nicht leisten. Also müssen wir uns mit den unzureichenden Mitteln begnügen, die der breiten Masse zur Verfügung stehen.«

Nach dem zweiten Tag mit Xiomara fühlte sich Yessica, als hätte jemand ihr Gehirn komplett ausgeschüttet, um es dann mit unverständlichen Zeichen wieder zu füllen. Sie war eine Person, die sich Dinge aufschreiben musste, um sie sich zu merken. Aufschreiben war aber tabu und nur noch als Memotechnik erlaubt. Danach gehörten die Papiere verbrannt. Xiomara erlaubte Yessica, die Notizen zu den sicheren Kommunikationstechniken für eine Nacht aufzubewahren, aber nicht länger.

Guthrie war der Erste, der ihr eine verschlüsselte Nachricht zukommen ließ. Sie würden sich in Managua nicht mehr treffen können, er habe wegen einer dringenden Sache abreisen müssen. Er wünsche ihr viel Glück für ihren neuen Job. Kein weiteres Wort dazu, wie es mit der Suche nach einem geeigneten Informanten weitergehen sollte. Kein Wort dazu, ob, wann und wo sie sich wiedertreffen würden. Kein Wort dazu, was er von ihr erwartete. Yessica blieb nichts anderes übrig, als ihm und auf sich selbst zu vertrauen.

6

17.04.2019

Es war viel zu kalt in der Villa. Schon bevor sie sich ans Putzen machte, beging Yessica den ersten rebellischen Akt. Sie schaltete die Klimaanlage aus. Die Personalchefin hatte ihr eingeschärft, dass in den Privatvillen absolut nichts zu verändern sei, was über die Frage der Sauberkeit hinausging. Kein Papierstapel durfte begradigt, kein Kugelschreiber verrückt werden, und wenn doch, war er nach dem Wischen der Tischplatte wieder in exakt dieselbe Position zu bringen. Waren die Vorhänge geschlossen, dann blieben sie auch geschlossen, und es wurde mit elektrischer Beleuchtung geputzt. Unverändert blieben auch die Temperaturregelungen. Schließlich konnte die Bewohnerin der Villa jederzeit in ihr bevorzugtes Raumklima zurückkehren.

Es war Yessicas erster ›richtiger‹ Arbeitstag im Laru Beya Resort nach einer Woche unbezahlter Einarbeitung. Die hatte daraus bestanden, sich von der Personalchefin einen schier endlosen Verhaltenskodex predigen zu lassen, die Lage der Villen, Apartments und Boutique-Hotels und die kürzesten, aber unsichtbaren Wege zwischen ihnen zu studieren. Sie hatte ein anderes Zimmermädchen begleitet, von ihr die Grundregeln des Reinigens erklärt bekommen und dabei manch einen scheelen Blick geerntet. Sauberkeit war niemals Yessicas oberste Priorität gewesen, es gab schließlich Tausend wichtigere Dinge im Leben. Putzen war aber keine Wissenschaft, auch wenn ihre Anlernerin so tat. Am zweiten Tag brachte Yessica selbst die Instrumente des Putzwagens zum Einsatz, während das andere Zimmermädchen ihr auf die Finger schaute. Die Frau war unglaublich pingelig. Nach fünf Schwüngen mit dem Wischmopp musste er ins Wasser getaucht, nach zehn Quadratmetern das Wasser erneuert werden. Kein Wunder, dass die hier einen halben Tag für eine einzige Villa brauchten, die jeden Tag gesäubert wurde. Umso besser, feixte Yessica, sie würde kaum unter Zeitdruck geraten, wenn sie fortan ihren eigenen Regeln folgte.

Dennoch würde sie ihre Aufgabe ruhig angehen, nicht zu viel auf einmal riskieren. Sie begann im Schlafzimmer. Manche Leute behaupteten, das Schlafzimmer sei der intimste Ort. Hier hielt sich der wahre Geruch des Menschen. Den Schweiß der Träume, seien sie wild oder zärtlich oder abstrus, vermögen wir nicht zu übertünchen, das Vierundzwanzig-Stunden-Deodorant ist eine Lüge für Schlaflose. Wer den Geruch der Nacht tilgen will, der öffne die Fenster und beziehe die Betten täglich neu, auf dass nur noch das Parfum des Waschmittels in der Luft hänge. Doch in der Karibik strömt nicht Frische durchs Fenster, sondern Feuchtigkeit, die in Matratzen kriecht und allen Dingen so gern ihr leicht modriges Aroma aufdrückt. Weshalb in Laru Beya auch nicht die Meeresbrise, sondern die Klimaanlage ihren Dienst versehen musste.

Amaris Winwrights Schlafzimmer war langweilig. Die Bettdecke war glatt über der Matratze ausgebreitet worden, auf dem Nachttisch stand ein zur Hälfte geleertes Glas Wasser und die Bettlektüre war eine alte Ausgabe des *Time Magazine*, aufgeschlagen ein Artikel über die Chicago Boys. Ein Pyjama hing sorgsam gefaltet über einem ›Herrendiener‹. Darüber hinaus gab es keine persönlichen Spuren.

Yessica zog das Bettzeug von dem luftigen Federbett und Kissen, steckte kurz ihre Nase in die weiße Baumwollgarnitur, doch sie fand in dem Geruch weder Spuren von Albträumen noch von nächtlichen Allmachtsfantasien. Amaris Winwright benutzte irgendein Kosmetikprodukt, das Rosenöl enthielt.

Als zweitintimster Ort in der Wohnung eines Menschen gilt das Badezimmer. Bei den Amis mochte es sogar der intimste sein, nicht selten hatten sie mehrere in einem Haus, eines für die Eltern, eins für das Kind und eins für die Gäste. Die Villen in Laru Beya verfügten selbstredend über mehrere Badezimmer. Ein erster Blick in das neben dem Schlafzimmer gelegene versprach, dass die Aufgabe schnell zu erledigen war. Mrs. Winwright schien ein durch und durch ordentlicher Mensch zu sein, dessen Ordnung schon fast an Sterilität grenzte. Die Handtücher gefaltet und aufgehängt, die Kosmetikprodukte fein säuberlich im Regal aufgereiht, keine Wasserpfützen auf dem Boden. Es fiel schwer, überhaupt Anzeichen der Säuberung zu hinterlassen. Yessica überlegte noch, ob sie das gesamte Programm abspulen sollte, das ihr die Kollegin beigebracht hatte, da fiel ihr Blick auf das kleine schwarze Gerät neben der Zahnpasta, das sich leicht mit einem Rasierapparat verwechseln ließ. Es hatte aber keine Klingen, sondern ein leeres Display und einen perforierten Bereich. Yessica rollte ein Paar Latexhandschuhe über ihre Finger, was viel zu lange dauerte angesichts dieses aufregenden Gegenstands. Sie nahm das Diktiergerät in die Hand und ging damit ins Schlafzimmer. Wenn jetzt jemand hereinkäme und sie fragte, würde sie behaupten, sie hätte es beim Putzen nicht nass spritzen wollen. An der Kopfseite befand sich kaum sichtbar ein kleiner Schalter, der das Display zum Leuchten brachte, an der Seite ein Lautstärkerädchen.

Welcome begrüßte sie eine Schriftbanderole. *Play Mode.* Ganz hervorragend, sie fühlte sich zum Spielen aufgelegt. Aber wo war die Play-Taste? Da begann das Gerät schon zu reden. Das war Yessica zu voreilig. Was sollte sie tun, wenn jemand hereinkam und sie das Diktiergerät nicht zum Schweigen bekam?

»Stellen Sie sich einen kleinen Jungen oder ein kleines Mädchen vor. Der Junge oder das Mädchen wächst an einem Ort auf, von dem viele Kinder nur träumen. Ein riesiger Sandstrand, den ganzen Tag könnte man Burgen bauen. Aber unser Kind baut keine Burgen, unser Kind versucht, in einer engen Hütte unter schlechter Beleuchtung seine Hausaufgaben zu machen. Unser Kind ist nicht glücklich, an diesem traumhaften Ort zu leben, denn unser Kind geht oft hungrig in die Schule und auch hungrig ins Bett. Unser kleines Kind ist ein gutes Beispiel dafür, wie Armut Entwicklung verhindert. Wer Hunger hat und keinen Platz, seine Hausaufgaben zu machen, lernt auch nichts. Würden seine Eltern einen Job bekommen, würde das Kind bald nicht mehr hungrig zur Schule gehen. Meine Damen und Herren, das Komitee für die Beste Praxis hat einen großen Schritt getan, indem es den Vertrag zwischen der honduranischen Regierung und dem Investor *Victoria S.A.* ermöglicht hat. Bald wird dieser Ort nicht wiederzuerkennen sein.«

Yessica musste sich diesen Unsinn nicht anhören. Wenn sie nur die Stopp-Taste finden würde. Bei der Examinierung gab das kleine Gerät ein anderes Detail preis – welche Art von Datenkabel sie benötigen würde, um es an einen Computer anzuschließen. Ob Amaris Winwright wohl jemals etwas Wesentliches diktierte, wenn sie in der Badewanne saß, oder ob sie nur ihre öffentlichen Reden probte?

»Aus unserem kleinen Jungen wird bald …« Mitten im Satz verstummte die Stimme aus der Blackbox und das Display leuchtete. Bei einem Daumendruck auf die untere rechte Ecke lief die Rede weiter. Bei einem längeren Druck stoppte die Wiedergabe. Sorgfältig platzierte Yessica das Diktiergerät wieder im Badezimmerregal.

Sie konnte sich keine sinnlosere Tätigkeit vorstellen als zu wischen, wo kein Dreck vorhanden war. Die Reichen trugen den Armen mit Absicht unsinnige Dinge auf, damit sie keine Zeit hatten aufzumucken. Empirisch nicht belegbar: Wenn dem so wäre, wären in Triunfo nicht so viele Menschen arbeitslos. Die Reichen hielten die Armen in unsinnigen Tätigkeiten, weil sie es konnten.

Das Wohnzimmer war fast genauso steril wie das Badezimmer. Amaris Winwright hinterließ entweder keine Spuren beim Leben oder sie lebte gar nicht. Wahrscheinlich würde nicht einmal eine Kakerlake eine Hautschuppe dieser Dame finden. Was Yessica schon beim ersten Betreten der Villa irritiert hatte, war das Fehlen einer Küche. Nicht einmal eine Kochnische hatte man eingebaut, weder Kaffee noch Tee ließen sich zubereiten. Lediglich ein gut gefüllter Getränkekühlschrank und eine Vitrine mit Gläsern waren vorhanden. Benutzte Gläser ließ man in einer Klappe in der Wand verschwinden – unsichtbares Personal entsorgte sie von außen. Alles, was die Bewohner dieser Villa konsumierten, mussten sie beim Service bestellen. Yessica stellte sich das nicht bequem, sondern entmündigend vor. Die Menschen, die in dieser Villa residierten, hatten in ihrem Leben vermutlich noch nie eine Küche betreten und vermissten daher nichts.

Wenigstens beim Arbeiten hinterließ Amaris Winwright Spuren. Ihr Schreibtisch war weit weniger geordnet als der Rest der Wohnung. Sie arbeitete noch mit Papier, davon zeugte ein recht hoher Stapel. Ihn Seite für Seite umzuschichten und zu fotografieren würde einige Zeit in Anspruch nehmen. Oder sollte Yessica vorher versuchen, Wichtiges von Unwichtigem zu trennen? Sie las ein paar Seiten des Manuskripts, das obenauf lag, und entschied sich für unwichtig. Es war vermutlich der Text der Rede, die sie gerade auf dem Diktiergerät gehört hatte. Yessica drehte vorsichtig die gehefteten Seiten und legte sie neben den Stapel. Dabei wagte sich ein kleinerer Zettel zwischen den Seitenrändern hervor. Yessica konnte gerade noch verhindern, dass er heraussegelte. Auf dem Zettel stand eine Telefonnummer oder besser gesagt acht Zahlen: 99813563. Eine honduranische Mobilfunknummer des Anbieters Tigo. Es stand kein Name daneben. War das konspirativ oder nachlässig? Yessica machte ein Foto. Sie sah auf die Uhr. Ihr blieb nur noch eine halbe Stunde für die Villa. Sie musste schneller werden, sowohl beim Putzen als auch beim Spionieren.

Die Telefonnummer auf dem Zettel ließ sie bis zum Feierabend nicht los. Wenn es nach Xiomaras Sicherheitsschule ginge, hätte sie sie auswendig lernen und nicht fotografieren sollen. Andererseits konnte das Foto auch einmal als Beweismittel dienen. Wenn die Telefonnummer denn auf eine bemerkenswerte Verbindung der nordamerikanischen Politikerin hindeutete. Eine Telefonnummer konnte ja auch nur der Lieblingspediküristin gehören. Um die Nummer anzurufen, musste Yessica in einen Callshop gehen, und zwar am besten nicht in den nächstgelegenen. Das hieß, dass die Angelegenheit bis zu ihrem nächsten freien Tag warten musste. Es sei denn …

Die Idee war einigermaßen absurd. Wieso sollte auf dem Notizzettel eine Nummer stehen, die auch in Yessicas Adressbuch vorkam? Die Prozedur war ermüdend. Zwischen A und K wurden ihre Augen allmählich müde. Diese Beschäftigung war doch zwecklos, sie sollte besser ihre Gesamtstrategie überdenken. Sie würde den Dokumentenstapel auf Winwrights Schreibtisch abfotografieren und weiter? Nun, je nachdem, was er ergab. Immer mit der Ruhe, einen Schritt nach dem anderen. Aber was, wenn er nichts ergab? Und wieso ließ Guthrie nach wie vor nichts von sich hören? Hatte er ihr Anliegen vergessen? Es als unrealistisch abgetan? Das Schlimmste war, dass Yessica komplett auf sich allein gestellt war. Es gab niemanden, mit dem sie Rücksprache darüber halten konnte, ob sie das Richtige tat. Wenn sie wenigstens Paty anrufen könnte, um sich von ihr erzählen zu lassen, was sie gerade in der Schule durchgenommen hatten und ob sie neue Freundinnen gefunden hatte. Aber es war absolut verboten, Paty anzurufen. Sowohl von ihrem eigenen Telefon als auch aus dem Callshop. Jetzt sollte das Mädchen sowieso schon im Bett sein.

Mechanisch prüfte Yessica weiter die Nummern in ihrem Handy. L, Laura. Moment, das war Lauras Nummer! Wie kam Amaris Winwright an Lauras Nummer und vor allen Dingen, wieso lag sie auf einem Notizzettel ohne Namen zwischen ihren anderen Papieren? Hatte Winwright die Nummer selbst notiert oder hatte sie ihr jemand zugesteckt? Und: Hatte die Politikerin die Nummer benutzt? Hatte sie mit Laura gesprochen oder ihr persönlich Droh-SMS geschickt? Waren sich die Mitglieder dieses Komitees am Ende nicht zu schade, die Arbeit der Sicarios selbst zu machen? Amaris Winwright musste etwas mit dem Übernahmeangebot für die Gesundheitsstation zu tun haben, das Laura und Yessica empört und doch schweren Herzens ausgeschlagen hatten. Hatte sich Laura am Ende erweichen lassen, nachdem Yessica untergetaucht war?

Würde sie in einer normalen Welt leben, würde sie Laura einfach anrufen und fragen, was diese Amerikanerin mit ihr zu schaffen hatte. Aber Laura wusste seit zwei Wochen nicht mehr, wo Yessica war, und das sollte sich auch nicht ändern. Sie hatte nichts getan, was auf ein endgültiges Verschwinden hindeutete. Ja, sie hätte die Fenster ihres Hauses mit Brettern vernageln, eine zusätzliche Kette am Tor anbringen können, zusätzliche Sicherheitsmaßnahmen, die aber eigentlich nur signalisierten: Bewohner ist für längere Zeit abwesend. Bitte brechen Sie hier ein. Hätte sie ihr Haus verriegelt wie eine Festung, hätten sich die Leute gleich am nächsten Tag das Maul zerrissen und sie wäre wohl über Tage zum Dorfgespräch geworden. ›Hast du schon gehört, Yessica ist weggegangen. Weißt du, wo sie hingegangen ist?‹ Nein, die Tatsache, dass sie nicht mehr da war, sollte erst allmählich ins kollektive Bewusstsein einsickern.

In einer nicht normalen Welt ging Yessica am nächsten und am übernächsten Tag wieder als Putzfrau verkleidet in die Villa, fotografierte den Dokumentenstapel auf Winwrights Schreibtisch ab und kopierte die Daten aus dem Diktiergerät. Am Abend sah sie sich das erbeutete Material genauer an. Die Papiere der Politikerin waren einerseits zum Schütteln, andererseits wirkten sie eher beruhigend. Sie deuteten darauf hin, dass Winwrights Hauptgeschäft die politische und christlich-fundamentalistische Propaganda war. Ihre besondere Passion schien der Kampf gegen die Abtreibung zu sein. Auf ihrem Schreibtisch lag eine lange Liste mit Kliniken in den USA, die Abtreibungen vornahmen, einschließlich der operierenden Ärzte sowie von Beratungsstellen, die Frauen halfen, die abtreiben wollten. Hinter vielen der Einträge gab es eine Liste von Orten, wo Abtreibungsgegnerinnen und -gegner vor Einrichtungen demonstriert hatten. Und siehe da, auf der Liste war auch vermerkt, wann es Anschläge auf Kliniken oder Ärzte gegeben hatte. Ein weiteres Traktat verglich die Gesetzgebung zum Schwangerschaftsabbruch in allen zentralamerikanischen Ländern. Darin als Erfolg vermeldet war auch, dass in El Salvador mehrere Dutzend Frauen aufgrund eines Aborts im Gefängnis saßen. Nicht erwähnt wurde, dass die ›Schuld‹ der Frauen oftmals nicht erwiesen war, dass sie Jahre im Gefängnis absaßen, weil sie eine Fehlgeburt gehabt hatten.

Honduras: Der willentlich herbeigeführte Abort ist unter jeden Umständen strafbar. Eine Frau, die den Abort selbst herbeiführt oder diesem zustimmt, wird mit Freiheitsstrafen zwischen drei und sechs Jahren bestraft. Medizinisches Personal, Hebammen oder andere, die sich an der Durchführung eines Aborts beteiligen, werden in gleichem Maße mit Freiheitsstrafen sowie zusätzlich mit einer Geldstrafe zwischen fünfzehntausend und dreißigtausend Lempira bestraft.

Verboten ist auch der Gebrauch von Notfallantikonzeptiva, besser bekannt als ›Pille danach‹, da ihr Gebrauch einer Abtreibung gleichkommt. Trotzdem hält sich eine von feministischen Gruppen eingebrachte Gesetzesinitiative hartnäckig, obwohl sie schon mehrfach vom Parlament abgelehnt worden ist. Diese Gruppen fordern zum einen, den Gebrauch der Pille danach zu legalisieren, zum anderen die Straffreiheit des Aborts im Fall, dass die Schwangerschaft Produkt einer Vergewaltigung ist, dass das Leben der Mutter gefährdet ist oder dass der Fötus so schwere Schäden aufweist, dass er nach der Geburt nicht lebensfähig sein wird.

Typische Mitleidsargumentation war handschriftlich daneben vermerkt.

Die Debatte über den Abort in bestimmten Fällen, vor allem bei zu erwartenden gesundheitlichen Schäden für Mutter oder Kind, wurde durch die massive Ausbreitung des Zika-Virus erneut beflügelt. Einige honduranische Abgeordnete, die zuvor noch zum absoluten Abtreibungsverbot standen, würden jetzt bestimmte Ausnahmen vertreten. Eine erneute Abstimmung über die Gesetzesänderung ist aber in nächster Zeit nicht vorgesehen.

Es folgte ein Artikel über aktuelle Forschungsaktivitäten zu Zika, sowohl was die Entwicklung von Impfstoffen als auch den Einsatz genetisch manipulierter Aedes-Mücken anging, die sich nicht fortpflanzen konnten. Ihre Tochter Diana hatte Yessica von den gentechnisch veränderten Mücken erzählt. Das Prinzip klang zunächst gut, aber es gab irgendwelche Bedenken dagegen. Welche, das hatte Yessica vergessen. Ja, das stimmte wohl, Zika hatte die Abtreibungsdebatte neu aufflammen lassen. Wobei alles, was diskutiert wurde, weit vom eigentlichen Ziel entfernt war: der Selbstbestimmung über den eigenen Körper.

Zum Schluss der Sammlung stand der Kommentar eines Rechtsgutachters. Er sehe keine Möglichkeit, dass auf dem Gebiet der Sonderentwicklungszone andere Gesetze in Bezug auf den Abort gelten könnten als auf dem restlichen Territorium von Honduras. Das Gesetz sei Teil des Strafgesetzbuches und damit durch eine autonome Verwaltung nicht modifizierbar. So wie die Dinge standen, konnte Amaris Winwright zufrieden sein.

Die Papiere gaben Yessica einen Eindruck von der Politikerin, der gut zu dem Bild von Winwright passte, das sie im Internet recherchiert hatte. Eine alte Frau mit einer versteinerten Fassade, deren Weltbild dahinter genauso versteinert war. Ihre klare Anti-Abtreibungspolitik erklärte aber nicht, was Winwright im Komitee für die Sonderentwicklungszonen machte. Yessica nahm sich vor, die Villa noch einmal gründlich zu untersuchen, bevor sie sich den anderen Komiteemitgliedern zuwandte.

Von der plötzlichen Kühle ließ sich Yessica nicht mehr abschrecken, wenn sie Winwrights Domizil betrat. Wie immer galt ihr erster Blick dem Bad. Sie registrierte, dass die Politikerin aus dem Haus gegangen sein musste, ohne zu duschen. Interessant, bei der ausgeprägten Sterilität der Wohnung hätte Yessica ihr eher einen Waschzwang angedichtet. Andererseits konnte bei der Kälte hier drinnen kein Mensch schwitzen. Sie polierte kurz das Waschbecken und den Spiegel und machte dann das Bett. Im Wohnzimmer fiel ihr sofort das Diktiergerät mitten auf dem Couchtisch auf. Die letzten Tage hatte es auf einem Regal neben dem Schreibtisch gestanden. Yessica inspizierte schnell den Rest der Villa und entdeckte kaum Gebrauchsspuren. Sie hatte also ein wenig Zeit. Mit einem Staubtuch zwischen Fingern und Gerät betätigte sie die Play-Taste.

»Mrs. Winwright, ich glaube, Sie haben mich zum Narren gehalten.«

Irgendwoher kannte Yessica die Stimme dieses Mannes.

»Mr. Hermilo, können Sie mir in Ruhe erklären, was los ist, bevor Sie mich mit Anschuldigungen …«

Hermilo! Es war in Honduras unmöglich, diese Stimme nicht zu kennen. Aber sie klang weder so salbungsvoll noch so gewaltig wie im Fernsehen. Sie war eine Nuance zu hoch und aufgeregt.

»Sie wissen ganz genau, was los ist. Sie haben mich in ein verdammtes Wespennest fassen lassen. Diese Gesundheitsstation wird von der Garífuna-Organisation betrieben, das sind Leute, die den dunklen Mächten zugetan sind, ihr einziger Sinn und Zweck ist es, den gesellschaftlichen Frieden zu stören.«

Hatte die Amerikanerin diesen selbst ernannten Prediger auf ihre Gesundheitsstation gehetzt?

»Nun beruhigen Sie sich doch und erzählen mir bitte der Reihe nach, was passiert ist. Dass die Organisation in Triunfo de la Cruz stark verankert ist, war Ihnen von Anfang an bekannt.«

»Diese Dämonen haben Schwester Renata und mich unter Androhung körperlicher Gewalt aus dem Ort gejagt. Ein hasserfüllter Mob. Was glauben Sie denn, wie wir da überhaupt mit unserer Arbeit anfangen sollen? Sie hatten gesagt, es sei alles vorbereitet.«

Oh, das hätte Yessica gern gesehen. Sie schmunzelte. Das musste sie sich bei Gelegenheit in allen Details erzählen lassen.

»Sie sind persönlich nach Triunfo gefahren? Sind Sie denn … Entschuldigung, aber hatte ich Ihnen nicht gesagt, Sie sollten sich bei dieser ganzen Transaktion im Hintergrund halten?«

»Ja glauben Sie denn, wir würden die Katze im Sack kaufen? Was machen wir mit einer Gesundheitsstation, die die spirituelle Führung unserer Kirche nicht betreten darf?«

»Mr. Hermilo, ich verstehe Ihre Empörung. Können Sie mir trotzdem der Reihe nach schildern, wie es zu Ihrem Besuch gekommen ist und was sich dabei genau ereignet hat?«

»Da gibt es nicht viel zu schildern. Wir haben den Förderantrag so bei US-Aid eingereicht, wie uns Ihre Mitarbeiterin geraten hat. Wie Sie wahrscheinlich wissen, hat sie ewig gebraucht. Also haben wir uns überlegt, dass wir uns die entsprechende Immobilie erst mal anschauen, egal ob wir die Förderung bekommen oder nicht. Wir hätten sie ja von der Firma *Victoria* entweder käuflich erwerben oder einen Mietvertrag abschließen müssen. Und wir kaufen ungern die Katze im Sack, deswegen wollten wir uns mit eigenen Augen überzeugen, dass die Immobilie richtig geschätzt wurde. Und ich sage mal: Vom äußeren Eindruck her ist sie das nicht. Klar, die Grundstückspreise werden steigen, aber das Gebäude sollte man besser abreißen und neu bauen.«

»Um das herauszufinden, hätten Sie doch um Himmels willen nicht persönlich in Triunfo auftreten müssen!«

»Mrs. Winwright, Sie müssen schon die Strukturen unserer Kirche akzeptieren, wenn Sie mit uns zusammenarbeiten wollen. Und lassen Sie den Himmel aus dem Spiel! Die Gemeindemitglieder vertrauen mir sowohl als spirituellem Leiter als auch als weltlichem Geschäftsführer unserer Organisation. Ich stehe mit meinem Wort dafür ein, dass die Mittel unserer Kirche zum größten Wohl aller eingesetzt werden. Es wird von mir erwartet, dass ich alle größeren Geschäfte selbst tätige, denn mein fester Glaube in Gott garantiert mein gemeinwohlorientiertes Handeln.«

»Schön, Mr. Hermilo. Aber Sie können mir nicht weismachen, dass Sie noch nie etwas von strategischem Handeln gehört haben.«

»Und Ihre Strategie war, mir die Hälfte zu verschweigen, was? Jetzt würde mich Ihr Vorschlag interessieren, wie wir mit dieser Situation umgehen sollen.«

»Das würde ich am liebsten mit den anderen Mitgliedern des Komitees und Mr. Soo persönlich besprechen. Aber verraten Sie mir vorher noch, was genau vor Ort geschehen ist?«

»Schwester Renata und ich sind mit meinem Privatwagen nach Triunfo gefahren. Das Gebäude der ehemaligen Gesundheitsstation war verschlossen. Wir haben es in Ruhe in Augenschein genommen. Schwester Renata ist eigentlich Bauingenieurin, sie kennt sich mit dem Zustand von Bausubstanz sehr gut aus. Wir haben gemerkt, dass wir aus dem Garten gegenüber beobachtet wurden. Schwester Renata hat sogar gesehen, wie uns jemand mit dem Handy fotografiert hat. Und plötzlich stand dieses, wie soll ich sagen, dieses Schwadron von alten Männern um uns herum. Ein paar hatten Macheten, andere Stöcke in der Hand. Ein kleiner Alter sagte zu mir: ›Edwyn Hermilo, Sie verschwinden sofort von unserem Gemeindeland!‹ Das war es eigentlich schon. Wir wollten uns mit denen nicht anlegen, wie gesagt, sie waren von der dunklen Macht besessen und bewaffnet. Wir haben die Männer also gebeten, uns im Namen Gottes zu unserem Auto durchzulassen, und sind davongefahren.«

An der Stelle endete der Mitschnitt. Herrlich! Der kleine alte Mann war bestimmt Juancito gewesen. Er hatte schon so einige ungebetene Gäste in die Flucht geschlagen. Doch Yessicas Schadenfreude wurde von einem gewaltigen Schuss Adrenalin fortgespült. Hermilo war nur taktische Manövriermasse in einem Spiel, das, wie sich nun herausstellte, Amaris Winwright betrieb. Sie hatte ihre Finger nach Triunfo ausgestreckt. Sie hatte die angebliche Unterhändlerin von US-Aid vor ein paar Monaten nach Triunfo geschickt. Und sie hatte Hermilo anscheinend nicht umfassend informiert, ihm leichtes Spiel versprochen.

Yessica ärgerte sich, dass Laura und sie überhaupt mit der Unterhändlerin von US-Aid geredet hatten. Vielleicht hatten sie dabei doch zu viel verraten? Zumal es immer fraglicher schien, ob die Dame überhaupt für die Organisation arbeitete und nicht eher für Amaris Winwright. Die Laura und Yessica wiederum seit Monaten im Visier hatte. Klar, deswegen hatte sie Lauras Telefonnummer. Bestimmt hatte sie auch Yessicas alte, aber die würde ihr nichts mehr nützen. Den letzten Gedanken wagte Yessica kaum zu denken: Wenn Hermilo wirklich so ahnungslos war, wie er sich in diesem Streit gab, dann hatte nicht er den Sicario geschickt. Wer sich von ein paar alten Männern in die Flucht schlagen ließ, der pflegte keine Beziehungen zu Auftragsmördern. Diejenige, die die feindliche Übernahme am stärksten vorangetrieben hatte, war Amaris Winwright! Konnte sie den Killer mit dem Vertrag zu Yessica geschickt haben? Jedenfalls wusste die Bewohnerin der Villa, in der Yessica jetzt stand, genau, wer sie war. Kannte sie nur ihren Namen oder besaß sie auch Fotos? Yessica schauderte. Mehr noch als bisher musste sie sich in einen Schatten verwandeln. Sie durfte der Frau, deren Villa sie täglich reinigte, niemals persönlich über den Weg laufen.

Warum hatte Winwright das Gespräch aufgenommen und warum brach es an der Stelle ab? Am liebsten wäre Yessica hinaus an den Strand gelaufen. Das Meer half ihr für gewöhnlich, ihre Gedanken zu ordnen. Außerdem fror sie nun doch. Sie beeilte sich, alle Oberflächen auf Hochglanz zu trimmen und der Villa zu entkommen.

Als sie den Putzwagen zur Tür hinausschob, hatte sie genau fünfzehn Minuten gewonnen, bevor sie in das nächste Gebäude musste. Sie parkte den Wagen hinter einem großen Hibiskusstrauch und nahm selbst einen unscheinbaren Pfad, der sie zwar nicht direkt an den Strand, der in diesem Bereich sowieso den Gästen vorbehalten war, führte, aber in den Schatten einer Gruppe von Meertraubenbäumen in der Nähe, die noch von der natürlichen Vegetation übrig geblieben war.

Aus der sicheren Deckung sah sie zu den kleinen weißen Schaumkronen auf dem Meer hinüber. Langsam fühlte sich ihr Körper wieder warm an und ihr Atem beruhigte sich. Sie wusste nun, dass Amaris Winwright ihr hochgradig gefährlich werden konnte. Aber es schien auch, dass die Politikerin eine Sackgasse war, was Yessicas ursprüngliches Anliegen betraf. Die Amerikanerin hatte wohl wirklich nichts mit dem organisierten Verbrechen am Hut. Ihre Motive waren Frauenhass und religiöser Fanatismus.

Yessica wollte sich darum bemühen, im nächsten Dienstplan andere Gebäude zugeteilt zu bekommen. Nur ein letztes Detail gab es bei Winwright zu untersuchen und das war ihr verschlossener Schreibtisch.

Zwei Tage später kniete Yessica mit einer aufgebogenen Büroklammer zwischen schwitzigen und zitternden Fingern vor Winwrights Schreibtisch. Xiomara hatte ihr gezeigt, wie es ging. Die Hackerin meinte, dass auch in der analogen Sicherheitstechnik ein paar Grundfertigkeiten wie das Öffnen der gängigen Arten von Haustürschlössern, Autoschlössern und Schreibtischschlössern äußerst nützlich sein könnten. Yessica hatte sich in einem Eisenwarenladen in Tela ein paar einfache Schlossmodelle gekauft, um ihre Fertigkeiten zu trainieren. Ihre drei Übungsschlösser konnte sie mittlerweile mit der Büroklammer genauso schnell öffnen wie mit einem Schlüssel. Aber vor dem Praxistest hatte sie sich bislang gedrückt.

Schließlich ließ sich das Schloss drehen, langsam und widerspenstig. In dem Fach standen zwei Ordner, auf dem Rücken des einen war mit dickem schwarzem Filzstift *Tela* geschrieben, auf dem anderen *TdlC.* Sie griff sich den zweiten, vorsichtig, damit keine Papiere heraussegelten, die eventuell nicht abgeheftet waren. Doch der Inhalt stellte sich als akribisch geordnet heraus. Gelbe Pappen trennten Namen in alphabetischer Reihenfolge. Die Namen waren Yessica nur zu gut bekannt: Alvarez Murillo, Juan Pablo; Benítez Domínguez, Laura Esmeralda; Cruz García, Amanda Rosa; López García, Yessica und noch so einige mehr. Es war ein ziemlich vollständiger Katalog der noch aktiven Mitglieder ihrer Organisation in Triunfo. Yessica konnte nicht anders, als das Kärtchen *López García* aufzuschlagen. Das Foto war ziemlich neuen Datums, aufgenommen vor ihrem Haus. Das hatte wahrscheinlich der Sicario gemacht.

Geboren in Triunfo de la Cruz, Républica de Honduras, am 22.11.1976, Studium der Medizin in La Ceiba, abgebrochen 2000, später Fernstudium der Pädagogik.

Yessica López García engagierte sich der Erzählung von Gemeindemitgliedern zufolge schon früh bei der Garífuna-Organisation. Da es sich um keinen Verein mit ordentlicher Mitgliedschaft handelt, ließ sich der genaue Zeitpunkt ihres Beitritts nicht eruieren. Ungefähr seit 2009 gehörte sie einer Gruppe an, die sich ›Landverteidigungskomitee‹ von Triunfo de la Cruz nennt. Seit 2011 leitete sie zusammen mit Laura Esmeralda Benítez Dominguez das sogenannte Gesundheitsaufklärungsprogramm der lokalen Gesundheitsstation. Seit 2012 unterstützten die Deutschen das Projekt und finanzierten für die beiden Frauen jeweils eine halbe Stelle. Von 2012 bis 2018 kassierte López Garcia weitere Honorare aus der deutschen Entwicklungszusammenarbeit, unter anderem für Seminare zur kulturellen wie zur ökologischen Sensibilisierung.

Bevor das Gesetz über die ZEDEs verabschiedet worden war, gehörte López Garcia zum harten Kern von Demonstranten gegen die ›Ciudades Modelos‹, wie die Sonderentwicklungszonen im Vorgängergesetzentwurf hießen.

Seit dem 1. Januar 2019 ist López García ohne festes Einkommen. Zusammen mit Benítez Dominguez versuchte sie bis Ende Februar 2019, gelegentlich Sprechstunden in der Gesundheitsstation in Triunfo de la Cruz zu organisieren. Mit der Gruppe, die sich Landverteidigungskomitee nennt, übte sie Druck auf Gemeindemitglieder aus, die einer Abgabe ihrer Grundstücke an die Victoria S.A. *zugestimmt haben. Seit dem 02.04. wurde López García nicht mehr in Triunfo gesehen. Ihr derzeitiger Aufenthaltsort ist unbekannt.*

Lopez García ist Mutter zweier Töchter:

1. Diana Rivera López, geboren am 25.08.1999, Vater Oscar Rivera Barahona, ausgewandert nach Venezuela.

Diana Rivera Lopez studiert seit dem Sommer 2018 Biologie an der UNAH in Tegucigalpa, ist derzeit wohnhaft in der Colonia Kennedy, vierte Einfahrt. Haus Nummer 52. Sie fährt in der Regel mit dem Bus um 7:30 Uhr zur Universität. Manchmal wird sie von Freunden mit dem Auto zurückgebracht. Fällt nicht durch politische Aktivitäten auf.

2. Patricia López García, geboren am 15.03.2007 (Vater unbekannt), besucht eine Schule auf Roatán und wohnt zu diesem Zweck bei López Garcías Schwester Kenia López García. Wochenenden verbringt sie häufig, aber nicht immer bei ihrer Mutter in Triunfo de la Cruz.

Diese Schweine! Sie sollten ihre Töchter aus dem Spiel lassen. Yessica musste Diana sagen, dass sie besser mal wieder umziehen sollte. Und ihre Schwester musste noch stärker darauf achten, ob ihr Haus beobachtet wurde. Wenn ja, musste sie eine andere Lösung für Paty finden.

Yessica vernahm ein Knacken von der Terrasse und schrak zusammen. Sie warf einen schnellen Blick aus dem Fenster, aber da war nichts. Vielleicht das Holz, das in der Hitze arbeitete. Aber was tat sie hier? Sie hatte nicht die Zeit, diese Akte zu lesen, und schon gar nicht, über die Zukunft ihrer Töchter zu sinnieren. Das konnte sie nach Feierabend tun. Schnell schlug sie den Ordner wieder am Anfang auf und fotografierte brav Seite für Seite ab.

Das Schloss mit der Büroklammer zu schließen, war fast noch schwieriger, als es zu öffnen. Endlich! Yessica sah auf die Uhr. Für die anderen Fächer blieb definitiv keine Zeit, nur für einen sehr oberflächlichen Putzdienst, einmal Toilette und

Waschbecken, Oberfläche und Fußböden, Letztere am besten, ohne zu wischen. Zwischendurch versicherte sie sich immer wieder, dass das Handy noch in ihrer Tasche war. Sie wusste, dass das überflüssig war, das Handy war immer in ihrer Tasche.

Am Abend widmete Yessica sich dem weiteren Studium der Profile. Sie folgten alle einem ähnlichen Muster, manche Fotos mussten wie das ihre kürzlich von einem Spitzel aufgenommen worden sein, andere waren aus dem Internet oder einer Broschüre herauskopiert. Es folgten Adresse, biografische Daten, politische Aktivitäten, manchmal Bewegungsprofile, Namen und Daten von Familienangehörigen und deren Tagesabläufe. Sie konnte aus den Profilen nicht erkennen, wer sie erstellt hatte, nahm aber an, dass ein ganzes Team damit beschäftigt war. Was ihr gar nicht schmeckte, waren die Worte: *der Erzählung von Gemeindemitgliedern zufolge*. Wer hatte da gequatscht? Und hatte er oder sie die leiseste Ahnung, dass der Gesprächspartner ein Spitzel war und die Information am Ende an Sicarios gehen würde?

Amaris Winwrights Villa wurde Yessica allmählich zu heiß. Der Ordner mit den Profilen stellte ihre letzte Theorie wieder auf den Kopf. Aus religiösem Fanatismus allein ließen sich diese Profile nicht erklären. Vielleicht fanden sich die Dokumente aber auch bei allen Komiteemitgliedern? Es war an der Zeit, in die Villen und Hotelzimmer der anderen einzudringen. Yessica hatte auf dem Dienstplan verschiedene ihr bekannte Namen gelesen, zum Beispiel den des Verbrechers Hawit, des Ex-Direktors der Umweltbehörde, der wahrscheinlich in das Komitee versetzt worden war, damit seine Machenschaften auf seinem früheren Posten in Vergessenheit gerieten.

7

28.04.2019

Huay Soo. Why so? Warum der ganze Wahnsinn? Victoria. Sieg, anonym versteht sich und mit beschränkter Haftung. Wie schon das gesamte Unternehmen der Conquista, das ja eher ein Sieg ohne jegliche Haftung war. Die zivilisierte Welt verübte ihre Gräueltaten über den Weg des Haftungsausschlusses und des Kleingedruckten. Für Huay Soo reserviert war die oberste Ocean View Suite, zusätzlich gebucht der Personal-Butler-Service. Die Putzkräfte des Hotels waren noch nicht für die Woche eingeteilt, aber einem so wichtigen Gast, der seine Ansprüche noch dazu durch einen persönlichen Butler erfüllen ließ, würde man vermutlich eine erfahrenere Putzkraft zuteilen als Yessica. Zumal sie bislang nicht durch besondere Verdienste aufgefallen waren. Schließlich war Aufmerksamkeit das Letzte, was sie sich wünschte. Und richtig, es war Rosana, der die Suiten der oberen Etage zugeteilt wurden. Rosana war eine kleine dicke Puerto Ricanerin, die aus unerfindlichen Gründen lieber zum Arbeiten nach Honduras immigriert war als in die USA und die mehr aus Angst vor ihrem prügelnden Ehemann, als um Geld zu verdienen, ihre Heimat verlassen hatte. Ansonsten war Rosana pflichtbesessen und duckmäuserisch. Yessica konnte ihr etwas in den mitgebrachten Reis mit Bohnen mischen, auf dass sie sich den Magen verdarb. Nur wie schlimm musste es Rosana gehen, damit sie sich krankmeldete? Kam das nicht einem Anschlag auf ihr Leben gleich? Und dann standen die Chancen immer noch erst eins zu zwanzig, dass man Yessica an Rosanas Stelle in Soos Suite schicken würde.

Yessica musste auf Risiko spielen. Das Schlimmste, was ihr passieren konnte, war, dass sie entlassen wurde, weil sie ihre Arbeit zu schlecht machte. Rosana war pflichtbewusst, ja, aber hatte sie am Ende nicht zu viel Angst vor der Obrigkeit, um ungewöhnliche Vorkommnisse zu melden?

Yessica öffnete mit ihrer Chipkarte die Villa eines Geschäftsmanns aus Miami. Welcher Art seine Geschäfte waren, dafür wollte sie sich gar nicht interessieren. Sie warf einen Stapel Handtücher von ihrem Putzwagen, bevor sie ihn in den Flur hineinzog. Die Chipkarte an ihrem Umhängeband platzierte sie auf einem Sideboard, ging wieder hinaus und zog die Tür hinter sich zu. Im nächsten Moment fing sie an zu fluchen und joggte zum Boutique-Hotel hinüber, rannte an einer erstaunten Rezeptionistin vorbei die Treppe hoch ins obere Stockwerk, dort beinahe ungebremst in die offene Tür der Ocean View Suite, in der ein Putzwagen geparkt war. Rosana, Rosana, das war aber ein ganz schwerer Fehler! Die Türen der bewohnten Villen und Suiten hatten niemals offen zu stehen!

Yessica blieb kurz im Eingangsbereich stehen und machte ein Foto von absolutem Chaos. War am Ende nicht Rosana im Zimmer, sondern ein Einbrecher? Andere Spione, die nach einer ganz bestimmten Information, einem bestimmten Datenträger suchten? Fast überall im Raum lagen Kleidungsstücke verstreut. Hemden und Hosen waren über die Sitzgarnitur geworfen, einzelne Socken und eine gebraucht aussehende Unterhose lagen im Zimmer verteilt auf dem Fußboden. Die Türen der Schrankwand standen offen, Schubladen hingen halb heraus. Mit dem Inhalt einer Kiste Zigarren hatte jemand auf dem Couchtisch Mikado gespielt. Wenn jemand Informationen gesucht hatte, hatte er sie schon eingesammelt. Nirgends war auch nur ein Schnipsel Papier zu entdecken, auch kein USB-Stick oder andere digitale Medien. Yessicas Blick fiel auf einen riesigen, in die Wand eingelassenen Flachbildschirm, auf dem animierte Koi-Karpfen endlose Schleifen zogen. Sie betrat den Raum, vorsichtig, fast auf Zehenspitzen, bedacht darauf, kein Wäschestück zu berühren und kein Geräusch zu machen. Langsam näherte sie sich dem virtuellen Aquarium.

Dann hörte sie von links einen kurzen Schrei. Es war Rosana, die sie entdeckt hatte. Rosana erkannte die Kollegin, rang mit sich, hielt sich den Mund zu und stieß dann hervor: »Was machst du hier?«

»Gott sei Dank«, antwortete Yessica. »Ich dachte schon, hier sei eingebrochen worden.«

»Ach, das meinst du. Nein, das darf ich ja gar nicht sagen, der Herr wünscht es so. Es ist aber trotzdem alles picobello sauber.«

»Wieso lässt du denn die Tür offen stehen?«

Rosana errötete, ertappt, jetzt hatte Yessica sie im Sack. Sie würde nicht zur Chefin laufen.

»Es ist dieser blöde Schlüssel. Ich verlege ihn ständig. Ich habe schon alles versucht, mir tausendmal geschworen, ihn nach dem Eintreten sofort wieder um den Hals zu hängen, aber immer, wenn ich danach greife, ist er nicht da, sondern liegt wieder irgendwo im Zimmer herum. Es ist, als hätte er einen eigenen Geist. Ja, und dann vergesse ich manchmal Sachen vor der Tür, gehe raus, um sie zu holen, und schwupps ist die Tür zu und der Schlüssel nicht an meinem Hals. Du wirst mich doch nicht verraten?«

Yessica fing laut an zu lachen. Würde sie an Schicksal glauben, dann wäre ihr ihres heute sehr gnädig.

»Komisch finde ich das jetzt nicht.« Rosana klang beleidigt.

»Entschuldigung. Ich habe dich nicht ausgelacht. Nur manche Zufälle sind einfach unglaublich. Mir ist genau das gerade passiert. Ich bin in die Villa Nummer acht rein, dabei sind mir ein paar Handtücher vom Wagen gefallen. Ich bin also noch mal rausgegangen, um sie aufzuheben, aber die Chipkarte war irgendwie schon drin. Ich weiß nicht, wie sie das gemacht hat. Die Tür ist natürlich auch zugefallen. Also bin ich rüber zum Hotel gelaufen, damit mich eine von euch wieder reinlassen kann.«

Rosana kicherte. »Es ist, als wären diese Dinger verhext.

Ich glaube fast, das liegt an der neumodischen Technik. Die sind magnetisch und werden von irgendetwas angezogen.«

»Ja, so muss es sein«, stimmte Yessica zu. »Meinst du, du kannst deinen Schlüssel finden und mich in die Villa bringen?«

»Natürlich. Aber du erzählst nichts von dem, was ich dir gesagt habe, und umgekehrt?«

»Klar.«

»Wenn ich jetzt nur wüsste, wo dieses vermaledeite Ding wieder … Kleinen Moment, ja?« Rosana verschwand nach links, wo das Badezimmer zu vermuten war.

Yessica trat näher an den Bildschirm heran, zog sich die Schürze über eine Hand und tippte dagegen. Sie konnte ihr Glück nicht fassen. Großformatig erschien eine geöffnete E-Mail.

»Ha, ich hab ihn!«, rief Rosana aus dem Bad.

»Super«, antwortete Yessica, nahm Abstand vom Computer und zückte ihr Handy.

»Was ist denn nun schon wieder?«, sagte Rosana in Richtung des Monitors. »Diese ganzen Geräte sind verhext, ich sag es dir. Komm, wir müssen im Zeitplan bleiben.« Sie hängte sich die Karte um den Hals und umklammerte das Band, damit sie ihr ja nicht davonflog, zog den Putzwagen vollständig ins Zimmer und die Tür hinter ihnen zu. Drei Minuten später stand Yessica wieder in Villa Nummer acht.

»Hier sieht es ja aus!«, kommentierte Rosana. »Jetzt musst du dich aber wirklich beeilen.«

»Tausend Dank! Ich weiß nicht, was ich ohne dich gemacht hätte.«

»Keine Ursache. Und denk daran, was du mir versprochen hast.«

»Ich weiß gar nicht mehr, was du mir erzählt hast«, antwortete Yessica und blinzelte verschwörerisch.

Die kleine Dicke winkte ihr fröhlich zum Abschied, während sie sich in einem schnellen Watschelgang zurück in Richtung Hotel bewegte.

Yessica umklammerte fest das Handy in ihrer Hosentasche. Eine E-Mail konnte nichts bedeuten oder die Welt verändern. Sie war so neugierig, aber Rosana hatte recht, Villa Nummer acht sah unschön aus. Anders als in Soos Zimmer flogen hier nicht die Gegenstände durcheinander, sondern der Dreck. Jemand hatte ein opulentes Mahl ohne Geschirr abgehalten. Anschließend musste noch Popcorn geflogen sein, die Hauptlinie der Schlacht verlief zwischen Sofa und Badezimmertür. Ein Blick ins Badezimmer verriet: Auch die Wanne war nicht vom Popcornhagel verschont geblieben, inzwischen war die Maisstärke zu einer schmierigen weißen Schicht Tapetenkleister aufgeweicht.

Erst als Yessica nach Feierabend die Tür ihrer Kammer hinter sich abgeschlossen hatte, wagte sie einen Blick auf das Handyfoto. Die abfotografierte Schrift war sehr klein und ein wenig unscharf. Sie musste das Bild auf ihren Computer ausspielen. Ihre Hand zitterte so sehr, dass sie mit dem Kabel kaum den USB-Anschluss traf. Endlich erschien die Nachricht groß vor ihren Augen, verschwommen, aber lesbar.

Von: Mauricio.Bustillo@gob.hn
An: Directorgeneral@victoria.com
Betreff: Umweltlizenz Sandabbau

Mein verehrter Kollege Huay!
Ich habe dir die Gründe ja bereits dargelegt. Zum jetzigen Zeitpunkt können wir der Victoria S.A. die Genehmigung zum Abbau von Sand und etwaig anderer vorhandener Rohstoffe hundert Meter vor der Küstenlinie von Cuero Ulúa Victoria S.A., insbesondere am Ausgang der Bucht von Tela, nicht erteilen. Nach ein-

gehenden Beratungen mit unserem Kollegen Hawit, der ja ein Fachmann auf diesem Gebiet ist, sind wir übereingekommen, dass die umweltrechtlichen Voraussetzungen nicht bestehen. Es steht dir offen, den Weg über die Institutionen zu gehen, m. E. läuft das aber auf ein langwieriges Verfahren hinaus, das deine Baustellen auf Jahre lähmen würde. Das heißt, du müsstest den Sand ohnehin importieren, wenn du dir und der Welt den Anblick halb fertiger Hochhäuser ersparen möchtest. Bedenke, dass die Seegrenze der Cuero Ulúa Victoria S.A. nicht eindeutig definiert ist. Keiner weiß, ob die Bucht von Tela nun den Regeln der Zone, der honduranischen Zentralregierung oder vielleicht der Internationalen Meeresbehörde unterliegt. Ich würde daher dringend von einem Rechtsstreit abraten. In aller Freundschaft würde ich dich gern (nochmals!) zu einem privaten Treffen mit unserem Kollegen Hawit sowie unserem befreundeten und äußerst kompetenten Anwalt einladen. Wir könnten bei der Gelegenheit auch nochmals über die Fischereirechte reden. Ich schlage vor, wir treffen uns heute Abend in der Bar Macarena.

Heute Abend! Hatte der schon begonnen oder war er bereits vorbei? Hatte Soo dem Treffen überhaupt zugestimmt? Und wie kam sie als Garífuna an einen Ort wie die *Bar Macarena*, ohne aufzufallen? Jedenfalls nicht in einem der Bekleidungsstücke, die in ihrem kleinen Regal lagen. Weiße Hemden und Putzschürzen würden sie nicht weiterbringen, auch nicht ihr lockeres Gewand, das sie sich nach Feierabend am liebsten überwarf. Yessica griff nach ihrer Chipkarte und machte sich auf den Weg zu den Villen. In Nummer fünf brannte kein Licht. Ob sie in die Kleidung von Amaris Winwright hineinpassen würde? Nach den Fotos zu urteilen war sie relativ klein.

Von der Frage der Kleidergröße abgesehen, pflegte sie einen Stil, der Yessica doch allzu großmütterlich vorkam.

Wie egal das jetzt alles wäre, wenn sie einen weißen männlichen Begleiter hätte. Die Erkenntnis bereitete ihr schlechte Laune. Trotzdem verharrten ihre Gedanken kurz bei Ulrich, sie spürte wieder, wie sich seine Hand auf ihre legte. Er hatte die Geste wiederholt, auch einige Male nach ihrer Eskapade, und sie hatte sich gut angefühlt. In der Berührung lag Verlangen, aber auch Vertrauen. Was war aus dem Vertrauen geworden? Sie hatten es zerredet, zu Tode analysiert. Aber so schlimm, dass Ulrich nicht ab und an ein Lebenszeichen aus Deutschland oder wo immer er inzwischen war, senden konnte? Blödsinn, er war ein weißer Mann, er lebte in seiner privilegierten Welt und begegnete ab und an den Unterprivilegierten. Aber er kehrte immer wieder dahin zurück, wo es bequem für ihn war. Und hielt den Rest auf Distanz. Da, wo man sich um ihn kümmern konnte, es aber nicht wehtat.

Sie war bei Amaris Winwrights Kleiderschrank angelangt. Mit ihrem Handy leuchtete Yessica hinein und griff nach dem, was ihr in dem funzeligen Lichtschein wie die Schuppen eines Tieres entgegenglitzerte. Es war kein Gürteltier in der Nacht, sondern ein schwarzes Paillettenkleid. Es war lang genug, um an Yessica nicht unanständig kurz auszufallen, allerdings augenscheinlich sehr weit in der Taille, da musste sie sich mit ein paar Sicherheitsnadeln behelfen. Insgesamt sah es nach einem passablen Fang aus. Yessica stopfte ihn unter ihr Gewand, machte das Licht aus und verließ die Villa. Sie musste sich beeilen, aber sie durfte nicht rennen.

Das Schuppenkleid übergeworfen, die Haare zurechtgemacht, für Make-up hatte sie keine Zeit, steckte aber für alle Fälle den Lippenstift in die Tasche. Das Hauskleid kam über das Schuppenkleid und mit einer Hand winkend fuhr sie am Pförtner vorbei aus Laru Beya hinaus. Sie versteckte das Fahrrad weit unten unter den Überresten der alten Landungsbrücke von Tela, wo früher immer die Grasdealer gestanden hatten. Yessica stellte sich vor, auf Absatzschuhen zu wandeln, während sie die Promenade hinunterschritt bis zur *Bar Macarena.* Das verschaffte Haltung, ließ aber das markante Klacken auf Steinboden vermissen. Im Gehen zog sie den Lippenstift über ihre Lippen. Wenn das Ergebnis nicht perfekt war, so war wenigstens die Pose souverän. Vor dem Türsteher im weißen Hemd und mit Pistolengurt über der Schulter schloss sie das Utensil und ließ es in die Tasche gleiten. Der Typ blieb im Weg stehen, ohne auch nur ein Wort an sie zu richten. Sie stoppte zwanzig Zentimeter vor seinem Schutzschild aus Rasierwasser.

»Dürfte ich mal bitte?« Keine Frage, sondern eine Aufforderung.

»Sie sind allein?« Er musterte Yessica, schob sie von einer Schublade in die andere, konnte sich nicht entscheiden.

»Mein Begleiter erwartet mich im Lokal.«

»Geschmäcker sind verschieden«, brummelte er und trat widerwillig zur Seite. »Kann ich mal in Ihre Handtasche sehen? Ach nee, da passt ja nichts rein.«

Haltung bewahren und dabei ihre Füße verbergen, die in billigen Plastikpantoletten steckten. Ihre Rolle war nun, ihren Begleiter zu suchen, der sich aus unerfindlichen Gründen verspätet hatte. Jemand hatte eine Busladung Koreaner in der Bar abgeladen, alle männlich, die meisten über fünfzig. Auf einer kleinen Bühne stand ein untersetzter bebrillter Mann mit einem Mikrofon und sang koreanische Schnulzen vor einem Karaokemonitor. Yessica war drauf und dran, sich einen Drink zu bestellen. Aber er würde sie wahrscheinlich den halben Monatslohn kosten, den sie außerdem noch nicht ausbezahlt bekommen hatte. In dem koreanischen Männergesangsverein würden wenigstens die beiden anderen Typen mehr auffallen. Bustillo, mit dem ewig glatten Gesicht des BWL-Studenten, und Hawit, weniger burschikos und eher geölt als geleckt. Und richtig, da saßen sie, möglichst weit entfernt von der Karaokeshow, und steckten die Köpfe zusammen. Yessica konnte genauso gut gleich wieder gehen, den Vieren – der Vierte musste der erwähnte Anwalt sein – würde sie so kein Wort ablauschen. Sie wünschte sich bessere Spionagewerkzeuge, ein unsichtbares und weitreichendes Richtmikrofon, das perfekt koreanischen Gesang wegfiltern konnte. Sie ging zur Toilette, nur um nicht unnütz und ohne Getränk im Raum herumzustehen.

Sie betrachtete sich im Spiegel, ein ernstes Gesicht, fast böse, niemand würde es wagen, ein Wort an sie zu richten. Der freihändig aufgetragene dunkelrote Lippenstift saß fast perfekt. Sie bleckte die Zähne zu einem Lächeln und sah noch immer todernst aus. Sie konnte hier heute nichts ausrichten. Sie sollte einfach zurück nach Laru Beya fahren und sich ausschlafen. Sie blieb vor der Tür zur Männertoilette hängen. Die Tür stand offen und ließ sie auf die Rücken von Bustillo und Hawit blicken, die einträchtig nebeneinander vor den Pissoirs standen.

»Wenn er stur bleibt und durch die Instanzen geht, haben wir die nächsten Monate nichts zu befürchten. Das gibt uns genug Zeit, eine Lösung zu finden.«

»Er könnte den Präsidenten zurate ziehen.«

»Mach dir keine Sorgen, der Präsident hat hier nichts mehr zu sagen. Außerdem, wer wendet sich schon wegen ein paar Schaufeln Sand an den höchsten Mann im Staat?«

»Ich weiß nicht. Er könnte die anderen Komiteemitglieder auf den Plan rufen.«

»Und, was sollen die schon sagen? Er muss die Umweltauflagen erfüllen und damit basta.«

»Er könnte von unserem Treffen und unseren Forderungen bezüglich der Fischereirechte erzählen.«

»Das wird er nicht tun. Dafür ist gesorgt.«

Die Herren zupften an ihren Hosen herum. Yessica entfernte sich von der Tür, durchschritt den Gastraum und ließ den Türsteher links liegen. An die Kommunikation zwischen

Bustillo und Hawit musste sie herankommen, wenn denn eine schriftliche Kommunikation zwischen ihnen existierte.

Ein kleiner dicker Mann mit Halbglatze kam ihr entgegen und steuerte auf den Eingang der Bar zu. Es war noch einer aus dem Komitee. Morales, der Halb-Costaricaner. Yessica hatte alle Fotos der Herren und Damen ausgiebig studiert, um sie im Fall einer Begegnung sofort zu erkennen. Von Morales war ihr vor allem ein Bild in Erinnerung geblieben: dreißig Jahre jünger, aber schon ebenso fett wie heute stand er in weißem Anzug und Cowboyhut, Schnauzbart und Sonnenbrille neben einem Kleinflugzeug. Das Foto illustrierte einen Zeitungsartikel, in dem der Verdacht gegen Morales erörtert wurde, Drogen- und Waffentransporte im Zuge der Iran-Contra-Affäre organisiert zu haben. Ein Teil des damaligen Skandals hatte darin bestanden, dass die USA den Kokainschmuggel in ihr Land geduldet hatten, weil sich die rechtsgerichteten Contra-Rebellen in Nicaragua mitunter über den Drogenhandel finanzierten. Morales war aber nie verurteilt worden. Jetzt blieben ihre Blicke kurz aneinander hängen, dann gingen sie ihres Weges. Wie gern wäre Yessica hinter ihm zurück in die Bar gegangen, um zu sehen, ob er sich zu den anderen gesellte. Und ob die ihn freundlich begrüßten wie einen Gast, den sie erwartet hatten, oder eher überrascht. Aber sie hatte das Gefühl, dass sie nicht noch länger auf ihren imaginären Begleiter warten konnte, ohne aufzufallen.

Auf dem Rückweg trat sie vor lauter Aufregung so sehr in die Pedale, dass ihr der Schweiß in Strömen lief. In ihrem Zimmer in Laru Beya fiel ihr ein, dass sie ein fremdes Kleid trug, das sie nun mit ihrem Schweiß getränkt hatte. Wie wusch frau ein Paillettenkleid richtig? Wahrscheinlich gar nicht, wahrscheinlich gehörte so ein Fummel in die Reinigung. Das wiederum kam gar nicht infrage. Yessica entfernte die Sicherheitsnadeln, die die Taille zusammenhielten, und zog sich das Corpus Delicti vom Leib. Als wenn sie sonst keine Probleme hätte. Sie würde das Kleid unter die Sachen mischen, die Mrs. Winwright zum Reinigen schickte. Wenn alles glatt lief, wurde das Kleidungsstück hinterher wieder in den Schrank geräumt, als wäre es nie fort gewesen.

Yessica nahm das Handy aus der Handtasche. Ein Wunder überhaupt, dass sie aus ihrem früheren Leben eine Handtasche in ihre Putzfrauenexistenz mitgebracht hatte – sie hätte viel mehr Kleider und Accessoires mitbringen sollen, Verkleidungen für jede Gelegenheit. Sie hatte eine Nachricht über Signal erhalten.

Können Sie im Lauf der nächsten Woche nach Managua kommen?

Das war Guthries ganze Nachricht. Im Grunde konnte sie nur eines bedeuten, nämlich dass er fündig geworden war, oder? Yessica hatte in der nächsten Woche zwei Tage am Stück frei. Eigentlich hatte sie sie genommen, um sich mit der Koordinatorin zu treffen. Jemand musste sich um Paty und Dianas Sicherheit kümmern, ihre Schwester auf Roatán warnen und all die anderen, deren Profile Yessica im Ordner *TdlC* gefunden hatte. Sie musste der Koordinatorin auch sagen, dass sie urplötzlich wieder untertauchen könnte – falls sie Winwright persönlich über den Weg lief und diese sie erkannte. Und sie wollte nach Laura fragen, sichergehen, dass ihre Kollegin nicht doch Verrat begangen hatte und nun mit den Evangelikalen und dem Komitee zusammenarbeitete.

Nun musste Yessica sich entscheiden: die Koordinatorin treffen, sich versichern, dass alles gut war, und für ihre eigene bescheidene Sicherheit sorgen oder Guthrie, der wahrscheinlich einen Informanten für sie hatte. Ihr Herz klopfte heftig bei der Vorstellung. Warum hatte Guthrie kein Codewort mit ihr vereinbart? Etwa: ›Treffen im Hotel Europa‹ bedeutete, dass er jemanden hatte, ›Hotel Imperial‹, dass er niemanden hatte.

Natürlich trafen sie sich an keinem der beiden Orte, sie wusste nicht einmal, ob es in Managua Hotels dieser Namen gab.

Yessicas Herzklopfen verriet ihre Entscheidung. Ihr Verstand musste sie gar nicht mehr treffen. Ulrich hatte ihr einmal gesagt, in ihrer Kompromisslosigkeit würde sie über Leichen gehen, zuallererst über ihre eigene. Ob sie nicht wegen ihrer Töchter lieber vorsichtiger sein wolle – oder würde sie ihre Töchter nicht lieben? Was für eine unmögliche Männerfrage! Männer wurden solche Dinge nicht gefragt. Und was machte Ulrich überhaupt schon wieder in ihrem Kopf, er war dort wie von den Geistern auferstanden. Vielleicht lag es daran, dass sie sich die ganze Zeit zwischen Weißen bewegte und niemanden zum Garífunasprechen hatte. Das war ihrer seelischen Gesundheit nicht zuträglich.

Am besten wäre es, die Koordinatorin ebenfalls nach Managua zu bestellen. Sie war es schließlich, die Yessica Guthrie vermittelt hatte, also sollte es auch nichts ausmachen, wenn die beiden aufeinandertrafen. Aber was, wenn Guthrie seinen Informanten direkt dabeihatte?

Ich komme nächsten Freitag, schrieb sie. Sie hatte nicht einmal Geld für ein Busticket und würde um einen Vorschuss betteln müssen.

8

Ulrich, seltsam, am Zeitraum bemessen war er nicht mehr als ein kurzes Intermezzo, das nun schon anderthalb Jahre zurücklag. Na ja, viel hatte sich seither weder in romantischer noch in sexueller Hinsicht getan. Sie war einfach zu beschäftigt und hatte zu viele Sorgen. Sorgen machen hässlich, hieß es ja. Yessica hielt sich keineswegs für hässlich, aber ihre Ausstrahlung mochte in letzter Zeit ziemlich abweisend sein. Gegenüber jedem, den sie nicht kannte. Auch Ulrich war sie damals mit einer gewissen Skepsis begegnet.

Heute hätte einer wie er keine Chance bei ihr, sie würde ihn eiskalt abblitzen lassen. Damals hatte die Affäre den Reiz des Verbotenen. Obwohl es keine realen Verbote gab, nur die Verbote im eigenen Kopf. Eigentlich war es der Reiz des Unmöglichen. Wenn der andere schon als Mensch mit seinen Sichtweisen, mit seiner Lebensweise gänzlich unmöglich war, zum ständigen Widerspruch herausforderte. Und gerade deshalb hatte sie sich so sehr zu ihm hingezogen gefühlt. Wortgefechte erzeugten Spannung, Spannung, die sich entladen wollte, indem ihre Körper aufeinanderprallten. Während der Kopf sagte: Was willst du mit dem, es gibt keine Zukunft mit ihm, er wird nicht in deine Welt kommen und du nicht in seine. Es gibt nur diesen kurzen Moment, in dem sich eure Welten berühren, aber gerade deswegen ist dieser Moment so kostbar. Sie spürte, wie sich ihre Gedanken gegenseitig umkreisten, wie ihre Körper zueinanderstrebten, und war im Zwiespalt, diesen Prozess zu verzögern, um das wohltuende wie qualvolle Kribbeln zu verlängern oder ihn voranzutreiben, immer auf das Unausweichliche zu, damit es endlich die Erlösung gäbe.

Es hatte gedauert, bis sie merkte, dass sie sich nur noch vorspielte, ihn unsympathisch zu finden. Vielleicht hatte sie auch von Anfang an ihre Gefühle verwechselt. Es war nicht immer leicht, zwischen Abneigung und Anziehung zu unterscheiden. Aus Vernunftgründen hätte sie ihn unsympathisch finden sollen und sie verließ sich normalerweise auf ihre Vernunft.

Die Deutsche Gesellschaft hatte ihr seinen Lebenslauf vorgelegt, dessen Inhalt sie sofort wieder vergessen hatte. Einzig sein Gesicht mit dem gequälten Lächeln war ihr in Erinnerung geblieben. Er wirkte wie ein Kind, das man für den Fototermin in eine unbequeme Verkleidung gesteckt hatte. Sie hatten ihr gesagt, dass er sie eine ganze Weile begleiten würde, aber sie hatte sich nicht vorstellen können, wie es sich anfühlte, die ganze Zeit so einen Fremdkörper im Schlepptau zu haben. Da Yessica ohnehin ständig zu Dorfversammlungen fuhr, sollte sie ihn überall vorstellen. Einen fremden Körper, tatsächlich, mit seiner hellen Haut musste er überall auffallen.

Ulrich hatte das Gesicht eines verwöhnten Jungen, ein zu weiches Milchgesicht für seine achtunddreißig Jahre. Nur die grauen Locken über seinen Schläfen deuteten sein wahres Alter an. Er sah kein bisschen gequält aus, als er zum ersten Mal vor ihr stand, außer dass die Hitze ihm Schweißtropfen auf die Oberlippe trieb. Sein Lächeln wollte sagen: Hier bin ich und ich werde Gutes vollbringen. Wusste er nicht, dass er kein Wohltäter, sondern bestenfalls ein Bote der faulen Kompromisse war? Fauler Kompromisse, um die Yessica lange mit sich selbst gerungen hatte.

»Ulrich Geissenberg, sehr erfreut«, sagte er und streckte ihr die Hand entgegen und es klang so, als freute er sich am meisten über seine eigene Existenz. »Wo legen wir los?«, wollte er wissen und ihr war sofort klar, dass sie ihn bremsen musste, damit er in den Gemeinden nicht auf einen Schlag jegliches Vertrauen verspielte.

Die Leute würden skeptisch sein, genauso wie ihre Mitstreiter bei der Organisation skeptisch gewesen waren. Sie hatten im Vorfeld lange diskutiert, ob sie sich auf das Projekt der Deutschen Gesellschaft einlassen sollten. Yessica hatte zwar für den Pragmatismus gestimmt, um Triunfo vor schlimmeren Projekten vonseiten des honduranischen Staates zu schützen, aber diesen Ulrich Geissenberg, der da leibhaftig vor ihr stand, wollte sie nicht mögen. Sie wollte den größtmöglichen Abstand zu ihm behalten. Gleichzeitig war sie auf sein Verständnis angewiesen.

»Wir sollten uns zunächst etwas Zeit nehmen, um unsere Arbeit und unsere Ziele aufeinander abzustimmen.«

Er sah erstaunt aus, sagte aber nur: »Natürlich.«

Wie sollte sie anfangen? Sie redete irgendetwas von der begrenzten Zeit und Aufmerksamkeit der Leute, von ihren Alltagssorgen, die vorgingen. Er hörte geduldig zu, nickte zuweilen und behielt doch ein großes Fragezeichen auf der Stirn.

»Sie dürfen auf keinen Fall sofort mit der Eigentumsfrage anfangen«, sagte sie plötzlich, genervt von ihrem eigenen Gerede.

»Ach? Und warum, wenn ich fragen darf?«

»Die Eigentumsfrage ist ein hochsensibles Thema. Stellen Sie einfach zuerst den biologischen Korridor vor. Erklären Sie den Leuten, dass er eine Chance für sie ist. Konzentrieren Sie sich nicht auf seltene Tiere und Pflanzen. Der biologische Korridor ist gut, wenn er nicht nur seltene Arten, sondern auch die Menschen vor Eindringlingen schützt. Ich weiß, wo wir am besten loslegen. Ich werde mit Ihnen zur Punta Izopo fahren.«

»Das liegt nicht weit von Triunfo, gleich am Ende der Bucht, nicht wahr? Es soll dort noch Krokodile geben.«

»Ja, aber ich will Ihnen etwas anderes zeigen. Es dauert nicht lange und Sie haben ein geländetaugliches Auto. Also, fahren wir!«

Am Ende einer matschigen Piste zeigte sie ihm die Villa

des verstorbenen Palmölmagnaten Miguel Facussé. Ein hoher Zaun trennte sie von einem schmalen Streifen Strand. Im Schatten eines Baumes war eine bewaffnete Wache zu erkennen, die sich nicht regte. Am Zaun prangten große Schilder: *Privatgelände. Betreten verboten.*

»Die Punta Izopo ist ein absolutes Naturreservat, aber das wissen Sie wahrscheinlich schon. Der biologische Korridor ist nur gut, wenn er so etwas hier verhindern kann. Aber das ist noch nicht alles.«

Sie liefen über den Strand an der Villa vorbei, dann über einen Pfad auf den kleinen Berg der Punta Izopo. Mit einem Mal standen sie auf einer planierten, nahezu kreisrunden Rasenfläche.

»Ein Hubschrauberlandeplatz?«, fragte er.

Yessica nickte.

»Er gehört zur Villa, habe ich recht?«

»Anzunehmen. Niemand redet darüber, wer hier landet. Ich werde das auch nicht tun. So, jetzt haben Sie eine Vorstellung vom Kaliber unserer Gegner.«

Er fragte sie über die Familie Facussé aus, wie sie an das Grundstück gekommen war, ob der Staat versucht hatte, etwas dagegen zu unternehmen. Ulrich schien zu begreifen, dass man in Honduras nicht auf den Staat zählen konnte. Aber er verstand die Eigentumsfrage an sich nicht, konnte nicht nachvollziehen, dass der Boden, der Strand, das Meer niemals Privatbesitz sein durften.

Er befolgte auf den ersten Versammlungen ihren Rat, redete nicht über das Vorhaben, Besitzverhältnisse zu klären, und redete dennoch Unsinn. Weil er einfach ein Technokrat war und keine politische Strategie hatte. Yessica war genervt. Wozu brauchten sie diesen Typen? Wenn sie ehrlich war, nur weil sie ein bisschen Geld für ihre eigenen Projekte bekamen und von den Politikern in Tegucigalpa und in Tela ernster genommen wurden, da die Deutschen jetzt hinter ihnen standen. Es war ekelhaft. Und dieser Junge bekam dafür einen Haufen Geld und merkte nicht einmal, wie ungerecht die ganze Nummer war.

Wie er sie das erste Mal großzügig zum Essen einladen wollte! Sie lehnte ab, sie sei nicht käuflich. Bei seinem schockierten Gesicht konnte sie sich das Lachen nicht verkneifen. Hatte er wirklich gedacht, sie hatte ihm sagen wollen, dass sie keine Prostituierte sei? Sie klärte ihn auf, dass es um ihre Meinung ging, und er wurde knallrot. Ihr ging das Wort ›niedlich‹ durch den Kopf.

Nachdem sie ungefähr einen halben Monat zusammen unterwegs waren, hatte Yessica kein Geld mehr, um unterwegs mit ihm essen zu gehen. Doch Ulrich traute sich nicht mehr, sie einzuladen, bis es ihr zu blöd wurde. »Entweder du bezahlst mir jetzt das Mittagessen oder du hungerst auch«, bestimmte sie. Diesmal war er noch beschämter als bei ihrer ersten Ansage. Es machte ihr ein bisschen Spaß, ihn so vorzuführen.

»Ja klar«, sagte er, »kommt auf die Spesenquittung.«

Das hätte er auch gleich sagen können, dass er noch nicht einmal in seine eigene Tasche greifen musste, um ihr ein Mittagessen zu bezahlen.

»Wo gehen die Leute aus Triunfo eigentlich abends hin?«, fragte Ulrich plötzlich, nachdem sie eine Weile schweigend ihre Fischsuppe gelöffelt hatten.

Sie verstand seine Frage nicht. Wo sollten sie denn hingehen?

»Ich meine, wenn sie mal ausgehen wollen. Gibt es irgendein Restaurant, eine Disko, eine Bar? Mir sind bislang nur die Kioske aufgefallen.«

»Ein paar von denen haben auch abends noch auf, manchmal bis um neun oder zehn. Aber weißt du, die meisten Leute gehen selten aus, wie du das nennst. Wir besuchen Nachbarn oder Verwandte auf ein Schwätzchen. Manchmal sitzen wir einfach nur im Garten und schlagen die Mücken tot und manchmal kommen zufällig einige Leute zusammen und plötzlich entspinnen sich ganz tolle Diskussionen.«

»Bei uns muss man sich immer verabreden. In Bonn hatte ich eine Stammkneipe, wo ich wusste, dass ich wahrscheinlich Bekannte treffe.«

Er zögerte, als wüsste er nicht, ob er ihr ein großes Geheimnis verraten sollte. Sie hoffte, er würde es für sich behalten.

»Yessica, wir machen hier eine spannende Arbeit und ich bin dir sehr dankbar, dass du mich die ganze Zeit mitnimmst, aber nach Feierabend fällt mir manchmal die Decke auf den Kopf. Okay, ich kann abends noch meinen Papierkram erledigen, aber ich treffe fast nie jemanden, um zu quatschen. Ab und an einen Kollegen, aber ich habe viel mehr Lust, etwas vom Leben hier mitzubekommen. Meine Wohnung liegt in einer Gated Community. Ich habe sie mir nicht gesucht, das war die Gesellschaft. Die einzigen Menschen, die ich dort sehe, sind der Pförtner und ganz selten die Putzfrau.« Das Wort ›Putzfrau‹ kam ihm merklich schwer von der Zunge. »Die Putzfrau hat übrigens auch die Gesellschaft gebucht. Ich bräuchte sie nicht, aber ich kann sie ja auch nicht entlassen. Also lasse ich sie einfach so machen, wie sie es für richtig hält. Ich weiß, dass manche von uns ihre Hausangestellten ziemlich mies behandeln. Ich glaube, das liegt daran, dass sie in Deutschland nie welche hatten und sie einfach nicht mit der Situation umgehen können. Mit nur einem Quäntchen Macht über andere fühlen sie sich plötzlich wie die Könige. Aber ich bin nicht so, glaub mir. Meinetwegen gebe ich der Frau auch ihr Geld, wenn sie nur oberflächlich ihren Besen schwingt, aber sie hat ihre festen Sauberkeitsvorstellungen.«

Es war nicht das erste Mal, dass sie diesen Hausangestelltendiskurs von einem Ausländer hörte. Er lief immer darauf hinaus, dass man selbst besser war als die anderen und die armen Hausangestellten überhaupt nur beschäftigte, damit sie nicht arbeitslos waren.

»Entschuldigung, ich will dich nicht mit meinen Luxusproblemen nerven. Ich frage mich nur, gäbe es nicht irgendeine Gelegenheit, wo ich das Dorfleben mal abends kennenlernen könnte?«

Sie schüttelte den Kopf. Mehr gab es dazu nicht zu sagen. Reichte es nicht, dass sie ihn schon tagsüber immer im Schlepptau hatte? Er sah enttäuscht aus, hakte aber nicht mehr nach.

Einmal geschah es doch, dass sie mit ihm im Garten einer Freundin saß, nicht mit Absicht, sie waren dort hängen geblieben. Yessica hatte nur kurz anhalten wollen, das Haus von Beatriz lag auf dem Weg und sie wollte ihr ein Buch zurückgeben. Sie waren im Auto der Deutschen Gesellschaft unterwegs, Ulrich sollte Yessica in Triunfo absetzen, besser gesagt, dort wieder das Steuer übernehmen, denn sie hatte mehr Spaß am Fahren als er. Beatriz, sichtlich erfreut über den Besuch, bot ihnen Stühle und frisch geerntete Kokosnüsse an. Sie wollte von Ulrich wissen, ob es wahr sei, dass Europa die Migranten zu Tausenden im Mittelmeer ertrinken ließ, ob die Küstenwache wirklich zuschaute, wie die Boote kenterten und untergingen und ihre Passagiere von der Meeresoberfläche verschluckt wurden. Ulrich sagte jein, die Küstenwache würde die Leute schon aus dem Wasser fischen, wenn die Menschen vor ihrer Nase in Seenot gerieten, aber meistens käme eben jede Rettung zu spät.

Beatriz' achtzehnjähriger Sohn setzte sich dazu, dann kam die Nachbarin, die herausfinden wollte, wer der fremde Mann im Garten war. Sie fragten weiter, ob es in Deutschland immer noch Nazis gäbe. Yessica fand Ulrichs Antwort etwas schwammig. War es wirklich wichtig, ob man die Leute als Nazis, Neonazis oder einfach als Rassisten bezeichnete? Für Ulrich schien das von enormer Wichtigkeit zu sein, wegen der historischen Einzigartigkeit des Holocausts, die nicht zu relativieren sei. Yessica konnte nicht ganz folgen. Wenn es nun wieder Nazis in Deutschland gab, die Migranten jagten, dann war das doch schlimm genug und musste überhaupt nicht verglichen werden.

Ulrich nahm hingegen langsam Fahrt auf. Er diskutierte mit, ob es als Migrant gefährlicher sei, über das Mittelmeer oder durch Mexiko zu kommen, ließ sich vom Sohn ein neues Handyspiel zeigen, fragte nach den Kräutern im Giffity, den die Freundin inzwischen ausgepackt hatte. Er ließ sich ein paar neue Worte auf Garífuna beibringen und dann, ohne dass Yessica groß Notiz davon genommen hatte, waren noch ein paar Nachbarn angekommen. Sie wollte eigentlich nach Hause, aber sie sah, dass Ulrich sich wohlfühlte, dass er einmal nicht mit Misstrauen beäugt wurde. Sie wollte ihm das Vergnügen nicht nehmen, auch wenn das hieß, dass sie viel zu spät ins Bett kommen würde. Sie wollte eigentlich noch die Quartalsabrechnung der Gesundheitsstation machen, die längst überfällig war. So übte sie sich in Geduld, wenn sie auch kaum dem Gespräch folgte, sondern darüber nachdachte, wie sie die fehlenden Quittungen für ungefähr zwanzigtausend Lempiras beschaffen sollte. Oder war sie eifersüchtig, weil der Unbekannte auf einmal im Mittelpunkt stand, weil er sich als durchaus charmant und nicht als Klotz am Bein erwies?

Irgendwann hörte sie ihn sagen: »Ich glaube, wir müssen jetzt fahren. Wir haben einen langen Tag hinter uns.« Er sagte es mit einem fürsorglichen Blick in ihre Richtung. Er wirkte nicht müde, eher als hätte er noch stundenlang weiterquatschen können. Er verabschiedete sich ihretwegen und das war für Yessica der charmanteste Akt dieses Abends. Auf der Rückfahrt nach Triunfo entschuldigte er sich, dass er sich nicht früher losgerissen hatte. Er hätte ja gesehen, dass sie müde war.

Daraufhin entschuldigte sie sich und erklärte ihm, dass sie diese Abrechnung im Nacken sitzen hatte und das Problem mit den fehlenden zwanzigtausend Lempiras. Er sagte, er würde sich etwas einfallen lassen.

Sie zwinkerte und fragte: »Ist das nicht Korruption?«

»Ich habe mal einen Kurs in kreativer Buchhaltung gemacht«, sagte er. »Nicht bei der Gesellschaft natürlich.«

Sie nahm seine gefälschten Quittungen. Aber das war nicht der Grund dafür, dass das Eis zwischen ihnen unmerklich verschwand. Sie lachten viel auf ihren Autofahrten. Er erprobte seine paar Brocken Garífuna an ihr, sie korrigierte ihn. Sie brannte ihm CDs mit Garífuna-Musik, unbekanntere Musiker und Musikerinnen, nicht Andy Palacios oder Aurelio Martinez, deren Songs man auf der ganzen Welt erhalten konnte. Sie erzählte von ihren Töchtern, ohne die sich ihr Leben mit Sicherheit anders entwickelt hätte. Sie liebte ihre Kinder und trotzdem gab es diese Sehnsucht nach dem Unmöglichen: wieder komplett frei zu sein. Es ließ sich schwer in Worte fassen. Ob Ulrich es nachempfinden konnte? Zumindest nickte er.

»Was ist mit den Vätern passiert? Können sie sich nicht ab und an um die Mädchen kümmern? Es sind doch zwei verschiedene Väter, oder?«

Klar, irgendjemand musste es ihm erzählt haben. Sie atmete tief ein. Sie redete nicht gern über die gescheiterten Beziehungen ihrer Vergangenheit. Auf jeden Fall nicht mit Männern. Alleinerziehende Frauen mit mehreren Kindern von unterschiedlichen Vätern waren nichts Ungewöhnliches in Honduras, niemand stellte da allzu viele Fragen. Höchstens ein neuer Interessent, der feststellen wollte, ob sie wirklich alleinstehend war oder der Partner nur temporär abwesend, weil er auf See, in den USA oder in einer anderen Stadt arbeitete. Oder ob es einen eifersüchtigen Ex-Partner gab, der noch immer Besitzansprüche anmeldete und am Ende gewalttätig werden könnte. Aber dieser Mann hier kam aus einer Welt, in der sich wohl auch getrennte Väter manchmal um ihre Kinder kümmerten, so hatten es ihr zumindest andere europäische

Besucher vor ihm erzählt. Vielleicht interessierte er sich also nicht nur dafür, ob sie zu haben war, sondern wirklich für ihre Vergangenheit.

Sie erzählte von ihrer ersten großen Liebe und der ersten großen Enttäuschung, Dianas Vater, der ein stürmischer, revolutionärer Geist gewesen war. Vielleicht immer noch war, sie hatte keinen Kontakt mehr zu ihm. Leider war er zu stürmisch für die banalen Erfordernisse des Alltags. Ein Typ zum Bewundern, aber nicht, um mit ihm zusammenzuleben. Schon gar nicht mit einem kleinen Kind. Yessica studierte seit einem halben Jahr, als sie schwanger wurde. Es war nicht geplant, aber sie freute sich. Sie war sicher, dass Oscar und sie großartige Eltern sein würden, liebevoll und unkonventionell, das Kind würde keine traditionellen Rollen lernen, sondern dass die Welt offenstand und sich alle Grenzen überwinden ließen. Ja, sie waren total naiv, glaubten, mit einem Überschwang an Liebe würden sie das Kind schon schaukeln.

Aber dann erblickte Diana das Licht der Welt und plötzlich war alles anders oder vielmehr doch alles wie immer. Yessica musste das Kind versorgen; Oscar trug die Kleine zwar nachts herum, wenn sie schrie und er da war, aber seine Abwesenheiten wurden häufiger und länger. Wenn sie allein war, war Yessica meistens zu müde, um zu lernen; die Uni ließ sie sowieso nicht mit der Kleinen in den Hörsaal. Sie wollte weiterstudieren, sie hatte eigentlich Ärztin werden wollen, aber so war es unmöglich. Sie wollte Diana nicht zu ihrer Mutter geben, auch wenn diese die Großmutterpflicht klaglos übernommen hätte. Also bettelte sie Oscar an, er solle nicht so viel reisen, er hätte sich genauso für das Kind entschieden wie sie. Er sagte: »Ja, ja, ich komme, ich liebe euch« und kurz bevor er wieder nach Hause kommen sollte, rief er an, es würde ein paar Tage später werden, die Versammlungen dauerten an, sie seien kurz vor dem Durchbruch und so weiter. »Bald bin ich wieder bei euch und gehe nicht mehr weg.« Je weniger er da war, umso mehr leere Versprechen schickte er durch das Telefon.

Yessica wurde wütend, kündigte ihr gemeinsames Zimmer, exmatrikulierte sich und zog mit Diana zurück nach Triunfo ins Haus ihrer Mutter. Sie sagte Oscar kein Wort davon und stellte sich sein Gesicht vor, wenn er nach La Ceiba zurückkäme und in ihrem ehemaligen Zimmer inzwischen jemand anders wohnen würde. Als Oscar zwei Wochen später in Triunfo vor ihrer Tür stand, sagte er kein Wort zu ihrem Verschwinden aus La Ceiba, sondern: »Lass uns packen, wir gehen nach Venezuela. Wir bauen dort eine neue Kooperative auf. Wir werden der Welt zeigen, dass ein anderes Wirtschaftsmodell möglich ist. Wenn sich die Kooperative ein wenig gefestigt hat, wirst du auch weiterstudieren können.«

»Wo soll das denn sein in Venezuela?«

»Bei Barquisimeto, am Fuß der Anden.«

»Wie weit ist das vom Meer?«

»Etwa hundertfünfzig Kilometer.«

Yessica schüttelte den Kopf. Sie würde nicht weggehen vom Land der Garífuna und schon gar nicht in die Berge, hundertfünfzig Kilometer vom Meer. Oscar musste allein gehen, was er auch tat.

Yessica begann wieder mit der Kooperative zu arbeiten, die sie schon kannte, der Frauenkooperative von Triunfo. Sie bewirtschafteten ein paar Felder mit Yuca, hatten ein paar Kokospalmen, nichts, wovon sie hätten leben können. Aber sie half mit, so gut sie konnte, um ihre Mutter zu unterstützen, band sich Diana auf den Rücken und zog mit den anderen Frauen vor Sonnenaufgang aufs Feld. Bald begann sie ein Fernstudium der Pädagogik, denn ein Fernstudium der Medizin gab es leider nicht.

Sie sah sich nicht wirklich als Lehrerin, aber es war besser, sich mit irgendetwas zu beschäftigen, als nachmittags vor dem Fernseher zu sitzen, wie manch andere alleinerziehende Mutter. Wobei die meisten nicht wirklich alleinerziehend waren, denn die Kinder verbrachten mindestens genauso viel Zeit bei ihren Großmüttern wie bei ihren Müttern.

Irgendwie geriet das Leben wieder ins Lot und die Erinnerung an die große Liebe und die große Enttäuschung verblasste. Yessica engagierte sich immer mehr bei der Organisation, sie begann, die Gesundheitsstation mit aufzubauen, und bestand darauf, dass Gesundheitsaufklärung ebenso wichtig sei wie ärztliche Versorgung. Es wurden die ersten Fördergelder an Land gezogen und Yessica verdiente ein wenig in der Gesundheitsberatung. Das reichte nicht, um bei ihrer Mutter auszuziehen, aber bald konnte sie sich ein gebrauchtes Auto kaufen, sodass sie sich unabhängig bewegen konnte. Sie stieg aus der Frauenkooperative aus, weil es zu viel Kraft raubte, morgens vor der anderen Arbeit noch aufs Feld zu gehen.

Die Liebe spielte in den Jahren keine große Rolle, manchmal hatte Yessica Affären, aber noch einmal eine Familie gründen, das wollte sie nicht. Ihre Energie steckte sie lieber in andere Dinge. Das Land der Garífuna vor immer neuen Begehrlichkeiten zu schützen, das Selbstvertrauen der Mädchen zu stärken, im Prinzip das, was sie heute immer noch tat.

Dann kam die Schwangerschaft mit Paty dazwischen. Sie hatte nicht sein sollen, aber Yessica hatte sie zu spät bemerkt. Sie hatte noch ihre Regel bekommen, obwohl sie schwanger war. Sie wusste ganz genau, dass es dieses Phänomen gab, und sie warnte die Mädchen immer davor, sich zu sehr in Sicherheit zu wiegen, weil sie bluteten. Aber es gehörte eben zu den vielen Dingen, von denen eine glaubte, sie passierten nur den anderen. Yessica war sich nicht bewusst, nicht aufgepasst zu haben. Der Mann, der wohl der Urheber dieses Malheurs war, kam für sie nicht einen Moment als fester Partner in Betracht.

Die Schwangerschaft war mehr eine Ernüchterung als ein freudiges Ereignis. Yessica zwang sich, die Sache pragmatisch anzugehen. Die Erfahrung mit Diana hatte ihr gezeigt, dass nur das erste Jahr sehr anstrengend war, danach hatte sich das Kind mit seinem Charme eigene Bezugspersonen gesucht. Sie brauchte ihre Mutter nicht mehr zu fragen, ob sie sich um Diana kümmerte, Diana lief sowieso einfach zu ihrer Oma. Die Betreuung musste nur organisiert werden, wenn Yessica den ganzen Tag unterwegs war. Ähnlich würde es auch mit dem zweiten Kind gehen und Diana als ältere Schwester konnte schon Verantwortung übernehmen.

»Das klingt furchtbar abgeklärt, oder?«, fragte Yessica am Ende ihrer Erzählung. »Aber so habe ich am Anfang gedacht. Ich hatte keinen Bezug zu diesem neuen Wesen, das in mir heranwuchs. Als Paty da war, war zum Glück alles anders. Sie war von Anfang an ein sehr offenes und intelligentes Kind. Sie war noch viel charmanter als Diana, wenn ich das als Mutter sagen darf.«

»Und, wer ist Patys Vater?«, wollte Ulrich wissen.

»Sie hat keinen Vater, sie hat nur einen Erzeuger. Wir waren nie ein Paar, Paty hat ihren Vater gar nicht kennengelernt. Beziehungsweise, ich habe ihn ihr nicht als ihren Vater vorgestellt.«

»Ist das nicht ein bisschen grausam? Hat ein Kind nicht immer das Recht, seinen Vater zu kennen?«

»Was soll sie dadurch erfahren? Wo die Form ihrer Nase herkommt? Das ist doch oberflächlich. Es ist besser, wenn sie nicht darüber nachdenkt, was sie von diesem Versager geerbt haben könnte.«

»Du bist hart.«

»Männern gegenüber ja. Alles andere hat sich nicht ausgezahlt. Mit den Kindern bin ich nicht so. Ich lasse ihnen viel durchgehen. Ich habe Diana zu meiner Schwester nach Roatán schicken müssen, da es hier in erreichbarer Nähe keine Sekundarschule gibt. Sie ist schon groß, sie bekommt das super hin. Aber die Kleine ist dadurch auf einmal zum Einzelkind geworden. Die beiden waren immer ein unzertrennliches Team.

Sie haben es schon fertiggebracht, mein Auto zu manipulieren, nur weil sie fanden, dass ich mal wieder einen Tag bei ihnen zu Hause bleiben sollte. Irgendwer muss ihnen beigebracht haben, die Batterie zu entladen. Ich habe nie herausbekommen, wer es war. Aber ich bin fest davon überzeugt, dass die ursprüngliche Idee von Paty kam. Diana war immer nur für die Ausführung ihrer Tricks verantwortlich. Oh, ich war sauer. Aber heimlich auch stolz, dass sie so einen gerissenen Plan aushecken und umsetzen konnten. Außerdem bin ich wohl selbst schuld. Ich glaube, ich habe vor den Mädchen zu viel über Sabotageakte an meinem Auto geredet. Ich will die Welt vor ihnen nicht schönreden. Ich mache kein Geheimnis daraus, dass immer mal wieder Leute auftauchen, die mich töten wollen. Das ist vielleicht zu hart. Aber wenn mich wirklich einmal jemand umbringt, dann werden sie hoffentlich nicht aus allen Wolken fallen.«

»Ich verstehe nichts von Kindern, aber ich glaube, die Welt würde trotzdem für sie zusammenbrechen. Man kann sich nicht mental darauf vorbereiten, dass die eigene Mutter ermordet wird. Noch dazu als Kind.«

»Ja, wahrscheinlich nicht. Auf jeden Fall ist Paty irgendwie die verschlagenere meiner Töchter. Und obwohl sie so unkonventionell einfordert, dass ich mal bei ihr bleibe, ist sie ziemlich unabhängig. Wer mir am meisten Sorgen macht, ist meine Mutter, ich habe das Gefühl, dass sie immer mehr Hilfe braucht. Und nachdem sie mir so viel mit meinen Kindern geholfen hat, wäre es jetzt an mir, ihr zu helfen.«

Während sie ihre Geschichte erzählte, fühlte Yessica sich gefangen in ihrer Welt aus Notwendigkeiten, den beiden Kindern, der alternden Mutter und vor allem ihrer Heimat, an der ständig an allen Ecken und Enden geknabbert wurde, die man geschickt versuchte, unter ihren Füßen wegzuziehen, obwohl sie sich noch so fest darauf verankert fühlte.

Und neben ihr saß die Verlockung des ganz anderen. Wie

wäre es, mit ihm und seinem Blick auf die Dinge für ein paar Wochen zu reisen? Nur für ein paar Wochen das staunende Leben einer Touristin zu führen? Oder auch nur kurz mit ihm nach Nicaragua oder Costa Rica zu fahren und den realen Zustand der Welt außer Acht zu lassen, kurz so zu tun, als wären im Leben wieder alle Möglichkeiten offen.

»Du solltest nicht immer ein schlechtes Gewissen haben«, sagte Ulrich. Hatte er ihre verbotenen Wunschträume erraten? »Du machst so viel, wie willst du denn gleichzeitig noch perfekte Mutter und perfekte Tochter sein? Und, ich trau mich ja kaum, das zu sagen, aber ist dieser Perfektionismus nicht auch ein bisschen unfeministisch?«

Sie wollte wütend sein. Wer war er, um darüber zu urteilen, ob sie eine richtige Feministin war? Aber sie musste lachen.

»Du mieser Schuft!«, sagte sie nur und boxte ihn in die Seite. Trotz der Vertraulichkeit zwischen ihnen sollte es noch eine ganze Weile bis zu ihrer gemeinsamen Eskapade auf den Cayos Cochinos dauern, die Yessica unantastbar in ihrer Erinnerung verstaut hatte.

AMARIS

9

November 2018

Der erste Berufswunsch, an den sich Amaris erinnerte, war Fernsehprediger. Sie war gerade eingeschult worden. Die anderen Mädchen hatten Dinge gesagt wie Hausfrau – was die Mütter in der Regel waren – oder Lehrerin oder Stewardess. Stewardess erschien damals als ein ganz abenteuerlicher Beruf. Junge Frauen konnten allein in der Welt herumkommen. Dennoch sah die Obernonne, die mit in der Unterrichtsstunde der neuen Lehrerin saß, nicht die zukünftigen Stewardessen böse an, sondern Amaris, die das Wort ›Fernsehprediger‹ herausgebracht hatte. Schon zuvor hatte sie allerdings die neue Lehrerin scheel angeschaut, die überhaupt mit der Fragerunde angefangen hatte. Zu Amaris sagte die Obernonne nur: »Das ist kein Beruf.«

Zwei Tage später wurden ihre Eltern zur Schulleitung zitiert. Jahre später erzählte ihr ihre Mutter, dass die Nonne sie gefragt hatte, ob die Familie ein Fernsehgerät besitze, welche Sendungen die Kinder anschauen durften und ob sie auch unbeaufsichtigt fernsahen. Aber ihre Eltern waren unschuldig. Zwar stand seit Kurzem ein nagelneuer Apparat von General Electric in ihrem Wohnzimmer, ihre Eltern kamen aber nicht im Traum auf die Idee, religiöse Sendungen anzuschauen. Sie gingen brav jeden Sonntag zum Gottesdienst in die Kirche. Amaris entdeckte die Fernsehprediger bei ihrer Nachbarin Mary Ann. Mary Anns Mutter hatte ebenfalls einen neuen Astor, aber anders als in Amaris' Familie, wo der Vater das Gerät für eine Stunde nach dem Abendessen einschaltete und danach wieder abschaltete, lief der Apparat in Mary Anns Haus schon am Nachmittag. Ihre Mutter saß nicht ehrfürchtig davor, wie Amaris' Familie, sondern erledigte beim Fernsehen Hausarbeiten. Die Kinder blieben oft vor den bewegten Bildern hängen, bis Mary Anns Mutter sie aus dem Haus scheuchte. Nicht weil sie Angst vor einem schädlichen Einfluss des Fernsehens auf Kinder hatte, sondern weil ihr die Mädchen im Weg waren.

Bei Mary Ann stieß Amaris auf Fulton Sheen, der in seinem Ornat mit seinem offenen Umhang daherkam wie eine Mischung aus Priester und Superman. Manchmal verwandelte er sich auch in einen Lehrer, der unverständliche Buchstaben auf eine Kreidetafel schrieb. An ihrer Schule gab es nur Lehrerinnen. Der Lehrer-Priester erschien Amaris überzeugender, auch wenn sie kein Wort von dem verstand, was er sagte. Das Beeindruckendste an Fulton Sheen war, dass er die Leute zum Lachen brachte. Weder Mary Ann noch Amaris verstanden seine Scherze, aber sie kicherten trotzdem mit, wenn das Gelächter aus dem Fernseher ertönte. Ein Priester, der seine Zuhörer zu Beginn seiner Predigt herzhaft zum Lachen brachte, das war wirklich sensationell. Amaris fragte sich, warum der Priester in ihrer Kirche keine Witze erzählte. Sie traute sich nie, die Frage ihren Eltern zu stellen.

Kurz nachdem sie Fulton Sheen entdeckt hatten, konnten Mary Ann und Amaris ihn im Fernsehen nicht mehr wiederfinden. Stattdessen trafen sie kurze Zeit später auf Oral Roberts, der im wahrsten Sinne des Wortes noch wunderbarer war. Er trug kein Priester- und kein Supermangewand, sondern einen eleganten Anzug. Was er dann tat, war umwerfend. Er heilte die Menschen vor laufender Kamera durch bloßes Handauflegen. Wobei die Bezeichnung ›Handauflegen‹ unzutreffend war. Er packte die Menschen mit seiner Riesenpranke am Kopf, ruckelte daran herum und knautschte ihr Gesicht zusammen. Er heilte fast Blinde, stotternde Kinder, brachte das Gefühl zurück in steif gewordene Gliedmaßen und ließ Lungenkranke wieder tief durchatmen. Er behauptete, nicht er heile die Menschen, sondern Gott. Aber die ehrfürchtigen Blicke der soeben von seiner Pranke Ergriffenen galten doch ihm, dem Menschen auf der Bühne, und nicht Gott im Himmel. Wenn Oral Roberts im

Fernsehen zu sehen war, setzte sich auch Mary Anns Mutter dazu und verfolgte mit leicht geöffnetem Mund, aus dem sich immer wieder ein »Jesus!« löste, die Show.

Irgendwann musste Amaris ihren Eltern von Oral Roberts erzählt haben. Ihr Vater gab ihr eine Ohrfeige. »Nie wieder siehst du dir diese Blasphemie an, hörst du?« Amaris durfte nicht mehr zur Nachbarin zum Spielen gehen. Sie verlor Mary Ann schnell aus den Augen.

Ihre ersten Begegnungen mit Fernsehpredigern vergaß Amaris jedoch nicht. Sie waren ihr viel lebhafter in Erinnerung als ihre damalige Freundin. Die Massen nicht aus Pflichtgefühl, sondern durch Charisma für das Wort Gottes zu begeistern, das erschien ihr als ein faszinierender neuer Weg, den weder der örtliche Priester noch die Nonnen ihrer Schule begriffen. Schon damals verstand sie, dass es der einzig Erfolg versprechende Weg war. Wer traditionell in seinem Gotteshaus hocken blieb, würde früher oder später den Anschluss an die neue Zeit verlieren. Sie begriff aber auch, dass Fernsehprediger ein Männerberuf war. Zwar gab es Frauen, die Gottes Wort verbreiteten, aber in der Regel waren sie die Ehefrauen der im Mittelpunkt stehenden Prediger.

Manchmal durften auch die Kinder mit auf die Bühne und Kirchenlieder singen. Die Fernsehprediger bedienten sich viel beim Gospel, der in Montana als Negermusik verpönt war. Nun hätte Amaris, als sie alt genug war, vom katholischen zum evangelischen Glauben wechseln können. Für ihre Eltern wäre dies zwar Hochverrat gewesen, aber für sie war es genauso Hochverrat, als Amaris erklärte, dass sie nicht länger die Nonnenschule besuchen wollte, weil sie etwas anderes als Kochen, Handarbeit und Beten lernen wollte. Sie wollte inzwischen nicht mehr Fernsehpredigerin werden, deswegen war es auch nicht so wichtig, ob sie Katholikin blieb oder nicht. Stattdessen konvertierte sie von der Religion zur Politik. Die Politik war ebenso wie die Kirche eine Männerdomäne, aber

Amaris spürte, dass hier aus einer durchsetzungsstarken Frau etwas werden konnte.

Edwyn Hermilo hatte nicht den Witz und das Charisma der Fernsehprediger ihrer Kindheit. Er war auch kein Zufallsfund vor dem Fernsehapparat der Nachbarin, sondern eine gezielte Wahl. Dass seine Gottesdienste im Fernsehen übertragen wurden – auf den eigenen Kanälen der Iglesia Creación Divina –, war ein Pluspunkt, aber nicht das ausschlaggebende Kriterium. Das Wichtigste waren die sozialen Projekte der Kirche: private Schulen in ländlichen Regionen, in denen auch die Kinder armer Familien mittels Stipendien eine Chance erhielten, eigene Kliniken, Impfkampagnen und Kampagnen zur Vermeidung von Teenagerschwangerschaften. Kirche musste etwas für die Gesellschaft tun, um in die Gesellschaft hineinwirken zu können. Ob sich die jeweilige Kirche dem Katholizismus oder dem Protestantismus zuordnete, war dabei nebensächlich, auf die Vermittlung der richtigen moralischen Werte kam es an. Auf die katholische Kirche im Umfeld der Sonderentwicklungszone Cuero Ulúa Victoria konnte Amaris nicht zählen, sie war seit den Fünfzigerjahren kommunistisch verseucht.

»Sind Sie gewillt, sich über die Frage des richtigen Glaubens zu unterhalten?«, hatte Hermilo Amaris gefragt, als sie ihn um dieses Treffen unter vier Augen gebeten hatte.

»Wir sind beide gottesfürchtige Christen«, hatte sie geantwortet. »Ich wüsste nicht, welche Glaubensfragen wir da noch diskutieren sollten. Ich bin eigentlich mehr an strategischen Fragestellungen interessiert.«

»Was halten Sie davon, wenn Sie mich in unserer neuen Kirche in La Ceiba besuchen kommen?«

Wenig hielt Amaris davon, Treffen auf neutralem Territorium waren ihr lieber. Aber angesichts der Tatsache, dass in Honduras alle Orte Ohren hatten und sie mit dem evangelikalen Pastor auch nicht auf ihrem Territorium in Laru Beya allein gesehen werden wollte, mangelte es ihr an Alternativen.

Die neue Kirche der Creación Divina war ein niedriges Gebäude, der Innenraum schlicht. Es hätte sich auch um eine Schulaula handeln können. Die Sitzreihen bestanden aus handelsüblichen weißen Plastikstühlen. Auf der Bühne gab es ein Rednerpult und ein Klavier. Die Wand hinter der Bühne war blau mit weißen Wolken gestrichen, halb an der Decke und halb an der Wand befestigt, ragte ein großes Holzkreuz in den künstlichen Himmel hinein, das von unten besehen bedrohlich wirkte, so als könnte es dem Prediger bei einem falschen Wort in den Nacken springen und ihm einen tödlichen Schlag versetzen.

Edwyn Hermilo kam ihr im Mittelgang entgegen. Er war klein und gedrungen wie die meisten Honduraner, die schwarz eingebundene Bibel unter seinem Arm dafür umso gewichtiger. Sein grauer Anzug saß einigermaßen, nur die Krawatte mit den blauen verschieden großen Kreisen, die an Seifenblasen erinnerten, war einfach scheußlich.

Irgendwie erinnerte er sie an Ronald Reagan, auch wenn Reagan niemals so schrecklich gemusterte Krawatten getragen hatte. Hermilo hatte sein noch volles und nur an den Schläfen ergrautes Haar in gleicher Manier zurückgekämmt wie der ehemalige US-Präsident. Am stärksten an ihren ehemaligen Parteikollegen erinnerte Amaris der stechende Blick aus dunklen Augen. Darüber hinaus hatte Reagan aber auch etwas Weiches, Sympathisches an sich gehabt. Hermilo hingegen war eher der Mann, dem man eine erfolgreiche Teufelsaustreibung zutraute. Amaris hoffte, er würde sie ins Gemeindehaus führen. Sie konnte sich nicht in einer Kirche unterhalten, das fühlte sich an, als würde Gott selbst ihrem Gespräch lauschen.

»Mrs. Winwright, schön, dass Sie gekommen sind!« Hermilo streckte ihr den freien Arm zur Begrüßung entgegen.

Sie nahm die dargebotene Hand und schüttelte sie, gar nicht

lateinamerikanisch. »Mr. Hermilo, die Freude ist ganz meinerseits. Wäre es jedoch möglich, dieses Gespräch an einem etwas privateren Ort zu führen?«

Er lachte und erwiderte, als könnte er ihre Gedanken lesen: »Sie haben wohl Angst, dass der Señor mithört! Aber der hört uns überall, auch in meinem Büro. Kommen Sie!« Er fasste Amaris sanft am Ellenbogen und geleitete sie zur Haupttür der Kirche.

Sie setzten sich in ein enges Büro, das dadurch noch enger wurde, dass überall an den Wänden Kartons mit Broschüren oder Plakaten gestapelt waren.

Als Sitzgelegenheiten auf beiden Seiten des Schreibtischs dienten die gleichen Plastikstühle wie in der Kirche.

»Kaffee oder Wasser?«, fragte Hermilo, nachdem beide Platz genommen hatten.

»Wasser bitte.«

Hermilo rief etwas auf Spanisch in den Flur hinaus.

»Mrs. Winwright, was kann ich für Sie tun? Bitte verstehen Sie es nicht als indiskret, dass ich mir Ihren Lebenslauf angesehen habe. Sie sind Mitglied der römisch-katholischen Kirche und haben als Kind eine katholische Schule besucht. Sind Sie sicher, dass unsere evangelische Gemeinschaft der richtige Ansprechpartner für Sie ist?«

»Ich möchte ja keine Fragen meines persönlichen Seelenheils mit Ihnen besprechen.«

»Das sollten Sie aber! All Ihre Handlungen sollten von der Frage geleitet sein, wie sie im moralischen Kontext des Glaubens zu beurteilen sind.«

»Ich kann Ihnen versichern, dass ich diese Frage vorab mit meinem Gewissen geklärt habe. Wie viele Mitglieder hat Ihre Kirche jetzt in Honduras?«

»Wir zählen unsere Schäfchen nicht ständig, aber es dürften inzwischen um die fünfzehntausend sein. Darüber hinaus erreichen wir natürlich viel mehr Menschen über unsere christlichen Radio- und Fernsehprogramme und in unseren sozialen Einrichtungen. Eltern müssen sich beispielsweise nicht zu unserer Kirche bekennen, um ein Kind in einer unserer Schulen anzumelden. Und, wenn ich mir noch eine Bemerkung erlauben darf: Die römisch-katholische Kirche hat zwar noch immer den größten Marktanteil, aber sie verliert seit Jahrzehnten kontinuierlich an Schäfchen, während die Evangelikalen stetig wachsen.«

Fast hatte Amaris »fantastisch« sagen wollen, die Geschichte mit den Medien und den sozialen Einrichtungen war genau nach ihrem Geschmack. Aber den Verlust an Katholiken konnte sie natürlich nicht so quittieren.

»Wie läuft es hier in La Ceiba?«

»Die Leute müssen erst mit uns warm werden. Beheimatet sind wir ja im westlichen Hochland. Auch in der Hauptstadt und am Golf von Fonseca fassen wir langsam Fuß. Hier oben im Norden befinden wir uns immer noch im Pionierstadium, wie Sie vielleicht an unserer improvisierten Kirche erkennen können. Die Menschen hier sind eigensinnig. Dabei sind sie weder bösartig noch ungläubig. In den kleineren Orten gibt Ihnen sogar fast jeder Gottes Segen mit auf den Weg. Aber ihre Art zu glauben ist, nun sagen wir, nicht immer uneigennützig und auch nicht frei vom heidnischen Aberglauben. Die einen wollen einen Gott, der sie vor den simplen Notwendigkeiten der Marktwirtschaft schützt, die anderen wollen einen Gott, der ihre Besonderheit als Eingeborene über alles andere stellt. Manchmal kommt es mir vor, als hätten diese Leute die Vertreibung der Menschen aus dem Paradies nicht mitbekommen. Sie wollen möglichst nicht arbeiten, nur ab und an ein Netz ins Wasser halten, um einen Fisch herauszuziehen, während ihnen am Strand die Kokosnüsse quasi in die Suppe fallen. Wir müssen ihnen beibringen, dass Gott nur diejenigen entlohnt, die auch hart arbeiten. Und wir müssen sie überzeugen, gemeinsam ein neues und starkes Honduras aufzubauen, nicht gegeneinander, sondern miteinander. Zusammen und mit Gottes Hilfe müssen wir die Korruption und den Einfluss der Drogenhändler bekämpfen.«

»Das klingt großartig. Ich würde Ihnen gerne ein Angebot machen: Kommen Sie zu uns auf das Gebiet von Cuero Ulúa Victoria. Dort finden Sie einen Raum frei von etablierten Strukturen, also auch frei von den alten Seilschaften und der Korruption. Wir schaffen dort gerade die Möglichkeit, ganz von vorne anzufangen.«

»Ein schöner Gedanke, sicherlich, Mrs. Winwright. Wir sind ja schon dabei, den bösen Geist der Korruption aus Honduras auszutreiben. Die evangelische Glaubensbrüderschaft führt sehr produktive Gespräche mit dem Präsidenten über eine Säuberungskampagne in der Polizei. Wir müssen unsere Energien bündeln. Mit unserer neuen Kirche hier in La Ceiba und der Antikorruptionskampagne sind wir ziemlich ausgelastet. Es ist gut, dass Sie für einen sauberen Neustart in der Modellstadt sorgen wollen. Es zeigt einmal mehr, dass Gott überall ist, selbst dort, wo wir als seine Diener gerade nicht sein können.«

»Sicher. Aber ziehen Sie die einmalige Gelegenheit in Betracht. Wenn Sie nicht reagieren, werden vielleicht andere vor Ihnen diesen neuen Freiraum für sich erobern. Dabei heißt es ja nicht überall, bei null anzufangen. Es gibt soziale Einrichtungen, für die händeringend neue Träger gesucht werden. Weniger in der Stadt Tela als in den kleinen Orten in der Umgebung, zum Beispiel Triunfo de la Cruz oder San Juan. Nehmen wir Triunfo: Dort gibt es eine Gesundheitsstation, die demnächst schließen wird. Hätten wir einen sozial engagierten Träger, dann ließe sich für die Fortführung des Angebots bestimmt eine Finanzierung durch US-Aid organisieren.«

»Wieso unterstützt US-Aid nicht den jetzigen Träger?«

Amaris setzte einen bedauernden Blick auf. »Weil der stur ist und jede Hilfe ausschlägt. Es kann aber nicht sein, dass aus purer Sturheit die Gesundheitsversorgung zusammenbricht. Des Weiteren gibt es eine Primarschule, die langfristig von den Investoren übernommen wird, derzeit aber nicht rentabel geführt werden kann.«

»Mrs. Winwright, ich fühle mich geehrt, dass Sie dabei an unsere bescheidene Kirche denken. Ich werde mit unseren anderen Pastoren und Pastorinnen besprechen, ob wir unter günstigen Umständen doch Kapazitäten für ein solches Projekt aufbringen können. Sollten wir zu einer positiven Einschätzung kommen, müssten wir noch die betriebswirtschaftlichen Aspekte durchgehen.«

»Selbstverständlich. Es wäre nur gut, wenn Sie sich mit Ihrer Beurteilung nicht allzu lange Zeit lassen würden. Wie gesagt, der Bevölkerung droht eine schreckliche Versorgungslücke.«

»Gott in seiner Weisheit wird uns leiten.«

»Ich danke Ihnen für Ihre Zeit und Ihr Verständnis. Zögern Sie nicht, mich zu kontaktieren, wenn Sie Fragen oder Zweifel haben.«

Amaris' Plan gedieh prächtig. Nahezu kindlich freute sie sich auf den Moment, in dem sie dem Komitee eine perfekte und schon fast umgesetzte Lösung präsentieren konnte. Auch wenn sie in der Politik nie auf der Hauptbühne gestanden hatte, sie hatte ihren Ehrgeiz und war empfänglich für Lob.

Hermilo hatte angebissen. Sie hatten seit dem ersten persönlichen Treffen mehrmals lange miteinander telefoniert. Er hatte angefangen, ihr den Wirtschaftlichkeitsplan beinahe auf Dollar und Cent vorzubeten, und sie hatte Mühe gehabt, ihn zu stoppen, und versprochen, ihm einen Termin mit ihrer Finanzfachkraft zu organisieren, die sich selbstverständlich als Mitarbeiterin von US-Aid ausgeben würde. Solange das Komitee Hermilo noch nicht offiziell als strategischen Partner anerkannt hatte, war eine Kooperation mit US-Aid nicht machbar. Aber das musste Amaris dem Geistlichen ja nicht auf die Nase binden. Sobald ihre Partnerschaft offiziell abgesegnet war, würde die Förderung sicherlich organisiert werden können.

Auch die Schule fand Hermilo interessant, meinte aber, eine Übernahme sei so schnell nicht zu stemmen, sie bräuchten mindestens ein Jahr Vorlauf. Amaris hatte gehofft, dass sie schneller in die Lücke springen könnten. Jetzt hieß es zunächst, die Gesundheitsstation auf den richtigen Weg zu bringen, für die Schule würde ihr schon noch etwas einfallen.
Hermilo war auf jeden Fall der richtige Mann. Er hatte mehr Biss als die alten katholischen Bischöfe. Er fand den Draht zur einfachen Bevölkerung. Damit hatte er die richtigen Qualitäten für einen Missionar. Und notfalls auch für einen Hexenjäger.

Die beiden Frauen von der Gesundheitsstation blieben allerdings halsstarrig und ließen nicht einmal Gespräche zu. Amaris sah es als Eingeständnis ihrer Schwäche. Am Ende hatten sie Angst, mit Argumenten überzeugt zu werden, wobei Geld auch immer ein gutes Argument war. Die Kleinere von beiden kam Amaris etwas zugänglicher vor, aber die Große hatte sie fest unter ihrer Fuchtel. Wenn Amaris es schaffte, die Kleine allein in ein Gespräch zu verwickeln, dann würde sie vielleicht Zweifel säen können. Die Frau war immerhin alleinerziehend und hatte wenig finanzielle Absicherung. Da konnte sie heute noch so sehr die Prinzipientreue geben, wenn sie in ein paar Monaten merkte, dass sie ihr Kind nicht ernähren konnte, würde sich zeigen, ob man Prinzipien essen konnte. Bei der Großen hatte Amaris wenig Hoffnung, dass sie sich irgendwie drehen ließ. Sie war zwar auch alleinerziehend, sogar mit zwei Kindern, aber schien ein besseres familiäres Netzwerk zu haben.

Vom rechtlichen Standpunkt her brauchte Amaris bloß abzuwarten. Die Deutschen würden ihre Finanzierung zum Ende des Jahres einstellen. Das Grundstück konnte jederzeit enteignet werden, sie musste Soo und Bustillo nur noch überzeugen, an die Iglesia Divina Creación zu verkaufen. Aber Recht interessierte die Emanzen von der Gesundheitsstation und einige andere in diesem Ort ja nicht. Sie hatten sich ihre eigene Vorstellung von Recht zusammengebastelt und glaubten jetzt daran. Es reichte daher nicht, die Dinge einfach ihren Gang gehen zu lassen. Amaris würde mit ihrem alten Freund Randy darüber sprechen. Er hatte meistens eine kreative Lösung parat.

Die Treffen mit Randy waren immer ein Vergnügen. Selbst jetzt, da sie beide im Seniorenalter waren, gönnten sie sich stets einen kleinen Flirt, bevor sie zu ernsteren Themen übergingen. Ihr Flirten war die unschuldigste Sache der Welt, sie taten es, weil es kurzfristig ihre Stimmung aufhellte. Vor langer Zeit, als sie sich kennengelernt hatten, war es einmal anders gewesen. Randys Avancen waren damals nicht unschuldig. Was Amaris zunächst verwunderte, da sie es gewohnt war, dass Männer zwar von ihrer Effizienz und Durchsetzungskraft beeindruckt waren, sie aber kaum als weibliches Wesen wahrnahmen. Jedenfalls nicht auf die Art, dass sie auf irgendeine Weise das Adjektiv ›attraktiv‹ mit ihr in Verbindung brachten. Nicht im positiven, aber auch nicht im negativen Sinn. Die Männer dachten, und manche sagten es auch: »Für eine Frau haben Sie es in der Politik recht weit gebracht« oder »Für eine Frau sind Sie sehr willensstark«.

Sie hatte überlegt, ob sie Johnson zu dem Treffen mit Randy hinzuziehen sollte, sich dann aber dagegen entschieden. Zu zweit war es sehr viel angenehmer. Johnson hatte die unangenehme Eigenschaft, immer recht zu haben. Randy konnte auch mal eine halbe Stunde einer Frau zuhören, ohne sie gleich übertrumpfen zu müssen.

Sie trafen sich im Lincoln Park in Washington. Sie waren beide keine Büromenschen, auch wenn sie Berufe gewählt hatten, in denen man die meiste Zeit am Schreibtisch saß. Randy als ehemaliger Marineoffizier war ein Mann, der gern anpackte, Amaris hatte in der Tiefe ihres Herzens ein Stück des Mädchens aus dem ländlichen Montana bewahrt. Randy wartete schon vor der Statue Lincolns mit dem knienden Sklaven. Sein schlohweißes Haar leuchtete ihr in der Sonne entgegen. Unpassend dazu und zum glatten politischen Washington hatte er mal wieder einen Dreitagebart stehen gelassen, in dem sich noch immer Sprenkel von Grau befanden, was seinen Wangen ein etwas scheckiges Aussehen gab. Er begrüßte sie mit Küsschen auf beide Wangen, ein Ritual, das er sich auf einem seiner zahllosen Auslandseinsätze angewöhnt und an dem er Gefallen gefunden hatte. Nicht jeder jüngeren Frau würde es gefallen, aber noch mit Anfang sechzig ließ er manche Frauenherzen mit solchen charmanten Gesten höherschlagen.

Johnson war es, der ihr seinen alten Kumpel von der Marine vorgestellt hatte, als sie beide noch neu in Washington waren und Reagan als Präsident kandidierte. Damals hatte Randy ein anderes, noch eindrucksvolleres Begrüßungsritual gehabt, den perfekt dahingehauchten Handkuss. Bei Amaris begleitete er ihn sogar mit einem halben Kniefall. Sie dachte zuerst, ihm wäre etwas heruntergefallen, als er vor der Bar in die Knie ging, und war umso verwirrter, als er nach ihrer Hand griff.

»Sie müssen entschuldigen, mein Freund Randy Mitchener hat zu lange nur unter Männern gelebt und weiß nicht mehr, wie man sich Frauen gegenüber verhält«, hatte Johnson gesagt.

»Unsinn. Ich pflege den Ladys wenigstens noch Respekt entgegenzubringen.«

Johnson verdrehte nur vielsagend die Augen. Dann begann er, über Reagans Wahlkampf zu reden, und darüber, dass den Sandinisten in Nicaragua dringend Einhalt geboten werden müsse. Mitchener fing an, über Guerrillataktiken zu sprechen, die sie schon aus dem Vietnamkrieg kannten. »Manchmal muss die Armee der Guten zur Guerrilla werden«, meinte Mitchener. Zwischendurch zwinkerte er immer wieder Amaris zu, sagte: »Wir wollen deine Freundin doch nicht mit unseren Kriegsgeschichten langweilen. Sie muss ja denken, dass wir alte Opas sind, die sich wehmütig von früher erzählen.«

Amaris bestritt vehement, dass sie sie langweilten, sie fand es im Gegenteil interessant, mit welchen militärischen Mitteln der Vormarsch des Kommunismus in Mittelamerika gestoppt werden könnte.

Sie traf sich ein paarmal allein mit Randy. Schon damals liebten sie es, durch die Parks der Stadt zu spazieren, in jenem stürmischen Herbst, den andere lieber durch die Fensterscheiben der Cafés betrachteten. Randy fing an, ihr persönlichere Fragen zu stellen, wollte wissen, ob sie einen Freund hätte oder gar schon verheiratet sei und was sie von den Ideen der Hippies halte, von wegen freie Liebe und dergleichen. Es war nicht schwer zu verstehen, worauf er hinauswollte, er erwähnte auch mal ein nettes kleines Hotel in der Nähe. Er gefiel ihr, seine Anzüglichkeiten machten ihr nichts aus, sie erregten sie sogar ein bisschen. Von Johnson wusste sie, dass Randy Mitchener verheiratet war und seine Frau ein Kind erwartete. Sie verzichtete nicht aus Mitgefühl gegenüber der unbekannten Frau, nein, Amaris war sich sicher, dass der Typ ihr auch mit anderen Frauen die Hörner aufsetzte. Aber sie hatte noch etwas vor in der Partei. Wenn so eine Geschichte an die Öffentlichkeit käme, dann wäre sie geliefert. Vor allem in ihrer Heimat Montana.

Randy hakte sich bei ihr unter und die sanfte Berührung fühlte sich gut an. Mehr brauchte sie nicht. »Wie läuft es in Honduras?«, fragte er. »Kannst du die Hitze immer noch so schlecht ertragen?«

»Ja, leider. Ich bin froh, zurück im Norden zu sein, aber wie die Dinge aussehen, muss ich bald wieder runter. Es klingt vielleicht lächerlich, aber es gibt da zwei Emanzen, noch dazu aus einem unterentwickelten Dorf, die mir Sorgen machen.

Wir müssen eine härtere Gangart ihnen gegenüber einschlagen, sonst sabotieren sie alles. Ich weiß nicht, warum diese hysterischen Frauen so viel Gehör finden, sie haben da so eine Art Matriarchat, habe ich mal gelesen.«

»Das wäre doch eigentlich etwas für dich, oder? Die Eiserne Amaris als Stammesoberhäuptin von … Wie heißt das Kaff?«

»Mach dich nicht lustig, ich meine es ernst. Vor allem die eine, Yessica López heißt sie, muss verschwinden. Wenn sie nicht mehr da ist, wird die andere bestimmt stiller werden.«

»Gut, willst du nur, dass sie verschwindet, oder gäbe es eine Alternative?«

»Am ehesten wäre ich wohl meine Sorgen los, wenn sie verschwindet. Mein größter Triumph wäre allerdings, wenn sie unterschreibt, mit der Kirche zusammenzuarbeiten. Das wäre ihre Kapitulation schlechthin, das würde allen anderen Querulanten den Wind aus den Segeln nehmen.«

»Wir kriegen das hin, entweder das eine oder das andere. Du weißt, dass wir immer ein bisschen Zeit brauchen. Wir werden langsam den moralischen Druck erhöhen. Wir haben ja schon angefangen, aber wir werden den beiden nochmals speziell ins Gewissen reden. Gleichzeitig müssen sie natürlich ihren Rückhalt verlieren. Das alles dauert ein bisschen, wir müssen erst abwarten, bis die Saat der Zweifel aufgeht.«

»Randy, du brauchst mir nicht im Einzelnen zu erklären, wie du das machst. Du bist der Experte. Ich kann mich nicht mit jedem Einzelschicksal in dieser Modellstadt beschäftigen. Schließlich bin ich Politikerin geworden und nicht Pfarrerin.«

»Aber Pfarrerin wolltest du einmal werden, oder? Wer weiß, ob wir uns dann jemals begegnet wären.«

»Das war in meiner Kindheit. Außerdem wollte ich keine normale Pfarrerin werden, sondern Fernsehpredigerin. Dann hättest du mich zumindest vom Bildschirm gekannt. Gut, du kümmerst dich drum, ja? Wie lange wirst du brauchen, bis das Problem gelöst ist?«

»Gib mir zwei Monate.«

»Abgemacht. Wie geht es deiner Frau?«

»Mary geht es leider gar nicht gut. Sie wird immer verwirrter. Die Ärzte sagen, sie wird mich irgendwann nicht mehr erkennen. Manchmal hat sie diesen leeren Blick, der mich erschreckt. Glücklicherweise erkennt sie mich noch, wenn ich sie anspreche. Und manchmal hat sie sogar wieder ihr altes Strahlen.«

»Ich wünsche ihr alles Gute. Auf dass sie sich noch lange so hält. Randy, sei mir nicht böse, wenn wir diesen Spaziergang kurz halten, ich habe noch unendlich viel zu tun. Dabei bin ich noch ganz erschöpft von Honduras.«

»Amaris, wie könnte ich dir jemals böse sein? Ruf mich an, wenn etwas sein sollte, ja?«

Sie verabschiedeten sich mit zwei Küsschen und gingen in entgegengesetzte Richtungen aus dem Park.

10

30.01.2019

Die zwei Monate waren verstrichen und ihre Mitarbeiterin feilte an einem Unterstützungskonzept für Hermilo. Amaris Winwright war nach Honduras gefahren, um den Direktor der *Victoria,* Huay Soo, zu treffen. Er ging ihrer Meinung nach zu unbekümmert mit dem destruktiven Potenzial um, das in Triunfo schlummerte. Auch wenn er das Thema für nebensächlich hielt, hatte sie ihm eine Stunde Zeit abgerungen, um über ihre Strategie zu sprechen. Zumindest über Teile davon. Randy Mitcheners Dienste würde sie für sich behalten.

Amaris wollte gerade die Stichpunkte ihrer Argumentation noch einmal durchgehen, als ihr Handy eine SMS meldete. Soo sollte doch nicht etwa absagen?

lass deine lüsternen finger von ermilo. er ist zu sauber für dich schlampe. fick weiter deine marineoffiziere.

Was für ein Unsinn. Dennoch spürte sie förmlich, wie die Wut in ihrer Magengegend aufkochte und heiß nach oben drängte. Gesendet war die Nachricht von einer honduranischen Nummer. Diesen Troll würde sie erwischen. Was für eine ekelhafte Sprache!

Wer wusste, dass sie sich mit Hermilo getroffen hatte? Ricardo war über jeden Zweifel erhaben. Aber es gab natürlich jede Menge Korrespondenz vor und nach dem Treffen. Irgendjemand musste ihren Account gehackt haben. Oder den von Hermilo oder ihrer Mitarbeiterin Susan Morgan, die den Deal in eine für US-Aid akzeptable Form brachte. Es gab unzählige Möglichkeiten. Diese Hacker sollte man allesamt lebenslänglich wegsperren, nutzloses Gesindel. Aber selbst wenn sich jemand in ihre Kommunikation gehackt hatte, woher wusste die Person von Randy? Das Schlimme an der Nachricht war, dass Amaris Randy nicht darauf ansetzen konnte. Bei dem Gedanken, ihn den Text lesen zu lassen, stieg ihr die Schamesröte ins Gesicht.

Es blieb nur der Telefonjoker Heimann, ein begnadeter Techniker, dessen Loyalität sie von ihren Parteikollegen geerbt hatte. Kurz entschlossen wählte sie seine Nummer.

»Sergeant?«

»Yes, Mam?«

»Ich habe hier gerade etwas ganz Seltsames bekommen. Soll wohl eine Droh-SMS sein, können Sie mal die Nummer checken? 99872776. – Ja, eine honduranische Nummer. Was meinen Sie, soll ich da mal anrufen und dem Arschloch meine Meinung sagen?«

»Ich würde lieber vorher gucken, ob sich die Nummer zuordnen lässt. Danach können Sie damit machen, was Ihnen beliebt. Wie lautet denn die Drohung?«

»Ich schick sie Ihnen gleich.« Sie konnte die Worte unmöglich selbst in den Mund nehmen. »Meinen Sie, man kann herausfinden, ob sich seit Anfang November irgendjemand in meinen E-Mail-Account gehackt hat?«

»Das mit der Telefonnummer dürfte schnell gehen, die zweite Frage ist schon komplizierter. Seit November ist ein langer Zeitraum. Ich kümmere mich drum, aber es könnte ein paar Tage dauern.«

»Danke, Sergeant. Sie sind ein Schatz.«

»Gerne doch.«

Jedes Telefonat mit Heimann verbesserte ihre Laune schlagartig. Seine Effizienz und uneingeschränkte Hilfsbereitschaft ließen fast an seiner Menschlichkeit zweifeln. Sollten Engel existieren, dann war Heimann zweifelsohne einer. Amaris hatte es nie bereut, die Patenschaft für seine Ausbildung übernommen zu haben. In ewiger Dankbarkeit beantwortete er nun all ihre geheimen Fragen im Bereich der Telekommunikation.

Nach dem Gespräch fühlte sie sich gerüstet für eine Konfrontation mit ihrem alten Parteikollegen Johnson, der dem Komitee für die beste Praxis vorsaß. Obwohl er in den USA und in der Partei keine politischen Ämter mehr bekleidete, hielt er noch immer eine Menge Fäden in der Hand. Man sagte ihm gute Verbindungen zum Geheimdienst nach. Johnson war offiziell Pensionär sowie Senior-Berater eines politischen Thinktanks. Er hatte inzwischen durchblicken lassen, dass er gegen eine bestimmte Kirche als Alliierte in der Zone war. Amaris hatte eigentlich geglaubt, mit ihrem Vorstoß bei ihm offene Türen einzurennen. Aber Johnson hatte sich verändert, sie konnte immer seltener einschätzen, was er wirklich dachte. Die Droh-SMS konnte Wasser auf seine Mühlen sein. Nach dem Motto: Ich habe dir doch gleich gesagt, dass du mit der Kirchennummer zu sehr polarisierst. Johnson würde sich eloquenter ausdrücken. Aber entweder das Komitee stellte sich klar hinter Amaris oder sie waren von Anfang an verloren. Wenn solche Troll-Angriffe durchgingen, würde bald alles durchgehen.

Sie rief Johnsons Sekretärin beim Center for Global Policy Analysis in Washington an.

»Mr. Johnson ist derzeit auf einer Konferenz in San Diego. Er wird erst übermorgen wieder im Institut sein. Kann ich ihm etwas ausrichten?«

»Nein, übermorgen ist zu spät. Ich rufe ihn auf seiner Mobilfunknummer an.«

»Da werden Sie momentan auch nur bei mir landen. Er hat die Nummer umleiten lassen.«

Es gab Zeiten, da hatte Amaris auch Johnsons private Telefonnummern besessen. Das waren allerdings noch Festnetznummern gewesen, damals verfügten sie höchstens dienstlich über Funktelefone, klobige Kästen, die in keine Handtasche passten. Johnson hatte sie stets mit frischen antikommunistischen Nachrichten aus dem Office for Public Diplomacy versorgt, die sie gern verbreiten sollte, aber ohne die Quelle zu verraten.

»Können Sie ihm irgendwie mitteilen, dass er sich dringendst bei mir melden soll?«

»Selbstverständlich, Mrs. Winwright. Soll ich wirklich keinen Betreff vermerken?«

»Nein. Nur ›dringendst‹.«

Johnson würde sie im Nachhinein belehren, dass das Wort ›dringendst‹ nicht existierte. Sollte er doch, wenn ihm das Befriedigung verschaffte. Hauptsache, er meldete sich.

Johnson rief drei Stunden später zurück. »Einen guten Nachmittag, Mrs. Winwright. Was machen Sie in Honduras? Steht irgendetwas an, was ich verpasst habe? Oder wollten Sie nur dem Winter in Montana entkommen?«

Das war eine unnötige Stichelei, denn er wusste genau, dass sie die karibische Hitze nicht ausstehen konnte.

»Sondierungsarbeiten. Irgendjemand muss ja unsere Hausaufgaben machen.«

»Na, na, Mrs. Winwright, wieso so kratzbürstig?«

»Weil jemand diese Trolle zurückpfeifen muss. Untereinander können sie so miteinander reden, wenn es ihre Kultur ist. Aber mit mir machen sie das nicht. Jedenfalls nicht ungestraft! Stellen Sie sich vor: Jemand hat mir eine unflätige SMS geschickt. Ich glaube, sie ist als Drohung gemeint. Ich werde beschimpft, weil ich mich mit Edwyn Hermilo getroffen habe.«

»Und wieso haben Sie sich mit diesem Hermilo getroffen?«

Er tat also aalglatt und ahnungslos. Aber diesmal würde er nicht damit durchkommen.

»Das ist schon ein paar Monate her. Ich habe ihn um Hilfe gebeten, weil wir Unterstützung in der Bevölkerung brauchen. Die bekommen wir nur, wenn wir den Menschen auch eine positive Entwicklung anbieten. Wir können nicht einen ganzen

Ort verunglimpfen und vertreiben, das ist kein politischer Stil, der unserer Zeit angemessen ist.«

»Ach, die leidige Kirchengeschichte. Liebe Mrs. Winwright, das ist nun wirklich kein Thema, das wir am Telefon diskutieren sollten. Wir werden es in unserer nächsten Sitzung vor Ort aufgreifen, das verspreche ich Ihnen.«

»Meinetwegen. Aber ich finde, dass wir zu viel Zeit verlieren. Wie auch immer, gegen den Urheber dieser SMS müssen wir sofort vorgehen. Wir können es als Komitee nicht dulden, dass jemand von uns auf diese Weise angegangen wird. Wir müssen diesen Zwischenfall aufs Schärfste verfolgen, sonst werden sie uns demnächst allen auf der Nase herumtanzen. Passen Sie auf, hier ist der Text, den ich empfangen habe: ›Lass deine lüsternen Finger von Hermilo. Er ist zu sauber für dich Schlampe.‹«

Fick weiter deine Marineoffiziere unterschlug sie lieber. Johnson würde denken, dass vielleicht ein Kern Wahrheit darin steckte. Dass Randy sie doch herumgekriegt hätte. Oder dass sie damals seinen Kumpel Oliver North verführt hätte. Dabei hatte sie den nur zwei- oder dreimal getroffen und immer war seine aufgetakelte Sekretärin dabei gewesen, die eigentlich hatte Model werden wollen.

»Ist das alles?«

»Wie, ›ist das alles‹? Reicht das nicht?«

»Doch, aber es gibt keine konkrete Drohung, was passiert, wenn Sie Hermilo nicht in Ruhe lassen.«

»Nein, aber dass man mir überhaupt unterstellt ...«

»Schon gut, Mrs. Winwright, ich danke Ihnen, dass Sie mich so rasch informiert haben. Ich werde die Information an den General weiterreichen. Geben Sie mir bitte sofort Bescheid, falls Sie noch weitere Nachrichten erhalten. Und es wäre gut, wenn Sie, bis das Problem geklärt ist, Ihre Kommunikation mit diesem Hermilo unterbinden könnten.«

»Wie bitte?« Gerade besänftigt, schoss die Wut wieder in Amaris empor. »Man könnte glatt meinen, Sie hätten mir die

Nachricht schicken lassen! Ich lasse mir nicht vorschreiben, mit wem ich sprechen darf und mit wem nicht.«

»Aber Mrs. Winwright, ich bitte Sie! Sie sind empört, das ist verständlich. Beruhigen Sie sich erst einmal und geben Sie uns etwas Zeit, die Sache zu analysieren. Sie sind doch selbst keine Freundin der emotionalen Politik.«

Sie knurrte innerlich. Diese Vorspiegelung väterlicher Geduld ließ sie ihren ehemaligen Vertrauten manchmal aufrichtig hassen.

»Melden Sie sich, wenn Sie etwas herausfinden«, sagte sie nur.

»Gut, wir sprechen uns dann.«

Sie legte auf und trat auf die Terrasse hinaus in der Hoffnung auf ein wenig Wind, der ihr den Kopf durchpusten würde. Aber da war nur diese verdammte Hitze und die Luft stand auch schon wieder still. An guten Tagen kam eine leichte Brise vom Meer herüber. Wäre Amaris nur in Montana, dann würde sie jetzt für ein paar Stunden durch den Wald laufen. In Honduras ging das nicht. Sie schloss die Terrassentür schnell wieder und ging hinüber ins Boutique-Hotel, wo sie sich aufs Laufband stellte und einen Kopfhörer über die Ohren zog. Sanfte, fröhliche Klaviermusik tönte daraus, aber Amaris hörte nicht zu. Sie fragte sich, ob jemand aus ihrem Kreis die Nachricht geschickt hatte. Jemand aus dem Komitee oder aus Johnsons altem Netzwerk rund um North, seine tussige Sekretärin und das Office of Public Diplomacy.

Entfernt gehörte auch Morales dazu, ein fetter Halb-Costaricaner ohne Manieren, der ihrer Meinung nach nichts im Komitee verloren hatte, den Johnson aber für nützlich hielt. Morales hatte das Zeug dazu, eklige und frauenfeindliche SMS zu schreiben. Sie wusste nur überhaupt nicht, warum er das tun sollte. Laut Johnson verfügte Morales über unbezahlbares Insiderwissen. Er kannte quasi alle legalen wie illegalen Geschäftsbeziehungen in Mittelamerika und wusste, mit wem man auf gar keinen Fall Geschäfte machen durfte. Er kannte die Kontinuitäten, aber auch die Brüche in den inoffiziellen Geschäftsbeziehungen. Er war ein Seismograf des organisierten Verbrechens. Aber hatte man ihn deswegen gleich ins Komitee holen müssen? Eine beratende Funktion hätte es auch getan.

Nun war es gerade Morales' Aufgabe, das Komitee und die *Victoria* zu warnen, wenn mögliche Geschäftspartner zu tief im Sumpf steckten. Er sollte daher keine seltsamen Nachrichten verschicken, sondern die Komiteemitglieder direkt warnen, wenn sie sich mit den falschen Leuten einließen.

Wer Amaris immer weniger schmeckte, war Bustillo. Sie hatten im Komitee zu leichtfertig den Vorschlag des honduranischen Präsidenten übernommen, als sie ihn ernannt hatten. Dabei wusste jeder, dass aus dem Haus des Präsidenten nichts Sauberes kommen konnte.

Offiziell hatte Bustillo sich den Kampf gegen Korruption und organisiertes Verbrechen auf die Fahnen geschrieben, doch kratzte man nur leicht an der Oberfläche, fing es an zu stinken. Und weil das ganze Land so hoffnungslos war, bedurfte es der autonomen Gebiete, die sie in ein strahlendes Erfolgsmodell verwandeln mussten. Versagen war keine Option, von daher war Bustillos Wahl einigermaßen fahrlässig gewesen. Johnson hielt ihn für harmlos und genau das, was sie brauchten: einen Technokraten. »In den Modellstädten wird keine Politik gemacht. Die Wirtschaft funktioniert unter den besten Bedingungen und dadurch entstehen auch die besten Lebensbedingungen für die Bevölkerung. Das ist unsere Botschaft. Wir wollen kein staatsähnliches Gebilde, das in die Entwicklung eingreift.« Ja, richtig. Das war die offizielle Position, eine Art ungeschriebenes Manifest. Dass es nicht ganz so einfach war, wusste Johnson selbst.

Sie mussten sich gegen das Einsickern des allseits präsenten organisierten Verbrechens wappnen, denn es war schlichtweg der wichtigste ökonomische Akteur in der Region, immer auf der Suche nach Kapitalanlageobjekten. Natürlich mussten sie steuernd in die wirtschaftliche Entwicklung eingreifen. Amaris hielt Bustillo nicht für stark genug, um sich gegen solche Interessen zur Wehr zu setzen.

Johnson und Saavedra wiederum fanden es gut, dass Bustillo schwach war, er würde sich leicht steuern lassen. Fragte sich eben nur, von welcher Seite. Wenn Bustillo bereits korrumpiert war, konnte er etwas dagegen haben, dass sich Hermilo in der Zone engagierte. Hermilo, der dem Land den Teufel der Korruption austreiben wollte.

Das Telefon klingelte. Es war Heimann.

»Ich habe versucht, die Telefonnummer zu ermitteln, die Sie mir gegeben haben. Das Ergebnis ist negativ. Die Nummer ist nicht vergeben und war es auch innerhalb des letzten Jahres nicht. Ergo: Niemand besitzt eine SIM-Karte mit dieser Telefonnummer. Die Verbindung kann also nur direkt durch Conatel hergestellt worden sein. Ihre Nachricht kommt von einem Mitarbeiter der Telekommunikationsbehörde.«

»Es wird unmöglich sein, diesen Mitarbeiter zu finden, nehme ich an?«

»Technisch ist da nichts zu machen. Und wer weiß schon, wer die Nachrichten in Auftrag gegeben hat?«

»Ich danke trotzdem vielmals, Sergeant Heimann. Wie geht es mit der zweiten Frage voran?«

»Was Ihren Account angeht, habe ich bisher keinen Angriff nachweisen können. Ich bin noch nicht ganz durch, glaube aber eher, dass einer Ihrer Kommunikationspartner angezapft wurde. Ich melde mich, soweit ich mehr weiß.«

Amaris seufzte. »Danke. Sie sind ein Engel der Technik.«

»Nur nicht den Kopf hängen lassen!«

Draußen war die Dunkelheit vom Himmel gefallen. Statt weiter zu grübeln und zu spekulieren, sollte Amaris jemanden auf Bustillo ansetzen. Egal, ob er etwas mit der SMS zu tun hatte, er musste demontiert werden. Je früher sie ihn loswurden, desto besser. Auf lange Sicht würde er nur Ärger machen. Und sie sollte Hermilo fragen, ob er ebenfalls geschmacklose SMS bekommen hatte. Aber wie sollte sie das anstellen, ohne auf den Text in ihrer einzugehen? Sie wollte in seinem Kopf nicht die Bilder wecken, die sie sich selbst unwillkürlich ausgemalt hatte. Amaris schüttelte sich. Sie konnte nicht persönlich mit Hermilo darüber sprechen.

YESSICA

11

03.05.2019

Guthrie holte Yessica vom Busbahnhof ab und bugsierte sie schnell in ein Taxi. Sie redeten wenig, nur über das aktuelle Wetter in Managua und wie es in den nächsten Tagen werden sollte. Yessica wusste, dass es eine Sicherheitsmaßnahme war. Der Taxifahrer sollte nicht mitbekommen, woher sie kam und wie lange sie vorhatte zu bleiben. Guthrie führte sie in eine Cafeteria, die vor Gesprächen summte wie ein Hummelnest. Er leitete Yessica zu einem Tisch tief im Inneren des Raumes und sie hatte den Eindruck, dass er einen bestimmten Stuhl für sie ausgesucht hatte, den er nun höflich zurückzog. Das erschien ihr unheimlich. Als hätte man dort einen Sprengsatz unter ihrem Hintern deponiert.

»Sehen Sie den Mann, der vorne rechts am Fenster sitzt?«, fragte Guthrie, nachdem sie Platz genommen hatten. »Das ist Ihr Mann.«

»Und wieso halten wir so viel Abstand zu ihm?«

»Weil Sie ihn nicht kennen und nie kennenlernen werden. Das ist Ihre einmalige Chance, sich sein Gesicht zu merken. Trotzdem werden Sie sich immer als Fremde begegnen.«

»Aha. Verstehe ich nicht wirklich.«

»Werden Sie ihn wiedererkennen?«

Der Mann am Fenster war gerade dabei zu bezahlen. Dann verließ er das Lokal, ohne sich nach ihnen umzusehen.

»Ich glaube schon«, antwortete Yessica, nachdem er draußen war.

»Unser Mann kommt aus relativ einfachen Verhältnissen. Er ist in San Pedro Sula aufgewachsen, hat fünf Geschwister, die Mutter ist Näherin, der Vater Straßenbauarbeiter. In seiner Kindheit musste die Familie mehrfach umziehen, weil ihr Viertel zu unsicher geworden war. Unser Mann, nennen wir ihn David, war angetan von der Idee der Militärpolizei, als sie neu ins Leben gerufen wurde. Seine Erfahrung war, dass die Nationalpolizei den Armen niemals helfen würde. Er glaubte am Anfang, die Spezialeinheit würde wirklich für Sicherheit in den Barrios sorgen. Er durchlief erst eine militärische Grundausbildung und wechselte dann zur Militärpolizei. Seine Erfahrungen waren alles andere als positiv. Ich will nicht näher auf die demütigenden Rituale eingehen. Sie haben sicher darüber gelesen. Was unseren David mehr schockierte, war, auf welche Weise sie gegen die Jugendbanden, die Maras, kämpften.«

»Die Maras sind schon lange keine Jugendbanden mehr, bestenfalls kriminelle Organisationen, die sich Jugendlicher bedienen«, korrigierte ihn Yessica.

»Meinetwegen. Es geht ja mehr darum, als was sie wahrgenommen werden. David hasste die Maras, aber dass die Militärpolizei in manchen Barrios einfach Jagd auf alle Jugendlichen machte, ging ihm zu weit. Manche ließen sie für Tage im Gefängnis verschwinden, ohne ihre Angehörigen zu informieren, oft wurden sie dort gefoltert, damit sie aussagten, zu welcher Mara sie gehörten und wer ihre Anführer seien. Es gibt Jungen, die aufgrund dieser erzwungenen Geständnisse im Knast sitzen. Andere Jugendliche sind bis heute verschwunden. David hat mir geschworen, keine Menschenleben auf dem Gewissen zu haben. Das war mir wichtig, sonst hätte ich Ihnen den Mann nicht anbieten können. Bei allem anderen habe er mitgemacht, hauptsächlich aus Angst vor seinen Kameraden. Dann erkrankte seine Mutter schwer und er konnte sich für eine Weile beurlauben lassen, um sie zu pflegen. In der Zeit bemühte er sich um eine Versetzung. So ist David bei einer Sondereinheit gelandet, die mit der DEA zusammenarbeitet und die für den Abschnitt der Nordküste zuständig ist, auf dem sich die Modellstadt befindet. Kommando Aguas Bravas heißt die Truppe, vielleicht haben Sie den Namen schon gehört.«

»Die waren letztes Jahr dabei, als versucht wurde, Teile von San Juan zu räumen. Und mit einem von denen soll ich reden?«

»Wollten Sie jemanden aus der Armee oder einen politischen Aktivisten?«

»Schon gut. Also, was ist seine Aufgabe in dieser Truppe?«

»Er ist immer noch einfacher Unteroffizier. Aufgrund seiner Englischkenntnisse wird er aber gern für Übersetzungsdienste oder die Begleitung amerikanischer Offiziere herangezogen. Und das ist klasse. Das Kommando Aguas Bravas hat amerikanische Ausbilder, das heißt, wir können gleich herausfinden, welchen Einfluss die US-Armee auf die hiesigen Entwicklungen hat.«

»Ich will ja nicht zu misstrauisch sein, aber wie kann ein Typ aus dem Barrio, der nie Honduras verlassen hat, so gut Englisch lernen?«

»Würden Sie Begabung gelten lassen?«

»Ungern. Es gibt jede Menge begabter Kinder, keine Frage. Aber unser Schulsystem ist eine Katastrophe. Noch dazu sind viele Kinder unterernährt.«

Yessica musste an die Rede von Amaris Winwright denken. Hoffentlich klang sie nicht wie diese neoliberale Tante. Wenn die Eltern einen ordentlichen Job hätten, müssten die Kinder nicht hungrig zur Schule gehen und so fort. Sie schüttelte sich.

»Ist alles in Ordnung?«

»Ja. Entschuldigung, meine Gedanken sind gerade spazieren gegangen.«

»David lebte als Kind zwei Jahre bei einem Onkel in den USA.«

»Okay. Und warum will er nun bei unserer Sache mitmachen?«

»Er ist doppelt enttäuscht. Erst von der Militärpolizei und jetzt von den Aguas Bravas. In den letzten Monaten habe es überhaupt keine Operationen gegen Drogenhändler gegeben, stattdessen sollten sie einfache Familien aus ihren Häusern vertreiben.«

»Warum ist er am Ende nicht doch desertiert?«

»Seiner Mutter geht es immer schlechter. Er will ihretwegen nicht für immer das Land verlassen. Aber das entscheidende Motiv ist die Wut. Nicht nur auf die Honduraner, sondern auch auf die Amerikaner. Er hört sich täglich an, wie die amerikanischen Ausbilder über die honduranische Bevölkerung reden.«

»Aber spätestens wenn wir an die Öffentlichkeit gehen, wird er auswandern müssen.«

»Das ist ihm klar. Deswegen bittet er uns auch zu warten, bis, nun ja, bis seine Mutter unter der Erde ist.«

»Puh. Ich weiß nicht, was die Frau hat. Was ist, wenn das noch Jahre dauert?«

»Einen besseren Mann habe ich nicht.«

»Wie haben Sie ihn überhaupt gefunden?«

»Das bleibt mein Betriebsgeheimnis. Kommen wir zum praktischen Teil. Sie mögen die Höhle des Löwen, nicht wahr?«

»Ich kann mir angenehmere Orte vorstellen. Fahren Sie fort.«

»Gehen Sie in das Convention Center der *Victoria* in Tela. Der ganze Ort wimmelt nur so vor Überwachungskameras. Es ist aber nicht nötig, die Kamera im hinterletzten Winkel zu finden. Nehmen Sie die erstbeste. Laufen Sie einfach rein und schauen Sie nach oben. Sobald Sie eine Kamera bemerken, lassen Sie einen Moment Ihren Blick darauf ruhen. Bleiben Sie stehen, tun Sie so, als wären Sie verloren, wüssten Ihren Weg nicht.«

»Was soll das bringen?«

»Sie werden einem Security-Mann auffallen. Er wird schnell zu Ihnen kommen und fragen, was Sie dort machen. Dann wird er einen Blick in Ihre Tasche werfen wollen. Das ist unser Mann David. Wenn ein fremder Security-Mann auf Sie zukommt, betrachten Sie das Treffen als gescheitert.«

»Ist das nicht ein bisschen viel Versteckspiel? Ich meine, wenn ein Soldat sich als Security verkleidet und sich dort einschleicht, wäre es da nicht zum Beispiel einfacher, auf der Straße zusammenzustoßen?«

»David hat es sich so gewünscht. Er kann die Lage am besten einschätzen.«

»Okay. Er wird also in meine Tasche schauen. Und was soll dadrin sein?«

»Nichts Besonderes. Ein paar Papiere, Make-up, wenn Sie wollen. Keine elektrischen Geräte und auch sonst keine Objekte, die sich schlecht identifizieren lassen.«

»Ich kapiere es immer noch nicht.«

»Nachdem Sie im Convention Center waren, wird in Ihrer Tasche ein Papier mehr sein. Sein erster Bericht.«

»Und dann? Wenn ich weitere Fragen habe?«

»Schreiben Sie sie auf. Stecken Sie sie in einen Umschlag und schreiben Sie einen Namen darauf, den Sie noch erfahren werden. Tragen Sie den Umschlag innerhalb eines bestimmten Zeitraums, den man Ihnen ebenfalls mitteilen wird, ins Convention Center und geben Sie ihn beim Pförtner ab.«

»Und das soll sicher sein?«

»›Sicher‹ ist ein lustiger Ausdruck für das, was Sie vorhaben, finden Sie nicht?«

Ja, das war Teil des Paktes, den Yessica mit sich selbst geschlossen hatte. Sie wollte nicht darüber nachdenken. Sie wollte sich nicht als schlechte Mutter fühlen.

Guthrie griff nach ihrer Hand, wohl um sie zu beruhigen. Yessica zog sie instinktiv weg.

»Entschuldigung. Ich wollte Ihnen nicht zu nahe treten. Sie haben gerade an Ihre Töchter gedacht, nicht wahr? Ich habe auch zwei, aber die sind schon erwachsen. Meine jüngere hat mir einmal gesagt, ich solle mir einen anderen Job suchen. Weil ich so oft in Mexiko war und dort so viele Journalisten umgebracht werden. Da war sie ungefähr zehn und hatte nicht begriffen, dass es hauptsächlich mexikanische Journalisten trifft.«

»Haben Sie manchmal gedacht, Sie wären ein schlechter Vater? Weil Sie so viel weg waren und Ihre Töchter in Angst zurückgelassen haben?«

»Ja, ständig. Auch nachdem sie schon aus dem Haus waren.«

»Haben Ihnen andere Leute gesagt, Sie wären ein schlechter Vater?«

»Nein, eigentlich nicht. Nur meine Frau gelegentlich.«

»Das ist der Unterschied. Bei Frauen fühlt sich die ganze Welt im Recht zu sagen, sie seien schlechte Mütter.« Sie drückte Guthries Hand kurz und fest. Er war in Ordnung.

»Kommen wir noch einmal zurück zum Geschäftlichen?« Er lächelte, entspannt.

»Gut, ich gebe Ihnen die Spuren, die ich bisher gefunden habe. Vielleicht hat Ihr Mann David irgendetwas gesehen oder gehört, was dazu passt.«

Yessica redete bestimmt eine Stunde. Guthrie kritzelte ab und an ein paar unlesbare Zeichen in einen Notizblock. War das Steno oder eine eigene Geheimschrift? Die meiste Zeit sah er sie einfach an und hörte zu. Konnte er sich das alles merken?

Sie endete mit den Steckbriefen, die sie in Winwrights Schreibtisch gefunden hatte. »Irgendjemand hat uns für diese Frau ausspioniert, vielleicht haben auch alle Mitglieder des Komitees diese Steckbriefe erhalten und es war kein spezieller Auftrag Winwrights. Bei manchen Leuten gab es Anmerkungen zu ihren Gewohnheiten. Bei meiner Tochter Diana haben sie zum Beispiel vermerkt, mit welchem Bus sie morgens zur Uni fährt. Ich kann mir auch vorstellen, dass es noch ausführlichere Profile gibt, wo alle möglichen Angriffspunkte drinstehen: wann und mit welchen Autos wir unterwegs sind und so weiter. Aber am schlimmsten finde ich die Informationen über meine Töchter. Ich will wissen, welche Schweine so etwas auch nur denken können.«

»Ja, das herauszufinden wäre ein enormer Erfolg. Erwarten Sie aber nicht zu viel. Da werden mehrere Leute dran arbeiten und wenn Sie Glück haben, dann finden wir vielleicht ein Glied in dieser Kette. Was mich weiter interessieren würde, ist die Geschichte mit dem Sandabbau und den Fischereirechten. Diese E-Mail klingt nicht so, als hätte Herr Bustillo sachlich irgendwelche Umweltauswirkungen prüfen lassen. Was will er wirklich von Soo? Und ist das eine Absprache zwischen Hawit und Bustillo, gehört sonst noch jemand dazu oder macht das ganze Komitee mit?«

»Ich bin ehrlich gesagt froh darüber, dass sie den Koreanern den Sandabbau verbieten. Stellen Sie sich das mal vor! Jedes Jahr frisst das Meer bis zu einem Meter unserer Küste weg und jetzt wollen die auch noch Sand abbaggern, auf dass die Wellen noch besser angreifen können? Vor unserer Küste verläuft das zweitgrößte Riff der Welt, große Teile stehen unter Naturschutz, und diese koreanische Firma will dort Sand und weiß der Teufel was noch abbauen? Während die Leute auf den Cayos Cochinos wegen des Naturschutzes kaum noch für den Eigenbedarf fischen dürfen?«

»Ich verstehe Ihren Ärger. Aber ich frage mich, ob Sandabbau und Fischereirechte nicht nur Tarnnamen für etwas anderes sind. Als Erstes sollten wir herausfinden, in welchem Verhältnis Morales zu Hawit, Bustillo und Soo steht. Kommen Sie irgendwie an ihn heran?«

»Morales ja, er lässt sich manchmal im Hotel blicken. Soweit ich weiß, bleibt er meistens nicht lange. Er kommt mit seinem Privatflugzeug und fliegt abends wieder nach Hause nach Costa Rica. Ich weiß gar nicht, ob er überhaupt ein Zimmer nimmt oder sich nur in der Lobby mit seinen politischen Kumpanen trifft.« Yessica überlegte einen Moment, versuchte sich zu erinnern, ob sie den Namen Morales auf irgendeinem Zimmerbelegungsplan gelesen hatte. Nein, entschied sie, Morales war kein offizieller Gast.

»Okay, versuchen Sie einfach, an ihn ranzukommen. Aber bitte passen Sie auf. Für meinen Geschmack war die Nummer mit der Bar schon reichlich riskant. Vor allem, wenn die Komiteemitglieder wirklich alle einen Steckbrief von Ihnen bekommen haben sollten.« Guthrie bedachte sie mit dem mahnenden Blick eines Lehrers.

»Für die haben dunkelhäutige Menschen kein Gesicht. Und den Ordner habe ich erst danach gefunden. Außerdem könnte ich die ganze Mission begraben, wenn ich nicht bereit wäre, das Risiko einer Entdeckung in Kauf zu nehmen. Ich kann ständig einem von ihnen über den Weg laufen. Ich hätte noch eine Bitte an Sie: Könnten Sie der Koordinatorin irgendwie mitteilen, dass ich eventuell urplötzlich untertauchen muss?«

»Ich werde ihr schnellstmöglich Bescheid geben. Vor allem, dass wir etwas wegen Ihrer Töchter unternehmen müssen.«

»Und fragen Sie sie, ob sie etwas von Laura weiß – ob Winwright bei Laura angerufen hat.«

»Ich rate Ihnen, Ihrer alten Kollegin zu vertrauen. Zu viel Misstrauen schlägt auf den Magen.«

»Das sagt sich so schön. Aber wer weiß, was Laura über mich denkt? Wahrscheinlich, dass ich mich heimlich aus dem Staub gemacht und alle sitzen gelassen habe.«

»Unsinn. Ich habe mir übrigens die Besetzung des Komitees inzwischen mal genauer angeschaut. Kennen Sie die Vergangenheit von Wilson Morales?«

»Dass er sein Vermögen mit Drogenhandel gemacht hat? Das weiß jeder in Zentralamerika. Trotzdem läuft er seit dreißig Jahren frei herum und wird immer reicher.«

»Er ist auf jeden Fall im Iran-Contra-Geschäft groß geworden, auf seinen Landebahnen im Norden Costa Ricas wurden Waffen und Drogen verladen. Es will mir nicht ganz in den Kopf, wie er einen Posten in einem politischen Gremium bekommen hat.«

»Bestechung oder Erpressung?«

Guthrie zuckte mit den Schultern. »Wir brauchen leider Beweise.«

Mit Rückenschmerzen von der langen Busreise ließ Yessica sich auf das schmale Bett in ihrer Kammer fallen. Sie musste sich entspannen, am besten an gar nichts denken. Sie starrte in Richtung des vergitterten Fensters, durch das noch ein Rest Tageslicht hereinfiel. Davor stand ein kleiner Tisch, der ihr als Schreibtisch und als Ablagefläche diente. Sie erschrak. Dort lag ein Paar Putzhandschuhe, das sie dort bestimmt nicht hingelegt hatte. Sie nahm niemals ihre Putzutensilien mit ins Zimmer. Es reichte, wenn sie ihre Arbeitskleidung auch nach Feierabend noch sehen musste.

Sie sprang vom Bett auf und betrachtete von oben die Ordnung – oder Unordnung – der Dinge auf ihrem Tisch. Sie konnte keine Veränderung feststellen, aber im Verrücken von Dingen und wieder exakt In-dieselbe-Position-Bringen waren hier ja alle Profis. Das mit den Handschuhen hingegen war ein Anfängerinnenfehler. Vielleicht aber auch ein Wink mit dem Zaunpfahl, um ihr zu sagen, dass sie unter Beobachtung stand. Dass es in Laru Beya keine Privatsphäre für sie gab. Yessica würde trotzdem ihr ganzes Zimmer umkrempeln müssen, um sicherzugehen, dass keine Wanze und keine versteckte Kamera angebracht worden war. Wobei eine Wanze eigentlich unnötig war, so dünn wie im Personaltrakt die Wände waren. So viel zum Thema Entspannung. Yessica warf die Putzhandschuhe mit spitzen Fingern in einen Plastikbeutel. Vielleicht lernte sie ja mal einen Experten für Spurenanalyse kennen.

Wenn sie selbst eine Kamera verstecken würde, dann so, dass man auf den Schreibtisch sehen konnte, mitlesen, was dort geschrieben wurde. Glücklicherweise waren die Wände ihres Zimmers so kahl, dass sich einfach kein Versteck bot. Sie stellte ihre Lampe auf den Kopf, untersuchte eingehend alle Objekte auf dem Tisch, zog ihr Bett ab und die Matratze vom

Bettgestell. Sie fand nichts, was nicht in ihr Zimmer gehörte. Wahrscheinlich handelte es sich tatsächlich um eine Einschüchterungsmaßnahme, die Frage war nur, von wem. Steckte das Resortmanagement dahinter oder ihre wahren Gegner?

Orte, die Yessica bislang gemieden hatte, waren die zentrale Rezeption und die Lobby des Boutique-Hotels. Das waren andererseits die Orte, an denen sich die Interaktionen der dubiosen Gestalten beobachten ließen. Die schriftlichen Spuren, die diese in ihren Räumen hinterließen, waren ja nur ein Teil der Geschichte. Momentan arbeitete sie wie eine Archäologin, obwohl ihre Forschungsobjekte noch am Leben waren.

Morales war einer, der in ihrer Welt der leeren Räume keine Spuren und Artefakte hinterließ. Sie musste sich ihm anders nähern. Er war die Art von Gast, der gern in der Bar an der Lobby herumsaß und Drinks mit exotischen Namen bestellte. Ein kleiner, selbstgefälliger Typ, der alle anderen zum Shakehands heranwinkte und ihnen dabei großzügig ein teuer aussehendes Getränk vor die Nase stellen ließ, ob sie wollten oder nicht.

Yessica wünschte, sie hätte eine zweite Haut, die sie sich überziehen könnte, eine Art Superwoman-Kostüm, das ihr zwar keine übernatürlichen Fähigkeiten verlieh, sie aber in der Welt der Reichen zu einer gewöhnlichen Erscheinung machte. Es müsste eine weiße Haut sein.

Solange sie das weiße Superwoman-Kostüm nicht besaß, konnte sie nur hin und wieder einen verstohlenen Blick durch die Glasscheiben der Bar werfen. An diesem Nachmittag erkannte sie tatsächlich Morales' kugelige Gestalt auf einem Barhocker. Er redete mit einem alten Herrn mit Schnauzbart und Brille. Sie bückte sich, tat so, als würde sie einen imaginären Schnürsenkel zuschnüren, und wagte dabei einen zweiten Blick auf Morales' Gesprächspartner. Sein Gesicht war im letzten Jahr relativ häufig in der Presse gewesen. Es war Raul Benegas, das Oberhaupt einer der einflussreichsten Familien in Honduras. Er sah erheblich älter aus als auf den letzten Pressefotos. Aber war der Mann nicht unter Hausarrest gestellt worden? Sein Sohn und sein Neffe waren wegen Geldwäsche für das Olancho-Kartell in den USA verhaftet worden. Von Don Raul hieß es, dass ihm die halbe Nordküste gehörte – obwohl das vor der Zerschlagung seiner Bank gewesen war. Was hatte der Oligarch mit Morales zu tun? Waren sie Geschäftsfreunde oder nur zwei Hotelgäste, die zufällig an der Bar ins Gespräch gekommen waren?

Fertig mit ihrer imaginären Schleife, erhob sich Yessica und ging weiter. In den nächsten Tagen schlich sie des Öfteren um die Bar herum, bekam aber weder Morales noch Benegas ein weiteres Mal zu Gesicht.

12

11.05.2019

Endlich kam der Tag, an dem sie ins Convention Center gehen sollte. Sie hatte den Vormittag frei genommen, um Behördengänge in der Stadt zu erledigen. Es gab keinen Grund, aufgeregt zu sein. Sie würde in dieses Gebäude laufen, das sie tatsächlich noch nie betreten hatte, und sich kurz darin umschauen. So wie es jede Bürgerin tun konnte, außer wenn dort exklusive Veranstaltungen stattfanden. Das Convention Center der *Victoria S.A.* war einer jener kalten Orte, die der Neoliberalismus überall auf dem Globus wie Raumschiffe fallen ließ, manche futuristisch-modern, andere, wie hier in Tela, so überdimensioniert wie einfallslos. Der Glanz von Glas und Stahl, in Gebäude gegossener Extraktivismus und Energieeinsatz, die optimistische Geste, über unbegrenzte Ressourcen zu verfügen. Nun, was war von einem multinationalen Stahlkonzern anderes zu erwarten?

In Gedanken über den Symbolismus der Architektur ließ sich Yessica im Tempo der Drehtür ins Gebäude befördern. Die heilige Halle des Kapitalismus zog den Blick automatisch in die Höhe, denn das Innere des achtzehnstöckigen Turmes war quasi hohl. Von unten konnte sie in die verglasten Etagen schauen. Das Arbeiten in der obersten musste für nicht schwindelfreie Menschen der Horror sein. Die Kamera, die den Eingang überwachte, war natürlich viel weiter unten angebracht. Mit einem firmen Blick in die Linse grüßte Yessica ihren unbekannten Vertrauten. Erst dann musterte sie weiter die Architektur, versuchte, Menschen hinter der Glaswand der ersten Etage zu erkennen. Wie Guthrie versprochen hatte, dauerte es nicht lange, bis ein Uniformierter auf sie zukam und ihr mit einer Geste bedeutete, stehen zu bleiben. »Guten Tag! Darf ich fragen, zu wem Sie wollen?«

»Zu niemandem. Ich wollte mir nur das Gebäude anschauen«, antwortete sie.

Es war ein seltsames Theater, aber der Mann gestattete sich nicht, mit einer noch so kleinen Gesichtsregung aus der Rolle zu fallen. Was hieß, dass er gut war, seine Rolle beim Militär wahrscheinlich mit ebensolcher Perfektion spielte.

»Was haben Sie in der Tasche?«

»Nichts. Ich meine, nichts Besonderes.«

»Darf ich mal hineinschauen?«

»Bitte, wenn es sein muss.«

Sie öffnete die Schultertasche und er kramte in den Papieren herum, die sie deponiert hatte. Es war seltsam, diesem Fremden so nahe zu sein, mit dem sie ein so großes wie gefährliches Geheimnis verband. Und trotzdem so zu tun, als wären sie sich völlig gleichgültig. Eigentlich hätte sie ihm sagen müssen, wie unendlich dankbar sie für das war, was er riskierte. Und gleichzeitig war da auch Abscheu, dass der Mann überhaupt so lange bei der Armee mitgemacht hatte.

»Sie können weitergehen«, sagte er schließlich und entfernte sich durch die Halle.

Die Begegnung hatte bestenfalls eine Minute gedauert. Yessica klemmte die Tasche fest unter den Arm und steuerte auf einen der Aufzüge zu, nur für die Kamera. Sie sollte einmal in den obersten Stock fahren und von dort auf die Bucht von Tela schauen. Selbst die fünf Minuten erschienen ihr als eine unendlich lange Geduldsprobe. Der Bast der Tasche kratzte an der Innenseite ihres nackten Oberarms, als wäre selbst die Tasche ungeduldig, das neue Geheimnis zu lüften. Der beste Ort, um allein und unbeobachtet zu sein, selbst wenn man unter Menschen war, war immer der Strand. Nachdem Yessica die Mission ›Über die Bucht von Tela schauen‹ absolviert hatte, ging sie an den Strand, ließ sich in den Sand fallen und entfaltete mehrere karierte Zettel, die mit kleinen, engen Buchstaben beschrieben waren.

Meinen Namen werden Sie zu einer anderen Gelegenheit erfahren. Ich bin seit Mitte 2018 Unteroffizier bei der gemeinsamen Einheit zur Bekämpfung von Drogen- und Bandenkriminalität und Terrorismus Aguas Bravas. Entsandt wurde ich von der Militärpolizei. Aguas Bravas ist zuständig für den zentralen bis östlichen Teil der Atlantikküste und vereinigt Kräfte aus der Kriminalpolizei, dem militärischen Geheimdienst, dem Militär und der Militärpolizei. Wir werden immer wieder von temporären Kräften des DEA, des CIA und der School of the Americas unterstützt. Seit ich in den Dienst der Aguas Bravas getreten bin, hat die Einheit keinen einzigen Drogenfund gemacht und kein einziges Mitglied einer Bande festgesetzt. Wir erhalten regelmäßig Schulungen und Trainings zur Aufstandsbekämpfung. Es heißt, die Feinde der Entwicklung planten terroristische Angriffe auf die Sonderentwicklungszone. Wir müssten daher genau unter die Lupe nehmen, wer ihre Rädelsführer seien und wer im Begriff sei, sich zu radikalisieren. Es heißt auch, dass sie mit den Drogenhändlern zusammenarbeiten würden, denn die Drogenhändler fürchten wegen der Sonderentwicklungszone um wichtige Handelsplätze.

Wenigstens wurde ich jetzt nicht mehr gezwungen, Menschen willkürlich zusammenzuprügeln und in den Knast zu werfen. Wenn wir uns in unserer Garnison nicht gerade zu Tode langweilen oder mit den amerikanischen Ausbildern auf irgendeinem Feld Verstecken spielen, beschäftigen wir uns damit, Informationen zu sammeln.

Es gibt verschiedene Aufgaben. Die eine sind die klassischen Straßenkontrollen. Dann gibt es Leute, die bestimmte Zielpersonen beschatten, und solche, die deren Kommunikation, beispielsweise auf Facebook und WhatsApp, auswerten. Und nicht zuletzt gibt es Verdeckte. Vor etwa vier Monaten wurden zum Beispiel Freiwillige für einen Spezialeinsatz gesucht. Vor allem Schwarze, am besten Garífuna. Sie sollten sich in Triunfo de la Cruz, in San Juan, in Sambo Creek und in Trujillo in die Gemeinden und nach Möglichkeit in die Organisationsstrukturen einschleusen. Es wurden zwanzig junge Männer ausgewählt, die Hälfte von ihnen Schwarze, die andere Hälfte Ladinos. Sie sollten eine besondere Ausbildung erhalten, über die ich nichts sagen kann. Ich habe mich nicht dafür gemeldet.

Das ist alles, was ich weiß. Wie viele Männer letztendlich eingesetzt wurden und seit wann sie da draußen sind, ob es ihnen gelungen ist, sich in Organisationsstrukturen einzuschleusen, kann ich nicht sagen. Ich glaube, ihre Berichte gehen alle direkt an den General.

Mit Infiltration war schon immer zu rechnen gewesen. Yessica überlegte, ob in den letzten Monaten unbekannte junge Männer in Triunfo aufgetaucht waren. An jungen Männern mangelte es bereits seit Jahren und in der letzten Zeit hatte sich diese demografische Lücke noch verschärft, ein junger Mann, der neu in Triunfo auftauchte, musste zwangsläufig auffallen. Beim Radio hatte sich ein Sechzehnjähriger gemeldet, doch der war zu jung, um ein Geheimdienstler zu sein. Oder? Auf den Sitzungen des Landverteidigungskomitees waren hingegen schon ein paar neue Leute aufgetaucht.

Da war ein junger Familienvater, der in Boquete wohnte, ein Ladino, der große Angst hatte, bald geräumt zu werden. Sie konnte sich nicht erinnern, ob sie sein Gesicht schon einmal gesehen hatte, bevor es mit der Modellstadt losging. Ein paar Typen kamen, um ihren Eltern beim Umzug zu helfen, alten Leuten, die dem Druck der Koreaner nachgegeben und die Abfindung kassiert hatten. Diese Jungs eigneten sich kaum, um vertrauliche Informationen zu beschaffen, sie konnten höchstens die Bewegungen anderer Gemeindemitglieder beobachten. Einer von ihnen war mal bei einer Sitzung des Landverteidigungskomitees erschienen. Er wollte, dass sich das Komitee dafür einsetzte, dass die Leute eine angemessene Entschädigung erhielten, statt weiter am Unmöglichen festzuhalten. Sie sollten endlich einsehen, dass der kollektive Landbesitz einer vergangenen Ära angehöre. Obwohl niemand auf seiner Seite war, hatte er bestimmt eine halbe Stunde lang geredet, hatte ausführlich erklärt, wie der ganze Ort zugesehen habe, wie seine demente alte Mutter über den Tisch gezogen wurde, statt ihr in den Verhandlungen beizustehen. Als Versuch der Infiltration taugte dieser Auftritt herzlich wenig.

Aber Yessicas Informant kannte nur einen Ausschnitt der Wahrheit, vielleicht gab es andere Methoden, vielleicht wurde nicht nur versucht, Militärspitzel in ihre Strukturen einzuschleusen, sondern auch Leute aus ihren Reihen als Informanten abzuwerben. Yessica wollte David bitten, auch in diese Richtung die Ohren offen zu halten. Sie vermerkte die Frage im Kopf und las weiter den handschriftlichen Bericht.

Sie haben mich nach den Ausländern gefragt, die hier ein und aus gehen. Es gibt zwei Männer, mit denen sich General Rodriguez meistens allein zusammensetzt. Sie heißen Johnson und Saavedra, der eine ist Gringo, der andere Chilene, beide sind ziemlich alt, sollten eigentlich schon längst im Ruhestand sein. Ich hole die beiden oft in El Progreso ab und bringe sie ins Camp. Mit dem eigenen Auto dürfen sie hier nicht reinfahren, so lautet die Regel. Ich rede kaum mit ihnen, die Fahrt dauert nur zehn bis fünfzehn Minuten, aber die beiden unterhalten sich auf Englisch, als würde ich sie nicht verstehen. Ein paar Fetzen aus diesen Gesprächen habe ich mir gemerkt. ›Wie läuft die Kampagne an?‹, hat der Chi-

lene einmal gefragt und der andere sprach von einem Maßnahmenbündel, sie hätten schon an die fünfhundert Unterschriften, außerdem sei es ihnen gelungen, persönliche Schwächen einiger Subjekte herauszuarbeiten. Randy Mitchener – den Namen habe ich mir genau gemerkt – sei ein Profi auf dem Gebiet, da könnten sie sich voll und ganz drauf verlassen. Und wenn alles nicht helfen würde, dann könnten sie noch ein paar gezielte Drogenfahndungen veranlassen, das müssten sie am besten gleich mit dem General besprechen.

Von den Namen, die Sie mir gegeben haben, ist mir einer aufgefallen. Einmal hat der Chilene Amaris Winwright erwähnt, als sie von ihrer Unterredung zurückkamen. Er klang sehr verärgert. Er könne nicht glauben, dass sie ihnen allen so in den Rücken fallen würde und jetzt ihre Privatkampagne fahre. ›Ausgerechnet diesen Schwachkopf von Hermilo will sie ins Boot holen‹ oder so ähnlich hat er sich ausgedrückt. Ich weiß nicht, ob er den Fernsehpastor meinte. Dann hat er den Amerikaner gebeten, mit ihr zu reden, sie sei doch seine Parteikollegin. Das Gespräch wurde interessant, daher habe ich ein kleines Gedächtnisprotokoll geschrieben.

Johnson: Ich habe schon alles versucht. Sie ist unbelehrbar. Wir sind übrigens nicht die Einzigen, die ihre Kirchenfreunde nicht mögen. Sie hat schon nach ihrem ersten Treffen mit Hermilo unflätige Textnachrichten erhalten. Damit habe ich aber nichts zu tun. Ich glaube, das waren Bustillos Leute. Hermilo bekommt ebenfalls Nachrichten, nach dem Motto: Wir opfern dir ein paar Polizisten, aber sonst lass uns mit deiner Antikorruptionskampagne schön in Ruhe.

Chilene: Meinen Sie, dass sich Hermilo daran hält?

Johnson: Ist mir ehrlich gesagt ziemlich egal. Aus unserer

Zone haben ihn lustigerweise die Eingeborenen vertrieben.
Chilene: Er könnte wiederkommen. Wollen Sie sich langfristig auf die Eingeborenen verlassen, die wir gerade versuchen loszuwerden?
Johnson: Natürlich nicht. Und es werden keine Gelder von US-Aid an Hermilo fließen.
Chilene: Können wir dem nicht einfach seine neue Kirche in La Ceiba unter dem Hintern anzünden? Damit er merkt, dass er hier im Norden nichts zu suchen hat?
Johnson: Ach komm. Das ist doch unnötig.

Hier endete der Bericht des Informanten. Es folgten nur noch Anweisungen für ein nächstes Treffen:

Kommen Sie am 18.05. um elf Uhr in die Parroquia San Antonio. Setzen Sie sich in den Beichtstuhl und beginnen Sie mit ›Herr, ich habe gesündigt‹. Sollten Sie die Stimme des Priesters nicht wiedererkennen, erzählen Sie ihm irgendetwas von lasterhaften Gedanken.

Yessica schüttelte den Kopf. Wer schrieb nur das miese Drehbuch für diese Begegnungen? Sie war unschlüssig, was sie mit den handschriftlichen Seiten machen sollte. Sie waren zwar wertvolles Beweismaterial, aber nach dem Fund der Handschuhe in ihrer Kammer wollte sie dort nichts aufbewahren. Sie fotografierte die Papiere ab, dann las sie die Seiten noch einmal, gründlich. Unter der alten Landungsbrücke legte sie sie ins Wasser, bis nur noch unlesbare blaue Schlieren zu sehen waren. Sie schrieb den Namen Randy Mitchener an Guthrie, nichts weiter, versehen mit einem Fragezeichen.

Danach suchte sie in einem Internetcafé nach neueren Nachrichten zur Familie Benegas. Juan und Jorge waren schon im vergangenen Sommer gegen Kaution auf freien Fuß gesetzt worden. Es war anzunehmen, dass sie die USA nicht verlassen durften. Der Patriarch Raul Benegas stand ebenso wie sein Sohn und sein Neffe unter dem Verdacht, Gelder aus den Drogengeschäften des Olancho-Kartells gewaschen zu haben. Weil noch andere Verfahren gegen ihn in Honduras anhingen, war er nie an die Vereinigten Staaten ausgeliefert worden, sondern stand in San Pedro Sula unter Hausarrest.

Entweder war der Hausarrest aufgehoben worden oder das Laru Beya Resort galt den Justizbehörden als Don Rauls Vorgarten. Zwischenzeitlich hatte der Achtzigjährige in ein Krankenhaus eingeliefert werden müssen. Von den Reichtümern der Familie war im Lauf der vergangenen anderthalb Jahre so einiges beschlagnahmt worden: Die Bank war aufgelöst, Privatkonten und Immobilien beschlagnahmt. Jorge und Juan Benegas hatten sich beklagt, ihre Anwälte nicht bezahlen zu können, weil ihre Konten eingefroren waren. Inzwischen hatte man ihnen wieder begrenzten Zugang zu ihren Finanzen gewährt. Dass die Familie von einer Pleite bedroht war, glaubte Yessica nicht. Die Benegas würden niemals eine Ahnung davon haben, was es hieß, pleite zu sein.

Wie auch immer, sie hatten genug Möglichkeiten, sich mit alten Geschäftspartnern zu treffen. Aber ohne ihre vielfältigen legalen Geschäftszweige hatten sie nicht mehr viel anzubieten. Das war der Moment, in dem Morales ins Spiel kam, überlegte Yessica. Er und andere aus dem Komitee besaßen eigene Firmen und sie hatten Zugang zum Chef der wichtigsten Firma, Huay Soos *Victoria S.A.* Waren Morales und seine Mitstreiter dabei, die alten Geschäftskontakte der Familie Benegas und des Olancho-Kartells zu übernehmen?

13

18.05.2019

Die Parroquia San Antonio war die älteste Kirche in Tela, trotzdem war sie nur ein einfacher Holzbau, geschmückt von einem Glockenturm und ein paar bunten Bleiglasfenstern. In Tela gab es nichts, was besonders alt war. Niemand war hier auf die Idee gekommen, Dinge für die Ewigkeit zu bauen. Die Ersten, die das taten, waren die Koreaner mit ihren Stahl- und Glaspalästen. Eine seltsame Ironie der Geschichte lag darin, dass Tela die älteste Ansiedlung der spanischen Kolonialherren war und davon doch nichts zu sehen blieb.

Yessica wusste nicht, aus welcher Zeit die Parroquia stammte, denn sie interessierte sich herzlich wenig für Kirchengeschichte. Vermutlich aber war die erste Kirche Telas längst abgebrannt oder vermodert. Das Holz des jetzigen Bauwerks war mit ziemlich frischer roséfarbener Lasur überzogen, sodass es die Lieblichkeit einer Hochzeitstorte angenommen hatte.

Auf der linken Seite sollte ein Beichtstuhl stehen. In der Tat, dort empfing sie schon das Monstrum aus dunklem Holz, das den Eindruck machte, älter zu sein als das ganze Gotteshaus, vielleicht so alt wie die Idee der Sünde selbst. Yessica hielt inne und ließ ihren Blick durchs Kirchenschiff gleiten, um sich zu vergewissern, dass sich nicht doch irgendwo ein Paar unerwünschter Ohren verbarg. Anscheinend war sie allein, nur der falsche Beichtvater sollte in seinem Verschlag sitzen.

»Herr, ich habe gesündigt.« Die Worte kamen ihr so schwer über die Lippen, als bestünde die eigentliche Todsünde darin, diesen Satz auszusprechen.

»Schwester, der Herr vergebe dir deine Sünden. Du hast nach drei Herren und einer Dame gefragt. Ich weiß von keinen Besuchen bei uns. Außer den üblichen beiden Gästen war einmal einer dabei, den sie Randy nannte. Es wird der sein, über den wir schon gesprochen haben. Er ist schätzungsweise ein paar Jahre jünger als die anderen Männer, aber nicht viele. Vielleicht fünf bis zehn Jahre. Ich konnte leider ihr Gespräch nicht verfolgen.«

Ihr Informant hatte so gut angefangen und dann kam schon nach ein paar Sätzen die Enttäuschung. Würden sie jemals an brauchbare Informationen kommen?

»Es sind Sachen passiert. Vor vier Tagen hat die DEA zusammen mit unseren Leuten ein Schnellboot hochgenommen, das an den Sandförderschiffen der *Victoria* in der Bucht festgemacht hatte. Ich hatte schon fast vergessen, dass wir eine Anti-Drogen-Einheit sind. Die Beamten sind aber zu spät gekommen, sie haben weder eine Ladung an Bord gefunden noch eine Spur von der Besatzung. Aber die Theorie geht um, dass dieses Förderschiff als klandestine Verladestation genutzt wird. Was jedenfalls an Bord auch nicht gefunden wurde, war Sand. Am nächsten Morgen wurden zwei Offiziere vermisst, Olwin Heredia und Edmundo Zelaya. Sie sind bisher nicht wieder aufgetaucht.«

Yessica fragte sich, ob es gut oder schlecht war, wenn honduranische Offiziere verschwanden.

»Der Chilene kam am nächsten Tag, sichtlich aufgebracht, auch wenn er versucht hat, sich im Zaum zu halten. Der Ami war nicht dabei. Ich habe den Chilenen beim General abgeliefert und bin dann vor der Tür stehen geblieben. Ich habe den Chilenen brüllen hören: ›Wer war das?‹ und: ›Das darf nicht passieren!‹ Ein Satz fing an mit: ›Wenn das noch einmal …‹, aber ich habe das Ende nicht verstanden. Ich habe noch etwas gehört, da müssen sie schon auf der anderen Seite der Tür gestanden haben: ›Wir müssen Bustillo und Hawit beobachten. Die ganze Zeit. Wenn wir einen einzigen Beweis finden …‹ In dem Moment ging langsam die Klinke herunter und ich bin schnell ein paar Meter weiter weg gesprungen und habe mir eine Zigarette angezündet. Der General hat mich trotzdem sehr misstrauisch angeguckt.

›Was machen Sie hier?‹ ›Ich dachte, ich soll Ihren Gast wieder zurückfahren‹, habe ich so ruhig wie möglich gesagt. Ich mache mir Sorgen. Ich glaube, der General wird misstrauisch. Und die Sache mit Heredia und Zelaya ... Ich glaube, die beiden Offiziere waren nicht die Verkehrtesten.«

»Waren die beiden an dem Einsatz auf dem Schiff beteiligt?«

»Ich glaube schon.«

»Kann es sein, dass sie die Drogendealer gewarnt haben?«

»Ich fürchte, es war umgekehrt: Sie haben auf die Aktivitäten der Narcos aufmerksam gemacht und die Aguas Bravas mit der DEA sind mit Absicht zu spät gekommen. Es tut mir leid, ich muss los. Wenn ich mehr als zehn Minuten zu spät komme, fällt das auf.«

»Natürlich.«

»Tun Sie mir einen Gefallen?«

»Ja, welchen?«

»Beten Sie für mich.«

Yessica nickte nur. Ausgerechnet sie sollte beten. Da Beten sowieso das war, was Gläubige nach der Beichte taten, kniete sie sich in eine der Kirchenbänke und senkte den Kopf. Wenig später klappte in ihrem Rücken die Eingangstür. Sie hätte David nach dem Gesundheitszustand seiner Mutter fragen sollen.

Andererseits hatten sie noch nicht genug in der Hand, um an die Öffentlichkeit zu gehen. Sie begriff ja selbst noch nicht, wer mit wem und gegen wen arbeitete. Saavedra paktierte offenbar mit dem General gegen Bustillo und Hawit, aber was war Johnsons Rolle und warum war er an dem Tag nach der Drogenrazzia nicht dabei gewesen? Deckte General Rodriguez tatsächlich den Drogenumschlag vor der Küste und, wenn ja, steckte die *DEA* mit unter der Decke?

Yessica war, in Gedanken versunken, ziellos durch die Stadt

gelaufen und stand mit einem Mal vor dem neuen Einkaufszentrum Future City Mall, wo man in den globalen Handelsketten von heute den Müll von morgen erwerben konnte. Sie ließ sich von den Flügeln der Drehtür ins Innere schieben, dieser wundersamen Turbine, die Menschen in Konsumenten verwandelte.

Und schon blieb sie vor der Auslage eines Taschengeschäftes stehen und überlegte, welchen Rucksack sie Paty für die Schule kaufen könnte. Aber sie hatte weder Geld, noch konnte sie ihrer Tochter irgendetwas schicken. Den Blick von den Schaufenstern abgewandt, lief sie weiter durchs Einkaufszentrum wie eine Getriebene. Viel los war nicht in der Future City. Wie in allen klimatisierten Räumen war es viel zu kalt. Dieser exzessive Einsatz von Klimaanlagen erschien so, als wollten die Reichen ihre Herzen auf der für den Kapitalismus notwendigen unterkühlten Betriebstemperatur halten.

Sie ließ sich wieder vor die Tür des Shoppingcenters spucken. Yessica fühlte sich verloren. Sie hatte keinen Ort, an den sie gehen und bei sich sein konnte. Das beeinträchtigte ihr Denken. Sie konnte sich in letzter Zeit immer schlechter konzentrieren.

›Ihr werdet euch nicht auf Ewigkeiten vor dem Kapitalismus schützen können.‹ Plötzlich geisterten Ulrichs Worte durch ihren Kopf, die Diskussionen, die sie mit ihm auf ihren gemeinsamen Autofahrten geführt hatte. Ihre Versuche, ihm zu erklären, warum Privateigentum an Land für die Triunfeños so schlimm war und diejenigen aus dem Dorf, die Land verkauften, Verräter waren. Das Land gehörte dem Kollektiv, nicht nur den heute Lebenden, sondern auch den Ahnen. Das Land war die Basis der Kultur der Garífuna. Würden die Garífuna ihr Land verlieren, würde ihre Kultur verschwinden, hatte sie erklärt. Ulrich konnte es vielleicht intellektuell verstehen, aber nicht fühlen. War ihre Position naiv oder seine? Wenn sie ihm jetzt erklären müsste, in welcher Situation sie sich befand – ihm, dem Ahnungslosen –, würde das helfen, ihre Gedanken zu ordnen? Wenn sie sich vorstellte, sie säße wie früher neben ihm im Auto … Sie würde gar nicht reden, sie würde bei der nächsten Gelegenheit an den Straßenrand fahren und ihn bitten, sie ganz fest an sich zu drücken.

Yessica gab ihre Gedankenexperimente auf und schrieb Guthrie eine Nachricht.

Wir müssen uns sehen. Nächster freier Tag kommender Donnerstag.

Das war erst in einer Woche. Bis dahin konnte viel zu viel passieren. Aber wenn sie ihren Job in Laru Beya nicht aufgeben wollte, musste sie diese Woche aushalten. Guthrie meldete sich prompt zurück.

Donnerstag ist schlecht. Fürchte, ich komme nicht aus Mexiko-Stadt weg. Geht auch am Wochenende?

Frage morgen die Chefin, antwortete Yessica entmutigt. Freie Tage an Wochenenden waren in der Regel Frauen mit Kindern vorbehalten – und sie hatte offiziell keine.

Amaris

14

30.05.2019

Amaris Winwright versicherte sich, dass Fenster und Terrassentüren geschlossen waren, stellte die Klimaanlage auf zweiundzwanzig Grad und griff nach Aktenkoffer und Handtasche. Zum Glück waren es nur wenige Schritte von ihrer Villa im *Laru Beya Beach & Golf Resort* bis zum Auto. Das Wageninnere war bereits angenehm temperiert, auf Ricardo war Verlass.

Sie warf sich einen entschlossenen Blick im Rückspiegel zu und prüfte zugleich, dass sie keiner einzigen Haarsträhne einen freien Willen gelassen hatte. Sie war zufrieden, sie sah in das Gesicht der Eisernen Lady von Montana. Dass viele Menschen das Ausmaß ihrer Macht nicht kannten, störte Amaris wenig. Wer nicht nach seiner täglichen Portion Ruhm lechzte, konnte sich viel besser auf die Politik konzentrieren. Gerade in der Ära eines Präsidenten, der den Charme eines Trampeltiers hatte, war es besser, sich einen sicheren Platz auf der Hinterbank zu erhalten. Sie kannte das politische Geschäft seit Jahrzehnten, was ihr nicht zuletzt einen Sitz im Komitee für die Beste Praxis eingebracht hatte. Wenn sie ehrlich mit sich war, war das höchstens die halbe Wahrheit. Johnson hatte sie für einen Sitz im Komitee vorgeschlagen, weil er glaubte, dass er sie als braves Stimmvieh benutzen konnte. Aber er hatte sich getäuscht.

Das Komitee, bestehend aus ›Führungspersönlichkeiten von anerkannter Ehrenhaftigkeit und internationalem Ansehen‹, war keine demokratische Veranstaltung. Es wurde vom honduranischen Präsidenten eingesetzt und bestand daher aus Personen, die ihm politisch genehm waren, aber nach außen als unabhängige Experten erschienen. Es durfte die Gesetze und Verwaltungsstrukturen der Sonderentwicklungszonen erarbeiten. Was würde geschehen, wenn diese nicht den Wünschen des Präsidenten entsprachen? Würde er Mittel und Wege finden, das Komitee wieder abzusetzen? Amaris Winwright wusste es nicht.

Sie verhandelte einen unbedeutenden Nebenschauplatz in einem noch unbedeutenderen Land, würden manche sagen. Ein Riesenschritt zu neuen Modellen der Staatlichkeit, wenn nicht sogar der Post-Staatlichkeit, hingegen die Visionäre. Ob Staatlichkeit oder Post-Staatlichkeit, es war wichtig, das Neue auf das Fundament konservativer Werte zu stellen. Und das sah Amaris als ihre Aufgabe an.

In ihrem Aktenkoffer steckte die Rede für die Pressekonferenz, in der sie Wohlstand und Entwicklung für die Sonderentwicklungszone verheißen würde. Viel interessanter war aber die Studie, die sie danach auf der Komiteesitzung präsentieren wollte. Das Center for Global Policy Analysis war über jeden Zweifel erhaben. Wenn die Kollegen ihr bislang nicht zugehört hatten, dann würden sie jetzt vielleicht den Analysten des Instituts lauschen. Johnson würde wahrscheinlich säuerlich reagieren, wenn sie ihn mit einer Studie angriff, die von seiner eigenen Institution verfasst worden war. Sie leckte sich in Vorfreude auf den kleinen Racheakt die Lippen. Johnson und die anderen begingen einen Fehler, wenn sie den Sorgen und Nöten der lokalen Bevölkerung keine Beachtung schenkten. Die Consulting-Firma ihres alten Freunds Randy Mitchener machte einen guten Job, keine Frage. Aber irgendwann würden die Leute erkennen, dass sie nur leere Versprechen bekamen. Auch diejenigen, die bislang auf ihrer Seite waren, würden irgendwann merken, dass alle sie an der Nase herumgeführt hatten. Die Menschen mussten sich beachtet und aufgefangen fühlen.

Niemand konnte ihnen einen besseren Rückhalt bieten als die Kirche, das hatte Amaris von klein auf gelernt. Nun war Kirche aber nicht gleich Kirche und die Zeit der katholischen Hegemonie in Lateinamerika vorbei. Genau hier setzte die

Studie des Center for Global Policy Analysis an: Sie nahm die Kirchenlandschaft genauer auseinander und analysierte gesellschaftliches Gewicht und politische Positionen der einzelnen Glaubensgemeinschaften. Und es zeigte sich, dass die evangelikalen Kirchen viel besser in die heutige Zeit und die moderne Wirtschaftsordnung passten. Eigentlich hatte Amaris Johnson die ganzen Argumente aufgetischt, die für eine Kooperation mit Hermilo sprachen, aber er entgegnete nur, sie sollten sich hüten, bestimmte Partikularinteressen zu unterstützen. Außerdem sah er in der Stärkung von Hermilos Kirche eine unzulässige Einmischung in die honduranische Politik, weil Hermilo in der Polizeisäuberungskommission saß, die korrupte Polizisten aus dem Amt entfernen, aber eben auch aufdecken sollte, wenn einzelne Politiker die Polizei für ihre Zwecke gekauft hatten. Manchmal war Johnson wirklich merkwürdig. Als wenn ihn die Einmischung in die politischen Angelegenheiten der mittelamerikanischen Staaten jemals gestört hätte. Und die Säuberungskommission konnte grundsätzlich nichts Verkehrtes sein, Alliierte im Kampf um einen Neuanfang.

»Soll ich losfahren?«, fragte Ricardo vom Fahrersitz aus. Amaris schaute auf ihre Armbanduhr.

»Ja, aber nicht zu schnell«, entschied sie. »Ich möchte ungern mehr als zehn Minuten zu früh zur Konferenz erscheinen.«

»Das bekommen wir hin«, antwortete der Chauffeur und überließ sie wieder ihren Gedanken.

Langsam rollte der Wagen durch die tropische Version eines Landschaftsparks, der aber den entscheidenden Fehler hatte, dass man durch ihn nicht flanieren konnte. Jeder Schritt in diesem Klima war viel zu schweißtreibend.

Amaris Winwright hätte sich die Villa aus freien Stücken niemals gekauft. Aber als Mitglied des Komitees war sie quasi verpflichtet, einen Wohnsitz in Honduras zu unterhalten. So hatte sie die Villa erstanden, ließ sie aber über das Resortmanagement die meiste Zeit des Jahres an Touristen vermieten. In den letzten Monaten hatte sie jedoch mehr Zeit hier verbracht, als ihr lieb war. Dabei fehlten ihr lange Spaziergänge zum Durchatmen, wie zu Hause in den Bergen Montanas. Am Strand oder am Pool zu liegen und sich ausschließlich mit Schwitzen und gelegentlicher Abkühlung zu beschäftigen, erschien ihr als Zeitverschwendung, eine Sache für politisch ambitionslose Ehefrauen reicher Geschäftsmänner. Sich untätig im Bikini in einer Hängematte zu aalen, wie es die Hochglanzbroschüren des Resorts suggerierten, grenzte für Amaris Winwright an Folter. Aber was sollte es, das war das Bild von Luxus und Urlaub, das sich gut verkaufte. Sie freute sich darauf, in einer Woche wieder in Montana zu sein. Hoffentlich. Wenn sich die Dinge gut entwickelten und sie ausreichend Komiteemitglieder von ihren Ideen überzeugen konnte.

Doch eins nach dem anderen. Auch wenn die Rede für die Pressekonferenz belanglos war, sie sollte trotzdem aus dem Effeff kommen. Eine vom Blatt abgelesene Rede war schlechter Stil, wie beim Essen die Ellenbogen auf den Tisch zu stützen oder das Besteck nicht in der richtigen Reihenfolge zu benutzen. Man machte es einfach nicht.

»Wir sind heute hier, um Ja zu Wohlstand und Entwicklung zu sagen.« Amaris Winwright formulierte die Worte im Kopf, ohne dabei auch nur die Lippen zu bewegen. Sie konnte deutlich ihre eigene kraftvolle, aber etwas zu blechern klingende Stimme vernehmen.

»Wer würde schon Nein zu Wohlstand und Entwicklung sagen? Doch leider war diesem Land Entwicklung nicht vergönnt, weil die Gewalt Investitionen und Entrepreneurship unmöglich gemacht hat. Vor einem halben Jahr haben wir Tabula rasa gemacht und damit ein jungfräuliches Territorium geschaffen für all jene, die darin leben möchten und nach den Idealen von Frieden und Gerechtigkeit streben. Wir können dieses Ziel erreichen, es ist zum Greifen nah, wenn wir uns nur dem zuwenden, was wir so deutlich vor Augen haben. Dort unten sehen Sie den Ozean …« – In welche Richtung war der Konferenzraum ausgerichtet? Der Satz würde zu einem unfreiwilligen Lacher werden, wenn der Konferenzraum am Ende gar keine Fenster hatte. – »Cuero Ulúa Victoria ist eine Vision, ein Hafen für die Zukunft, die dort draußen liegt. Denn wenn wir unsere Städte erst einmal auf dem Meer bauen, dann wird es für die Bewohner von allem mehr als genug geben. Es wird keine Verteilungskämpfe geben, denn die Ozeane bieten alles, was die Menschen brauchen. Algen sind eine hervorragende und äußerst gesunde Nahrungsgrundlage – wir werden damit gleichzeitig Zivilisationskrankheiten wie Adipositas und Diabetes ausmerzen –, der Meeresgrund liefert eine Vielzahl wertvoller Rohstoffe und die Wellen sind eine unerschöpfliche Energiequelle. Energie genug, um die Trinkwasserversorgung auf entsalztem Meerwasser zu begründen. Sie sehen, meine Damen und Herren, es wird keinen Anlass zu Neid und Missgunst geben. Lassen Sie uns aus dieser neuen Stadt einen ganz besonderen Ort machen. Von hier aus wollen wir Visionen entwickeln für ein neues Leben, das über alle bisherigen Grenzen hinausweist!«

Irgendjemand würde mit Sicherheit mit technischen Detailfragen kommen. Sie würde auf schlaue Ingenieure verweisen und noch einmal die Firma *Victoria* loben:

»Wir sind froh und glücklich, dass sich die Firma *Victoria S.A.* auf dieses zukunftsweisende Experiment eingelassen hat. Wir brauchen Wohlstand und Entwicklung, um die Vision der autonomen Städte auf den Meeren umzusetzen. *Victoria S.A.* wird hier in den nächsten fünf bis zehn Jahren vielleicht die ersten Teile der schwimmenden Städte fertigen. So lange werden Sie hier vielleicht eher konventionelle Wirtschaftszweige aufblühen sehen, allen voran den Tourismus. Wir haben nahezu menschenleere Strände, ein Klima, von dem Nordamerikaner wie Europäer nur träumen. Aus diesen kostenlosen Gütern werden wir Wohlstand generieren, wir werden den Menschen Perspektiven geben und vielleicht werden die Honduranerinnen und Honduraner einmal die Ersten sein, die sich in ein besseres Leben auf den Meeren aufmachen.« War das zu schwülstig? Ach was, die meisten Lateinamerikaner hatten einen ausgeprägten Hang zum Pathos.

Die Limousine rollte auf die Minute genau um zehn vor zwölf Uhr in die Tiefgarage des neuen und noch nicht zu hundert Prozent fertiggestellten Convention Centers. Das Convention Center und das Laru Beya Resort waren die beiden sichtbaren Herzstücke der Modellstadt, wobei Amaris Winwright der glitzernde Koloss des Convention Centers, in dem man sich voll klimatisiert über weite Strecken bewegen konnte, wesentlich besser gefiel als das Luxusresort.

Amaris verstaute die Stichpunkte für ihren Beitrag auf der Pressekonferenz wieder in der Aktentasche, während ihr Chauffeur den Wagen zum Stehen brachte. Rund zehntausend Tonnen Sand steckten in dem Bau, hatte ihr Huay Soo einmal erzählt. Sand war der überwiegende Bestandteil von Beton und Glas und Sand gab es quasi kostenlos vor der Haustür, man brauchte ihn nur vom Meeresgrund hochpumpen. Für die Glasherstellung war dieser Sand zwar nicht rein genug, aber es gab hier sowieso keine Glasfabriken.

Manchmal war Amaris fasziniert von den technischen Details, die die Erbauer neuer Städte alle wissen mussten. Wäre das in ihrer Kindheit überhaupt eine Denkmöglichkeit gewesen, dann hätte sie vielleicht Bauingenieurin werden wollen. Sie hätte einfach vorrechnen können, wie man die Dinge am besten macht, statt sich wohlklingende Reden und politische Winkelzüge überlegen zu müssen.

Ricardo, ganz Gentleman, öffnete die Beifahrertür und fragte, ob er Amaris die Aktentasche abnehmen sollte, wohl wissend, dass seine Chefin ihre wichtigen Papiere nie in fremde Hände gab, nicht einmal in so vertrauenswürdige wie die ihres Chauffeurs. Wie immer lehnte sie dankend ab, ließ sich von Ricardo zum Fahrstuhl begleiten und entließ ihn dann in den Wartestand.

Der Fahrstuhl öffnete sich im Erdgeschoss. Amaris hoffte, dass nicht gleich der Journalistenpöbel mit einsteigen würde. Zwar hatte das Komitee die Akkreditierungen sorgfältig durchsieben lassen, aber bei den Mengen von Leuten, die sich als Journalisten ausgaben, Namen, von denen man nie etwas gehört oder gelesen hatte, war es schwer, sich von allen ein umfassendes Bild zu machen.

Sie hatte Glück. Nur Scheich Ibn Azadi stieg in der Lobby zu, ein junger Mann, der perfekt als Investmentbanker durchgehen würde und nicht unbedingt als zweitjüngster Spross einer altehrwürdigen arabischen Dynastie. Er war das jüngste Mitglied des Komitees und das einzige vom asiatischen Kontinent. Bis jetzt war er noch nicht besonders in Erscheinung getreten.

»Guten Tag! Sagen Sie, so unter vier Augen: Was halten Sie von Bustillos Arbeit?«, überrollte Amaris den jungen Mann.

Der sah sie so entgeistert an, als hätte sie ihm gerade einen Pistolenlauf an die Schläfe gehalten.

»Er macht seinen Job, was soll ich sagen? Vielleicht ist er etwas unerfahren für den Posten, aber er ist noch jung, er kann viel lernen.«

»Das wage ich zu bezweifeln. Ich glaube, Mauricio Bustillo ist gerade dabei, an alte Seilschaften anzuknüpfen, die dem Ruf unseres Projekts schaden könnten.«

»Dann nehme ich an, Sie haben den Punkt auf die Tagesordnung unserer Komiteesitzung setzen lassen?«

»Sicher.« Aus dem Scheich war nichts herauszubekommen.

Die Fahrstuhltür hatte sich lautlos geöffnet und ließ die

beiden in einen schwindelerregenden Flur treten, dessen Glasfront zur einen Seite auf die Bucht von Tela hinausging, auf der anderen Seite in den Abgrund der achtzehn Stockwerke tiefer liegenden Eingangshalle. Der weinrote Teppich unter den Füßen trug wenig zur Beruhigung der Sinne bei. Ein paar Gipsbüsten im griechisch-römischen Stil waren das wenige, das den Augen Halt geben konnte. Die klassischen amerikanischen Freiheitshelden hatte man aufgestellt: Francisco Morazán, Simon Bolívar, George Washington.

Amaris ließ ihren Blick über die Gäste im Flur schweifen, versuchte zu erkennen, ob erklärte Feinde anwesend waren, Journalisten, auf deren Fragen sie sich schon jetzt mental vorbereiten musste. Sie entdeckte keinen der bekannten Störenfriede, aber viele, die sie noch nie gesehen hatte oder deren Gesichter sie schon zum fünften Mal wieder vergessen hatte. Diese kleinen dicklichen Honduraner waren auch wirklich schwer auseinanderzuhalten, die Männer kleideten sich zudem unauffällig und ein bisschen billig in Jeans und Oberhemd, entweder in Blau oder kariert, journalistisch tätige Frauen gab es wenige. Die Auslandskorrespondenten hatten mehr Wiedererkennungswert.

Lange hielt Amaris sich mit der Identifizierung potenzieller Gegner nicht auf und ging mit festem Schritt und erhobener Brust in den Saal. Ihr Körper war seit Jahrzehnten ein fester Panzer, mit dem sie sich auch durch die feindlichsten Mengen pflügen konnte. Doch das hier würde ein Heimspiel, eigentlich Anlass, die Schultern aus ihrer festen Verankerung zu lösen. Sie nahm auf einem der für das Komitee reservierten Sitze in der ersten Reihe Platz, die Journalisten befanden sich zum Teil schon im Saal, vor allem die Kamerateams hatten bereits ihre Stative in Position gebracht.

Genau um zehn Minuten nach zwölf begrüßte Dwight Johnson, das älteste Mitglied des Komitees, die Gäste. Zuvor hatte es kleine Probleme mit der Technik gegeben, was eigentlich auf einer hochkarätigen Veranstaltung wie dieser nicht sein durfte. Erst war der Ton für den großen Raum zu leise, dann gab es nervtötende Rückkopplungen. Kaum hatte Johnson die ersten offiziellen Worte gesprochen, erschütterte ein Knall den Raum, durchfuhr Amaris' ganzen Körper.

»Jetzt bin ich also tot«, dachte sie, aber die Szene lief weiter wie in einem Albtraum. Nach dem Knall war alles gedämpft, auch die Schreie, die aus dem hinteren Teil des Saals kamen. Es regnete Putzstücke und Staub war überall, auch in Amaris' Lunge. Sie krümmte sich in einem Hustenanfall und hob gleichzeitig die Arme schützend über den Kopf. Als es aufhörte zu rieseln, wagte sie einen Blick nach oben. Soweit es in dem Nebel erkennbar war, hing die Decke noch dort, wo sie hingehörte. Was sich hinter Amaris abspielte, ließ sich nur erahnen. Sie hörte weiterhin Schreie, Hilferufe, aber das meiste wurde vom Klirren in ihren Ohren übertönt. Erahnen konnte sie ein Menschenknäuel, das sich in Richtung Ausgang bewegte, drängte, übereinanderwälzte.

Amaris blieb sitzen, als würde die Staubschicht, die ihren ganzen Körper überzogen hatte, gleichzeitig jegliche Bewegung verhindern. Auch die anderen Mitglieder des Komitees rührten sich nicht, bis sie sahen, dass Johnson eine Tür hinter dem Rednerpult öffnete, ein Bühneneingang, den sie zuvor nicht genutzt hatten. Dann setzten sie sich langsam in Bewegung, manche gekrümmt, manche kriechend, bis sie das rettende Nottreppenhaus erreicht hatten.

Johnson blieb auf dem Absatz stehen und winkte sie alle vorbei, wie ein Lehrer, der nachzählte, ob die Klasse vollzählig war. Nach gefühlten zehn Etagen kamen ihnen schwer bewaffnete und vermummte Sicherheitskräfte entgegen und Amaris fragte sich, wie die so schnell an den Unglücksort gelangt waren. Seit der Explosion konnten höchstens zehn Minuten vergangen sein, wahrscheinlich noch weniger. Die gefühlte

Zeit kroch unendlich langsam. Die Bewaffneten nahmen wenig Notiz von den Fliehenden. Am Ausgang erwartete sie ein weiterer Mann mit Maske und Maschinengewehr, der sie anwies, in einen vor der Tür wartenden Krankenwagen einzusteigen. Sie wollen uns entführen, schoss es Amaris durch den Kopf, aber dagegen tun ließ sich ohnehin nichts.

»Wo ist Ricardo?«, fragte sie, als sie mit ihren Komiteekollegen Belham, Ibn Azadi und Koller im Krankenwagen stand und sich die Tür hinter ihnen schloss, aber die zwei Sanitäter, die sich ebenfalls im Wagen befanden, beachteten sie nicht. »Halten Sie sich gut fest«, wiesen sie ihre Fahrgäste lediglich an.

Mit Sirenengeheul fuhren sie davon.

Amaris merkte, dass sie Handtasche und Aktenkoffer noch immer bei sich hatte, als wären sie an ihren Armen angewachsen. Sie holte das Telefon aus der Handtasche und rief ihren Chauffeur an.

»Ricardo? – Sprechen Sie doch lauter, ich kann Sie kaum hören. Geht es Ihnen gut? Wo sind Sie? – Verdammt, ich kann Sie einfach nicht verstehen. Wir werden gerade mit dem Krankenwagen weggebracht, ich weiß nicht, wohin. Ich will, dass Sie mich sofort abholen. Ich rufe Sie an, wenn ich mehr weiß. Sollte ich mich in einer halben Stunde nicht melden, lassen Sie nach mir suchen, hören Sie?«

Amaris konnte nur raten, was ihr Fahrer antwortete. Das Letzte war wahrscheinlich ein: »Okay, Mam.«

»Wo sind die anderen?«, rief Belham aufgeregt.

Ein Sanitäter mit besorgtem Gesichtsausdruck zog ihm gerade eine Blutdruckmanschette vom Arm und versuchte, ihm eine Spritze zu verabreichen, doch das Komiteemitglied zog den Arm weg.

»Jetzt seien Sie vernünftig, wir müssen Ihren Blutdruck senken«, redete der Sanitäter auf ihn ein und schließlich ließ Belham ihn gewähren.

Ibn Azadi starrte mit kreidebleichem Gesicht vor sich hin, aber vielleicht war nur der Staub für seine Gesichtsfarbe verantwortlich, der auch sein Haar hatte weiß werden lassen. Koller wischte auf seinem Smartphone herum.

Schließlich ließen die Sanitäter sie vor einem Hotelkomplex aussteigen. Dort nahm sie ein Herr um die fünfzig mit reinstem Oxford-Englisch in Empfang.

»Kommen Sie, die Herren, äh, und Damen! Ich bin Arzt, ich wurde von Mr. Johnson um Hilfe gebeten. Kommen Sie, wir werden Sie kurz untersuchen, dann sind Sie frei. Mr. Johnson meinte, es sei besser, Sie nicht in ein reguläres Krankenhaus zu bringen. Er und die anderen werden gleich hier sein, seien Sie unbesorgt.«

Jetzt war sich Amaris sicher, dass es sich um keine Entführung handelte, der Mann war allein und unbewaffnet. Bald fanden sie sich auf den Polstermöbeln einer Hotelsuite wieder und warteten darauf, dass der Arzt sie nacheinander untersuchte. Eingangs hatte er erklärt, dass die Druckwelle einer Explosion innere Verletzungen verursachen konnte, die nicht immer sofort bemerkt wurden.

Amaris fühlte sich mit einem Mal sehr erschöpft und bleischwer in ihrem Plüschsessel. Den anderen musste es ähnlich gehen, denn sie sprachen kaum ein Wort miteinander, waren in einen anonymen Wartezimmermodus verfallen. Bald brachte eine Hotelangestellte weitere Mitglieder des Komitees: Johnson, Saavedra, Morales und Hawit. Fehlten also noch Adams, Hayes und Carreras, der Technische Sekretär Bustillo sowie der Chef der *Victoria*, Soo.

»Seien Sie unbesorgt, die Herrschaften, es sind alle in Sicherheit«, beantwortete Johnson die fragenden Blicke. »Adams, Hayes und Soo sind mit Soos Auto unterwegs, Bustillo wurde ins Krankenhaus gebracht, Carreras hat ihn begleitet.«

»War das wirklich eine Bombe?«, wagte Koller die Frage aller Fragen. »Wollten sie uns alle umbringen?«

»Werter Kollege«, antwortete Johnson, »das wissen wir nicht. Jetzt ist es wichtig zu sehen, ob alle unverletzt sind. Dann sagen Sie bitte Ihren Familien Bescheid, dass Sie wohlauf sind, und gönnen sich ein wenig Ruhe. Vielleicht werden wir noch heute ein Treffen einberufen, halten Sie sich bereit.«

Es war klar, dass Johnson bei einem ersten Krisentreffen nicht alle Mitglieder dabeihaben wollte, sondern lieber nur seine engeren Vertrauten. Amaris war gespannt, ob er sie einladen würde. Schließlich war ihr Verhältnis nicht das beste in letzter Zeit, der Streit über Hermilo lag noch immer in der Luft. Andererseits gehörten sie noch immer demselben Kreis innerhalb der Republikaner an, der von ihnen Zusammenarbeit erwartete.

Das Trommelfell hatte einen winzigen Riss, nichts wirklich Schlimmes, versicherte der Arzt, dessen Namen sie sich nicht merken konnte. Es würde von selbst verheilen. Sie dürfe nur nicht schwimmen gehen und solle Antibiotika nehmen, um Entzündungen vorzubeugen. Ricardo nahm sie an der Tür der Suite in Empfang, legte den Arm um ihre Schultern und führte sie zum perfekt klimatisierten Auto. Genauso fürsorglich brachte er sie in die Villa, vorbei an einem Bewaffneten, den man ihr vor die Tür gestellt hatte. Ricardo fragte, ob er ihr noch etwas zu essen bestellen solle, aber Amaris wollte sich einfach nur hinlegen. Außerdem würgte sie noch immer an dem Staub, den sie wohl nicht nur eingeatmet, sondern auch geschluckt hatte.

15

Nicht zwölf Apostel, sondern nur fünf, der Messias war anwesend, stand aber nicht im Mittelpunkt. Hätten sie sich in einem Fischrestaurant in Miami getroffen, hätte man sie wahrscheinlich für ein Grüppchen von Rentnern gehalten, geschmackvoller gekleidet als die meisten ihrer Altersgenossen, aber sonst nicht weiter auffällig. Einzig der Koreaner war etwas zu jung. Für einen Rentnerausflug ungewöhnlich war die Zusammensetzung, fünf Männer und eine Frau, es sei denn, es handelte sich um eine Exkursion der National Rifle Association.

Dwight Johnson, der sich natürlicherweise als Oberhaupt des Zirkels betrachtete, steuerte zielstrebig das Kopfende des Tisches an, von dem aus er den gesamten Gastraum würde überblicken können. Er zog den Stuhl zu seiner Rechten für die einzige Dame zurück, die ebenso selbstverständlich an seine Seite gehörte.

Für Amaris Winwright war das ein eingespieltes Ritual. Manchmal bedauerte sie es jedoch, dass die Etikette ihr die freie Platzwahl versagte. So stand sie fast immer unter der direkten Beobachtung Johnsons, musste auch in informellen Treffen jedes ihrer Worte sorgfältig abwägen, konnte nicht eine abschätzige Bemerkung vor sich hinmurmeln. Sie hätte sich in diesem Moment lieber neben Christian Belham gesetzt. Seine zeitweiligen Kontrollverluste hatten etwas Erfrischendes. Wenn er sich in Rage redete, wirkte er wie ein einfacher Arbeiter am Stammtisch. Seine Blöße, so peinlich sie auch sein mochte, hatte einen Geruch von Freiheit, der Amaris immer wieder anlockte. Was er an diesem Abend am Tisch zu suchen hatte, konnte sie sich nicht erklären. Belham war ein Außenseiter, einer, der nur vom Geist des toten Ronald Reagan in das Komitee befördert worden war.

Der Koreaner nahm als Nichtmitglied des Komitees am

anderen Kopfende Platz, dem gefährlichsten Ort, mit dem Rücken zur Tür. Außerdem nahmen Antonio Saavedra und Wilson Morales an dem Essen im kleinen Kreis teil, wodurch die Lateinamerikaner deutlich überrepräsentiert waren, auch wenn Morales nur dem Namen nach als Latino durchging.

Wenn es nach Amaris gegangen wäre, hätte sie Morales das Treffen lieber verschwiegen und dafür den Amerikaner Adams und den Österreicher Koller hinzugebeten, die als Wirtschaftsprofessoren über eine saubere Vergangenheit verfügten. Aber in dem ganzen Chaos ließ sich das schlecht mit Johnson ausdiskutieren und ehe sie sich versah, hatte er über die Teilnehmer an diesem spontanen Treffen entschieden. Einvernehmen herrschte darüber, die Honduraner nicht einzuladen. Andere Randfiguren wie Ibn Azadi waren nach der Explosion vermutlich sofort abgereist.

Saavedra setzte sich Amaris gegenüber.

Johnson räusperte sich. »Meine Damen und Herren, ich bitte Sie, sich einen Moment zu erheben. Wir wollen mit einer Schweigeminute unseres getreuen Mitarbeiters Mauricio Bustillo gedenken.«

»Ist er … ist er tot?«, warf Morales stotternd in den Raum. Er klang ehrlich erschüttert, wenn man nicht wusste, dass er einer der größten Heuchler vor dem Herrn war.

»Ja. Die Ärzte haben alles getan, aber sie konnten ihn nicht retten. Unser ganzes Mitgefühl gilt seiner Familie. Lassen Sie uns also ein stummes Gebet für sie sprechen.«

Die Apostel senkten die Blicke, einige studierten dabei weiter die aufgeschlagene Speisekarte. Amaris schloss die Augen. ›Unser getreuer Mitarbeiter‹, wenn Bustillo das nur gewesen wäre. Johnson hatte doch selbst nicht mehr an Bustillo geglaubt.

»Ich danke Ihnen. Setzen wir uns«, beendete Johnson das Schweigen.

»Was ist mit den Journalisten?«, fragte Amaris.

»Keine Sorge. Es besteht weiterhin eine Nachrichtensperre. Absolute Geheimhaltungsstufe, ausgesprochen vom Präsidialbüro. Außer der Pressemitteilung des Sekretariats für Sicherheit und Verteidigung dringt nichts nach außen.«

»*Radio Globo* berichtet aber zum Beispiel, es seien Journalisten getötet und verletzt worden.«

»Davon weiß ich nichts«, antwortete Johnson. »Und *Radio Globo* ist nun wirklich keine vertrauenswürdige Quelle.«

Natürlich wusste er es. Genauso wie Saavedra war er in der Regel über alles im Bilde. Amaris platzte der Kragen. Sie ließ sich nicht für dumm verkaufen. Wenn sie eine Notfallsitzung abhielten, um die Lage zu analysieren, dann sollten bitte schön auch alle Fakten auf den Tisch. Das hier war nicht die private Audienz von Mr. Johnson und Señor Saavedra.

»Ich glaube Ihnen kein Wort! Entweder Sie weihen uns alle in das ein, was Sie wissen, oder ich werde auf der Stelle das Restaurant verlassen. Wir sind gerade alle fast von einer Bombe zerfetzt worden, da haben wir ein Recht auf Wahrheit.«

Ihre Worte waren ein diplomatischer Eklat. Es folgte betretenes Schweigen.

Amaris musterte reihum die Gesichter der Anwesenden. Wer wusste mehr über die Auswirkungen der Bombe? Huay Soo hatte die Stirn in Falten gelegt und gleichzeitig die Augenbrauen hochgezogen, sodass sein Gesicht den Ausdruck einer erschrockenen Bulldogge hatte. Derartige Grimassen in seinem Gesicht waren ungewöhnlich. Seine zerknautschte Mimik war ein ratloser Hilfeschrei. Nein, Soo wusste nichts über die Herkunft der Bombe – oder ob es überhaupt eine Bombe war und wen sie getötet oder verletzt hatte, entschied Amaris.

Dwight Johnson sah für den Bruchteil einer Sekunde irritiert aus, dann wandte er sich an den Koreaner, als ob Amaris nie etwas gesagt hätte: »Herr Soo, es tut mir außerordentlich leid, dass unsere Präsentation wie auch unsere interne Sitzung heute durch dieses tragische Ereignis verhindert wurden. Wir wollen aber dennoch den Moment zu einem kurzen Austausch nutzen. Wir sollten den Saboteuren ein deutliches Signal senden, dass sie den Fortschritt nicht aufhalten können. Und durch nichts können wir das deutlicher machen als dadurch, dass wir einfach unsere Arbeit erledigen. Herr Soo, wenn es Ihnen nichts ausmacht, würde ich Sie um ein kurzes Update zur Entwicklung in Victoria bitten.«

Der Angesprochene zuckte kurz zusammen, wie ein Schüler, der während der Frage des Lehrers geträumt hatte. Er wischte mit der Hand die Bulldoggenfalten von seinem Gesicht. Die anderen schwiegen weiter mit erstarrten Mienen.

»Wie sich die Damen und Herren sicherlich schon mit eigenen Augen überzeugen konnten, geht es voran. Das Zentrum von Cuero Ulúa Victoria ist fast fertig. Damit haben wir bereits ein wichtiges Signal nach außen gesetzt. Wie Sie sicher wissen, hat die *Victoria S.A.* beträchtliche Summen investiert, die sich natürlich auch amortisieren sollen.« Er machte eine Kunstpause und sah bedeutungsvoll in die Runde. »Nun, es sind gewisse, wie soll ich sagen, administrative Hindernisse aufgetaucht, mit denen wir nicht gerechnet haben. Es geht um die Abbaulizenzen. Bustillo wollte auf einmal die gesamten Unterlagen der Umweltverträglichkeitsprüfung sehen. Dabei hatten wir doch im Vorhinein abgeklärt, dass der Abbau von Sand absolut ungiftig und ungefährlich ist. Ich habe seinen plötzlichen Sinneswandel nicht verstanden. Wir brauchen den Sand für unsere Baustellen. Oder sollen wir ihn etwa von den Malediven importieren? Abgesehen davon, dass die Förderschiffe vor der Küste liegen und ihr Unterhalt uns teuer zu stehen kommt.«

Saavedra setzte ein warmherziges und beschwichtigendes Lächeln auf. »Herr Soo, ich bin mir sicher, dass Ihnen Herr Bustillo nichts Böses wollte. Aber wir müssen immer im Hinterkopf haben, dass die Augen der Welt auf unser Projekt gerichtet sind, da es das erste seiner Art ist. Die Umweltlizenzen sind doch nur eine Formalie. Wenn der Sandabbau so unbedenklich ist, wie Sie sagen, wird sich in Kürze ein entsprechendes Gutachten liefern lassen.«

»Saavedra hat recht«, pflichtete Johnson ihm bei. »Leider haben ein paar große Medien in den letzten Jahren das Thema Sandabbau entdeckt. Diese Ökojournalisten machen aus allem einen Skandal. Aber wir können uns nicht leisten, ihren Unsinn zu ignorieren. Als Modellprojekt von internationalem Rang müssen wir zeigen, dass wir höchsten Standards verpflichtet sind. Das Einzige, was mich stört, ist, dass Bustillo das Komitee nicht informiert hat. Aber nun ist es wohl zu spät, das zu klären.«

»Die Ökojournalisten sollten überhaupt nicht wissen, was wir hier machen«, knurrte Belham.

»Wir könnten einfach vergessen, was Bustillo verlangt hat«, schlug Soo vor.

»Bustillo wollte doch nur davon ablenken, dass er selbst in Geschäften à la Hondureña steckte, indem er auf einmal den überkorrekten Umweltschützer gibt. Das ist wirklich zum Totlachen«, mischte sich Morales ein.

Johnson runzelte die Stirn. »Das sind wilde Spekulationen. Ich könnte auch sagen: üble Nachrede. Und der Mann ist nicht einmal zwölf Stunden tot, Gott habe ihn selig. Alles Weitere müssen die Ermittlungsbehörden klären. Trotzdem müssen wir uns für die Zukunft besser rüsten. Wir haben Bustillo in dieser kritischen Aufbauphase zu viele Freiheiten gelassen. Wir müssen die Rolle des Technischen Sekretärs und die Kontrollfunktion des Komitees juristisch nachjustieren.«

»Nur muss dummerweise die honduranische Regierung das Gesetz nachbessern«, gab Amaris zu bedenken. Sie saß immer noch hier. Sie hatte sich mit ihrer leeren Drohung, die Sitzung zu verlassen, lächerlich gemacht. Aber sie würde nicht aufgeben.

»Das ist doch eine reine Formsache.« Johnson servierte sie schon wieder ab. Und niemand wagte es, ihm zu widersprechen.

Soo hatte sichtlich keinen Nerv für das Gemetzel auf diesem Nebenschauplatz, er suchte nur nach einer Rettung vor den Umweltgesetzen, damit seine Baustellen weiterlaufen konnten. Hatte er nicht kapiert, dass seine Modellstadt durch das Attentat bald in aller Welt in den Negativschlagzeilen sein würde, was sein Geschäft wohl eher einbrechen lassen würde als eine verzögerte Lizenz zum Sandabbau?

»Ich denke, unsere Sekretärinnen sollte mal die Adressen von Umweltingenieurbüros austauschen«, wischte Johnson das leidige Thema vom Tisch.

Amaris knabberte an ihrer Contenance. Sie legte das Mobbing auf den Stapel unerledigter Aufgaben im Kopf und konzentrierte sich auf die Andeutung von Morales. Wenn er als Seismograf für krumme Dinger so etwas sagte, dann steckte ein Kern Wahrheit darin. Warum hatte er das nicht früher erwähnt?

»Wenn Bustillo wirklich Eigeninteressen hatte, dann hätten wir vielleicht das Motiv für heute Mittag«, warf sie in den Raum.

»Glauben Sie nicht, wenn jemand einfach nur Bustillo hätte aus dem Weg schaffen wollen, dass er es gezielt getan hätte, ohne Kollateralschäden?«

Jetzt hatte Johnson sich verplappert.

»Sie geben also zu, dass Sie von den Opfern unter den Journalisten wissen?«, trumpfte sie auf.

»Ist ein zerbombtes Gebäude etwa kein Kollateralschaden?«, antwortete Johnson genervt. »Lassen Sie uns doch die Nachrichten aus den Krankenhäusern abwarten! Mit wilden Spekulationen machen wir nichts besser, Mrs. Winwright, Sie sind doch nicht erst seit gestern in der Politik.«

»Lasst uns Klartext reden.« Belham ließ seine flache Hand

auf die Tischplatte fallen, dass die Gläser klirrten. »Bustillo hat das Olancho-Kartell zurückgeholt. Aber niemand will das Olancho-Kartell. Ihr ehemaliges Revier ist inzwischen von anderen besetzt. Und das sagt uns jemand laut und blutig. Außerdem könnte die Bombe eine falsche Spur sein. Um der Welt zu sagen: Hey, hier geht es um Politik. Dabei geht es wie immer auf diesem Dreckskontinent nur um die Egos von Drogenbossen.«

»Belham, was für eine brillante Analyse! Wollen Sie es nicht doch noch mal mit Ihrer Hollywoodkarriere versuchen? Sich vielleicht als Rambo-Darsteller bewerben? Na gut, Sie sind auch nicht viel jünger als Stallone, das will niemand wirklich sehen. Hatten wir uns nicht geeinigt, dass wir diese Spekulationen beiseitelassen wollten? Die Brüder Lozano, auch unter dem Namen Olancho-Kartell bekannt, sitzen immer noch in einem Hochsicherheitsgefängnis in den USA, seien Sie unbesorgt.«

»Vielleicht war es nicht das Olancho-Kartell, sondern eine andere Gruppe«, entgegnete Amaris. »Natürlich dürfen solche Überlegungen nicht nach außen dringen. Aber unter uns sollten wir derartige irreguläre Aktivitäten aufklären. Wer auch immer für Bustillos Tod verantwortlich ist, will vielleicht auch die Auswahl seines Nachfolgers beeinflussen.«

Saavedras Gesicht hatte sich immer weiter zusammengezogen wie eine in Zeitlupe verschrumpelnde Kartoffel. Nun entlud sich seine Ungeduld in einer Explosion. »Es reicht! Wir sind hier nicht am Stammtisch.«

Amaris zuckte zusammen. Wieso Stammtisch? Sie hatte ihre Worte jedenfalls mit Bedacht gewählt. Der Schock saß wohl bei allen tiefer, als sie zugeben wollten. Auch bei dem sonst so abgebrühten chilenischen Ex-General.

Sofort kam ein Kellner angelaufen, um den Grund der Unruhe herauszufinden. Johnson schickte ihn mit einem Wink aus dem Handgelenk fort.

Saavedra atmete tief ein und sprach in bemüht normalem Tonfall weiter: »Unser verehrter Kollege, Herr Dr. Johnson, hat es bereits am Anfang unseres Treffens gesagt: Warten Sie bitte die Analyse der Sicherheitsexperten ab, dann werden wir fundiert über das Thema reden.«

Johnson nutzte die kurze Lücke, um wieder Herr der Lage zu werden. »Dürfte ich diesen Teil nun beenden und Herrn Soo bitten, mit seinem Bericht fortzufahren?«

»Wenn es darum geht, hätten wir auch ein offizielles Meeting mit allen einberufen können«, murrte Belham.

»Sie wissen, dass das so schnell nicht ohne Sicherheitsrisiken machbar war. Außerdem haben mehrere Kollegen vorgezogen, sofort das Land zu verlassen. Herr Soo, bitte!«

»Danke. Also, wir haben das Convention Center fast fertiggestellt, zumindest hatten wir das, die Future City Mall wurde eröffnet und zwei Hotels der Luxusklasse sind hinzugekommen. Im Bereich Bergbau führen wir zahlreiche Explorationstätigkeiten durch, die vielversprechend sind – der Rest ist leider Firmengeheimnis. Mit der Entwicklung im Sektor Triunfo de la Cruz sind wir etwas unzufrieden, die Übertragung der Eigentumstitel könnte schneller vonstattengehen. Wie Sie sicher wissen, haben wir es neben den rechtlichen Schwierigkeiten vor Ort noch immer mit einer renitenten Minderheit zu tun.«

»Die wir am besten in den Griff bekommen, wenn wir eine positive Entwicklung anstoßen, Herr Soo. Ich habe Ihnen diesbezüglich schon vor einiger Zeit konstruktive Vorschläge unterbreitet, die Sie versprochen hatten zu prüfen«, warf Amaris ein.

»Was die Analysten unserer Firma auch tun, das kann ich Ihnen versichern. Sie müssen jedoch bedenken, dass die *Victoria* kein Wohlfahrtsunternehmen ist. Die Zone muss profitabel werden, bevor sie sich soziale Einrichtungen leisten kann.«

»Ein Pionierunternehmen wie dieses ist, wie Sie am besten wissen, mit einem gewissen Wagnis verbunden. Sie werden doch nicht mit solchen Kleinigkeiten wie hunderttausend Dollar im Jahr für eine Schule hadern?« Amaris fixierte den Koreaner mit ihrem Blick. Doch dieser fuhr unbeeindruckt fort.

»Es geht ums Prinzip. Wir wollen zeigen, dass die Sache aus sich heraus funktioniert. Die Nachfrage wird Angebote schaffen. Die Menschen wollen Schulbildung für ihren Nachwuchs? Sie werden sie bekommen, wenn sie wie jeder vernünftige Mensch auf der Welt bereit sind, dafür zu zahlen.«

Belham räusperte sich. »Würden Sie bitte so freundlich sein, die restlichen Anwesenden aufzuklären, was Sie genau diskutieren?«

»Der Ortsteil Triunfo de la Cruz verfügt – oder verfügte – über mehrere soziale Einrichtungen. Die wichtigsten davon waren die staatliche Primarschule sowie eine Gesundheitsstation, eine bilinguale Vorschule und ein Radiosender. Letztere drei wurden von einer Garífuna-Organisation betrieben. Diese Organisation ist gleichzeitig für ihre fundamentale Anti-Haltung gegenüber der Sonderentwicklungszone bekannt. Wenn also ihre Einrichtungen geschlossen, aber durch keine neuen Angebote ersetzt werden, bringt das nur die Bevölkerung als Ganze gegen uns auf. Mein Vorschlag war, die sozialen Einrichtungen an Kirchen zu übertragen. Das würde auch die *Victoria* entlasten.«

»Im Prinzip sind Ihre Ausführungen richtig, Mrs. Winwright, ich hätte mir nur gewünscht, dass Sie Rücksprache mit dem Komitee halten, bevor Sie entsprechende Privatverhandlungen führen. Ich denke, wir müssen an dieser Stelle offenlegen, dass Sie gezielt eine kleine evangelikale Kirchengemeinschaft angesprochen haben, von der wir nicht wissen, ob sie der Aufgabe gewachsen ist. Wir sollten meines Erachtens gemeinsam eine Akteursanalyse durchführen, um zu sehen, wer für die Übernahme der Institutionen infrage kommt«, ergriff Johnson das Wort.

»Wenn Sie eine Analyse wollen, bitte schön, die gibt es längst.« Amaris legte die Papiere auf den Tisch, die sie für die Komiteesitzung vorbereitet hatte. »Hier steht alles drin. Warum die evangelikalen Kirchen in Zentralamerika an Zulauf und politischem Einfluss gewinnen und warum ihr Glaubensbekenntnis besser zu den wirtschaftlichen Erfordernissen unserer Zeit passt als das der katholischen Kirche. Lesen Sie es sich durch und Sie werden sehen, dass ich unseren möglichen Träger mit Bedacht gewählt habe.«

»Ich würde sagen, nicht ganz ungeschickt, aber auch nicht ganz geschickt. Was Ihnen vielleicht entgangen ist, Mrs. Winwright, sind die recht engen Kontakte, die das umtriebige Kirchenoberhaupt Edwyn Hermilo zum Präsidenten der Republik pflegt. Ich hätte mir eine etwas neutralere Einrichtung gewünscht«, entgegnete Johnson.

»Und was soll an der Verbindung zum Präsidenten verkehrt sein?«

»Das ist wohl einleuchtend«, schaltete sich Saavedra ein. »Wir sind übereingekommen, eine möglichst autonome Entwicklungszone zu schaffen, die nicht den Eindruck erweckt, von den alten politischen Seilschaften des Landes beeinflusst zu sein.«

»Und deswegen haben wir widerspruchslos den Schützling des Präsidenten, Bustillo, zum Technischen Sekretär ernannt?«, konterte Amaris.

»Wir sollten Ihren Vorschlag bei der nächsten Gelegenheit mit dem vollständigen Komitee besprechen. Ich glaube, heute ist nicht der richtige Moment dafür«, übersprang Johnson die letzte Bemerkung.

Er hatte leider recht. Die heute Abend versammelten Herren waren vielleicht nicht ihre bevorzugten Verbündeten. Amaris musste versuchen, die anderen Mitglieder ins Boot zu holen. Adams, Koller und Hayes würden offene Ohren haben. Würde doch nicht die Zeit so sehr drängen. Hermilo drohte abzuspringen. Er war sauer, dass ihn die Radikalen aus dem Dorf gejagt hatten, und forderte die Unterstützung des Komitees ein.

»Wir könnten trotzdem das Attentat zum Anlass nehmen, die missliebigen Elemente dieser Gemeinde überprüfen zu lassen. Wenn wir die renitenten Leute loswerden, dann ist der Plan von Mrs. Winwright gar nicht so schlecht, man müsste nur noch schauen, an wen man den sozialen Auftrag vergibt«, meinte Morales.

»Ich wäre dafür, dass wir diese strategischen Fragen morgen in unserer Sitzung mit General Rodriguez besprechen«, versuchte Johnson, das Thema zu beenden.

Saavedra neben ihm nickte beipflichtend.

»Dieses Treffen morgen mit dem General, in welchem Rahmen findet das statt? Ist es möglich, dass weitere Komiteemitglieder daran teilnehmen?«, fragte Amaris. So schnell kamen sie ihr nicht davon. Wenn sie nicht auf eigene Faust agieren durfte, dann galt das auch für diese beiden Herren.

»Nein, das ist zum jetzigen Zeitpunkt nicht vorgesehen. Wir werden aber bei unserer nächsten offiziellen Sitzung darüber informieren, sofern das keine militärischen Geheimnisse berührt«, antwortete Johnson.

Eingecremtes Arschloch, dachte Amaris. Wer gab dem Kerl das Recht, irgendwelche Geheimtreffen einzuberufen und nur seinen Kameradschaftsfreund Saavedra dazu mitzunehmen? Sie gönnte sich einen kurzen bösen Blick in Johnsons Richtung und fragte sich, ob nicht doch er ihr die Droh-SMS hatte schicken lassen.

Der Kellner fragte, ob er ihren Teller mitnehmen könne. Sie hatte nicht einmal die Hälfte gegessen und konnte sich nicht erinnern, wie es geschmeckt hatte. Auch die anderen Komiteemitglieder hatten wenig Appetit, wie die Reste auf ihren Tellern verrieten. Nur der dicke Morales fragte nach der Dessertkarte. Amaris bestellte einen Whiskey. Eine gute Idee, befanden Johnson und Saavedra und machten drei daraus. Sie stießen an auf die besseren Tage, die da kommen würden.

»Haben Sie eigentlich noch weitere Nachrichten bekommen?«, wandte sich Johnson leise an Amaris.

»Was?« Sie brauchte einen Moment, um seinen Gedankensprung nachzuvollziehen. »Nein, nein. Haben Sie denn etwas herausgefunden?«

»Leider nicht. Das hätte ich Ihnen gleich gesagt. Ich glaube, Sie sollten die Sache vergessen. Es war irgendein dummer Scherz. Jemand, der Sie zufällig mit dem Pastor gesehen hat.«

Amaris stieß mit dem Kollegen an, den sie momentan hasste, und versuchte, ein ungezwungenes Lächeln aufzusetzen. Der Alkohol half ein wenig dabei. Aber irgendetwas verschwieg Johnson. Würden sie jemals wieder ihre alte Vertrauensebene finden? Wie damals, als Johnson ihr erfundene Nachrichten über kommunistische Weltverschwörungen in Nicaragua zuspielte und sie die Geschichten als glaubwürdige Insiderinformationen weiterverbreitete. Wie die Nachricht über den bombenden ETA-Terroristen in Nicaragua.

Verdammt! Heute war der 30. Mai. Der Tag des Attentats von La Penca. Merkte denn niemand etwas? Die Bombe auf der Pressekonferenz, die getöteten Journalisten – wie damals. Nur dass keine Rebellen die Pressekonferenz gaben. Und die Herren, die hier am Tisch saßen, bis auf Belham und Soo vielleicht, kannten die Geschichte der Contra viel zu gut, um nicht auch an La Penca zu denken. Warum traute sich niemand, den Namen laut auszusprechen? Was war hier los? War irgendjemand dabei, ganz alte Rechnungen zu begleichen? Sie stürzte ihren Whiskey herunter und brachte gerade noch die Geduld auf, allen Herren zum Abschied die Hand zu schütteln. Sie konnte nicht länger mit ihnen in einem Raum sitzen.

»Wir sprechen uns morgen?«, fragte Johnson zum Abschied. Es klang fast freundlich.

Das Attentat kam in den Nachrichten von *Telesur*. Klar, dass den venezolanischen Sender eine honduranische Nachrichtensperre wenig interessierte. Ein Journalist war noch am Tatort verstorben, zwei weitere waren im Krankenhaus ihren Verletzungen erlegen. Der erste Tote war laut Augenzeugen ein Kameramann. Bei den anderen beiden Todesopfern handelte es sich um eine Frau mit sowohl US-amerikanischer als auch argentinischer Staatsbürgerschaft und einen Honduraner. Ein Opfer mit amerikanischer Staatsbürgerschaft war gar nicht gut, das würde zu viel Öffentlichkeit geben. Fünf Verletzte befanden sich noch in Behandlung, über ihre Staatsangehörigkeit sagte *Telesur* nichts.

Jemand hatte die verwüstete Etage gefilmt. Der Sprengsatz hatte vor allem im hinteren Teil des Raumes seine Wirkung gezeigt. Ein Loch klaffte im Fußboden, durch das man in die darunterliegende Etage schauen konnte. Reste zersplitterter Stühle lagen zwischen großen Putzbrocken. Die Fensterfront war bis zur Hälfte des Raumes komplett entglast. Die Blutflecken auf dem Boden waren noch nicht ganz angetrocknet. Die fünf hinteren Stuhlreihen hatte es durcheinandergewirbelt und zerborsten, im vorderen Teil des Raumes sah die Zerstörung nicht ganz so schlimm aus. Hinten hatte fast niemand gesessen, erinnerte sich Amaris. So hatte es wahrscheinlich den Kameramann erwischt, der den ganzen Raum filmen wollte, die anderen Opfer waren wohl wie Bustillo zu spät gekommen. Es war klar erkennbar, was hier geschehen war: Jemand hatte den Sprengsatz genau in dem Moment gezündet, als Bustillo den Raum betrat.

Es war Absicht gewesen. Amaris wurde den Eindruck nicht los, dass Johnson die Konferenz eröffnet hatte, damit die Journalisten nach vorn kamen und es einen möglichst geringen Kollateralschaden gab. So ein Unsinn, ihre Wut auf Johnson war noch nicht ganz abgeklungen, jetzt machte ihre Fantasie einen Dämonen aus ihm. Sie vertauschte gerade Ursache und

Wirkung. Jemand musste Bustillo so lange aufgehalten haben, bis Johnson die Gäste begrüßte, und ihn erst dann in den Konferenzraum gelassen haben. Wenn sie Ermittlerin wäre, würde sie sich Bustillos Weg zur Pressekonferenz ganz genau ansehen. Wo und von wem war er aufgehalten worden? War es eine Straßensperre, ein Anruf, jemand an der Rezeption oder direkt an der Tür des Konferenzraums?

Es war nur eine Frage der Zeit, bis die Journaille die Mitglieder des Komitees belagern würde.

Komisch, für sie selbst war die Explosion dermaßen irreal, dass sie gar keine Bilder im Kopf hatte. Nur das Kratzen im Hals von dem ganzen Staub und das Klirren in ihren Ohren, das war immer noch da. Zu Boden geworfen hatte sie nichts. Die Komiteemitglieder hatten alle in der ersten Reihe gesessen und waren unverletzt geblieben. Wobei, wo war eigentlich Carreras? Sie hatte ihn beim Verlassen des Convention Centers nicht gesehen. Beim Essen hatte ihn niemand erwähnt. Sie konnte sich nicht erinnern, ihn bei der Pressekonferenz gesehen zu haben.

Das Telefon klingelte.

»Heimann, zu so später Stunde?«

»Wie geht es Ihnen, Mrs. Winwright? Ich habe gehört, Sie hatten einen harten Tag.«

Niedliche Umschreibung der heutigen Nahtoderfahrung, das musste man Heimann lassen.

»Danke, könnte besser sein. Körperlich bestens, aber geistig war ich schon mal klarer. Haben Sie etwas Neues für mich?«

»Wegen Ihrer Kommunikation: Da hat sich jemand mit einer IP-Adresse zwischengeschaltet, die ich ebenfalls Conatel zuordnen würde.«

»Dieselbe Person also, die später die SMS geschickt hat?«

»Möglich. Ich kann leider nichts über die Menschen sagen, die die Geräte bedienen. Ich habe aber noch etwas ganz anderes für Sie.«

»Ach ja? Und das wäre?«

»Überwachungsvideos aus dem Convention Center in Tela. Leider nicht von heute, die hat die Spurensicherung im wahrsten Sinne des Wortes gesichert. Ich habe die letzten zwei Wochen durchgeschaut.«

»Sie haben doch nicht seit heute Mittag oder seit wann Sie daran sitzen zwei Wochen Filmmaterial durchgeschaut. Das ist technisch unmöglich.«

»Nein, dafür gibt es Analyseprogramme, die herausfiltern, wenn ein Mensch nicht in die Umgebung passt oder sich verdächtig verhält.«

»Und das soll funktionieren? Der Attentäter muss doch nur abgebrüht genug sein. Wenn es jemand ist, der dort permanent ein und aus geht und der sich eben nicht verdächtig verhält ...«

»Denkbar. Aber so abgebrüht sind die wenigsten. Niemand deponiert einen Sprengsatz, ohne nervös zu sein, und Nervosität spiegelt sich in den kleinsten Gesten. Ich würde eher sagen, es gibt viele *false positives*, Menschen, die sich nervös verhalten, aber nichts Böses im Schilde führen. Weil ihnen eine Unterredung mit dem Chef bevorsteht, sie abends noch ein Date haben und so fort.«

»Jetzt sagen Sie schon, was Sie gefunden haben!«

»Ich schicke es Ihnen, dann können wir weiterreden. Ich muss aber gleich sagen, dass ich leider nur die Überwachungskamera aus der Eingangshalle habe.«

»Aber da gehen täglich Hunderte vorbei.«

»Sehen Sie es sich einfach an.«

Eine Frauengestalt trat in das Convention Center und blieb in der Mitte der Empfangshalle stehen. Sie richtete ihren Blick in die Höhe, genau dorthin, wo die Kamera hing. Was mit der Frau nicht stimmte, war auf Anhieb zu erkennen. Sie war schwarz. Amaris verstand, warum Heimanns Auffälligkeitssoftware angeschlagen hatte. Vielleicht wäre sie durchgegangen, hätte sie zu ihrer auffälligen Hautfarbe ein teures Kostüm getragen.

Doch sie war gekleidet in eine enge Jeans, eine ärmellose Hemdbluse und ein Kopftuch. Über ihrer Schulter hing eine Basttasche, mit der sie sich bestenfalls am Strand hätte sehen lassen können. Sie schaute zufällig für einen Moment geradewegs in die Kamera. Die Auflösung des Videos war nicht besonders gut, aber das war schon wieder sie, diese schwarze Teufelin aus Triunfo. Langsam wurde die Frau wirklich unheimlich. Vor zehn Tagen hatte Amaris sie als Putzfrau verkleidet in ihrer Villa erwischt. Sie hatte Randy darauf angesetzt, sie wiederzufinden, aber die Frau blieb vom Erdboden verschluckt. Und jetzt diese Aufnahme, oben rechts in der Ecke stand das Datum. 11.05.2019, das war eindeutig vor der Begegnung in der Villa. Was führte diese Frau bloß im Schilde? Erst hatte Amaris gedacht, dass sie nur eine dieser nervigen Aktivisten war, die gern Ungeborene töteten, weil sie sonst keiner Fliege etwas anhaben konnten. Aber diese Frau verfolgte sie und wer weiß wen noch.

Warum hatte Randy sie nicht gleich ganz aus dem Weg geräumt? Amaris spürte, wie sich die Haare auf ihren Unterarmen aufstellten. Sie gruselte sich vor Dingen, die sie nicht verstand. Sie hatte die vermeintliche Putzfrau nur wegen Diebstahls angezeigt, weil ihr nichts Besseres eingefallen war. Das Letzte, was Amaris von ihr gesehen hatte, war, dass sie in Richtung Strand gerannt war. Seither blieb sie spurlos verschwunden.

In dem Video kam ein Sicherheitsmann auf die Frau zu und sprach sie an. Nach einem kurzen Wortwechsel zuckte sie mit den Schultern und öffnete ihre Basttasche. Er zog einen Stapel Papier heraus, blickte nochmals in die Tasche, legte dann die Papiere zurück und ließ die Frau weitergehen.

Amaris spulte zurück bis zu dem Moment, als die Frau in die Kamera schaute, und drückte auf Pause. Ja, sie war es. Das

Auftreten dieser Frau hatte etwas Provokantes an sich. Wie eine moderne Rosa Parks, die ihre Präsenz am falschen Ort perfekt in Szene setzte. Das Convention Center war ein Ort der weißen Elite und sie spazierte nicht nur einfach so hinein, sie blickte auch noch geradewegs in die Überwachungskamera, die solche wie sie einschüchtern sollte. Aber diese Frau trug einen Stolz im Gesicht, der nur schwer zu ertragen war. Jetzt fiel ihr der Name ein: Yessica López.

Yessica López, ich werde dich jagen, schwor Amaris sich. Was auch immer du tust, ob du jetzt mit Soo persönlich verhandelst oder sogar Bomben legst. Und die andere, die kleine Benítez, würde sie auch noch kriegen. Die hatte steif und fest behauptet, ihre ehemalige Kollegin sei unbekannt verzogen, nachdem sie massiv bedroht worden sei. Dabei hatte López sich anscheinend die ganze Zeit in der Gegend herumgetrieben und einen Plan ausgeheckt. Benítez musste davon gewusst haben. Es wurde Zeit, den Druck auf die junge Frau zu erhöhen.

Eins nach dem anderen. Amaris rief Heimann zurück.

»Die Aufnahme ist Gold wert. Haben Sie noch mehr davon?«

»Die Frau kommt noch einmal. Drei Tage später. Da ist sie kaum zu erkennen, es geht alles sehr schnell. Sie gibt einen Umschlag beim Pförtner ab und verlässt das Haus sofort danach.«

»Gibt es noch weitere auffällige Personen?«

»Mein Computer hat nichts ausgespuckt. Die Videos von gestern und heute wären klasse. Wahrscheinlich wurde der Raum für die Pressekonferenz gestern hergerichtet, das wäre also der entscheidende Tag.«

Amaris nickte.

»Alles klar?«, fragte Heimann am anderen Ende.

»Dieser Security-Typ, der ihre Tasche durchsucht, können Sie herausfinden, wer das ist?«

»Puh, das wird nicht leicht. Da muss ich eine Nacht drüber schlafen.«

»Na, dann schlafen Sie mal schnell, die Nacht ist ja schon halb um.«

Sie sollte auch ins Bett. Oder sollte sie doch gleich Johnson informieren? Nein, besser nicht, sie wollte ihm mit klaren Gedanken und klaren Forderungen gegenübertreten. Sie goss sich noch einen letzten Whiskey ein. Einen Bombenanschlag überlebte man schließlich nicht alle Tage.

16

31.05.2019

Ihr Handy spuckte ihr direkt nach dem Aufwachen einen Tagesplan aus, der sich gewaschen hatte. Amaris hatte ihn mit Sicherheit nicht selbst eingegeben, dafür musste ihre Sekretärin verantwortlich sein, die wahrscheinlich schon seit sechs Uhr morgens in ihrem Büro in Helena, Montana, saß. Dort säße Amaris jetzt auch tausendmal lieber als in dieser höllischen Bananenrepublik.

Sie lief ins Bad und suchte nach einer Kopfschmerztablette. In der Dusche ließ sie erst warmes, dann kaltes Wasser über ihren Körper laufen. Der dröhnende Schädel war die Strafe dafür, dass sie sich hatte gehen lassen. Dem Herrn entging nichts, auch keine drei Gläser Whiskey. Oder waren es vier gewesen? Oder waren die Kopfschmerzen die Nachwirkung der Explosion?

Eingewickelt in ihren weißen Baumwollbademantel ging sie den Tagesplan durch. Presseschau – geschenkt, neun Uhr Treffen mit der US-Botschafterin, das könnte interessant werden, um zwölf sollten die Komiteemitglieder gemeinsam mit dem Präsidenten von Honduras und der Kriminalpolizei ein Statement erarbeiten. Als wenn der Präsident persönlich an einem Text arbeiten würde. Für den Nachmittag stand noch ein Besuch bei verletzten Anschlagsopfern im Krankenhaus an.

Sie musste an irgendeiner Stelle ein Vieraugengespräch mit Johnson unterkriegen.

Eine Hotelbedienstete kam in die Villa geschwebt und servierte Amaris ihr Frühstück zusammen mit dem Pressespiegel unter hundert Entschuldigungen für ihre Verspätung. In dem ganzen Chaos seit gestern sei die Hälfte der Mitarbeiterinnen nicht zur Arbeit erschienen. Amaris nickte nur, goss sich ihren Tee ein und überflog die Presseschau.

Wann können wir uns treffen? Zwischen Botschafterin und Präsident?, tippte sie in ihren Messenger und schickte die Nachricht an Johnson.

Zeit reicht nicht. Besser nach dem Präsidenten, kam es prompt zurück.

Mein Terminplaner sagt, ich soll ins Krankenhaus. Wenn es dazwischenpasst.

Die Verletzten laufen nicht weg.

Kurzfristig sagte der Präsident ab und stattdessen trafen sie den Sprecher des Geheimdiensts. Seine Ausführungen waren geradezu einschläfernd. Mit monotoner Stimme hielt er einen Vortrag über die Strukturen der Linksterroristen in Honduras, wozu etwa die Garífuna-Organisation, die Landlosen im Bajo Aguan, aber auch internationale sogenannte Solidaritätsgruppen zählten. Man würde selbstverständlich bei allen Ermittlungen anstellen, die Büros durchsuchen, die Führungspersonen verhören. Sein gelangweilter Tonfall ließ darauf schließen, dass nicht einmal er selbst an den Linksterrorismus glaubte. Als politische Erzählung war er schön und gut, aber um die gestrigen Ereignisse aufzuklären, taugte er herzlich wenig. Der Linksterrorismus in Lateinamerika war tot, das bestätigten alle ernst zu nehmenden Analysten. Doch plötzlich schob sich das Gesicht der Schwarzen wieder in Amaris' Gedächtnis, ihr triumphierender Blick in die Kamera, der sie persönlich zu meinen schien. Was, wenn die Frau zwar keine Linksterroristin war, aber für irgendjemand anders arbeitete, einen Intriganten aus dem Komitee?

Der Geheimdienstsprecher kam zu der genialen Schlussfolgerung: »Wir ermitteln natürlich in alle Richtungen und schließen keine Möglichkeit aus.«

Es folgten technische Details über die Zusammenarbeit der

Dienste. Das war der eigentlich wichtige Teil des Treffens, aber Amaris langweilte sich noch immer. Sie kämpfte mit der Schwere ihrer Augenlider.

Irgendwann war der Spuk vorbei und sie musste nur noch auf Johnson warten. Wie er sich händeschüttelnd, schulterklopfend und grinsend von den ganzen Herrschaften verabschiedete, während sie mit Zeitdruck im Nacken auf dem Flur stand, konnte ihr schon wieder den letzten Nerv rauben. Sie wollte ihn am liebsten hart am Arm packen und hinter sich her zerren.

Endlich ging er mit schnellen Schritten neben ihr den Flur entlang. Sie einigten sich auf eine gemeinsame Autofahrt mit einem kleinen Umweg, da die Zeit nicht für mehr reichte. Amaris bestand darauf, dass sie ihr Auto mit Ricardo in Anspruch nahmen. Auf dem Rücksitz spielte sie Johnson den Ausschnitt aus dem Überwachungsvideo auf ihrem Handy vor.

»Wieso beschäftigen Sie sich mit Überwachungsaufnahmen des Convention Centers?«, fragte Johnson.

»Machte der Typ gerade den Eindruck, er würde ernsthaft ermitteln? Wissen Sie, wer die Frau auf dem Video ist?«, gab sie zurück.

»Nein, muss ich sie kennen? Sieht aus wie eine Einheimische.«

»Yessica López García. Die Frau, die kürzlich in meiner Villa stand und dann weggelaufen ist. Eine von denen, über die der Herr Geheimdienstsprecher – wie war sein Name doch gleich? – gerade gesprochen hat. Kämpferin für die Unterdrückten des Planeten, die indigenen Rechte und die Emanzipation der Frau.«

»Na, wir haben es ja gerade gehört. Das wird nicht die Einzige von der Sorte sein, die hier herumläuft. Aber was ist jetzt das Besondere an dieser Frau?«

»Hören Sie mal, sie stand in meinem Zimmer. Sie spioniert mir nach. Sie war es, die zusammen mit einer anderen Emanze diese Gesundheitsstation in Triunfo geleitet hat.«

»Und jetzt ist sie arbeitslos und muss in Laru Beya Zimmer putzen. Ich finde, es gibt noch kein Indiz, dass sie Ihnen hinterherspioniert.«

»Warum ist sie dann kopflos weggelaufen, als sie mich gesehen hat? Was hat sie im Convention Center gemacht? Wollen Sie behaupten, dass sie dort auch einen Putzjob hat oder sich auf einen bewirbt? Der Umschlag, den sie abgibt, ist ihre Bewerbung, oder was? Nein, sie führt etwas im Schilde. Verstehen Sie nicht? Wir haben hier eine Verdächtige, die sich selbst auf dem Silbertablett serviert. Wir müssen nur noch ein kleines bisschen nacharbeiten und dann zugreifen.«

»Von wann ist die Aufnahme, die Sie mir gezeigt haben?«

»Vom 11. Mai.«

»Mh, das ist schon recht lange her. Ich weiß nicht, ob da überhaupt schon feststand, in welchem Raum die Pressekonferenz stattfinden würde.«

»Das ist doch egal. Stellen wir uns vor, sie ist gekommen, um die Räume auszukundschaften. Sie findet die beste Stelle, um die Bombe zu deponieren, und sie übergibt ihre Pläne drei Tage später ihrem Verbündeten im Convention Center.«

»Ihre Putzfrau sieht mir nicht gerade aus wie eine Sprengstoffexpertin.«

»Gebrauchen Sie Ihre Fantasie. Oder haben Sie das inzwischen verlernt? Es geht nicht darum, wie es war, sondern wie es hätte sein können.«

»Gut, und wo ist die Frau jetzt?«

»Das weiß ich nicht. Ich habe ihren Steckbrief rausgegeben, nachdem sie aus meiner Villa geflüchtet ist. Niemand hat sie gesehen.«

»Wie, sagten Sie, heißt die Frau?«

»Yessica López García.«

»Moment, da war etwas.« Johnson scrollte sich durch Nachrichten auf seinem Handy.

29.05., 15:11 Uhr
Ein Ausländer in einem Mietauto hält vor dem Haus von Yessica López García in Triunfo de la Cruz. Sie ist nicht anwesend, er nimmt sich ein Zimmer im Gran Surf Hotel am östlichen Ortsende. Am nächsten Morgen verlässt er den Ort mit seinem Auto, aber ohne sein Reisegepäck. Am Abend nach dem Attentat kommt er zu Fuß wieder zum Hotel. Am nächsten Morgen geht er zur Radiostation der Garífuna. Er scheint viele im Ort zu kennen. Er erzählt im Radio, dass er morgens in Tela gewesen und dann mit einem Freund zum Mittagessen nach La Ensenada gegangen sei. Den Mietwagen habe er in Tela stehen lassen. Das stimmt übrigens, der Wagen steht am östlichen Ende der Strandpromenade mit dem Kennzeichen P RS 3870.

Er hat sich im Laufe des Tages noch mit Laura Benítez und mit Juan Pablo Murillo unterhalten, beide Mitglieder der Garífuna-Organisation. Am Nachmittag hat er sich in einen Bus in Richtung La Ceiba gesetzt.

Der Mann heißt Ulrich Geissenberg, kommt aus Deutschland und arbeitet in der Entwicklungszusammenarbeit. Er war selbst von 2016 bis Ende 2017 in der Gegend von Tela tätig. Daher kennt er die ganzen Leute aus Triunfo. Er war damals viel mit Yessica López García unterwegs. Es gibt nicht wenige Leute, die den beiden eine Affäre nachsagen.

Dann gab es noch eine andere Beobachtung:

Fahrzeug der Deutschen Gesellschaft am 30.05. an einem Kontrollposten angehalten, Missachtung der Aus-

gangssperre. Fahrzeugführer: Ingo Ahrens, regionaler Direktor der Gesellschaft, Beifahrer: Ulrich Geissenberg, Mitarbeiter der Gesellschaft. Überprüfung bei der Migrationsbehörde: Geissenberg hält sich zurzeit nur mit Touristenvisum in Honduras auf. Der Direktor gibt an, noch am selben Abend nach La Ceiba zu müssen, die kontrollierenden Soldaten machen eine Ausnahme und lassen ihn durch. Eine zweite Kontrolle zeigt sich weniger kulant und schickt Ahrens zurück. Geissenberg befindet sich nicht mehr im Auto.

»Was sind das für Berichte?«

»Sie haben Ihre Informanten, ich habe meine. Konzentrieren wir uns auch in diesem Fall auf den Inhalt. Was macht der Deutsche hier? Ist es Zufall, dass er gerade zum Zeitpunkt der Katastrophe in Triunfo auftaucht?«

»Wollen Sie mir den etwa als Verdächtigen servieren? Der ist um einiges lächerlicher als die López.«

»Mir wurde außerdem gesagt, dass der deutsche Botschafter Geissenberg zu einem Gespräch gebeten hat. Vielleicht können wir bald aus diplomatischen Kreisen erfahren, was der Typ hier will.«

Amaris ließ ihren Blick aus dem Fenster schweifen. Draußen herrschte die Monotonie noch nicht ausgewachsener Ölpalmen.

»Wissen Sie«, sie drehte sich wieder zu Johnson um, »ich glaube, wir sollten diesen Mann nicht noch weiter alarmieren. Meine weibliche Intuition sagt mir, dass er einfach seine ehemalige Affäre sehen will. Vielleicht wird er uns zu ihr führen.«

»Ihre weibliche Intuition? Wo haben Sie die denn auf einmal ausgegraben?«

Johnsons bissige Bemerkung war vorhersagbar. Die eiserne Lady von Montana war in der Politik so weit gekommen, weil man ihr keine Attribute des Weiblichen zuschrieb.

»Was machen wir also?«, fragte Johnson wieder sachlich.

»Wir lassen die ganze Gegend weiter nach Yessica López durchkämmen. Jede Straßenkontrolle, jede Patrouille soll ihr Foto haben. Und wir lassen diesen Geissenberg observieren, inklusive seiner Kommunikation. Unauffällig. Dann sehen wir weiter.« Amaris hatte selbst keinen genauen Plan, aber anders als Johnson vertraute sie ihrer Intuition.

»Ich bekomme etwas dafür, wenn ich Ihnen Frau López liefere«, forderte Johnson.

»Ach ja?«

»Sie verabschieden sich von Hermilo.«

Diese Bestimmtheit in Johnsons Tonfall konnte Amaris immer noch verunsichern. Sie durfte sich jetzt nicht darauf einlassen.

»Darüber reden wir, wenn wir dieser Frau habhaft geworden sind«, antwortete sie nur und wechselte das Thema. »Und wer ist nun wirklich für das Attentat verantwortlich?«

»Sie tun ja gerade so, als könnte ich die Frage beantworten. Liebe Mrs. Winwright, ich weiß nicht, woher Ihr Misstrauen mir gegenüber kommt. Natürlich will ich herausfinden, wer uns sabotiert. Aber ich krakeele dabei nicht so laut herum. Ich habe zum Beispiel kein Wort darüber verloren, dass Sie Yessica López schon einmal aus der Welt schaffen wollten. Mitchener hat es mir erzählt. Das ist nicht sauber, was Sie da versuchen, aber ich halte meinen Mund, weil ich zu Ihnen stehe.«

Amaris schluckte. Natürlich hatte Randy mit seinem alten Freund geredet. Wie hätte sie auch glauben können, dass eine Sache zwischen Randy und ihr blieb, nur weil sie sich seit dreißig Jahren verschwörerisch zublinzelten?

Sie setzten Johnson beim Convention Center ab. Er schien sich überhaupt nicht davor zu gruseln, an den Tatort zurückzugehen. Es war spät geworden.

»Na dann los, schnell zum Krankenhaus. Bringen wir es hinter uns!«, forderte sie ihren Chauffeur auf.

Doch Ricardo drehte sich zu ihr um und sagte: »Madam, wir haben ein Problem. Wir müssen nicht in das Krankenhaus von Tela, sondern ins regionale Krankenhaus von La Ceiba. Es tut mir leid, dass ich nicht früher darauf gekommen bin. Es hätte mir gleich auffallen sollen. Das Krankenhaus von Tela ist nicht gut. Leute mit schweren Verletzungen hätten hier keine besonders großen Chancen, wenn Sie verstehen, was ich meine.«

»Wann können wir im Krankenhaus von La Ceiba sein?«

»Nicht bevor es für Besucher schließt. Es tut mir wirklich leid. Vielleicht haben Sie ja morgen die Gelegenheit.«

Amaris war ihrem Chauffeur nicht einmal böse. Ihre Lust, Bombenopfern empathisch die Hand zu streicheln, hielt sich zu diesem Zeitpunkt in Grenzen. Ihr ganzer Körper hing bleiern auf der Rückbank des Wagens und sie sehnte sich nach nichts anderem als Schlaf. Sie hätte mit ihrer Sekretärin über die ungenauen Angaben zum Krankenhaus schimpfen sollen, aber selbst dafür fühlte sie sich zu erschöpft. Sie schrieb nur: *Brauche morgen neuen Termin im Krankenhaus. Heute zeitlich nicht geschafft.* Dann schloss sie die Augen und öffnete sie erst wieder, als sie vor der Villa in Laru Beya standen.

Am liebsten hätte sie sich direkt nach dem Aufstehen auf den Weg zum Flughafen gemacht. Nur diese missliebigen Bombenopfer hielten sie noch einen weiteren Tag im Land fest. Amaris horchte in sich hinein und fand kein echtes Mitgefühl, nur diese anhaltende Müdigkeit. Sie musste sich zusammenreißen. Sie würde Hände schütteln und ein kurzes Gebet für die Opfer sprechen und dann nichts wie weg hier.

Vor dem Hospital Regional de Atlántida lungerte ein Grüppchen genervter Reporter herum, die sehnsüchtig auf ihre Ankunft und noch viel sehnsüchtiger auf den darauf folgenden

Feierabend warteten. Die Nachrichtensperre war aufgehoben worden.

»Señora Winwright, wie werden die USA auf diesen Terrorakt reagieren?«

»Fragen Sie die Botschafterin oder rufen Sie im Weißen Haus an.«

»Wie würden Sie denn reagieren, wenn Sie amerikanische Präsidentin wären?«

»Meine Herren, ich bedauere zutiefst, was sich gestern ereignet hat, und mein Mitgefühl und meine Gedanken sind bei den Opfern und ihren Familien. Die USA sehen sich in einer besonderen Verantwortung, dieses Verbrechen aufzuklären. Die Aufklärung wird zügig, aber besonnen geschehen. Spekulationen zum jetzigen Zeitpunkt lehne ich ab. Wenn Sie mich jetzt durchlassen würden.«

Die Reporter erinnerten sie an einen Pulk von Straßenkindern, der lästig an ihr klebte. Irgendjemand zupfte sogar an ihrer Kleidung, um sie festzuhalten. Ricardo schob sich schließlich zwischen Amaris und die Reporter.

Die beiden Verletzten, zu denen sie ein Arzt führte, waren zum Glück weder entstellt noch fehlten ihnen Gliedmaßen. Einer der beiden Männer trug einen Kopfverband und große Brandpflaster auf einem Arm. Der andere hatte ein geschientes Bein. Amaris erkundigte sich nach dem Befinden der beiden, sprach ein kurzes Gebet mit ihnen und ihren Familienmitgliedern und fragte, ob sie vor oder zu Beginn der Pressekonferenz etwas Besonderes beobachtet hätten. Die Journalisten verneinten, niemand habe etwas Böses geahnt. Sie seien beide etwas zu spät gewesen und hatten deshalb ziemlich weit hinten gesessen. Kurz nach ihrer Ankunft habe es gekracht. Aber das hätten sie der Polizei alles schon gesagt. Das gebrochene Bein war Folge der Flucht und nicht der Bombe.

Amaris dankte ihnen für ihre Geduld und verteilte Kärtchen mit der Nummer ihrer Sekretärin, falls irgendetwas sein sollte.

Wenn die Leute anriefen und über die Krankenhausrechnung jammerten, sollte sich ihre Sekretärin etwas einfallen lassen.

Sie schlug schnell die Autotür hinter sich zu, als könnte das Krankenhauselend sonst mit ihr zusammen in den Wagen schlüpfen wie ein heimtückischer Virus. Sie rief Johnson an, aber nicht einmal seine Sekretärin antwortete. Sollte sie Heimann fragen, ob es eine neue Spur zu López gab? Aber er war nicht mit dem honduranischen Militär vernetzt. Mitchener war die bessere Wahl, aber Mitchener sprach nicht gern am Telefon.

»Ricardo, bringen Sie mich an den Strand!«, wies sie ihren Fahrer an.

»Ich dachte, wir fahren zum Flughafen?«

»Ich habe es mir anders überlegt. Ich muss kurz nachdenken.«

»Es ist nicht sicher hier. Außerdem hassen Sie Strände.«

»Ich weiß. Ja, Sie haben recht. Wir brauchen Polizeischutz.«

Sie rief den Ansprechpartner bei der Polizei an, den man den Komiteemitgliedern nach dem Attentat zur Seite gestellt hatte.

»Ich brauche einen Ihrer Beamten in La Ceiba. Die Journalisten belagern mich am Krankenhaus. Ich will nicht, dass sie mich weiterverfolgen.«

»Geben Sie mir fünf Minuten, ich organisiere Ihnen jemanden.«

»Wer hat eigentlich behauptet, dass ich Strände hasse?«, fragte Amaris ihren Chauffeur.

»Sie?«

Sie blieben im Auto sitzen, bis sich zwei Polizisten näherten und fragten, was sie tun sollten.

»Was schon? Beobachten und mich notfalls vor Gangstern schützen. Sie folgen uns jetzt zum Stadtstrand, dort mache ich einen kleinen Spaziergang. Mein Chauffeur wartet im Wagen. Falls etwas ist, sorgen Sie einfach dafür, dass ich sicher zum Auto zurückkomme.«

Kurz darauf spazierten sie auf eine Bank am Wasser zu. Eigentlich hätte sie Hermilo noch einen kurzen Besuch abstatten können. Schauen, ob sich seine Stimmung zum Besseren oder noch Schlechteren entwickelt hatte. Nach dem Attentat hatte er vielleicht gar keine Lust mehr, die Aktivitäten der Creación Divina auf die Sonderentwicklungszone auszudehnen. Vielleicht konnte sie aber auch die Hoffnung in ihm wecken, dass die Ordnungshüter jetzt mit aller Härte gegen die renitenten Garífuna vorgehen würden, Subjekte wie Yessica López und die Leute, die ihn aus dem Ort gejagt hatten, bald hinter Gittern sitzen würden. Aber konnte sie ihm noch irgendwelche Hoffnungen machen, nachdem Johnson sie aufgefordert hatte, Hermilo zu opfern?

Durch Amaris' Blickfeld schlenderte ein junger Mann, offenbar ein Tourist, sie schätzte Europäer oder Nordamerikaner. Er schien genauso tief in Gedanken versunken wie sie selbst und ging nur wenige Schritte von ihrer Bank entfernt aufs Wasser zu und spielte mit den Zehen im Spülsaum der flach auflaufenden Wellen. Genauer betrachtet, war er nicht ganz jung, vielleicht Ende dreißig. Seine Kleidung wirkte so verknittert, als hätte er die letzten drei Nächte auf einer Parkbank verbracht. Er summte eine schiefe Melodie vor sich hin. Irgendetwas an ihm war suspekt, passte nicht zu einem gewöhnlichen Touristen. Beim zweiten Blick wusste sie auch was: Johnson hatte ihr, wenn sie nicht alles täuschte, erst gestern ein Foto von ihm gezeigt. Sie winkte einen der beiden Polizisten zu ihrer Bank heran.

ULRICH

17

31.05.2019

»Ich habe die Anweisung, keine Fahrgäste auf der Strecke einzusammeln«, hatte der Busfahrer gesagt. »Ich nehme Sie nur mit, weil Sie ein Gringo sind.«

Ulrich war so schlau gewesen, nicht zu widersprechen. »Nach La Ceiba«, sagte er nur, streckte dem Fahrer einen Zweihundertlempiraschein hin. Der grummelte: »Haben Sie's nicht passend?« Dann kramte er ein paar abgegriffene bunte Scheine aus einem Bündel, die er Ulrich zurückgab.

Ulrich suchte sich einen Fensterplatz, der ihm den Blick zur Küste erlaubte, und machte ein kurzes Handzeichen zu Juancitos verbeultem Pick-up. Juancito selbst konnte er hinter den verdunkelten Scheiben nicht erkennen. Der alte Mann hatte ihn zur Straße gefahren und im Auto gewartet, ob auch wirklich ein Bus anhielt. An der Haltestelle blicken lassen hatte er sich sicherheitshalber nicht.

Die Straße nach La Ceiba war ungewöhnlich leer, Polizei- und Militärposten standen alle paar Kilometer, doch bis jetzt hatten sie den Bus durchgewinkt. Es gab wenig andere Passagiere, vielleicht ein Drittel der Plätze war besetzt. Ulrich glaubte, dass die Busse normalerweise voll waren, genau wusste er es nicht, da er kaum je mit öffentlichen Verkehrsmitteln unterwegs gewesen war. Es dämmerte, was hieß, dass innerhalb von einer Stunde die Dunkelheit wie eine schwere Decke vom Himmel fallen würde. Ulrich fragte sich, ob er vorsorglich die Pension in La Ceiba anrufen sollte, um nachzufragen, ob sie noch ein Zimmer frei hatte. Aber wenn die Antwort Nein lautete, würde er sich bis zur Ankunft nur überflüssige Sorgen machen. Und Sorgen hatte er schon genug.

Linker Hand senkte sich das Land zur Küste ab. Die dunkelgrüne Niederung war fast so flach wie das Meer selbst. Die

Formen der Bäume bildeten ein unklares Gewölk. Cuero y Salado, vielleicht die letzte Heimat von Seekühen in Honduras. Ein Mangrovenwald, der dank des mittelamerikanischen Biodiversitätskorridors unter Schutz gestellt worden war. Neben der Seekuh Rückzugsgebiet von Meeresschildkröten, Brüllaffen und fast zweihundert Vogelarten. Ulrich fühlte ein wenig Stolz über die Einrichtung des Nationalparks, auch wenn sie nicht sein persönlicher Verdienst war. Es war nicht leicht, in Honduras die Natur zu schützen.

Hätte er Yessica unter normalen Umständen gefunden, hätte er sie zu einem Besuch des Mangrovenwaldes überreden können? In Kanus über die Wasserfläche zwischen dem Wurzelgeflecht der Bäume dahinzugleiten, mit der leicht gruseligen Vorstellung, dass ein großes Krokodil das Boot einfach umschubsen konnte. Allein die Erfahrung der letzten Jahrhunderte versprach, dass die hiesigen Krokodile keine solchen Dinge taten. »Wer weiß schon, was ein Krokodil macht, wenn es ein Kilo Kokain gefressen hat?«, hatte Yessica einmal gesagt, bezogen auf klandestine Aktivitäten an der Küste, über die niemand gern sprach, am wenigsten die Fischer. Sie schwiegen, als handelte es sich um Kobolde, deren Zorn man heraufbeschwören konnte, indem man ihre Namen nannte.

Draußen konnte Ulrich jetzt kaum noch Land und Meer unterscheiden. In einer halben Stunde würden sie den Busbahnhof von La Ceiba erreichen. Ulrich rief den Taxifahrer Pablo an, der die Fahrt erfreut annahm.

Alles lief glatt an diesem Abend, das Hotelzimmer war frei, Strom, Wasser und Internet funktionierten und die Rezeption hatte eiskaltes Bier vorrätig. Wenn nur Yessica nicht verschwunden wäre. Ulrich fühlte sich wie in dem Kanu auf einer spiegelglatten Wasserfläche, unter der heimtückische Krokodile lauerten. Jeden Moment konnten sie zuschnappen. Seine Begleiterin war schon über Bord gegangen, ohne dass er ihr

Verschwinden bemerkt hatte. Die Krokodile waren irgendwo da unten und sie wussten genau, wo er war.

Ulrich schüttelte sich. Er schaltete das grelle Deckenlicht wieder an, das er gegen das etwas funzelige Licht der Schreibtischlampe getauscht hatte. Jeder Winkel des Zimmers sollte ausgeleuchtet sein. Im Internet suchte er den letzten Menschenrechtsreport der Organisation ADEHUH, den ihm Juancito ans Herz gelegt hatte. Der sachliche Tonfall des Berichts wirkte beruhigend, auch wenn von Attentaten und Morddrohungen die Rede war. Es gab zwei Wellen der Bedrohung. Eine erste bis zu dem Moment, als das erste Gesetz über die Modellstädte vom Verfassungsgericht abgeschmettert worden war. Und eine zweite, nachdem die Konzession für die neue Form der Sonderentwicklungszone an die Koreaner vergeben worden war. Auch die zweite Welle war etwas abgeebbt, seit ein Teil der Bevölkerung verkauft hatte und weggezogen war. Die letzten Monate kamen in dem Bericht nicht mehr vor, die Zeit also, in der die Ursache für Yessicas Verschwinden zu suchen war.

18

01.06.2019

Das Büro der Organisation war in einem ruhigen Wohnviertel, in einem nach außen unauffälligen, einstöckigen Gebäude untergebracht. Ein hoher, mit Stacheldraht bewehrter Gitterzaun trennte den Grünstreifen davor von der Straße. Derartige Festungsanlagen waren nichts Ungewöhnliches in einer honduranischen Großstadt. Alle hatten sich an das Leben hinter Mauern, Gittern und Stacheldraht gewöhnt, daran, sich im selbst errichteten Gefängnis einzuschließen.

Ulrich hatte seinen Besuch bewusst nicht angekündigt, es war daher zweifelhaft, dass er die Koordinatorin überhaupt antreffen würde. Aber so hatte sie wenigstens nicht die Gelegenheit, schnell zu verschwinden, wenn sie ihn nicht treffen wollte.

Er drückte den kleinen schwarzen Klingelknopf am Tor und hielt sein Gesicht in die Überwachungskamera.

»Ja?«, ertönte eine männliche Stimme aus der Gegensprechanlage.

»Entschuldigen Sie den Überraschungsbesuch. Ich komme gerade aus Triunfo. Juancito schickt mich.«

Ein misstrauisches: »Aha. Er hat uns gar nicht Bescheid gesagt.«

»Rufen Sie ihn an, wenn Sie wollen. Ich warte so lange.«

»Schon gut, ich werde Sie hineinlassen. Haben Sie eine Waffe bei sich?«

»Nein, wie kommen Sie darauf?«

»Standardfrage.«

Die Anlage verstummte und es dauerte eine Minute, bevor der Mann aus dem Haus trat. Er war groß und glatzköpfig und wäre gut als Security-Mann durchgegangen. Er bot Ulrich einen Plastikstuhl im kargen Flur an.

»Ich muss Sie bitten, sich einen Moment zu gedulden. Ich bin noch in einem Telefongespräch.«

Damit schloss er die Bürotür hinter sich. Durch die eingelassene Scheibe ließ er seinen Gast jedoch nicht aus den Augen.

Ulrich erhob sich sofort wieder und betrachtete die Plakate, die überall an den Wänden hingen. Einige kannte er bereits von früher, sie zierten Gemeindesäle und Radiostationen in den Garífuna-Orten. Sie bezogen sich auf das zweihundertjährige Jubiläum der Ankunft der Garífuna von der Insel San Vicente, auf die ungleiche Landverteilung in Honduras, Armut und Unterernährung, sagten Nein zu Staudamm- und Minenprojekten, Nein zu REDD+ und natürlich Nein zu den Sonderentwicklungszonen.

Zwischendurch warf Ulrich immer wieder einen Blick auf den Telefonierenden, um zu sehen, ob er ihn weiter beobachtete. Der Mann schwitzte in Strömen, alle paar Sekunden wischte er seine Stirn mit einem zerknüllten Taschentuch ab, das er in der rechten Hand hielt. Außer ihnen beiden schien niemand im Haus zu sein, jedenfalls waren aus anderen Räumen keine Geräusche zu vernehmen, keine Gesprächsfetzen, kein Stühlerücken auf Steinfußboden, nicht einmal ein brummender Ventilator.

Schließlich winkte der Mann Ulrich in sein Büro.

»Entschuldigung. Wasser?« Ohne die Antwort abzuwarten, füllte er einen Plastikbecher mit eiskaltem Wasser aus dem Wasserspender in seinem Rücken und stellte ihn vor Ulrich. »Diese Hitze heute ist unerträglich«, fuhr er fort.

Ulrich verstand das Gejammer über die Hitze nicht in einer Gegend, in der es jeden Tag über dreißig Grad war und die Luftfeuchtigkeit stets über achtzig Prozent lag. Noch weniger, wenn man von klein auf mit diesen klimatischen Bedingungen konfrontiert war. Als er das einmal Yessica gegenüber bemerkt hatte, hatte sie ihn ausgelacht.

»Wetten, ihr beschwert euch auch die ganze Zeit über Kälte, obwohl man sich bei euch immer den Arsch abfriert?«

»Also, was führt Sie zu uns? Wir hatten schon einmal miteinander zu tun, nicht wahr? Die Deutsche Gesellschaft, habe ich recht? Wenn ich es so direkt sagen darf: Sie kommen gerade ziemlich ungelegen.«

Ulrich beobachtete fasziniert, wie die Schweißtropfen aus der Stirn des Mannes geboren wurden. Er erinnerte sich, dass sein Gegenüber Sekretär der Organisation war, aber seinen Namen hatte er vergessen. »Ich bin nicht im Namen der Gesellschaft hier, sondern privat. Ich arbeite gar nicht mehr für sie.«

Der Sekretär runzelte ungeduldig die Stirn.

»Ich würde gerne die Koordinatorin sprechen.«

»Das ist gerade äußerst schlecht. Außerdem müssten Sie mir schon sagen, worüber Sie mit ihr sprechen wollen. Den Umständen entsprechend ist sie sehr beschäftigt.«

»Viele Leute haben unser Projekt damals kritisiert. Juancito hat mir alles erklärt. Ich kann das jetzt natürlich nicht mehr ändern. Aber ich habe noch Informationen von damals, die der Organisation vielleicht nutzen könnten.«

Der Mann, dessen Namen er immer noch nicht wusste, sah ihn verdutzt an, sagte nichts, gab Ulrich keine Hilfestellung, was er ihm anbieten konnte.

»Ich dachte, es wäre gut, mehr Klarheit in die Angelegenheit zu bringen. Dieses Komitee, das Attentat – wir sollten herausfinden, welche Interessen sich dahinter verbergen.«

Ulrich machte eine Kunstpause und lächelte. »Und genau hier könnte ich vielleicht helfen. Die Deutsche Gesellschaft kennt die gesamten Besitzverhältnisse in der Region. Wir hatten Einblick in alle Grundbücher.«

»Aha. Und was soll uns das bringen?« Der Sekretär klang nicht überzeugt.

»Wenn Sie zum Beispiel herausfinden würden, dass jemand

von den Oligarchen enteignet worden ist, Facussé oder Benegas oder jemand aus deren Liga, hätte der dann nicht einen Grund, stinksauer auf dieses Komitee zu sein?«

»Und würde eine Bombe in deren Pressekonferenz zünden?« Die Frage des Sekretärs war eher rhetorisch. Er schien nichts von Ulrichs Theorie zu halten.

»Warum nicht?«

»Ich weiß nicht. Es ist letztendlich auch egal. Wer auch immer verantwortlich ist, sie werden versuchen, uns die Schuld in die Schuhe zu schieben. Was ich nur seltsam finde: Haben Sie einmal von La Penca gehört?«

»Nein, was soll das sein?« Jetzt hatte Ulrich keine Ahnung, worauf der andere hinauswollte.

»La Penca liegt im Süden Nicaraguas. Zu Zeiten des Contra-Kriegs war es einer der Stützpunkte der Contras, genauer gesagt eines der Camps von Edén Pastoras Truppen. Pastora kämpfte zwar gegen die Sandinisten, weigerte sich aber, sich der Hauptströmung der Contras anzuschließen, wie es die CIA von ihm verlangte. Pastora beharrte auf seiner Position und die CIA drehte ihm den Geldhahn zu. Auf jeden Fall gab Pastora eine Pressekonferenz in La Penca, auf der er über den Druck der CIA reden wollte. Auf dieser Pressekonferenz explodierte eine Bombe, es gab sieben Tote und viele Verletzte, Pastora überlebte. Es stellte sich heraus, dass der Attentäter sich als Journalist ausgegeben und eingeschlichen hatte.«

»Das ist tragisch. Aber warum erzählen Sie mir das?«

»Die Pressekonferenz fand am 30. Mai 1984 statt.«

»Dummer Zufall?«

»In diesem Komitee für die Beste Praxis sitzen mehrere Personen, die der damaligen Reagan-Administration angehörten und in solche Machenschaften im Rahmen von Iran-Contra eingeweiht gewesen sein könnten. Vielleicht hat sich diesmal niemand als Journalist ausgegeben, um die Bombe zu legen, vielleicht sollen wir einfach an La Penca erinnert werden. Und zwar nicht von den lokalen Oligarchen, sondern von jemandem aus dem Komitee selbst«, legte der Sekretär dar.

»Und was sollte diese Person damit bezwecken?« Ulrich erschien die Geschichte an den Haaren herbeigezogen.

»Vielleicht will sie nur sagen: Ich kann machen, was ich will, und es wird niemand dahinterkommen. Sehen Sie, La Penca wurde nie richtig aufgeklärt. Klar, dieser Typ, der sich als Journalist ausgegeben hatte, hat die Bombe gelegt. Aber schon bei seiner wahren Identität und erst recht bei seinen Hintermännern schieden sich die Geister. Der Bombenleger ist je nach Version Libyer oder Argentinier. Pastora sagte, der Attentäter wäre Doppelagent der CIA und der Hauptströmung der Contra gewesen. Es gibt aber auch eine Version, in der das Attentat von den Sandinisten und von Kuba aus gelenkt wurde. Der Täter soll schließlich 1989 in Argentinien umgekommen sein.«

»Okay.« Ulrich wusste absolut nicht, was er mit der Information anfangen sollte.

Der Sekretär seufzte. »Ich weiß, ich habe zu viel Zeit in Bibliotheken verbracht. Also, wenn Sie uns die Grundbuchauszüge für das Gebiet der Modellstadt zukommen lassen wollen, hat bestimmt niemand etwas dagegen.«

»Na, das ist vielleicht doch zu umfangreich. Sagen Sie mir erst, welche Gebiete oder welche Personen Sie besonders interessieren. Oder Sie lassen mich mit der Koordinatorin darüber reden. Wann ist sie denn wieder hier?«

»Das werde ich Ihnen ganz bestimmt nicht sagen. Sicherheitsmaßnahme, und das nicht erst seit einer Woche.«

»Aber wie kann ich dann einen Termin mit ihr machen?«

»Lassen Sie mir Ihre Telefonnummer da. Ich melde mich in ein paar Tagen bei Ihnen.«

Der Sekretär schob einen Notizzettel und einen Kugelschreiber über den Tisch. Das Gespräch drohte zu einem unbefriedigenden Ende zu kommen.

Das Telefon klingelte.

»Ja bitte?«

Diese verdammte spanische Art, das Telefon zu beantworten, wörtlich übersetzt eigentlich: »Sagen Sie.« Nach dem Motto: Der Anrufer will doch etwas, soll er sich zuerst vorstellen. Die deutsche Art, sich mit der Firma oder Organisation und dem Familiennamen zu melden, hätte Ulrich jetzt weitergebracht. Es schien, als würde er das Büro wieder verlassen müssen, ohne den Namen seines Gesprächspartners erfahren zu haben. Dem glitten langsam die Mundwinkel in seinem ohnehin schon gestressten Gesicht nach unten. Die Züge, von Selbstdisziplin gehalten, drohten unkontrolliert auseinanderzulaufen. Mehrere Minuten hörte er, von seinem unbewussten Minenspiel abgesehen, regungslos zu, dann fragte er: »Ist das sicher?«

Wieder Stille, aber es musste sich um eine bejahende Antwort handeln.

»Warte, ich habe Besuch«, sagte der Sekretär in den Hörer, kam um den Schreibtisch herum und öffnete Ulrich die Tür in den Flur. Zwar würde ihn der Mann gleich ganz auf die Straße werfen, aber noch musste Ulrich warten, bis ihm der Sekretär die letzten Türen öffnete. Er hatte vergessen, seine Telefonnummer auf den Notizzettel zu schreiben, dieser lag ungenutzt auf dem Schreibtisch. Er kramte in seinen eigenen Taschen nach irgendeinem beschreibbaren Papierfetzen. Doch das Telefonat war zu schnell vorbei, als dass er etwas Adäquates finden konnte.

Der Sekretär kam geradezu auf ihn zugestürzt. »Gehen oder bleiben? Entscheiden Sie sich schnell, es gibt keine Zeit zu verlieren! Wollen Sie mir noch helfen? Die Bullen sind auf dem Weg hierher, wahrscheinlich zu einer Razzia. Das wird unangenehm, ein paar blaue Flecke werden für uns mindestens dabei herausspringen.«

»Was soll ich tun?«

»Es gibt hier Unterlagen, die verschwinden müssen. Und einen Zeugen zu haben, noch dazu einen Ausländer, wäre auch nicht schlecht. Also?«

Ulrich nickte. Wäre er abgebrühter, könnte er diese Razzia für einen glücklichen Zufall halten. Doch er spürte nur sein rasendes Herz bis in den Hals schlagen.

»Kommen Sie«, sagte der andere und ging voran in einen Abstellraum, in dem ein Stapel Matratzen lag. Er bedeutete Ulrich, diesen gemeinsam zur Seite zu schieben. Darunter befand sich eine Bodenluke.

»Sie stellen sich jetzt vorne ans Fenster. Sobald sich irgendetwas regt, muss diese Luke wieder unsichtbar werden.«

Er begann Sachen aus dem Büro in das Hinterzimmer zu tragen, einen Laptop, einen ganzen Haufen Aktenordner.

»Schauen Sie nicht mich an, konzentrieren Sie sich auf die Straße!«, fuhr er Ulrich zwischendurch an.

Die Straße war schlecht zu überblicken. Ulrich würde die Polizisten erst sehen, wenn sie schon vor der Tür standen. Vielleicht kündigten sie sich wenigstens mit Sirenen an.

»Wenn sie mich mitnehmen, rufen Sie Juancito an, ja?«

Ulrich nickte, was der andere natürlich nicht sehen konnte.

Noch einmal, lauter: »Ja?«

»Ja.«

Sie standen vor der Tür. Drei schwarze Geländewagen mit verspiegelten Scheiben und ohne Nummernschilder. Ulrich rannte in das hintere Zimmer und sie schoben den Stapel Matratzen zurück auf den alten Platz. Dann stellten sie sich beide ans Fenster und warteten auf das Unausweichliche. Es waren zehn Militärpolizisten, wenn nicht noch mehr von ihnen in den Fahrzeugen sitzen geblieben waren. Sie waren ganz in Schwarz, mit Sturmmasken über dem Gesicht und Brustpanzern wie die Ninja Turtles. Maschinengewehre im Anschlag. Einer von ihnen machte sich die Mühe zu klingeln. Der Sekretär antwortete unaufgeregt: »*Diga*«, wie es jedem anderen Besucher hätte gelten können.

»Machen Sie auf, wir haben einen Durchsuchungsbefehl!«

»Sind Sie der Einsatzleiter?«

»Machen Sie die Tür auf!«

»Nennen Sie mir bitte Ihren Namen und die Bezeichnung Ihrer Einheit. Und halten Sie den Durchsuchungsbeschluss vor die Kamera, sodass ich ihn lesen kann.«

»Nicht nötig. Gefahr in Verzug. Wenn Sie nicht sofort die Tür aufmachen, lasse ich sie aufbrechen.«

»Ich werde jetzt unseren Anwalt einschalten. Sie haben kein Recht, mit der Durchsuchung zu beginnen, bevor er hier ist.«

Ulrich nahm an, dass der Anwalt, wenn es ihn denn gab, längst Bescheid wusste.

Der Sprecher brüllte den Ninja-Turtle-Polizisten an, der neben ihm stand. Der hatte schon eine Brechstange in der Hand.

Der Sekretär zuckte mit den Schultern und sagte zu Ulrich: »Gleich sind sie drin. Ich mache ihnen die Haustür auf, damit sie die wenigstens ganz lassen. Bleiben Sie ruhig und lassen Sie sich nicht einschüchtern. Und versuchen Sie sich genau zu merken, was passiert.« Mit den Worten ging er zur Tür.

Schon bellte es ihnen entgegen: »Auf den Boden! Hände in den Nacken!«

Wenig später spürte Ulrich den Lauf eines Gewehrs zwischen den Schulterblättern. Seine Hände wurden mit Kabelbindern eng zusammengeschnürt.

»Ist noch jemand hier?«, fragte der, der anscheinend der Einsatzleiter war. Die Frage war an den Sekretär gerichtet.

»Nein. Nur wir beide.«

»Gebäude sichern!«, kommandierte der Chef. »Gibt es einen Hinterausgang?«

»Nein.«

»Das werden wir ja gleich sehen. Wehe, Sie lügen mich an.«

Ulrich spürte den Gewehrkolben im Rücken nicht mehr. Dennoch traute er sich nicht, sich zu bewegen. Um seinen Kopf herum spürte er die Erschütterung der schweren Schritte. Er hatte Angst, dass sie direkt über seinen Kopf laufen würden. Er hörte Papierstapel zu Boden fallen, hörte, wie Aktenordner unsanft in Kartons gepackt wurden. Wieso sagte der Sekretär nichts mehr? Hatten sie ihn abgeführt? Aber auch das hätte Ulrich gehört.

Während seiner kurzen Zeit in der Fachschaftsini hatte Ulrich mal einen Vortrag über das Verhalten bei Razzien gehört. Damals erschien ihm das paranoid, schließlich machten sie nur Hochschulpolitik. Komischerweise konnte er sich noch an so manchen der Verhaltenstipps erinnern. Dazu gehörte, eine Inventarliste der Dinge erstellen zu lassen, die mitgenommen wurden, und gleichzeitig zu beobachten, was sie einpackten. Keinesfalls sofort die Liste der Polizei zu unterschreiben. Mit dem Gesicht zum Boden war das nur graue Theorie.

Wenn er doch bloß den Namen des Sekretärs wüsste. Er wollte ihn rufen und fragen, ob bei ihm alles in Ordnung war. Aber wie sollte er ihn ansprechen? Auf ›Señor‹ würde vielleicht ein Polizist reagieren. Bruder?

Egal, also: »Bruder?«

»Hör dir das an, der Gringo nennt den Neger Bruder!«, kam sofort ein hämischer Kommentar, aber keine Antwort von dem Gemeinten. Ulrich versuchte es noch einmal, lauter: »Bruder! Alles in Ordnung? Sind Sie verletzt?«

Er vernahm einen unterdrückten Laut, unartikuliert. Sie mussten ihn geknebelt haben. Ulrich zog die Knie an und drückte seinen Rücken nach oben, um in die Aufrechte zu gelangen. Sofort bekam er einen Tritt in die Nieren, dass ihm die Luft wegblieb.

»Unten bleiben! Hat irgendjemand gesagt, dass du aufstehen sollst, du warmer Negerbruder?«

Scheiße. Mit denen war jede Diskussion sinnlos. Ulrich

schnappte nach Luft, zwang sich, wieder gleichmäßig ein- und auszuatmen, bis der Schmerz nachließ. Seine letzte Hoffnung blieb, ihnen mit der Botschaft zu drohen.

»Ich teile dem Einsatzleiter hiermit mit, dass ich deutscher Staatsbürger bin, dass er kein Recht hat, mich ohne die Angabe von Gründen festzuhalten, schon gar nicht in einer derart entwürdigenden Position und unter Einwirkung von körperlicher Gewalt. Wenn es einen Grund gibt, mich festzuhalten, verlange ich, einem Haftrichter vorgeführt zu werden. Außerdem verlange ich, die deutsche Botschaft zu kontaktieren und gegebenenfalls einen Anwalt einzuschalten.«

»Hört euch das an, noch so ein Klugscheißer!« Aber der vermeintliche Einsatzleiter schickte einen Seufzer hinterher, der wohl bedeutete, dass Ulrich ihn bei dieser Aktion vor ungeahnte Schwierigkeiten stellte. Als Nächstes landete ein Flatschen Spucke neben Ulrichs Kopf. »Deutscher Staatsbürger, ja? Na, dann wissen wir jetzt, in welchen Flieger wir Sie nachher setzen. Oder haben Sie eine sinnvolle Erklärung dafür, was Sie in den Räumen einer terroristischen Vereinigung machen? Vielleicht lassen wir Sie noch ein bisschen im Knast schmoren, bevor wir Sie nach Hause schicken. Alonso, führ ihn ab und nimm seine Personalien auf! Die anderen machen hier weiter!«

»Was haben Sie mit dem Herrn vor? Was haben Sie ihm vorzuwerfen? Und was gibt Ihnen das Recht, ihn zu knebeln?«

»Klappe! Sie behindern unsere Ermittlungen. Und der da ist ein gesuchter Terrorist.«

»Ach ja? Sie haben nicht einmal seine Personalien festgestellt. Woher wollen Sie das also wissen?«

»Schafft ihn endlich raus!«

Der Maskierte, der auf den Namen Alonso hörte, zog Ulrich an seinen gefesselten Armen vom Boden hoch, dass es ihm fast die Schulter auskugelte. Die Polizisten hatten das Büro weitgehend verwüstet.

Alonso stieß Ulrich in eines der Vehikel vor der Tür, an dessen Steuer ein weiterer Ninja-Polizist vor sich hindöste. Ertappt fuhr er auf und drehte sich zu ihnen um.

»Was habt ihr denn da für einen Fang gemacht? Ich dachte, das hier wär ein Negerverein.«

Alonso grunzte. »Papiere!«, sagte er zu Ulrich.

»Wenn Sie so freundlich wären, meine Hände loszumachen, könnte ich sie Ihnen geben.«

»Hat der Chef nichts von gesagt.« Der Mann griff in Ulrichs Hemdtasche. »Na wer sagt's denn? Also, Vorname Cheysenberg, Familiennamen Ulritsch Dutsch.«

»Geissenberg ist der Familienname, Ulrich der Vorname und deutsch die Nationalität.«

»Touristenvisum, ja?«

»Ja, ich bin Tourist.«

»Und was machen Sie dann hier?«

»Freunde besuchen.«

»Wo wohnen Sie?«

Ulrich nannte die Adresse der Pension in La Ceiba.

»Sie alleine?«

»Ja.«

Alonso hatte seine Antworten kaum lesbar auf einen zerknitterten Notizblock geschrieben.

»Na, das wär's dann. Pass gut auf ihn auf!«, sagte er zum Fahrer. Ohne einen weiteren Kommentar schnitt er die Kabelbinder von Ulrichs Händen und knallte von außen die Autotür zu.

Ulrich zog sein Handy aus der Hosentasche. Das war definitiv der beste Moment zu telefonieren. Der Fahrer musste erst aussteigen und in die hintere Kabine kommen, um ihm das Handy abzunehmen. Wie er dort mit den Händen am Lenkrad saß, wirkte er wie der Fahrer des Fluchtfahrzeugs bei einem Bankraub. Ulrich suchte Juancitos Namen in der Kontaktliste und drückte auf den grünen Hörer. »Der gewünschte

Teilnehmer ist zurzeit nicht erreichbar. Bitte versuchen Sie es später.« Keine Mailbox, auf der er eine Nachricht hinterlassen konnte. Er fing an, eine SMS zu tippen. Für jeden Buchstaben gab das Telefon einen nervigen Piepton von sich, der in jeden Winkel des Fahrzeugs zu dringen schien. Warum hatte er sich nicht früher darum gekümmert, wie die Tastentöne ausgingen? Glücklicherweise ignorierte der Fahrerpolizist ihn stoisch.

»Razzia im Büro. Zehn Militärpolizisten, alle maskiert, drei Fahrzeuge. Räumen das Büro aus. Sekretär noch drinnen, gefesselt und geknebelt. Selbst im Polizeiauto vor der Tür. Kann nicht verfolgen, was weiter passiert.« Mehr sinnvolle Informationen konnte er nicht geben. Ob der erwähnte Anwalt bald eintreffen würde? Sollte er Ingo anrufen? Oder die deutsche Botschaft?

Der Fahrer drehte jetzt am Radio, schraubte sich durch das Rauschen von einem Kanal zum anderen, vielleicht um nicht zu hören, was Ulrich hinten machte. Es war brütend heiß. Ulrichs Kehle fühlte sich trocken an. Er sah sich nach einer Flasche Wasser um, konnte aber keine entdecken.

Weder Fußgänger noch Autos waren bislang vorbeigekommen. Hatten die Polizisten die Straße gesperrt? Oder trauten sich die Menschen nicht in die Nähe, wenn sie die Fahrzeuge der Militärpolizei sahen?

Dann kamen sie plötzlich aus dem Haus, fünf Polizisten, mit Kisten beladen, zwei zerrten den schlaff wirkenden Sekretär zwischen sich her. Sie öffneten das Auto, in dem Ulrich gefangen war, und ließen ihn auf die Rückbank plumpsen. Der Mann hatte ein zugeschwollenes Auge und Blutkrusten unter der Nase. Sein Atem ging pfeifend. Er war noch immer geknebelt.

»Nehmen Sie ihm den Knebel ab, er erstickt noch!«, entfuhr es Ulrich sofort.

»Klappe. Oder sollen wir dir auch das Maul stopfen?«

Der Chef war mit ins Auto geklettert. »Macht den Knebel ab«, sagte er nur.

Ulrich war erleichtert. Aber ihm war klar, dass sie es ohne seine Anwesenheit nicht getan hätten, dass sie in Kauf genommen hätten, wenn der Mann erstickt wäre. Dann hätte man ihn wahrscheinlich ein paar Tage später in irgendeinem Straßengraben gefunden. Die Fahrzeuge setzten sich in Bewegung. Nach etwa zehn Minuten erreichten sie das hohe, massive Stahltor einer Polizeiwache, das hinter den drei Fahrzeugen wieder automatisch geschlossen wurde. Der Sekretär war immer noch bewusstlos. Zwei Polizisten schulterten ihn und trugen ihn ins Gebäude. Ulrich wurde in ein Büro zu einem Uniformierten geführt, der im Gegensatz zu den anderen Polizisten ein erkennbares Gesicht hatte. Er hieß Ulrich, sich ihm gegenüberzusetzen.

»Verstehen Sie Spanisch?«

Ulrich nickte.

»Gut. Señor Cheysenberg, wir sind besorgt über Ihre Aktivitäten der letzten Tage. Wenn wir Sie bei einer weiteren verdächtigen Aktion erwischen, werden wir Sie des Landes verweisen.«

»Wessen verdächtigen Sie mich denn, wenn ich fragen darf?«

»Verstoß gegen die Migrationsbestimmungen, Verstoß gegen die Notstandsgesetze, Finanzierung terroristischer Vereinigungen, Steuerhinterziehung und Anstiftung zum Aufstand.«

»Ich bin beeindruckt. Wenn Sie das alles ernst meinten, müssten Sie mich doch sofort ausweisen, oder?«

»Señor Cheysenberg, Honduras ist ein gastfreundliches und friedfertiges Land. Obwohl wir wissen, dass gewisse Elemente hierherkommen, um der Stabilität und dem Ansehen des Staates zu schaden, versuchen wir, diese Dinge auf diplomatischem Weg zu lösen. In Ihrem Fall sah ich mich allerdings gezwungen, Ihre Botschaft auf Ihr Fehlverhalten hinzuweisen. Der Botschafter hat sich bereit erklärt, morgen Vormittag ein persönliches Gespräch mit Ihnen zu führen. Sollten Sie den Termin nicht wahrnehmen wollen, können wir Ihnen alternativ einen bei der Migrationsbehörde anbieten, wenn Sie verstehen, was ich meine.«

»Ich verstehe durchaus. Sie wollen mich erpressen. Also gut, ich werde morgen zur deutschen Botschaft fahren. Wenn wir fertig sind, würde ich jetzt gerne gehen.«

»Aber natürlich, Señor Cheysenberg. Wir können Sie gerne zu Ihrem Hotel fahren.«

»Nein danke, ich nehme lieber ein Taxi. Ich wünsche Ihnen noch einen angenehmen Tag.«

Ulrich stand auf und ging aus dem Büro, dessen Tür er unverschlossen fand. Er folgte dem Gang in die Richtung, aus der sie zuvor nicht gekommen waren, dort musste es einen Ausgang zur Straße geben. Wenn er erst in Freiheit war, würde er sich um den Sekretär kümmern.

Zu seiner Verwunderung konnte Ulrich unbehelligt die Polizeiwache verlassen. Auf dem Bürgersteig hatte sich eine Gruppe von etwa zwanzig Menschen versammelt, die meisten von ihnen Garífuna. *Sofortige Freilassung von Obed Jiménez!* war auf einem mit dickem Filzstift gemalten Plakat zu lesen, auf einem anderen: *Die Banditen seid ihr.*

»Da ist er!«, drang eine aufgeregte Stimme an sein Ohr, dann drängten sich die Protestierenden um ihn. Er suchte nach einem bekannten Gesicht zwischen ihnen, fand aber keins.

»Wie geht es Obed? Lassen Sie ihn auch gleich raus?«

»Ist er verletzt?«

»Haben sie euch geschlagen?«

»Was ist genau passiert?«

Die Fragen prasselten von allen Seiten auf Ulrich ein und fühlten sich an wie Plastikpfeile auf der Haut. Er war auf einmal so müde, dass er sofort hätte ins Hotel fahren und schlafen können. Dabei wollte er sich doch weiter um Obed kümmern. Er zuckte mit den Schultern, ließ die Bewegung dann in ein Schütteln seines Oberkörpers übergehen. Sich durchschütteln, um wach zu bleiben, die Polizeistation abschütteln, es war ein multiples Schütteln, das ihn erfasste und das sich ganz wunderbar anfühlte. Die Umstehenden waren ruhig geworden und sahen ihn an, als müssten durch das Schütteln gleich die Antworten auf ihre Fragen herausfliegen, die sie auffangen mussten, damit sie nicht verloren gingen. Eine Frau fasste Ulrich am Arm und stoppte so seine unkontrollierten Bewegungen.

»Sie haben Obed und mich getrennt. Ich weiß nicht, wie es ihm geht und ob sie ihn rauslassen. Aber ich werde gleich wieder hineingehen und mich nach ihm erkundigen. Auf jeden Fall braucht er einen Arzt, sie haben ihn böse zusammengeschlagen. Ist ein Arzt hier?«

Ein junger Mann, fast noch ein Jugendlicher mit einem hübschen Gesicht und einer Nickelbrille, hob die Hand. »Ich war schon drinnen und hab gefragt, ob die Gefangenen verletzt sind, aber sie haben mich weggeschickt, behauptet, es sei alles in Ordnung. Wie haben sie ihn genau verletzt?«

»Das weiß ich eben nicht, da war ich schon nicht mehr dabei. Wir sollten uns auf den Bauch legen, Obed haben sie geknebelt. Mich haben sie ins Polizeiauto vor der Tür abgeführt. Als sie ihn ins Auto brachten, war er bewusstlos.«

»Schweine«, zischte die Frau, die noch immer an Ulrichs Arm hing. »Los, wir gehen da jetzt rein!«

»Moment, nur der Arzt und der Ausländer!«, rief jemand anders dazwischen.

»Wo ist eigentlich der Anwalt?«

»Hängt in der Straßensperre vor La Ceiba fest.«

»Scheiße.«

»Gehen wir rein«, sagte der Arzt zu Ulrich, sehr selbstbewusst für sein jugendliches Alter und seine eher schmächtige Statur.

Hatte er noch keine negativen Erfahrungen mit der Polizei gemacht? Dann fiel es Ulrich ein: Klar, er musste zum Team der kubanischen Ärzte gehören, das die Gesundheitsstation in Triunfo unterstützt hatte. Er war nicht von hier und hatte deswegen wie Ulrich weniger zu befürchten.

Ulrich konnte nicht sagen, wie sie es angestellt hatten, aber plötzlich brachten die Polizisten Obed mit einem ziemlich ramponierten Gesicht und zogen aus einer Plastiktüte ein paar persönliche Gegenstände, die sie ihm abgenommen hatten. Sie ließen ihn gehen. Ohne Erklärungen, ohne Entschuldigung. Der schmächtige Arzt und Ulrich nahmen Obed in ihre Mitte und halfen ihm aus der Polizeistation. Draußen kamen ihnen Jubelschreie entgegen, aber auch Ausrufe der Empörung. »Folterknechte!«, »Hirnlose Schläger!« und einiges mehr schrien die Leute in Richtung Polizeiwache. Ein etwa zwölfjähriger Junge, der den Kubaner und Obed kannte, lotste sie ein paar Straßen weiter zu einem Auto.

Es war nicht klug, allein an den Strand zu gehen. Aber in seinem Hotelzimmer drohte er zu ersticken. Der Junge, der sie von der Wache zum Auto gebracht hatte, hatte ihn nach der ganzen Aufregung zu seinem Hotel begleitet und ihn dabei mit bewundernden Blicken bedacht. Und nicht nur bei dem Jungen, auch bei den alten Hasen der Organisation hatte Ulrich Achtungspunkte gewonnen. Aber es hatte nicht dazu gereicht, dass sie ihn an ihrem Treffen teilnehmen ließen. Der kubanische Arzt hatte Obeds Blessuren auf dem Papier und mit dem Fotoapparat dokumentiert. In ein Krankenhaus wollte Obed auf keinen Fall. Der Arzt sagte ihm, er solle sich ausruhen, aber möglichst nicht allein bleiben. Für den Fall, dass er noch einmal in Ohnmacht fiel. Dann waren sie zum Haus der Koordinatorin gefahren. Sie hatte alle herzlich begrüßt, auch Ulrich, an den sie sich offensichtlich nicht erinnern konnte. Sie bedankte sich für seinen mutigen und geistesgegenwärtigen Einsatz.

»Die wenigsten Menschen verhalten sich so solidarisch,

wenn es darauf ankommt.« Sie fragte ihn nicht, was er ursprünglich im Büro der Organisation gewollt hatte.

»Don Uli«, wandte sie sich persönlich an ihn, nachdem sie den Dank vor der versammelten Gruppe ausgesprochen hatte, »geht es Ihnen gut?«

Er nickte.

»Es würde uns sehr helfen, wenn Sie ein Gedächtnisprotokoll über das schreiben, was passiert ist. Gehen Sie am besten heute nicht mehr aus dem Haus. Wilson bringt Sie zum Hotel. Wenn noch irgendetwas ist, rufen Sie mich an. Oder Juancito.«

Mit den Worten hatte sie ihm den Jungen an die Seite geschoben und schon war Ulrich wieder draußen. Er hatte den Mund nicht aufbekommen. Ihr nicht einmal gesagt, dass er ihre Telefonnummer nicht hatte. Vorbei war die Gelegenheit, mit der großen Koordinatorin zu reden. Vorbei war die Gelegenheit, Yessicas Namen ins Spiel zu bringen. Das ganze Heldenspiel war umsonst gewesen.

Sobald Ulrich von seinem Fenster aus gesehen hatte, dass sich der Junge vom Hotel entfernt hatte, war er seinem Zimmer wieder entflohen und, ohne darüber nachzudenken, in Richtung Strand gelaufen. Er lief, bis er mit seinen Zehen das Wasser berührte. Plötzlich war ein Song von Andy Palacio in seinem Kopf, *Wátina,* wenn auch ohne Worte. Er summte die Melodie vor sich hin, grundfalsch wahrscheinlich, aber es hörte ihm ja niemand zu.

Dieser verdammte Termin beim Botschafter. Nun war Ulrich zum zweiten Mal zur deutschen Botschaft zitiert worden, expliziter als beim ersten Mal. Was, wenn er nicht ging? Die Migra würde ihn vorladen, hatte ihm der Polizist auf der Wache gedroht. Es half nichts, Ulrich musste auf die Botschaft. Vielleicht gelang es ihm, morgen früh mit der Koordinatorin zu sprechen, wenn er sagte, dass ihm noch etwas Wichtiges eingefallen sei. Vielleicht gab es wirklich noch ein wichtiges

Detail. Er sollte in sein Zimmer gehen und das Gedächtnisprotokoll schreiben.

Ulrich drehte sich um. Nur etwa zehn Meter hinter ihm stand eine Bank, auf der eine ältere Dame saß. Er hatte sie nicht bemerkt. Er hatte noch nicht einmal bemerkt, dass dort eine Bank stand. Die Dame wirkte deplatziert. Sie passte nicht an einen tropischen Strand, aber sie passte auch nicht in die Zeit, was daran lag, dass ihr Styling dem von Margaret Thatcher entsprach. Zugeknöpft, Haare fest fixiert und Gesichtsmuskeln eingefroren, Handtasche mit dem Handgelenk verwachsen. Sie starrte ihn an. Welches Recht hatte diese alte Schnepfe, ihn derart genau abzuscannen? Es wurde Zeit, dass mal jemand einen Sexismusvorwurf erhob, wenn alte Frauen mit Blicken jüngeren Männern nachstellten.

Sie hob eine Hand und winkte nach links von der Bank. Ulrich konnte niemanden sehen, dem sie winkte. Dann näherte sich ein Polizist und beugte sich zu ihr hinunter.

Ulrich lief nun zügig an der Bank vorbei. Das Pärchen war ihm nicht geheuer. Am liebsten wäre er gerannt, aber er wollte seine Panik nicht verraten.

»Stehen bleiben!« Die messerscharfe Stimme des Polizisten fühlte sich an wie ein Stich in den Rücken. »Hände über den Kopf!«

Bitte nicht schon wieder. Bitte nicht schon wieder Gewehrkolben in den Rücken, Gesicht auf den Boden, die ganze Prozedur. Wäre er doch bloß im Hotel geblieben. Mit erhobenen Armen drehte Ulrich sich langsam um. Wenigstens wollte er seinem Verfolger ins Gesicht sehen.

Der steckte seine Waffe wieder ein und tastete Ulrich ab. »Papiere!«, bellte er dann.

»Darf ich die Arme herunternehmen?«

»Ja. Ich muss Ihren Ausweis sehen. Wir suchen einen Ausländer, der eine Frau ausgeraubt hat.«

Ulrich reichte dem Polizisten seinen Pass. Abgesehen von

seiner stechenden Stimme wirkte der Mann jetzt nicht mehr so bedrohlich. Ulrich wagte eine Entgegnung: »Ach, und das soll in meinem Ausweis stehen?«

»Lassen Sie mich einfach meine Arbeit machen.« Der Polizist blätterte den Pass von hinten nach vorn durch. »Ulritsch, ja? Eysenberg?«

»Fast. Ulrich Geissenberg.«

Der Polizist fotografierte den Pass mit dem Handy und gab ihn dann zurück. »Sie können gehen.«

»Ich habe also niemanden ausgeraubt? Das freut mich. Schönen Abend noch.«

Ulrich versuchte, lässig davonzuschlendern, aber wahrscheinlich gab er ein lächerliches Bild ab. Es wurde dunkel, ungewöhnlich dunkel für eine Stadt. Die Straßenbeleuchtung blieb ausgeschaltet und nur in den wenigsten Fenstern brannte Licht. Fast wäre er am Hotel vorbeigelaufen, das so lichtlos dalag wie seine Nachbarhäuser. Er klopfte und der Portier kam ihm mit Taschenlampe in der Hand entgegen.

»Stromausfall, mal wieder«, bemerkte er. »Wird hoffentlich bald behoben. Warten Sie, ich gebe Ihnen ein paar Kerzen und Streichhölzer mit.«

Das war ärgerlich, aber ließ sich nicht ändern. In der Hoffnung auf einen kleinen Luftzug öffnete Ulrich das Fenster weit, aber es tat sich nichts, nur Mücken sirrten vor dem Gitter, auf der Suche nach einer kleinen Lücke. Er hatte eigentlich die Artikel über die Investoren der Modellstadt lesen wollen, die ihm Obed empfohlen hatte, und schauen, ob die honduranische Presse etwas über die Razzia brachte. Aber ohne Strom gab es natürlich auch kein Internet. Ulrich setzte sich mit einer Kerze an den kleinen Schreibtisch und begann, die Ereignisse des Tages zu notieren. Am allerwenigsten wusste er, wie er die letzte Begegnung einzuordnen hatte.

19

02.06.2019

Notstand für Cuero Ulúa Victoria S.A. erklärt

In einer gemeinsamen Krisensitzung haben das Komitee für die Beste Praxis und der Präsident von Honduras den Notstand für CUV Ltd. ausgerufen. Da die Sonderzone nicht über ausreichend Sicherheitskräfte verfügt, wurde weitere Unterstützung der honduranischen Militärpolizei angefordert, die der Präsident sofort zugesichert hat. Auch US-Botschafterin Miller versprach die Hilfe ihres Landes bei der Suche nach den Verantwortlichen des Bombenattentats und der Wiederherstellung der öffentlichen Ordnung. Bei dem Anschlag auf das Convention Center von CUV Ltd. vor drei Tagen wurden der Technische Sekretär Mauricio Bustillo und drei Journalisten getötet, weitere sieben schwer verletzt. Der Kameramann Pablo Nieves von Televicentro erlag noch am Tatort seinen Verletzungen, im Krankenhaus verstarben die ausländische Journalistin Ruth Sandford und der Journalismus-Student Antonio Danilo. Von den Tätern fehlt weiterhin jede Spur, ein Bekennerschreiben ist bislang nicht aufgetaucht. Mit einer Razzia bei der Organisation OCGH in La Ceiba ermittelt die Militärpolizei nun nicht mehr nur in der Sonderzone. Es ist davon auszugehen, dass die Täter den Anschlag von außerhalb geplant und koordiniert haben. Die Organisation OCGH steht der Sonderzone seit Anbeginn feindlich gegenüber und verunglimpft durch Propaganda und Diffamierungen den honduranischen Staat wie auch das internationale Expertenkomitee. Es ist möglich, dass die Attentäter mit dieser Organisation in Verbindung stehen oder dass die Organisation als geistiger Brandstifter hinter der abscheulichen Tat steht. Das im Büro der OCGH sichergestellte Material wird von der Polizei derzeit noch ausgewertet.

Keine Erwähnung der brutalen Verhaftung, dadurch glücklicherweise auch keine Erwähnung von Ulrichs Anwesenheit und Intervention auf der Polizeistation.

Tegucigalpa. Zurück auf Los. Es war nur sechs Tage her, dass Ulrich voll vager Hoffnung in der Hauptstadt angekommen war. Nun saß er in der Computerecke des nicht ganz vertrauenswürdigen Hotel Americano, das noch nicht einmal WLAN hatte. Es gab keine Nachrichten aus Triunfo, geschweige denn Nachrichten von oder über Yessica. Er war ihr ferner denn je. Juancito hatte nicht auf seine SMS geantwortet, sein E-Mail-Postfach war ungewöhnlich leer. Es gab anscheinend keine Schlagzeilen über Triunfo. Ulrich hätte schwören können, dass die Polizei dort als Erstes Razzien vorgenommen hätte.

Der gestrige Heldenglanz war abgeblättert. Nun fühlte sich Ulrich einsamer und ratloser denn je, seit er den Flughafen von Tegus verlassen hatte. Dann fiel ihm Diana ein, Yessicas ältere Tochter. Sie war zum Studium in die Hauptstadt gegangen. Vielleicht konnte er sie irgendwie finden. Nur kannte er weder ihren kompletten Namen, noch war er sicher, dass er ihr Gesicht wiedererkennen würde. Trotzdem gab es eine Chance.

Wie viele schwarze Mädchen würden schon in Honduras Biologie studieren? Sie musste im dritten Trimester sein. Laut Internetseite der UNAH standen Zoologie der Wirbellosen, allgemeine Botanik und allgemeine Chemie auf dem Studienplan. Ulrich musste nur noch herausfinden, wann und wo genau die Kurse stattfanden. In jedem Fall würde er Diana finden, allzu groß war die UNAH nicht. Der schwierigere Teil würde sein, sie zum Reden zu bringen.

Ulrichs Magen knurrte lautstark. In letzter Zeit vergaß er oft das Essen, das war ihm früher nie passiert. Er verschob die Suche nach Stunden- und Raumplänen auf später und erkundigte sich bei der Rezeptionistin nach einem Restaurant oder Imbiss in der Nähe. Das Angebot beschränkte sich offenbar auf einen Hähnchengrill. Ulrich bestellte einen halben Hahn mit einer Portion Pommes und dazu ein kaltes Bier. Gesund war anders. Aber etwas anderes gab es nun mal nicht. Nicht essen war auf Dauer auch nicht gesund. Während er die Fleischfasern von den Knochen zupfte und Pommes in Ketchup dippte, überlegte er, ob er sich heute noch bei Ingo melden sollte. Ingo hatte gesagt, sie würden sprechen, wenn er in Tegucigalpa war. Morgen ist auch noch ein Tag, entschied Ulrich. Zum einen wollte er abwarten, was der Botschafter ihm zu sagen hatte, zum anderen hatte er keine Lust auf weitere Vorwürfe von seinem ehemaligen Chef. Und je mehr Zeit er verstreichen ließ, desto eher besserte sich vielleicht Ingos Laune.

Mit vom Fett schwerem Bauch begab er sich zurück zu seinem Hotelzimmer. Ein ordentlicher Verdauungsspaziergang hätte ihm jetzt gutgetan, bewegt hatte er sich heute auch noch nicht. Aber daran war um diese Uhrzeit in Tegus nicht zu denken. Er hatte fast Sehnsucht nach dem Rheinufer.

20

03.06.2019

Am Abend hatte die Straße vor dem Hotel wie ausgestorben gewirkt. Nun suchte Ulrich zwischen den Geräuschen anfahrender Lastwagen und den Autohupen in unterschiedlichsten Tonhöhen einen Weg zurück in den Schlaf, der sich nur sekundenweise einstellen wollte. Er tastete nach dem Handy auf dem Nachttisch. Fünf Uhr und achtzehn Minuten, verriet ihm das Display, und ein Anruf in Abwesenheit. Eingegangen um ein Uhr fünfundzwanzig von einer unbekannten Nummer. Er musste fest geschlafen haben. Wenigstens etwas, irgendwann in der Nacht eine Mütze Tiefschlaf genommen. Fünf Stunden Schlaf waren ausreichend für einen erwachsenen Menschen. Für viele war das der Dauerzustand. Die Frauen, die sich noch vor Tagesanbruch auf dem Weg in die Maquilas machten, vorher das Frühstück für die Kinder vorbereiteten, dann kilometerweit zur Bushaltestelle liefen.

Plötzlich saß Ulrich im Firmenbus zur Maquila und sein Kopf kippte von einer Seite zur anderen. Seine Gedanken verstrickten sich zu einem Halbtraum, in dem grimmige Hunde auf seinem morgendlichen Weg zur Arbeit lauerten, einer staubigen Piste, die endlos lang geradeaus durch eine verschwommene Landschaft führte. Plötzlich baute sich Ingo vor ihm auf und sagte: »Sie sind entlassen. Das Gehalt der letzten sechs Monate können wir leider nicht auszahlen, weil die Globalisierungsgegner unsere Konten beschlagnahmt haben. Kehren Sie auf der Stelle um.« Ingo sprach zu ihm wie zu einem Fremden, seine Stimme klang so ähnlich wie das Navi in Ulrichs Auto zu Hause. »Aber ich habe doch immer Polohemden getragen«, erwiderte Ulrich so empört wie verzweifelt, doch Ingo war wieder Teil der Landschaft geworden, in der inzwischen auch der Weg seine Konturen verloren hatte. Eine Schiffshupe erinnerte Ulrich daran, dass er auf dem gerade eröffneten Nicaraguakanal war und nicht schwimmen konnte. Bevor ihn das Schiff rammen konnte, fiel ihm aber ein, dass er sich in einem Hotelzimmer in Tegucigalpa befand und wahrscheinlich ein Bus direkt vor seinem Fenster im Stau stand.

Er streckte erneut seine Hand nach dem Handy aus. Fünf Uhr zweiundvierzig. Unten an der Rezeption sollte ab sechs Uhr Kaffee bereitstehen. Ulrich schlug das Laken zurück und steuerte ins Badezimmer. Hier im Landesinneren war es längst nicht so heiß wie an der Küste und er war kurz versucht, den Elektroduschkopf auf lauwarm zu stellen. Aber nur kurz, dann hatte er die Versuchung überwunden. Vertrauen zu dieser gewagten Kombination von Strom und Wasser hatte er in zwei Jahren in Honduras nicht gewinnen können.

Nackt beugte er sich über seinen Koffer, den er abends einfach in die Ecke gestellt hatte. Er hätte wenigstens seine Hose und sein eines Hemd vor dem Schlafengehen auf einen Bügel hängen sollen, jetzt würde er dem Botschafter ganz zerknittert gegenübersitzen. Vielleicht konnte er an der Rezeption nach einem Bügeleisen fragen oder die Sachen vor seinem Termin noch bügeln lassen. Er winkte innerlich ab. Er war als Tourist im Land. Er vertrat nicht die Interessen der Gesellschaft, er musste kein Projekt schmackhaft machen. ›Es geht um meinen Job‹, hatte Ingo gesagt.

Nach den Ereignissen von La Ceiba würde die Autofahrt mit Ingo schon vergessen sein. Ulrich hatte in jedem Moment nach seinem besten Wissen und Gewissen gehandelt. Er war in La Ceiba lediglich für die unveräußerlichen Rechte eines Gefangenen eingetreten. Jeder Mensch hatte das Recht, die Menschenrechte zu verteidigen, dazu musste er keiner entsprechenden Organisation angehören. Ulrich ließ seine Beine in die schwarze Stoffhose gleiten, knöpfte das hellblaue Oberhemd über seinem nackten Oberkörper zu. Er wusste gar nicht, warum er die Büroklamotten überhaupt eingepackt hatte. Alte Gewohnheit wahrscheinlich. Rosa Hemden standen ihm eigentlich besser als blaue, aber im rosafarbenen Hemd verspielte er als Mann in diesem Land jegliche Möglichkeit, ernst genommen zu werden.

War seine Entlassung im Traum ein Vorzeichen für seinen Rauswurf aus Honduras? Das Gefühl, ungerecht behandelt worden zu sein, stahl sich aus dem Traum in den neuen Tag hinein und bereitete Ulrich schlechte Laune. Dabei sollte er heute noch früh genug schlechte Laune bekommen. Der Botschafter hatte etwa vor einem halben Jahr gewechselt. Der vorherige war ein Sozialdemokrat vom alten Schlag, über den neuen wusste Ulrich nichts, nicht einmal, ob er einer Partei angehörte oder nahestand. Zuletzt hatte er die Bundesrepublik in Usbekistan vertreten. Was darauf schließen ließ, dass er wahrscheinlich kein Spanisch sprach und eine gewisse Routine im Umgang mit korrupten und wenig demokratischen Regimen hatte.

Ulrich kam zeitgleich mit der Angestellten, die den Kaffee brachte, in die Lobby. Es waren keine Becher da. Die Angestellte versprach, gleich welche zu bringen, blieb dann aber für eine gefühlte Ewigkeit verschwunden. Ulrich startete den Computer in der Internetecke, der genauso langsam war, wie die Frau ihre Arbeit verrichtete. Erst als er einen Styroporbecher mit Kaffee in der Hand hielt und sich die Suchmaschinenmaske auf dem Bildschirm aufgebaut hatte, fühlte sich der Tag ein klein wenig machbarer an, wenn auch noch immer nicht gut und weit entfernt von Urlaub. Seinen Weihnachtsurlaub würde er definitiv auf den Kanaren verbringen. Vielleicht konnte Yessica, sollte er sie jemals finden, auch eine Auszeit gebrauchen.

Er kontrollierte rechts unten auf dem Bildschirm die Uhrzeit. Es war kurz nach halb sieben. In zwei Stunden sollte er beim Botschafter sitzen. Ulrich öffnete sein E-Mail-Konto. Fünfzehn neue Nachrichten, außerdem zehn im Spam-Ordner. Keine der Nachrichten im Posteingang schien besondere Wichtigkeit zu besitzen. Carola aus Bonn lud in zwei Wochen zur Geburtstagsparty ein, eBay pries die neuesten Schnäppchen in der Kategorie Wassersport an. Die Entwicklungsgesellschaft bot ein Seminar zum Thema Wassermanagement in von El Niño betroffenen Regionen an. Sicherheitshalber warf Ulrich auch einen Blick in den Spam-Ordner.

Cash von zu Hause aus, Need your help, Kontoinformation, dann eine Nachricht ohne Betreff, Absender *Juanpablomurillo*. Sofort klickte Ulrich auf *Öffnen*. Die Nachricht war eine Textwüste fast ohne Punkt und Komma.

> *johnson dwight sie nennen ihn den ältesten er eröffnet jede öfentliche veranstaltung von denen wenn sie sich überhauptmal öfentlich presentieren. johnson ist ex-militär. Er hat propaganda für die contra gemacht unter der leitung von einem offic of public diplomasy und das 1987 auch verboten wurde. in johnsons lebenslauf steht davon kein wort, aber es steht in mehreren büchern. er war auch politiker von 1992 bis 2008 saß er für virginia im haus of represantives. seit 2012 ist er rentner aber er ist berater beim Center for Global Policy Analisis wir glauben er ist eigentlich der chef. johnson hat ein paar alte freunde und bekannte im komitee: saavedra antonio, morales wilson und winwrigt amaris. morales und winwirght können sich nicht leiden.*

Eines war klar, Belege für das, was Juancito über die Komiteemitglieder behauptete, würde Ulrich in diesem Text vergeblich suchen. Dennoch, Juancito würde seine Quellen haben. Ulrich kopierte den ganzen Text in eine Worddatei, die er auf seinem USB-Stick sicherte.

> *saavedra ist ein folterknecht und mörder, einer wie viele die auf dem amerikanischen kontinent frei rumlaufen, weil sie freunde haben in den regierungen bei der polizei und beim militär überall. wie sein freund dwyht ist er*

professor, die leute glauben die herren profesoren können keine mörder sein, dafür sind sie zu fein, aber in wirklichkeit haben sie nur gelernt zu morden ohne sich die hände schmutzig zu machen. saavedra, chilene, begann seine militärische Karriere unter pinochet, aber später tat er sodass er nur zum studieren zur armee gegangen war. Alle welt weiß dass alle mitgemacht haben. saavedra war auch auf der folterschule der gringos, school of the americas und das nicht nur einmal damals war die noch in panama. saavedra hat da 1983 auch den general ananasgesicht noriega getroffen. ananasgesicht war ja groß im drogengeschäft und weil er die amis verarscht hat, haben sie ihn später hochgenommen. Wir wissen nicht ob saavedra auch mitgemacht hat, wenn ja hat ihn keiner erwischt. fakt ist er war seit ende der siebziger in militärischen und politischen zirkeln, wenn er unschuldig wäre hätte er niemals karriere gemacht.

Ulrich überlegte, ob Juancito in seinem Pamphlet nicht einfach eine banale Verschwörungstheorie strickte. Nüchtern betrachtet: Wer in den Siebziger- und Achtzigerjahren irgendwelche politischen und militärischen Posten in Lateinamerika bekleidet hatte, der musste mit Diktatoren in Berührung gekommen sein. War es ein Wunder, wenn ein chilenischer Militär bei irgendeiner Gelegenheit auf General Noriega aus Panama getroffen war? Bewies das mehr, als dass der Mensch opportunistisch an seiner Karriere arbeitete? Dass er der Rechten zugehörte, war ja sowieso unbestritten. Unschuldig konnte er nicht sein, das war richtig, aber traf ihn eine besondere Schuld, die dafür sprach, dass er sich auch heute noch wie ein besonderer Schurke verhielt?

Interessant war die Frage, die Juancito selbst aufwarf, ob Saavedra an Drogendeals beteiligt war und heute noch entsprechende Kontakte hatte.

morales ist eine der zwielichtigsten gestalten in diesem komitee aus ehrenwerten persönlichkeiten mit einer vielseitigen moral aber ohne anstand. seine auswahl ist öfentlich kaum zu rechtfertigen aber das hat diese regierung sowieso nicht nötig. morales ist millionär und sein geld hat er so verdient: morales besaß mehrere der grundstücke von denen die contras in costa rica aus operierten bzw auf denen die waffentransporte landeten und von denen die flugzeuge der amerikanischen geheimdienste dann später vollgeladen mit drogen wieder starteten. Aber er hat alles geleugnet, es waren seine grundstücke aber er hatte sie an eine angebliche firma aus afrika verpachtet. Er hätte nicht gewusst was die firma auf seinen grundstücken gemacht hat. wenn morales damals nur pacht kassiert hat, erklärt das nicht seinen steilen aufstieg danach, er war auf einmal sehr reich und investierte in alles mögliche, minen genauso wie energie und tankstellen, hauptsache es ließ sich geld damit verdienen. auch beim nicaraguakanal soll er mitgeboten haben aber war ihm dann wohl doch ne nummer zu groß. in tela ist seine firma inversiones solares an einem shoppingcenter beteiligt. wir versuchen noch rauszufinden ob er auf dem gebiet der modellstadt auch im bergbau aktiv ist.

Der Text ging noch endlos weiter und klang so, als würde Juancito neben Ulrich stehen und drauflosreden. Dabei legte er vor allem die dunkle Vergangenheit der Komiteemitglieder offen, sagte aber zu wenig darüber, was sie heute taten. Vor allem würden Ulrich auch diese Personenbeschreibungen nicht auf Yessicas Spur bringen. Er entschied sich, frühstücken zu gehen und Juancitos Mail später in Ruhe weiterzulesen. Jetzt war es wichtiger, erst den Botschafter abzuschütteln und dann Diana zu treffen.

Die Cafeteria schräg gegenüber vom Hotel bot das Übliche zum Frühstück: Eier, Bohnen, wahlweise Speck, gebratene Würstchen oder Rindfleisch. Dazu salziger, etwas streng schmeckender Weißkäse und gebratene Bananen, ein Körbchen mit frischen, in einem Tuch eingeschlagenen Tortillas. Alles in allem viel zu viel, die halbe Portion hätte es auch getan.

Im Taxi zur deutschen Botschaft verlor Ulrich die Orientierung. Es fehlte ihm die eigenständige Bewegung durch die Straßen, um ihre Verbindungen auszuloten, im Hirn eine ganz eigene Karte zu erstellen. Tegucigalpa war für ihn eine lose Ansammlung von Punkten geblieben, den Innenräumen von bestimmten Institutionen, einigen Metern Gehsteig im Zentrum. Dazwischen gab es nichts als amorphe Substanz, versmogte Terra incognita. Der Taxifahrer klagte über zunehmende Schutzgelderpressung, aber Ulrich hörte kaum zu, warf nur hin und wieder ein »Ja, ja« oder »Schlimm« ein.

Eigentlich schlimm fand er, dass der Fahrer die deutsche Botschaft nicht finden konnte. Er hielt dreimal an, um Passanten oder andere Autofahrer nach dem Weg zu fragen, versicherte jedes Mal, dass sie bald da wären, und verfuhr sich wieder. Kein Taxifahrer in Tegus fuhr mit Navi.

Die Botschaft lag am Ende einer steilen Sackgasse, die das Taxi nur mühsam und mit Anlauf erklomm. Eine zweistöckige Villa, die Mauer darum selbstverständlich mit einer Stacheldrahtrolle bewehrt. Wie lange würde das Gespräch mit dem Botschafter wohl dauern? Sollte Ulrich den Taxifahrer warten lassen oder doch lieber wegschicken und hoffen, dass ein neu gerufenes Taxi die Adresse überhaupt finden würde? Ulrich entschied sich fürs Wartenlassen. Es war vorstellbar, dass er am Ende oder auch in der Mitte des Gesprächs einen jähen Fluchtimpuls verspüren würde.

Eine junge Frau in Jeans und geblümter Bluse streckte Ulrich in deutscher Manier die Hand entgegen und bat ihn in lateinamerikanisch weichem Deutsch, im Vorzimmer Platz zu nehmen. Der Raum war einem Wartezimmer in einer Arztpraxis nicht unähnlich, nur dass Ulrich der einzige Wartende war. An den Wänden hingen großformatige abstrakte Ölgemälde, rosa Kreuze aus groben Pinselstrichen auf grauem Grund. Auf dem Glastisch neben der Couch lagen ein paar Imagebroschüren aus, Werbematerial der deutschen Außenhandelskammer, Prospekte über das Leben und Arbeiten in Deutschland.

Ulrich füllte einen Pappbecher mit kaltem Wasser aus dem Wasserspender. Er schloss die Augen und nippte daran, fühlte seine Zungenspitze kalt werden und sich langsam wieder erwärmen. Nach dem zweiten Becher blieb die junge Angestellte immer noch verschwunden. Ließ der Botschafter ihn absichtlich warten, um ihn vor dem Gespräch ausreichend weichzukochen? Beriet er sich noch mit der honduranischen Regierung, welches Verhalten er seinem unliebsamen Staatsangehörigen nahelegen sollte?

Der Botschafter ließ ihn genau eine akademische Viertelstunde zu spät ins Büro rufen. Er stand nicht auf, streckte Ulrich nicht einmal die Hand entgegen. »Entschuldigung, die Grippe geht um«, kommentierte er seine Unhöflichkeit. Er wirkte kalt, der verknitterte, schlecht sitzende Anzug drückte Herablassung aus. Er war kaum besser angezogen als Ulrich.

Ulrich zog den freien Stuhl, der dem Schreibtisch des Botschafters gegenüberstand, ein Stück zurück und behielt den neu geschaffenen Abstand auch bei, nachdem der Mann sich gesetzt hatte.

»Ulrich Geissenberg, Sie waren von März 2016 bis Dezember 2017 im Auftrag des deutschen Staates in Honduras. Was führt Sie wieder ins Land?«

»Ich glaube nicht, dass ich darüber Rechenschaft schuldig bin. Ich antworte Ihnen dasselbe, was ich in jeder Polizeikontrolle sage: Ich bin Tourist, das können Sie übrigens auch meinem Visum entnehmen.«

»Anders als die Polizei habe ich kein Recht, Ihren Pass zu kontrollieren. Aber lassen wir das. Sie wissen genau, dass die Art des Visums nicht immer den wirklichen Zweck des Aufenthalts abbildet. Was Sie als Tourist in Honduras treiben, interessiert mich herzlich wenig. Wenn Sie jedoch den Namen einer Institution der deutschen Entwicklungszusammenarbeit missbrauchen, dann geht mich das schon etwas an. Was haben Sie also am 30. Mai in Tela gemacht und warum wollten Sie von dort so eilig wieder weg, dass Sie sich von Ihrem ehemaligen Vorgesetzten unter Vorspielen falscher Tatsachen haben abholen lassen, obwohl eine Ausgangssperre verhängt war?«

»Wären Sie ahnungs- und tatenlos in einem Restaurant eingesperrt geblieben, während draußen die Stadt in die Luft fliegt?«

»Sie übertreiben.«

»Es ist nicht gerade beruhigend, wenn Hubschrauber über der Stadt kreisen und der einzige Reporter, der über die Ereignisse berichtet, vor laufender Kamera von Polizisten niedergeprügelt wird.«

»Und dann verspüren Sie das dringende Bedürfnis, auf die Straße zu gehen? Ich wäre an Ihrer Stelle froh, schützende Mauern um mich herum zu haben.«

»Die Befindlichkeiten sind verschieden. Es tut mir leid, dass wir den Namen der Gesellschaft benutzt haben, das war nicht korrekt. Wir hatten gehofft, einfach so aus der Stadt herauszukommen. Es tut mir auch leid, dass ich Herrn Ahrens unter Druck gesetzt habe, sich falsch zu verhalten.«

»Einen Tag später sind Sie live auf einem illegalen Radiosender zu hören gewesen, der aus dem besetzten Gebiet des ehemaligen Orts Triunfo de la Cruz gesendet wird. Sie haben damit erstens gegen das Fernmeldegesetz von Honduras verstoßen und sich zweitens unbefugt auf einem Privatgrundstück aufgehalten.«

»Erstens: Ich wurde quasi vor das Mikrofon gezerrt, ich hatte nicht vor, im Radio zu sprechen. Zweitens: Wir, als Gesellschaft der Entwicklungszusammenarbeit der Bundesrepublik Deutschland, also des Staates, den Sie hier vertreten, haben in der Vergangenheit mit diesem Sender zusammengearbeitet, jetzt soll er auf einmal illegal sein? Ich verstehe die Welt nicht mehr. Aber was mich am ehesten interessiert: Wieso ist Triunfo de la Cruz ein besetztes Gebiet? Von was für einem Privatgrundstück reden Sie?«

»Herr Geissenberg, Ihr Projekt war vor anderthalb Jahren beendet und Sie sind in den Innendienst zurückgekehrt. Mir scheint, dass Sie sich seither nicht allzu viel mit Honduras beschäftigt haben. Hier hat sich politisch einiges verändert. Sie müssen das nicht gutheißen, aber Sie sind dennoch an die Gesetze des Landes gebunden. Und Unwissenheit schützt vor Strafe nicht. Anders gesagt: Wenn ein Deutscher in Thailand mit Hasch erwischt wird, kann ihn auch die deutsche Botschaft möglicherweise nicht vor der Todesstrafe schützen.«

»Sie schweifen ab. Hat jemand Anzeige gegen mich erstattet?«

»Das kann ich nicht wissen. Mir sind nur Beschwerden über Ihr Verhalten zu Ohren gekommen.«

»Sie werfen wirklich mehr Fragen auf, als Sie mir Antworten geben. Aber bevor Sie mir jetzt sagen, wer sich über mich beschwert hat, erzählen Sie mir bitte, warum der Sender illegal ist und Triunfo de la Cruz besetzt und was zur Hölle Sie mit dem Privatgrundstück meinen.«

So redete man nicht mit Botschaftern. Botschafter wurden mit Exzellenz angesprochen. Ulrich merkte, dass seine Stimme sich unkontrolliert in die Höhe schraubte und beschleunigte. Der Botschafter machte ihn wirklich wütend. Nicht gerade eine herausragende Eigenschaft für einen Diplomaten, aber vielleicht steckte in diesem Fall Absicht dahinter. Es konnte durchaus im Interesse der diplomatischen Beziehungen sein,

Ulrich zu verärgern. Vielleicht wollte der Mann ihn aus dem Land ekeln, wenn er schon keinerlei Befugnis hatte, ihn auszuweisen.

»Ich kann Ihnen nicht sagen, wer sich bei mir beschwert hat. Ich kann Ihnen nur sagen, dass die honduranischen Sicherheitsorgane Sie genauestens im Auge haben. Ob ich das richtig oder falsch finde, sei dahingestellt. Ich führe mit Ihnen dieses Gespräch, um uns allen weitere Unannehmlichkeiten zu ersparen. Und ich muss Ihnen natürlich auch ganz im Vertrauen sagen, dass ich ab einem bestimmten Punkt nicht mehr für Ihre Sicherheit bürgen würde.«

Ulrich stand abrupt von seinem Stuhl auf, ging zwei Schritte auf die Tür zu und vollführte dann eine Drehung um hundertachtzig Grad. »Ich werde mich beim Auswärtigen Amt über Sie beschweren! Sie missbrauchen Ihr Amt, um mir Drohungen zu übermitteln!«

»Jetzt beruhigen Sie sich doch. Sie haben die Ereignisse der letzten Tage noch nicht verdaut, Sie sind nervös, jetzt sehen Sie Gespenster. Um auf Ihre Fragen zurückzukommen: Der Sender, bei dem Sie zu Besuch waren, sendet seit Jahren ohne Lizenz. Das ist eine bekannte Tatsache. Wir haben die Radios der Garífuna sogar mit Mitteln der Entwicklungszusammenarbeit unterstützt, da sie eine wichtige Rolle bei der kulturellen Bildung und Gesundheitsaufklärung spielen. Es gab für diese Sender jahrelang keine Möglichkeit, ihre Tätigkeit mit einer offiziellen Sendelizenz zu legalisieren. Nun wurde das Telekommunikationsgesetz geändert und sie hätten ohne Weiteres eine Lizenz beantragen können. Haben sie aber nicht getan und an dem Punkt sind sie natürlich kein Partner für die deutsche Regierung mehr.«

»Soweit ich weiß, berufen sich die Garífuna auf ihre kulturellen Rechte als indigenes Volk. Der Staat hat gar nicht die Möglichkeit, ihnen das Recht auf einen eigenen Radiosender abzusprechen.«

»Aber das tut er ja auch nicht. Sie müssten nur eine Lizenz beantragen.«

»Wenn die Leute das nicht tun, muss es ja irgendwo einen Haken geben.«

»Ja, der Haken, der sich jetzt zeigt, ist, dass es sich überwiegend um Radikale handelt, mit denen sich kaum ein politischer Dialog führen lässt. Sie versuchen schlichtweg alle Projekte der Regierung zu sabotieren, auch wenn sie davon profitieren könnten. Zum Beispiel die Sonderentwicklungszonen, die ja von einem internationalen Gremium kontrolliert werden. Das Land ist übrigens als besetzt anzusehen, weil die Bewohner enteignet wurden. Jeder wurde für den Wert seines Grundstücks entschädigt. Entweder erhielten die Bewohner Ersatzgrundstücke in anderen Gemeinden oder einen entsprechenden Geldwert. Das internationale Komitee hat kontrolliert, dass das alles fair und korrekt abläuft. Von daher befindet sich der Radiosender auf einem Privatgrundstück der Firma *Victoria*.«

»Trotzdem wird die Enteignung gegen den Willen der Einwohner erfolgt sein.«

»Enteignung klingt immer nach Ungerechtigkeit. Aber Sie sollten das nicht schwarz-weiß sehen. Man hört immer nur diejenigen, die am meisten Krach schlagen. Ich würde sagen, die überwiegende Mehrheit ist gegangen, ohne zu klagen. Ein gutes Drittel derjenigen, die sich Einwohner nennen, lebt sowieso schon lange in den USA. Den Leuten reicht letztendlich eine Ferienwohnung irgendwo an der Küste. Und andere sind dankbar für die Finanzspritze für einen Neustart.«

Ulrich schluckte seine Wut darüber herunter, wie kalt der Botschafter die Vertreibung eines Dorfes beschrieb. Er ahnte, dass der Mann ihn damit weiter herausfordern wollte. Der Botschafter suchte gezielt Ulrichs wunde Punkte, um ihn rasend zu machen, damit er am Ende die richtigen Fragen vergaß. *Take a deep breath and relax* hatte auf der Kotztüte im Flugzeug gestanden.

»Wenn die Bewohner von Triunfo enteignet und entschädigt wurden, was machen dann die Zu-verkaufen-Schilder an den Häusern?«

»Das weiß ich nicht, da müssen Sie diejenigen fragen, die die Schilder aufgehängt haben. Vielleicht versuchen die Leute, doppelt Geld zu machen, indem sie die Grundstücke an Ahnungslose noch mal verkaufen?«

»Lassen wir das dahingestellt. Andere Frage: Wie kann indigenes Land einfach enteignet werden, zumal es neben den individuellen Landtiteln auch einen kommunalen Titel gibt?«

»Letzterer ist wirkungslos. Wenn die Einzeleigentümer verkaufen wollen, kann sie niemand zwingen, Teil der Gemeinschaft zu bleiben. Man könnte nun Käufer suchen, die bei der Gemeinschaft mitmachen wollen, aber dann hätten wir so etwas wie einen deutschen Kleingartenverein. Und die Frage, ob es sich um indigenes Land handelt, müssten Sie vielleicht eher mit dem Sekretariat für Ethnien klären. Ihnen ist sicherlich der diesbezügliche Streit mit den Garífuna bekannt. Die Frage ist doch, ob man bei einer vor zweihundert Jahren eingewanderten Volksgruppe von Indigenen sprechen kann. Demnach wären ja auch die Afroamerikaner Indigene, die Hälfte der brasilianischen Bevölkerung und so weiter. Im Übrigen ergreife ich gar nicht Partei für eine Seite in diesem Streit, sondern erörtere Ihnen nur die rechtliche Situation in Triunfo, mit der Sie eigentlich besser vertraut sein sollten als ich. Sie waren doch unter anderem für das Katasterprojekt verantwortlich.«

»Richtig. Es ging darum zu erfassen, welche Grundstücke in der Schutzzone des mesoamerikanischen biologischen Korridors liegen.«

»Um die Eigentümer gegebenenfalls enteignen zu können.«

»In erster Linie, um mit Ihnen über eine angemessene Landnutzung zu reden.«

»Aber im Zweifelsfall hätte man sie enteignet. Und da sich kollektives Eigentum schlechter enteignen lässt, hat man die

Leute überzeugt, im Kataster Einzeltitel eintragen zu lassen. Und wenn mich nicht alles täuscht, haben Sie das getan.«

Ulrich schnappte nach Luft, um etwas zu entgegnen, doch der Botschafter fuhr schon fort.

»Sie brauchen sich nicht zu rechtfertigen. Juristisch gesehen ist es egal, ob die Regierung ein Naturschutzgebiet oder eine Sonderentwicklungszone ausweist und das Land deswegen für sich beansprucht. In beiden Fällen kann sie enteignen.«

»Es gibt aber …«

»Wenn wir das jetzt geklärt hätten, hätte ich doch noch eine Frage an Sie: Was haben Sie vor zwei Tagen im Büro der Garífuna-Organisation in La Ceiba gemacht? Und wieso haben Sie sich später auf der Polizeiwache als Menschenrechtsbeobachter ausgegeben? Und vor allem: Warum sind Sie nicht wie vereinbart gestern zu mir gekommen, sondern erst heute?«

»Das waren drei Fragen. Für die Verspätung habe ich mich bereits entschuldigt. Sie wissen selbst, wie zeitaufwendig das Reisen in diesem Land ist. Der Polizist, der den Termin mit Ihnen ausgemacht hat, ist wahrscheinlich noch nie mit dem Bus von La Ceiba nach Tegucigalpa gefahren. Zweitens: Jeder Mensch hat das Recht, sich für die Einhaltung der Menschenrechte einzusetzen. Dafür braucht man keine spezielle Ausbildung, kein Diplom und auch nicht die Zugehörigkeit zu irgendeiner Organisation. Übrigens auch kein besonderes Visum. Wenn ich Zeuge werde, dass irgendwo die Menschenrechte verletzt werden, habe ich das Recht, das öffentlich anzuprangern und auf die Einhaltung der Menschenrechte zu pochen.«

»Den Text haben Sie nicht bei der Gesellschaft gelernt.«

»Nein, das können Sie bei der UN nachlesen.«

»Das Ganze ist übrigens Auslegungssache. Man könnte Ihr Verhalten nämlich auch politische Einmischung nennen.«

»Wenn die Polizei sich korrekt verhalten hätte, hätte sie meine Einmischung gar nicht gestört.«

»Herr Geissenberg, jetzt versuchen Sie doch mal, die Geschichte von der diplomatischen Ebene aus zu betrachten. Ein paar übereifrige Polizisten haben einen Verdächtigen etwas zu hart angefasst. Auch in Deutschland passiert so etwas. Stellen sich deswegen gleich Menschenrechtsbeobachter aus allen Herren Ländern vor die Polizeiwachen?«

»Na ja, das wäre manchmal nicht verkehrt«, murmelte Ulrich.

»Was wollten Sie denn nun an dem Tag bei der Organisation in La Ceiba?«

»Wie gesagt, ich bin Ihnen keine Rechenschaft schuldig. Hat der Polizist, der ungefragt Termine für mich vereinbart hat, auch gesagt, ob weiter gegen mich ermittelt wird?«

»Nein, darüber haben wir nicht gesprochen. Ich an Ihrer Stelle würde darüber nachdenken, den Urlaub unbeschwert in einem der Nachbarländer fortzusetzen. Buchen Sie auf einen Rückflug aus San José oder Cancún um und vergessen Sie den ganzen Ärger hier. Wenn Sie unbedingt aus irgendwelchen nostalgischen Gründen in Honduras bleiben wollen, fahren Sie auf die Inseln, da ist die Lage noch relativ entspannt. Aber halten Sie sich um Himmels willen von Mitgliedern dieser Garífuna-Organisation fern. Ich weiß, Sie haben früher zum Teil mit diesen Leuten gearbeitet, aber die Zeiten haben sich geändert und es würde wirklich dem Ansehen des deutschen Staates schaden, wenn einer unserer Entwicklungszusammenarbeiter Kontakte zu einer Organisation unterhält, die unter Terrorismusverdacht steht.«

»Was passiert, wenn ich Ihre klugen Ratschläge nicht beherzige?«

»Wollen Sie Ihren ehemaligen Kollegen wirklich so viel Ärger bereiten, vor allem Herrn Ahrens? Je nachdem, wie sich die Geschichte weiterentwickelt, werden sich Konsequenzen für Ihre berufliche Laufbahn nicht ausschließen lassen. Und vergessen Sie nicht das, was ich bereits am Anfang gesagt habe: Die Sicherheitslage in Honduras ist und bleibt prekär.«

»Ich hätte da auch noch ein praktisches Problem: Ich habe einen Wagen gemietet und musste ihn in Tela stehen lassen. Dort wird nun niemand mehr reingelassen.«

»Ich könnte eine meiner Mitarbeiterinnen bitten, für Sie mit der Autovermietung zu sprechen.«

»Vielen Dank, ich lasse Ihrer Sekretärin die Nummer da. Und vielen Dank für das aufschlussreiche Gespräch.« Ulrich stand auf und streckte dem Botschafter die Hand entgegen, zog sie dann eilig zurück. »Ich vergaß, die Grippe.«

Ulrich war wütend und trotzdem nagten in seinem Kopf die Worte des Botschafters. Waren die Einwohner Triunfos tatsächlich entschädigt worden? Glaubte er zu bereitwillig der einseitigen Darstellung von Juancito, Laura, Ángel und Obed, nur weil sie Yessica nahestanden? Warum hatte er in Triunfo nicht die Gelegenheit genutzt, mit jemandem zu reden, der nicht auf der Seite der Organisation stand? Don Gustavo zum Beispiel war ein recht umgänglicher und witziger Gesprächspartner und ließ sich weder einfach in die Kategorie ›dumm‹ noch in die Kategorie ›geldgierig‹ einsortieren. Aber wahrscheinlich war Don Gustavo mit seiner Entschädigung längst über alle Berge. Oder er würde später nach Triunfo zurückkommen, wenn der alte Ort fertiggestorben war und dort etwas Neues entstand, was nichts mehr mit der Garífuna-Geschichte zu tun hatte. Eine folkloristische Tanzgruppe würde fortan an die Garífuna-Kultur erinnern. ›Für die Touris heißt Garífuna sein, zu trommeln und mit dem Arsch zu wackeln‹, war ein verächtlicher Ausspruch von Yessica.

Vor der Tür wartete geduldig der Taxifahrer und rauchte.

»Soll ich Sie zurück ins Hotel bringen?«, fragte er.

»Nein, ich habe noch einen Termin an der Uni.«

»Wie Sie wünschen.«

21

Er hatte Diana kaum kennengelernt. Sie war ein brav aussehendes Schulmädchen auf einem Foto in Yessicas Portemonnaie. Weiße Uniformbluse, Haare zu zwei seitlichen Zöpfen aus dem Gesicht gekämmt, breites Lächeln mit blank polierten Zähnen. Bogenförmige Augenbrauen über den geradewegs in die Kamera schauenden Augen. Das Foto hatte er besser in Erinnerung als die einmalige Begegnung mit dem Mädchen. Natürlich sah sie in der Realität anders aus als auf dem Foto des Schulfotografen, war mindestens zwei Jahre älter.

Ihr Treffen war kurz nach dem magischen Wochenende mit Yessica gewesen. Sie hatten sich am Ende nichts versprochen, nur dass sie sich, wenn sie sich in der folgenden Woche in der Öffentlichkeit begegneten, professionell verhalten wollten. Ulrich war damals fest entschlossen gewesen, wieder in den Rahmen des beruflichen Regelwerks zurückzukehren, das Ganze als schöne, aber doch einmalige Entgleisung in der Schublade der Erinnerungen zu verwahren, die einem noch Jahre später ein entrücktes Lächeln ins Gesicht schickte.

Aber schon drei Tage später hatte er es nicht mehr ausgehalten. Er wollte nur fünf Minuten mit Yessica allein sein, wissen, was sie dachte und fühlte.

Natürlich wollte er mehr als das, was er sich aber nicht eingestand. Er wollte nicht wirklich reden, er wollte sie an sich ziehen, ihren festen, warmen Körper spüren, ihre Haut streicheln. Er wollte sie riechen, schmecken und er wollte mit ihr schlafen.

Er fuhr zu ihr, er dachte sich nicht einmal einen Vorwand aus. Sie stand im Garten an dem großen Waschbassin aus Beton und rubbelte nasse Wäschestücke gegeneinander.

»Diana, kannst du den Tank nachfüllen?«, rief sie hinter sich und ein großes, etwas fülliges Mädchen tauchte auf.

Er rief laut Hallo, bevor er durch die offen stehende Gartentür eintrat.

»Oh, hallo.« Yessica schien wirklich nicht mit seinem Besuch gerechnet zu haben, ließ aber mit keiner Miene erkennen, ob sie ihn sich insgeheim hergewünscht hatte oder er doch eher ungelegen kam. »Hast du schon meine große Tochter kennengelernt? Das ist Diana. Diana, das ist Uli, ein Kollege.«

Die Jugendliche nickte ihm zu und beschäftigte sich weiter mit dem Wasserschlauch.

»Diana ist diese und nächste Woche bei mir, weil sie Ferien hat. Ich versuche gerade, ihre Schuluniform ordentlich sauber zu bekommen. Sie muss ihre Sachen ja sonst alleine waschen. Meine Schwester hat keine Zeit, das auch noch zu machen. Na ja, die Alltagssorgen der Mütter halt.«

Ulrich wusste nicht, was er entgegnen sollte. Er konnte schlecht dazu überleiten, dass das Wochenende wirklich etwas Besonderes für ihn gewesen war.

»Mama, hast du meinen MP3-Player gesehen?«, rief Diana dazwischen.

»Nein, keine Ahnung, du musst schon selbst auf deine Sachen aufpassen.«

»Mann, eben lag der noch hier auf dem Stuhl. Aber du musst immer alles aufräumen.«

Yessica verdrehte die Augen und flüsterte Ulrich dann zu: »Pubertät, die schlimmste Krankheit, die wir in unserem Leben durchmachen.« Dann wieder lauter: »Was kann ich für dich tun?«

Das Mädchen, das um sie herumwuselte, Sachen umdrehte, unter denen es das Gerät vermutete, verunsicherte ihn. Er konnte nicht sagen: Ich wollte nur wissen, wie es dir geht. Er konnte auf gar keinen Fall tun, was er am liebsten getan hätte: sie einfach in den Arm nehmen. Er brauchte einen Vorwand, den er sich dummerweise nicht vorher zurechtgelegt hatte.

»Ich wollte nur fragen, wann morgen das Treffen in der

Gesundheitsstation sein sollte. Um zehn oder um elf? Ich habe es vergessen.«

»Du kennst uns doch. Offiziell um zehn, aber vor elf fängt es sowieso nicht an. Deswegen bist du extra bei mir vorbeigefahren? Du hättest doch anrufen können.« Yessica sah ihn belustigt an. Sie hatte ihn durchschaut, aber das machte nichts, schließlich ging es nur um Tarnung vor dem Kind. Trotzdem war nicht erkennbar, ob sie sich über seinen Besuch freute.

»Kein Guthaben«, antwortete Ulrich. Er sah sie einen Moment an, wartete, ob sie nicht doch ein Gespräch beginnen würde, aber sie hatte sich wieder ihrer Wäsche zugewandt.

»Na, dann will ich dich nicht weiter stören. Wir sehen uns morgen.«

»Klar, bis morgen. Schönen Abend dir!«

Ulrich ging zurück zu seinem Auto und fragte sich, ob Yessica irgendetwas hätte anders machen können, wenn sie sich seinen Besuch gewünscht hätte. Kein Wunder, dass er kaum darauf geachtet hatte, wie Diana eigentlich aussah, schließlich war sie nur der Störfaktor in dieser Begegnung gewesen.

Jetzt stand er in einem zugigen Flur des Unigebäudes und hoffte, dass er vor dem richtigen Seminarraum lauerte. Die Tür ließ unten einen breiten Spalt offen, sodass die Stimme der Dozentin gut zu verstehen war. »Wir fahren dann nächste Woche fort mit den Protostomia, von den Brachiopoda bis zu den Bryozoa.«

Unvermittelt öffnete sich die Tür und spuckte die Studentinnen und Studenten so schnell aus, dass Ulrich kaum Zeit hatte, ihnen ins Gesicht zu sehen. Überhaupt waren diese glatten, fast noch kindlichen Gesichter unter langen dunklen Haaren kaum zu unterscheiden. Ulrich hielt sich an der Hautfarbe fest. Und tatsächlich erschien eine schwarze junge Frau mit sehr krausem Haar, nur wandte sie genau jetzt das Gesicht ab, um mit ihrer Nachfolgerin zu reden, und drehte Ulrich auch im Weggehen ihren Hinterkopf zu. Ulrich folgte ihr, hoffte, sie würde gleich das Gespräch beenden und sich von ihrer Kommilitonin verabschieden. Stattdessen drehte sie sich am Ende des Ganges nach ihm um, nahm ihre Gesprächspartnerin am Arm und fiel in leichten Trab.

»Diana!«, rief ihr Ulrich hinterher. Wie erreichte er bloß, dass sie keine Angst vor ihm hatte? »Diana, warte, ich bin ein alter Freund deiner Mutter! Ein alter Kollege, erkennst du mich nicht mehr?«

Doch die junge Frau vor ihm beschleunigte nur ihre Schritte, hatte jetzt auch die Kommilitonin stehen lassen. Diese stellte sich ihm nun in den Weg, breitbeinig in engen Jeans, Modelfigur, lange schwarze Haare, Superheldinnenpose, als wäre sie einem Filmplakat entstiegen.

»Was wollen Sie?«

Wenn die andere, die mutmaßliche Diana Angst vor ihm hatte, warum diese nicht?

»Ich muss mit Diana reden. Es ist wichtig. Das war doch Diana, oder?«

»Das Mädchen, das gerade weggelaufen ist, heißt nicht Diana.«

»Und ihre Mutter heißt auch nicht Yessica?«

»Ich weiß nicht, wie ihre Mutter heißt. Aber ich hatte eine andere Kommilitonin, die Diana hieß, und deren Mutter hieß wohl Yessica. Was wollen Sie von ihr?«

»Aber warum ist Ihre Kommilitonin dann vor mir weggelaufen?«

»Sie rennt vor jedem fremden Mann weg. Da hilft es auch nicht, wenn er sie mit dem falschen Namen anspricht. Ich bin übrigens Teresa.« Sie streckte ihm die Wange zum Begrüßungsküsschen hin.

Ulrich deutete einen Kuss in die Luft neben ihrer Wange an und sagte: »Uli, angenehm. Also, wenn ich fragen darf, was ist mit Ihrer Kommilitonin Diana passiert? Hoffentlich nichts Schlimmes?«

»Nein, nein, es geht ihr gut. Ich kann jetzt nicht lange reden, ich muss in die nächste Klasse. Sollen wir uns nicht heute Nachmittag treffen und ich erzähle Ihnen alles in Ruhe?«

Das Angebot kam Ulrich seltsam vor, aber es war ein Strohhalm, den er nicht ablehnen konnte.

»Ich schlage vor, um fünf im *Paradiso.* Kennen Sie das *Paradiso*?«, redete sie weiter, ohne seine Zustimmung abzuwarten.

»Ja, ich bin schon mal da gewesen, aber ich erinnere mich nicht genau, wie ich hinkomme.«

»Am Arbolito, dann ein paar Meter in die 4a Calle, dort auf der linken Seite ist eine Gittertür, an der Sie klingeln müssen.«

»Also gut, dann bis um fünf.«

Wenn er Teresa nach einem Foto von Diana fragte, würde er Diana darauf erkennen und könnte damit eindeutig bewiesen werden, dass Diana nicht die Frau war, die vor ihm weggerannt war? Die dringendste Frage war doch: Wusste Teresa, wo Yessica war, und würde sie es ihm verraten? Allein, Vertrauen in ihre Antwort würde er unter keinen Umständen haben.

Ulrich schlenderte durch die Innenstadt, um die Zeit herumzubekommen. Er versuchte so zu tun, als wäre er ein Tourist. Die Abwesenheit anderer Urlauber machte das nicht einfacher. Mit dem Handy schoss er Fotos von der Kathedrale. Hier und da fotografierte er außerdem eine an eine Wand gesprühte Parole, hastige und etwas krakelige Schriftzüge. *Wer Angst vor Büchern hat, greift gleich zur Waffe. – Eure Zeitungen lügen, doch die Wände sagen die Wahrheit.* Hellere Flecken zeugten von Parolen, die kürzlich übertüncht worden waren. Unversehens stand Ulrich vor dem *Paradiso* und drückte zögerlich auf den Klingelknopf. Mit einem Surren gab die geschmiedete Tür nach.

Obwohl er zu früh war, saß Teresa bereits an einem kleinen runden Tisch in der Mitte des Raumes. Sie hatte die Beine übereinandergeschlagen und tippte auf einem Smartphone herum.

Jetzt wusste Ulrich, was ihn am meisten an ihr störte. Sie sah aus wie ein Oberschichtenkind. Das Telefon schien teuer, die schwarze Handtasche ebenfalls. Konnte ein solches Mädchen die Freundin von Yessicas Tochter sein? Aber Moment: Hatte irgendwer behauptet, dass Teresa eine Freundin von Diana war? Hatte sie nicht einfach gesagt: eine Kommilitonin? Sein Gehirn arbeitete nicht mehr zuverlässig, er sollte dringend mehr schlafen. Teresa sah von ihrem Handy auf und strahlte ihn an. Ihr Blick hatte etwas an sich, das es schwer machte, sie nicht sympathisch zu finden. Zugegeben, sie war sehr hübsch. Ulrich setzte sich an ihren Tisch.

»Hallo«, sagte er nur, »ist der Kaffee in Ordnung?«

»Ja, der beste in der Stadt. Und er kommt von einer Frauenkooperative aus Marcala. Das ist ein tolles Projekt. Kennen Sie sich ein bisschen aus in Honduras?«

Ulrich nickte. Sie sah nicht einmal aus wie eine Biologiestudentin. Jedenfalls nicht nach seinem deutschen Vorstellungshorizont. Biologiestudentinnen hatten zwar gern lange Haare, aber bei den Klamotten blieben sie meist auf der praktischen Seite, gingen niemals so elegant zur Uni wie die junge Frau, die vor ihm saß.

»Wie sind Sie darauf gekommen, Biologie zu studieren?«

»Wieso nicht? Auch wenn es zugegeben eine etwas romantische Vorstellung war. Als würde ich losziehen und jeden Tag neue Arten entdecken. In Wirklichkeit arbeiten wir die ganze Zeit mit Modellorganismen. Drosophila melanogaster und Caenorhabditis elegans. Mit Pflanzen beschäftige ich mich weniger.«

»Fliegen und Würmer, na das ist auch was Schönes«, kommentierte Ulrich.

Die Kellnerin stellte ihm eine Tasse Kaffee vor die Nase und warf ihm einen etwas irritierten Blick zu.

»Und Diana kennen Sie von der Uni?«

»Ja, auch. Sie hat eine Weile bei mir gewohnt.«

»Es gibt Wohngemeinschaften in Tegus?«

»Ein paar. Klar, die meisten Studenten wohnen bei ihren Eltern oder die, die von außerhalb kommen, kriechen bei Verwandten unter. Aber Diana hat keine Familie in Tegus. Sie hat zuerst bei einer Bekannten ihrer Mutter auf der Couch geschlafen, aber langfristig wäre es dort sehr eng gewesen. Sie hat mir gesagt, dass sie mehrmals am Tag zum Schwarzen Brett gegangen ist, um zu sehen, ob nicht jemand ein Zimmer anbietet.«

»Haben Sie ein Foto von ihr?«

»Sie glauben mir nicht, dass ich Diana kenne, nicht wahr? Warum? Weil ich nicht schwarz bin?«

Ulrich sah betreten auf die Tischplatte. Erwischt.

Teresa kramte in der Handtasche, die sie auf dem Stuhl neben sich abgestellt hatte, überhaupt nicht diebstahlsicher, wie Ulrich fand. Sie wühlte eine Weile blind in den Tiefen des Leders, bis sie einen Schlüsselbund herausfischte. Daran war ein schwarzer Anhänger befestigt, der Platz für ein Foto bot. Sie knöpfte ihn auf und hielt Ulrich das Foto eines etwa achtzehnjährigen schwarzen Mädchens hin, das er, wie sollte es anders sein, nicht als Diana identifizieren konnte, das aber auch nicht das Mädchen war, das er vorhin verfolgt hatte.

Die junge Frau vereinte eine Mischung aus Blaxploitation- und Cowboystil auf sich. Ihr Afro stand wild vom Kopf ab, ihr herausfordernder Blick ging mit leicht zusammengekniffenen Augen geradewegs in die Kamera, als hätte sie dabei eine Waffe auf den Fotografen gerichtet. Soweit auf dem Porträt zu erkennen war, trug sie ein weißes Feinrippunterhemd über ihren muskulösen Schultern, um den Hals war ein einfaches Lederband geschlungen. Sie erinnerte kaum an das Schulmädchen in Uniform auf Yessicas Foto – es gab nur ein markantes Merkmal, das sich vergleichen ließ: die bogenförmigen Augenbrauen. Ja, doch, die konnten stimmen. Auch eine große Ähnlichkeit zu ihrer Mutter konnte Ulrich aus dem Foto nicht herauslesen.

»Wieso tragen Sie ein Foto Ihrer Mitbewohnerin mit sich herum? Ist das nicht etwas ungewöhnlich? Ich meine, die meisten haben Fotos von ihren Kindern oder ihren Ehepartnern im Portemonnaie.« Ulrich biss sich auf die Lippen. Was war, wenn Diana Teresas Partnerin war? Zwar war Homosexualität in Honduras nicht verboten, aber es redete niemand darüber.

»Erst wollen Sie, dass ich mit einem Foto beweise, dass ich Diana kenne, dann ist es nicht richtig, dass ich ein Foto von ihr bei mir trage. Was wollen Sie eigentlich? Ich habe mich mit Ihnen getroffen, weil ich Ihnen helfen möchte.«

Sie hatte recht und sprach doch wieder den wunden Punkt an. Dass ihm in diesem Land jemand ohne Weiteres Hilfe anbot, erweckte Misstrauen. Die Menschen halfen sich, aber sie halfen in der Regel nur denen, die sie gut kannten. Allen anderen begegnete man grundsätzlich mit Misstrauen. Ulrich erinnerte sich an Obeds abweisendes Gesicht, als er im Büro der Garífuna-Organisation aufgetaucht war und seine Hilfe angeboten hatte. Wer Hilfe anbot, war einfach verdächtig. Und dann war da noch die dunkelhäutige Studentin, die in der Uni vor ihm weggelaufen war.

»Ja, Blödsinn. Ich habe früher auch Schnappschüsse von meinen Freunden mit mir herumgetragen. Bei uns gab es auf der Straße diese Fotoautomaten und es war immer ein großer Spaß, auf dem Nachhauseweg von einer Party noch ein Bild zu schießen«, beschwichtigte Ulrich. »Können Sie mir sagen, wo Diana ist? Oder noch besser: ihre Mutter.«

»Leider nein. Diana hat immer viel von ihrer Mutter gesprochen. Ich habe selten ein Mädchen kennengelernt, das seine Mutter derart vergöttert hat. Wir haben hier zwar einen recht ausgeprägten Mutterkult, zum Muttertag und zum Geburtstag werden die Mütter in den Himmel gelobt, ihre Aufopferung gepriesen, aber im realen Leben, na ja, da machen sie halt ihren Job wie überall in der Welt und niemand dankt es. Dianas Mutter war was anderes als dieser aufopferungsvolle Heiligentyp. Sie hat den Haushalt geschmissen und für ihre Töchter gesorgt, aber sie hat sie eben auch hart rangenommen. Die mussten sehr früh selbstständig sein. Aber was an Yessica wirklich toll war, war ihre Kämpferinnennatur. Das klingt vielleicht etwas abgedroschen, aber ich weiß einfach nicht, wie ich es anders sagen soll. Sie war einfach eine starke Frau.«

Ulrich runzelte die Stirn.

»Wieso sprechen Sie die ganze Zeit in der Vergangenheit? Das klingt ja so, als wäre Yessica gestorben.«

Teresa machte ein ehrlich erschrockenes Gesicht. »O mein Gott, das wollte ich nicht. Tut mir leid, wenn Sie das gedacht haben. Nein, Yessica geht es gut, Diana auch. Also, den Umständen entsprechend. Ich habe gesagt, Yessica war eine Kämpferin, weil sie eben aufgegeben hat. Vielleicht macht sie auch nur eine Pause. Sie ist ins Exil gegangen. Sie hat es einfach nicht mehr ausgehalten, wie ihre Heimat zerstört wird.«

»Wohin?«

»Sie wollten nach New York. Dort lebt immerhin die größte Garífuna-Gemeinde der Welt.«

»Wer sind ›sie‹? Und was heißt ›wollten‹? Ist sie nicht angekommen?«

»Diana ist mit Yessica mitgegangen. Sie war eben dieses Muttertöchterchen. Die Kleine, Paty, ist viel unabhängiger. Sie ist immer noch bei der Tante auf Roatán. Yessica wollte sie nicht mitnehmen, weil sie meinte, ihr damit die Kindheit zu nehmen. Außerdem wissen wir ja alle, wie gefährlich der Weg ist, besonders für Frauen und Mädchen. Nicht auszudenken, wenn die Kleine unterwegs verloren gegangen wäre. Ich weiß nicht, ob sie schon in New York angekommen sind. Diana hat mir eine kurze Nachricht aus Miami geschrieben, das war ungefähr vor zwei Wochen. Sie sind auf jeden Fall gut über die Grenze gekommen. Aber sie müssen erst einmal vorsichtig sein. Sie hat nur geschrieben: ›Sind gut bei der Großtante angekommen, werden bestimmt einen wunderbaren Urlaub haben.‹«

Irgendetwas war seltsam an der Geschichte, wollte nicht zu dem Bild passen, das er von Yessica hatte, und auch nicht zu dem, was Teresa gerade gezeichnet hatte. Die starke Frau, das große Vorbild, das einfach aufgab. Wenn sie wirklich ins Exil gegangen war, dann war sie nur vorübergehend untergetaucht und hatte keinesfalls aufgegeben. Es war denkbar, dass sie sich aus strategischen Gründen in New York versteckte, immerhin hatte die Organisation dort ebenfalls ein großes Büro, das auch den größten Teil der Spendengelder einwarb. Dass Yessica sich auf den schwierigen Landweg machte, gar auf den La Bestía genannten Zug aufsprang, mit dem so viele Migranten Mexiko durchquerten, konnte sich Ulrich hingegen so gar nicht vorstellen. Wenn sie in die USA gegangen war, dann hatte sie sich von irgendjemandem einladen lassen, Verwandte gab es immer, politische Freunde, Leute von der Organisation. Garantiert hätte sie auch ihre jüngere Tochter auf einem sicheren Weg in die USA bringen können. Wenn sie in Gefahr war, dann waren es ihre Töchter auch, und sie hatte sie mitgenommen, beide.

»Meinen Sie, die kleine Paty würde mir verraten, wo ihre Mutter ist?«, fragte Ulrich.

»Niemals. Ihre Mutter hat ihr von klein auf eingeschärft, Fremden keine Auskünfte zu geben. Das hat mir Diana erzählt. Bei Diana hat sie es genauso gemacht. Selbst mir würde Paty nicht sagen, wo die beiden sind.«

»Weiß Paty es überhaupt?«

»Wer kann das schon sagen? Wenn jemand ein Pokerface machen kann, dann sie. Man glaubt kaum, dass sie erst zwölf ist.«

»Hat Diana von mir gesprochen? Nein, falsche Frage, wir kannten uns ja eigentlich gar nicht. Hat Diana davon gesprochen, dass ihre Mutter von mir gesprochen hat?«

Das wäre zu schön, um wahr zu sein. Aber Yessica war sowieso nicht mehr da. Was würde es ihm bringen, wenn sie ihn so wichtig fand, dass sie über ihn gesprochen hatte?

»Nein.« Nach einem Blick in Ulrichs leicht enttäuschtes Gesicht fügte Teresa hinzu: »Diana hat nichts dergleichen erzählt. Was natürlich nicht heißt, dass die beiden nicht über Sie gesprochen hätten.«

»Eine alte Kollegin hat mir gesagt, Yessica sei untergetaucht.«

»Das hat Yessica ihr vielleicht erzählt. Auf gewisse Weise ist sie das ja auch. Viele Leute, die in die USA gehen, sagen vorher niemandem, dass sie loswollen. Sogar Kinder gehen, ohne vorher mit jemandem drüber zu reden. Sie haben Angst, dass man sie doch zum Bleiben überreden könnte. Sie haben sowieso schon Angst vor der Reise, da können sie niemanden gebrauchen, der ihnen noch mehr Zweifel in den Kopf setzt.«

»Waren Sie einmal in Triunfo de la Cruz?«, fragte er Teresa plötzlich. Der Name zauberte ein Strahlen auf ihr Gesicht.

»Mehr als einmal! Triunfo ist ein Traum. Selbst wenn es unerträglich heiß ist, kann man ans Meer gehen und man kann immer diese leichte Brise spüren. Ich bin in diesem Smogkessel hier aufgewachsen, ich habe einen unglaublichen Durst nach sauberer Luft. Aber die Magie von Triunfo ist mehr als das Meer und die Brise, es sind die Leute, sie sind anders. Ich mag sie, weil ich sie irgendwie alle als Dianas Familie ansehe. Es ist auch ein bisschen, als würde man in ein anderes Land fahren, als wäre Triunfo nicht wirklich Teil von Honduras.«

»Das ist die Sonderzone ja auch nicht mehr richtig, zumindest auf administrativer Ebene.«

»Das meine ich nicht. Ich kenne mich damit gar nicht aus. Ich meine, einen Tag liest man das eine in der Zeitung, den anderen Tag das andere und Yessica sagte, dass nichts davon stimmt. Nein, das Gefühl vermitteln die Menschen. Weil sie …« Sie schaute sich suchend um, als würden die richtigen

Begriffe irgendwo im Raum herumschwirren und sie müsste sie nur einfangen. »Weil sie nicht so verzweifelt sind. Zumindest wirken sie nicht so. Was uns Honduraner eint, ist, dass wir alle verzweifelt sind. Wir finden unser Leben miserabel, wir träumen von Häuschen in Miami und vor allem von einem Leben in Ruhe und Sicherheit. Und ja, unser Leben ist miserabel: Wir sperren uns selbst ein, wir verpesten unsere Luft, wir können uns nicht in die unglaubliche Natur hinaustrauen, weil wir Angst vor unseresgleichen haben. Als Spezies gesprochen zumindest. Wir sind so verzweifelt, weil wir uns machtlos fühlen, etwas zu verändern. Die Leute in Triunfo, die haben wenigstens noch gekämpft.«

Teresas Geschichte wollte nicht zusammenpassen. Erst erzählte sie von verzweifelten Menschen, einer Yessica, die auch nicht mehr weiterwusste, und jetzt waren die Leute aus Triunfo auf einmal anders.

Als hätte Teresa die Skepsis in seinem Gesicht erkannt, fuhr sie fort: »Es ist anders geworden, vor allem im letzten halben Jahr. Das ist zumindest das, was mir Diana erzählt hat. Ich war vor ungefähr vier Monaten zum letzten Mal bei Diana zu Hause, aber nur für einen Nachmittag. Der Strand war toll, wie immer, aber der ganze Ort war leer gefegt.«

»Stimmt es, dass die Leute enteignet wurden und Entschädigungen für ihre Häuser und Grundstücke bekommen haben?«

»Es gibt Gerüchte, dass ein paar Leute Geld bekommen haben oder andere Grundstücke. Ich weiß es nicht.«

»Wenn ich nach New York fahren würde, wie hoch wären meine Chancen, Yessica zu finden?«, wechselte Ulrich das Thema.

»Statistisch gesehen bei einer Einwohnerzahl von achteinhalb Millionen? Das könnte Jahre dauern oder nie passieren. Über die Garífuna-Community in New York wird sie sich irgendwann finden lassen, aber ich glaube, dass sie noch ein bisschen Zeit braucht. Ich würde es an Ihrer Stelle machen. Also, falls Sie sie dringend suchen.«

»Haben Sie nicht Kontakte, die Sie mir geben können?«

»Ich kann Ihnen leider nicht weiterhelfen. Wissen Sie, wie Sie mich am Anfang angeschaut haben? Sie haben doch gedacht: Was will mir dieses weiße Oberschichtenkind über eine Garífuna erzählen, stimmt's?«

»In einem ersten Anflug, ja.«

»Na sehen Sie. So gucken mich Leute von der Politorganisation auch an. Die trauen mir nicht über den Weg.«

»New York also?«

»Das ist der beste Tipp, den ich Ihnen geben kann.«

Ulrich gab sich größte Mühe, nicht unwillig mit dem Kopf zu schütteln. Irgendetwas stimmte nicht mit dieser ganzen Begegnung. Teresa stieß ihn mit der Nase in den Big Apple, als wäre ihr eigentlich nur daran gelegen, dass er möglichst schnell Honduras verließ. Eine Gesandte des deutschen Botschafters?

»Alles in Ordnung?«

»Ja. Ich muss nachdenken.« Verdammt, er durfte sie jetzt nicht gehen lassen. Oder sollte er sie gehen lassen, um ihr heimlich zu folgen? Wie beschattete ein weißer Europäer eine Honduranerin in einer Stadt, in der prinzipiell alle einen Verfolgungswahn hatten?

»Was machen Sie heute Abend noch?«, fragte er aus einer plötzlichen Eingebung heraus.

»Nichts Besonderes. Nach Hause gehen, Abend essen und vielleicht noch ein bisschen lernen. Sie wissen ja, wie das hier ist. Ab einer bestimmten Uhrzeit ist es für eine Frau nicht mehr ratsam, alleine unterwegs zu sein.«

»Wir könnten ins Kino gehen. Ich bezahle selbstverständlich das Taxi, das Sie nach Hause bringt. Ich kann Sie auch im Taxi begleiten, wenn Sie wollen.«

»Sind Sie wirklich so einsam?« Ihr Lächeln war glücklicherweise nicht so mitleidig wie dieser Satz.

»Verstehen Sie mich nicht falsch. Ich … ach, das klingt wahrscheinlich alles blöd. Sie sind eine hübsche Frau und Sie denken jetzt … Ich kann auch alleine ins Kino gehen. Ich muss einfach nur kurz abschalten, mir irgendeinen sinnlosen Hollywoodstreifen ansehen. In den letzten Tagen war alles zu viel für mich.«

»Sie brauchen sich gar nicht zu entschuldigen. Ich komme mit. Lassen Sie uns zur Mall fahren und gucken, was läuft.«

»Großartig! Soll ich ein Taxi rufen?«

»Ich mach das. Ich glaube, meins kommt schneller.«

Wenn diese Frau nur den Auftrag hatte, ihn in Richtung New York zu stoßen, dann bestand kein Anlass, dass sie noch den weiteren Abend mit ihm verbrachte, oder?

»O Gott, jetzt entführe ich Sie auf nüchternen Magen ins Kino!«, fiel Ulrich ein. Diese ganzen Fragen und Zweifel in seinem Kopf ließen ihn die einfachsten Gebote der Höflichkeit vergessen. Er musste die Frau natürlich auch zum Essen einladen.

»Macht nichts, wenn Sie mir im Kino eine große Portion Nachos bestellen«, löste sie seine Gewissensbisse auf.

»Abgemacht.«

Ulrich zahlte den Kaffee und sie stellten sich vor die Gittertür des *Paradiso*. Teresa zündete sich eine Zigarette an. In Triunfo hatte er fast nie eine Frau rauchen sehen. Kaum hatte sie aufgeraucht, stand auch schon das Taxi vor ihnen.

»Señorita Teresa, wo soll es hingehen? Und wollen Sie diesen Herrn wirklich mitnehmen? Ist der nicht zu alt für Sie?« Der Fahrer zwinkerte Ulrich zu. Offenbar ein Spaßvogel.

»Ach, das ist mein Onkel aus Amerika. Der ist harmlos«, antwortete Teresa mit ebensolchem verschmitzten Ausdruck.

»Ihr habt aber gar keine Ähnlichkeit.«

»Er ist angeheiratet. Wir fahren zur Mall. Mein Onkel lädt mich ins Kino ein.«

Die Nachos waren gut, der Film schlecht und das Preisniveau durchaus mit einem deutschen Multiplexkino vergleichbar. Kein Wunder, dass nur zehn Leute im Saal saßen. Nach zwanzig Minuten Werbung und fünfzehn Minuten belanglosen Geplätschers auf der Leinwand tuschelten Ulrich und Teresa in einem fort. Früher hatte es in ihrer Colonia noch ein Programmkino gegeben, da gab es sonntagnachmittags Kinderfilme. Ob die Filme für die Erwachsenen besser waren als in den Multiplexen, konnte sie nicht sagen, damals war sie noch zu klein. Kinos in den Wohnvierteln gab es schon lange nicht mehr. Sie konnten sich das Schutzgeld nicht leisten. Und die Leute blieben abends auch lieber vor dem Fernseher, das war sicherer und gleichzeitig billiger. Ja, natürlich wollte sie weg aus Tegucigalpa. Alle wollten sie herkommen zum Studieren, wenn sie nicht ins Ausland konnten, aber bleiben? Niemals. In ihrem Viertel war eigentlich noch alles okay und sie hatte das Haus, das sie von ihrer Oma geerbt hatte. Mit einer Mitbewohnerin war es auch nicht so einsam. Einen Freund wollte sie nicht, schon gar nicht in einer gemeinsamen Wohnung, dem müsste sie am Ende doch nur seinen Scheiß hinterherräumen und das Essen vor die Nase setzen. Nein, so lief das nicht. Sie wollte sich auf ihren Abschluss konzentrieren und sich dann für ein Stipendium in den USA bewerben. Am liebsten am MIT. Sie wollte die Wirte von Tropenkrankheiten erforschen. Tigermücken und andere blutsaugende Tierchen. Man sollte zwar meinen, dass sie in den Tropen an der richtigen Adresse dafür sei, aber so lief das nicht. Und er sei Entwicklungshelfer? Da hätten sie ja doch irgendwie etwas gemeinsam. Sie wollte schließlich auch den armen Leuten auf dem Land helfen, die seien ja am stärksten von vektorgebundenen Krankheiten betroffen. Wobei die Krankheiten mit dem Klimawandel auch immer weiter nach Norden vordrangen, Zika zum Beispiel. Viele sähen das als Katastrophe, aber war es nicht auch eine Chance, dass nun endlich Impfungen gegen diese

Krankheiten entwickelt würden, weil sie langsam die reichen Länder bedrohten?

Vor dem Kino erwartete sie bereits Teresas Stammtaxi. Wie es sich gehörte, fuhr der Fahrer erst die Studentin nach Hause, dann Ulrich. Teresas Haus, oder das Haus ihrer Großmutter, wie sie es genannt hatte, lag in der Colonia Las Lomas. Die Gegend erschien Ulrich doch etwas zu schick für das Mädchen, das eher ein Bild des unteren Mittelstands gezeichnet hatte. Wenn das Haus von der Oma war, woher hatte sie es? Und was war überhaupt mit Teresas Eltern? Die hatte sie mit keinem Wort erwähnt. Konnte, wer hier lebte, unabhängig von den politischen Eliten des Landes sein und den Armen mit Naturwissenschaft helfen wollen? Die Zweifel, die sich im Laufe des Abends gelegt hatten, meldeten sich wieder.

»Wenn du noch länger in der Stadt bist, meld dich wieder!«, sagte Teresa zum Abschied. »Brauchst mich auch nicht noch mal ins Kino einladen, wenn es dir zu teuer ist. Wir können auch einfach so quatschen.«

»Das ist nett, aber ich werde schon morgen oder übermorgen abreisen.«

»Wie schade. Aber wenn du es dir anders überlegst, meld dich!«

»Pass auf dich auf! War schön, dich kennenzulernen.«

»Na, da hat Señorita Teresa aber geflunkert«, kommentierte der Taxifahrer, nachdem sie ausgestiegen war. »War schön, dich kennenzulernen, ist wohl nicht das, was der Onkel aus Amerika zum Abschied sagt. Na, geht mich ja nichts an. Wo soll es denn hingehen?«

»Hotel Americana. Teresa ist Ihre Stammkundin?«

»Ja, eine von mehreren. Wir Taxifahrer fahren auch am liebsten Leute, die wir kennen. Auf Teresa muss ich besonders gut aufpassen, das habe ich ihrem Vater versprochen.«

»Wo ist ihr Vater denn?«

»Der hat es gut, der ruht sich schon seit ein paar Jahren bei den Engeln auf einer Wolke aus, während unsereins noch schuften muss. Aber er beobachtet mich ganz genau, das weiß ich.«

»Und wo ist ihre Mutter?«

»Die ist zurück nach Olancho gegangen, verträgt die Stadtluft nicht, sagt sie. Und recht hat sie ja.«

»Und das Haus hat sie ihrer Tochter überlassen? Scheint der Familie ja ganz gut zu gehen.«

»Ja, manche Leute kommen halt mit Schotter zur Welt. Aber davon abgesehen, ist es auch ein hartes Los, zu so einer Viehzüchterkaste aus dem wilden Olancho zu gehören. Kennen Sie Olancho? Wild-West-Filme sind nichts dagegen. Da sitzt den Männern der Cowboyhut tief in der Stirn und die Pistole locker im Halfter. Die wenigsten sind wirklich bösartig, nur ein wenig heißblütig. Den Señoritas von Olancho sollten Sie sich nur mit äußerster Vorsicht nähern, da reden die Väter und Onkel nämlich ein ernstes Wort mit, wenn es um die Wahl des Schwiegersohns geht. Und wenn der Eindruck entsteht, dass Ihre Absichten nicht ehrenwert sind, dann gute Nacht!«

»Und Teresa ist so eine Señorita, bei der gleich der Cowboyonkel um die Ecke kommt, nehme ich an?«

»Ach, die Señorita Teresa, die ist ein ganz besonderer Fall. Ja, ihre lieben Verwandten würden schon aufpassen, dass sie sich nicht mit dem falschen Kerl einlässt. Aber Señorita Teresa zeigt sowieso allen Männern die kalte Schulter. Und zurück nach Olancho kriegen die keine zehn Pferde.« Er schickte seinem Kalauer ein nicht ganz echt klingendes Lachen hinterher.

War Teresas Verhältnis zu Yessicas Tochter also doch mehr als ein freundschaftliches? Hatte sie sich nur allzu bereitwillig zu einer harmlosen Verabredung ins Kino ausführen lassen, um ihr Image als normales Mädchen zu pflegen?

Der Taxifahrer war wieder ernst geworden und sein Blick wanderte auffällig oft zum Rückspiegel.

»Ich verstehe nicht, warum dieser Typ hinter uns nicht überholt. Die Straße ist frei, Mann, kein Grund, uns in den Kofferraum zu kriechen!«

Ulrich verdrehte automatisch seinen Körper und schaute nach hinten. Er konnte nicht viel erkennen, nur dass die Lichter des folgenden Autos wirklich bedrohlich nahe waren. Der Taxifahrer kurbelte seine Scheibe herunter und bedeutete dem Folgenden mit wilden Armbewegungen zu überholen. Aber der machte keine Anstalten, ließ sich nur ein Stück zurückfallen.

»Das gefällt mir nicht.«

Unvermittelt trat der Fahrer das Gaspedal durch, sodass der Motor aufjaulte wie ein Hund, dem jemand einen Fußtritt versetzt hatte. Er überholte gleich fünf Autos auf einmal. Der Wagen hinter ihnen, von der Position der Lichter und dem Umriss nach zu urteilen ein SUV, folgte ihm nicht sofort. Als der Taxifahrer erneut zum Überholen ansetzte, tauchten die Scheinwerfer jedoch schon wieder auf der linken Spur auf.

»Wir haben ein echtes Problem, verdammte Scheiße! Halten Sie sich fest!«

Statt wie mit dem Blinker angezeigt scherte er nach rechts aus, wo eigentlich keine komplette Fahrspur mehr vorhanden war, und bog dann scharf in eine Abfahrt ein, die Ulrich gar nicht wahrgenommen hatte. Hinter der Abfahrt lag Dunkelheit, kein Anzeichen von städtischem Leben. Ulrich fühlte sich extrem mulmig. Der Verfolger war da gewesen, aber vielleicht war er nur Teil einer größeren Inszenierung? Einer Inszenierung, in der der Verfolger zwar abgeschüttelt, das Taxi aber gleich in einer dunklen Straße überfallen wurde?

»Tut mir leid, dass ich Sie durch diese schäbige Gegend fahren muss«, sagte der Taxifahrer. »Ich hätte nicht gewusst, wie ich den Typen sonst loswerden soll.«

Ulrich erkannte langsam, dass da draußen durchaus noch Stadt war, die hier allerdings aus unbeleuchteten Wellblechverschlägen bestand. Alle fünfhundert Meter warfen Straßenlaternen mit schiefen Masten ein dämmriges Licht. Unter einer glühte ein Grill, der von einer dicken Frau bedient wurde. Um sie herum scharrten sich ein paar Gestalten, die offenbar auf das Grillgut warteten.

»Wir fahren auf der anderen Seite wieder auf die Autobahn«, erklärte der Fahrer. »Wird ein bisschen länger und daher ein bisschen teurer, unsere abendliche Stadtrundfahrt. Tut mir leid, aber ich muss das Benzin bezahlen.«

»Passiert das öfter, dass Sie verfolgt werden?«

»Nee, also so noch nie. Der wollte ja bemerkt werden. Wenn Sie ein Bandit sind und jemanden ausrauben wollen, dann kriechen Sie ihm vorher nicht möglichst auffällig in den Kofferraum. Es geht mich nichts an, aber kann es sein, dass jemand was gegen Sie hat?«

»Sie meinen den Cowboyonkel aus Olancho?«

»Nee, ich meine im Ernst. Was Politisches oder so?«

»Ach, was weiß ich, ich blicke hier schon länger nicht mehr durch. Können Sie ein bisschen Musik anmachen?«

»Ich kann es versuchen. Die Antenne ist mir vor ein paar Tagen abgebrochen.«

»... to say how much I care. I just called, to say ...«

O Gott, nicht Stevie Wonder. Schlimmer hätte der Zufall nicht zuschlagen können. Ulrich schloss die Augen. Er war ausgeliefert. Einer schrecklichen Schnulze und einem fremden Taxifahrer in einer der gefährlichsten Städte der Welt. Wenn es sein Schicksal wollte, würde er bald zwischen seine Laken in das angenehm federnde Hotelbett kriechen. Er war wirklich hundemüde. Wenn das Schicksal weniger gnädig mit ihm war, würde es ihn in einen Straßengraben legen.

»Da wären wir.«

Er musste tatsächlich eingeschlafen sein. Sie standen vor dem Hotel Americano.

»Das macht, mit der Fahrt zu Señorita Teresa und der Extraspritztour, dreihundert.« Der Fahrer knipste das Innenlicht an, damit Ulrich besser sein Geld aus dem Portemonnaie suchen konnte. Er gab ihm dreihundertzwanzig und fragte ihn nicht nach seiner Telefonnummer. Ulrich war froh, wenn er nicht noch einmal mit diesem Fahrer unterwegs sein musste.

»Kommen Sie gut heim«, grüßte er schlaftrunken und schlug die Tür hinter sich zu.

Die Hoteltür öffnete sich automatisch beim Drücken der Klingel, die Rezeption war nicht besetzt. Er musste unbedingt morgen auschecken, das Hotel war eine Zumutung. Ulrich lief um den Tresen herum und nahm selbst den Schlüssel aus dem Fach mit der Nummer neun. Sein Zimmer empfing ihn mit einer Aura der Gleichgültigkeit. Es schien alles so zu sein, wie Ulrich es zurückgelassen hatte. Er machte sich nicht die Mühe, genauer nachzusehen. Wenn sie ihn kriegen wollten, würden sie ihn sowieso kriegen. Wer auch immer sie waren.

22

04.06.2019

Acht Uhr. Wundersamerweise hatte ihn der morgendliche Straßenlärm nicht geweckt. Ulrich warf seine Sachen in den Koffer. Er machte sich keine Mühe, die Kleidungsstücke zusammenzulegen. Wenn er noch einen Botschafter treffen musste, würde er eben noch zerknitterter erscheinen. Er hatte keinen Plan, wo er hinwollte, aber möglichst schnell weg aus diesem Hotel.

Sein Handy vibrierte. Eine SMS von Juancito. Was verschaffte ihm denn die Ehre?

Koordinatorin verhaftet, Büro von Polizei geschlossen. Bezeichnen uns als terroristische Vereinigung. MP schon am Ortseingang von Triunfo.

›Schon‹? Eigentlich war es erstaunlich, dass es so lange gedauert hatte. Ulrich rief Juancito an. Natürlich war besetzt. Hoffentlich waren alle auf den unangenehmen Besuch vorbereitet. Ulrich versuchte es bei Ingo.

»Ulrich, was gibt's?« Sein ehemaliger Chef klang nicht gerade erfreut, aber auch nicht mehr extrem genervt.

»Hast du es schon gehört? Sie haben die Koordinatorin verhaftet und bezeichnen die Organisation als Terroristen.«

»Welche Koordinatorin, welche Organisation?«

»Na, die OCGH, die Garífuna. Wo bist du?«

»Ich habe Sitzungen in Tegus. Deswegen habe ich auch gerade keine Zeit, Nachrichten zu hören.«

»Wir müssen irgendetwas unternehmen. Juancito hat mir geschrieben, dass die Militärpolizei schon fast in Triunfo ist. Wir müssen verhindern, dass sie die Leute zusammenprügeln. Ich habe selbst gesehen, wie die mit ihnen umgehen.«

»Ich muss wirklich wieder in die Sitzung.«

»Ingo, das hat keine Zeit, das passiert jetzt!«

»Ruf beim Auswärtigen Amt an. Ich werde den Botschafter darauf ansprechen. Mehr kann und darf ich nicht tun.«

»Aber die Organisation war unser Kooperationspartner. Wir können sie doch nicht einfach hängen lassen.«

»Ulrich, dein Mitgefühl in Ehren, aber du arbeitest nicht mehr hier. Du hast dich irgendwie emotional vereinnahmen lassen, aber es bringt nichts, wenn du dich aufregst. Glaub mir, ich tue schon, was ich kann.«

»Bist du jetzt gerade beim Botschafter? Hat er was über unser Treffen gesagt?«

»Erzähl ich dir später, okay? Ruf mich heute Mittag noch mal an, dann machen wir was aus. Du bist doch noch in Tegus, oder?«

»Ja, schon.«

Ingo hatte aufgelegt.

Aber ich will nicht länger hierbleiben, fügte Ulrich in Gedanken hinzu.

Ulrich warf seine Sachen nun mit wütendem Schwung in den Koffer. Eine terroristische Vereinigung. Unter den Umständen würde Yessica bestimmt nicht wieder auftauchen. Er hielt inne. Was, wenn Yessica sich doch bei der Gesellschaft gemeldet hatte? Dann war es das Dümmste der Welt, jetzt überstürzt aus Tegus abzureisen, statt sich nachmittags mit Ingo zu treffen. Er starrte auf die drei sauberen T-Shirts, die er gerade in der Hand hielt. Langweilige, einfarbige Modelle in Grau, Grün und Blau. Er ließ die T-Shirts in den Koffer fallen.

Egal, ob er nun bis zum Nachmittag – und damit auch bis zum nächsten Tag – in Tegus blieb, in diesem Hotel würde er sich keine Stunde länger aufhalten. Der Taxifahrer von gestern, von dem er nicht wusste, mit wem er unter einer Decke steckte, kannte die Adresse und es war kein Problem, zu jeder Tages-

und Nachtzeit in Ulrichs Zimmer zu gelangen. Die Frage war nur, ob nicht seine Verfolger schon wieder vor der Tür standen und auch jeden neuen Aufenthaltsort herausfinden würden. Wie kam er ungesehen mitsamt seinem Koffer aus dem Hotel? Die Antwort war einfach: gar nicht. Also musste er umso auffälliger gehen.

Er vergewisserte sich, dass er nichts im Zimmer gelassen hatte, und trug den Koffer zur Rezeption.

»Ich muss leider schon abreisen. Es geht zurück nach Hause«, sagte er wenig begeistert zu der jungen Frau. Um den Tonfall hinzubekommen, musste er nur in ihr schlecht gelauntes Gesicht sehen.

»Schon? Wollten Sie nicht noch zwei Wochen bleiben?«

»Mir ist etwas Privates dazwischengekommen.« Er bemühte sich, noch betroffener dreinzublicken, so als läge seine Mutter im Sterben.

»Das tut mir leid«, sagte die Rezeptionistin relativ empathiefrei und griff nach dem schnurlosen Telefon. Wem musste sie so dringend von Ulrichs Abreise erzählen? »Ich muss eben die Rechnung ausdrucken, ich bin gleich wieder da«, entschuldigte sie sich und ging außer Hörweite.

»Rufen Sie mir ein Taxi zum Flughafen?«, fragte Ulrich, als sie zurückkam.

»Selbstverständlich. Wann geht Ihr Flug?«

»In drei Stunden.«

Das war ins Blaue hineingeraten. Aber es spielte keine Rolle. Viele Wege führten nach Europa.

Ulrich blieb in der Eingangshalle des Flughafens stehen und tat so, als studierte er die Anzeigetafel der Abflüge. In Wirklichkeit versuchte er herauszufinden, ob ihn jemand beobachtete. Dann lief er mit schnellem Schritt zur Toilette. Niemand schien zu folgen. Gut. Er schloss sich in einer der Kabinen ein und setzte sich auf den geschlossenen Klodeckel. Er musste nachdenken. Solange seine Verfolger oder Beobachter oder wie immer er sie nennen sollte, glaubten, dass er am Flughafen und kurz vor der Abreise war, würde er wahrscheinlich seine Ruhe haben. Auch wenn er das Flughafengebäude verließ, würden sie wahrscheinlich eine Weile brauchen, um seine Spur wieder aufzunehmen. Das Problem war nur, dass er mit niemandem kommunizieren konnte. Er konnte unmöglich von seinem Handy aus Ingo anrufen, um sich mit ihm zu verabreden. Er konnte ihm auch keine verschlüsselte E-Mail schreiben, da er hier auf öffentliche Rechner angewiesen war. Die einzige Möglichkeit war, sich das Telefon eines Fremden zu leihen und zu hoffen, dass Ingo nicht auch abgehört wurde. Gut, das wollte Ulrich versuchen. Bis er seinen Ex-Chef wieder anrufen durfte, blieb noch Zeit. Irgendwo musste es auf diesem Flughafen eine Computerecke mit Internetzugang geben.

Er sah sich um, als er die Toilette verließ, entdeckte aber weiterhin keinen Verfolger. Er nahm einen tiefen Atemzug klimatisierte Luft und bewegte sich dann mit den ruhigen Schritten einer Person, die bis zum Abflug noch viel Zeit hatte, durch die Halle. Wieso war ihm eigentlich die Überschrift der *La Nación* vorher noch nirgends ins Auge gesprungen?

Terroristennest in La Ceiba
Garífuna-Organisation für Attentat verantwortlich.

Ach? *La Nación* wusste schon alles, obwohl die Polizeioperation erst seit heute Morgen lief?

Die Titelseiten der anderen Zeitungen schwiegen zu dem Thema. *La Tribuna: Außergewöhnliche Hurrikansaison erwartet. El Heraldo: Dengue wieder auf dem Vormarsch.*

Ulrich blätterte kurz durch beide Publikationen, um zu sehen, ob sich auf den hinteren Seiten etwas zur Schließung der Organisation fand, aber da war nichts. Also kaufte er ein Exemplar von *La Nación* und dazu eine Packung Kaugummis, wie es sich für einen Flugreisenden gehörte. Er las den Artikel noch im Stehen vor dem Laden. Auf die Überschrift und den Untertitel folgten wenig substanzielle Informationen.

> *Die bei einer Razzia des Büros der Organisation OCGH in La Ceiba beschlagnahmten Unterlagen zeigen, dass die Garífuna-Organisation illegal hohe Summen von kommunistischen ausländischen Organisationen empfangen hat. Außerdem wurden diffamierende Aufzeichnungen über alle zwölf Mitglieder des Komitees für die Beste Praxis sowie den verstorbenen Technischen Sekretär Mauricio Bustillo gefunden. Polizeisprecher Villatorre erklärt: »Diese Aufzeichnungen beweisen, dass Mitglieder der Organisation das internationale Expertenkomitee systematisch ausspioniert haben. Es ist nicht auszuschließen, dass die gesammelten Informationen zu Vorbereitung des Attentats am 30. Mai dienten, bei dem vier Menschen getötet und weitere schwer verletzt wurden.« Die Polizeioperation gegen die terroristische Vereinigung wird fortgesetzt, aus diesem Grund ist mit erheblichen Beeinträchtigungen im Sektor La Ceiba zu rechnen. Die Bundesstraße zwischen El Progreso und La Ceiba ist bis auf Weiteres gesperrt.*

Wie bitte? Und wie sollte er jetzt hier wegkommen? Die konnten doch nicht einfach die Verbindung zwischen der Hauptstadt und der Atlantikküste kappen. Halt, Ulrich, regst du dich vielleicht gerade über die falschen Dinge auf?, richtete er eine moralische Schelte an sich selbst. Das war so ein leicht autistischer Zug an ihm, der bei seinem Vater noch viel ausgeprägter war. Wenn es einen schlimmen Unfall auf der Autobahn gab, fragte sein Vater als Erstes, wie lange sie wohl im Stau stehen müssten, statt sich dafür zu interessieren, ob es Tote oder Verletzte gab. Sein Vater hatte recht, an dem

Unfall auf der Autobahn konnte er sowieso nichts ändern und Gaffen machte alles noch schlimmer. Aber das hier war etwas anderes. Die Organisation seiner Freunde – sollte er sie so nennen? – wurde zerschlagen, sie jagten die Mitglieder, den alten Juancito, mit dem er vor ein paar Tagen noch gequatscht hatte, Obed, der schon seine Dosis Polizeiprügel bezogen hatte, vielleicht auch Laura. Als junge Frau in den Knast geworfen zu werden, war alles andere als gut. Yessica war glücklicherweise schon untergetaucht oder nach New York ausgewandert.

Plötzlich packte Ulrich wieder sein schlechtes Gewissen. Verglichen mit all dem, was Juancito schon erlebt hatte, Laura nach ihrer letzten Erzählung und all dem, was Yessica nicht erzählt hatte, war das hier alles ein Witz. Er versteckte sich beim ersten Anfall von Verfolgungswahn, nur weil ein durchgeknallter Taxifahrer behauptete, dass sie verfolgt wurden. Was sollte ihm schon passieren? Wenn er die Autoritäten zu sehr nervte, würden sie ihn halt aus dem Land hinausschmeißen, ohne nochmals den Botschafter zwischenzuschalten. ›Dass ich ab einem bestimmten Punkt nicht mehr für Ihre Sicherheit bürgen würde‹, war das als Warnung oder Drohung gemeint gewesen? Und hatten die Urheber des Bombenattentats nicht bewiesen, dass die letzte Hemmung, nämlich keine Ausländer zu töten, gefallen war? Oder hatten sie nicht damit gerechnet, dass auch ausländische Korrespondenten an der Konferenz teilnehmen würden?

Aber auch die Bombe und der Tod von Ruth Sandford waren keine Entschuldigung für Ulrichs Untätigkeit. Aus einer Perspektive der Moral heraus war jedes strategische Denken in diesem Moment falsch. Er sollte seinem Botschafter auf die Füße treten, damit sich diese arrogante Person über die Ungerechtigkeit in diesem Land empörte. Er sollte sich zu den Unermüdlichen stellen, die sich bestimmt längst unter dem Parlament oder vor dem Haus des Präsidenten oder vor dem

Ministerio Público eingefunden hatten. Sie würden ihre Empörung herausschreien, bis sie heiser waren, die ersten Trommeln der Garífuna würden erklingen und irgendwann würde sich eine bizarre Musik der Trommeln, der Parolen, der Polizeisirenen und der zischenden Tränengasgeschosse bilden. Der Sprechgesang der Parolen würde umschlagen in das schrille Kreischen Flüchtender, die sich doch nur für den Moment geschlagen gaben. Die Menschlichkeit, nicht einmal die Moral gebot es, seine Stimme diesem kakophonen und vergeblichen Orchester zu leihen.

Wenn Ulrich ehrlich mit sich selbst war, dann war es nichts als Egoismus, wenn er sich einredete, dass er nicht öffentlich in Erscheinung trat, weil es ihn ein für alle Mal von Yessica fernhalten könnte. Wer dachte er denn, wer er war? Der edle Ritter, der Held aus dem Actionfilm, der seine Geliebte im letzten Moment aus großer Gefahr retten würde? Wenn Yessica wirklich in großer Gefahr war, dann war Ulrich so ziemlich der ungeeignetste Retter, den man sich vorstellen konnte. Er war kein Kriminalist, kein Aktivist, weder erprobt in Nahkampftechniken noch im Umgang mit irgendwelchen Waffen. Er wollte Yessica finden, aber er wollte sie nicht retten müssen. Gerade mit dieser Attitüde würde er bei ihr keine Punkte machen. Er war ein schlechter Mensch, durch und durch egoistisch.

Es war ihm gelungen, nach außen ruhig zu bleiben – zu ruhig in der Tat, jetzt stand er schon mindestens fünf Minuten mit der Zeitung in der Hand am selben Fleck und starrte am Artikel vorbei auf den terrazzoähnlichen Fußboden, bis die schwarzen Punkte auf weißlichem Grund zu krabbeln anfingen. Sein Inneres fühlte sich ungefähr so an wie das imaginäre Krabbeln zu seinen Füßen. Alles war aufgewühlt und chaotisch, nur wenige Gedanken waren fassbar und wenn, dann nur für Bruchteile von Sekunden. Um diesen Zustand zu durchbrechen, musste er zu seinen Kernkompetenzen zurückkehren.

Okay, er verstand nichts von verdeckten Recherchen und auch nichts davon unterzutauchen. Aber er hatte eine Reihe von Trainings für zivile Kräfte in Konfliktgebieten durchlaufen. Akute Bedrohungssituationen hatte es zum Glück nie gegeben. Nach ein paar Jahren und vor allem nach den anderthalb Jahren im verschlafenen Bonn waren die Handlungsanweisungen in seinem Gedächtnis verstaubt. Natürlich lautete die erste Regel: das Atmen nicht vergessen. Daran hatte er sich gehalten. Aber nun stand er schon zu lange hier und atmete.

›Wenn es in Ihrer Situation möglich ist, weder Sie selbst noch andere in größere Gefahr bringt, treten Sie einen Schritt aus dem Fokus hinaus.‹

Frage: Woher sollte er wissen, ob er im Fokus stand, wenn er seinen Blick nicht vom Fußboden lösen konnte? Er musste sich zusammenreißen: Kopf in die Waagerechte, nächstes Ziel anvisieren. Da war es schon, keine zwanzig Meter von ihm entfernt, zwei Rechner, die Rücken der Monitore gegeneinander auf Stehpulten aufgestellt. Der Rechner mit der besseren Position, der mit dem Rücken zur Glasfassade und dem Blick in die Halle war schon besetzt.

Ulrich ruckelte an der Maus, auf dem Bildschirm zeigte sich eine Anmeldemaske, die ihn aufforderte, die Nummer seiner Kreditkarte einzugeben. Das würde er auf gar keinen Fall tun. Gab es keine Möglichkeit der Barzahlung?

»Entschuldigung!« Sein durch die Monitore abgeschirmtes Gegenüber reagierte nicht. Noch einmal, lauter: »Entschuldigung!« Wieder nichts. Ulrich trat von der Seite an den Mann heran, aber so, dass er ihm nicht auf den Bildschirm schauen konnte. »Entschuldigung!«

Der Angesprochene, ein Geschäftsmann etwa in Ulrichs Alter, sah ihn leicht erschrocken an. »Sorry, I don't speak Spanish.«

»Do you know where I can buy …« Das Wort für ›Guthaben‹ auf Englisch war ihm entfallen. »… minutes for using the internet?« O je, seine Umschreibung klang wirklich bescheuert.

»No, sorry. You can use it with your credit card.«

»You know, my credit card is broken.«

»You can use my terminal, I'll be done in a minute.«

Das war zumindest ein Anfang. Allerdings kein guter, um in Ruhe die Situation zu analysieren und die nächsten Schritte zu planen. Der Mann, der zwar aussah wie ein Latino, aber kein Spanisch sprach, überließ ihm nach wenigen Augenblicken seinen Platz. Er hatte sich nicht die Mühe gemacht, die von ihm besuchte Seite zu schließen. Es war eine Tabelle mit Baseballergebnissen. Links unten lief eine grüne Minutenanzeige auf schwarzem Grund rückwärts. *19:41.* Das war großzügig. Lieber hätte Ulrich unbegrenzt Zeit gehabt und in der ruhigen Atmosphäre einer Bibliothek gesessen statt im Hall von Schritten und Stimmen. Er musste sich nur daran gewöhnen. Die Abfertigungshalle war sein stiller Hafen. Hier würde ihn so schnell niemand suchen.

Ulrich rief als Erstes seine E-Mails auf, vielleicht gab es irgendeine Nachricht, die ihm alles erklärte, vielleicht hatte Yessica von seiner Anwesenheit erfahren und würde ihm zu verstehen geben, was er tun sollte. Wenn sie ihm persönlich schrieb, dass er verschwinden sollte, dann würde er ein Ticket kaufen und in ein Flugzeug steigen. Nur würde er nicht glauben, dass die Nachricht wirklich von ihr stammte.

Viel war nicht passiert in seinem Posteingang. Die Nachricht von Juancito über die zwölf Komiteemitglieder wartete noch immer darauf, zu Ende gelesen zu werden. Das erschien Ulrich aber als Verschwendung seiner verbleibenden nunmehr neunzehn Minuten. Rein aus Ratlosigkeit öffnete er erneut den Text.

weil die zonen in honduras gebaut werden mussten sie alibimäßig auch honduraner in diese kommission setzen, zwei sind es geworden dass beide korrupt sind muss wohl kaum gesagt werden. es handelt sich um patricio hawit, ex-direktor des sekretariats für natur und ressourcen, selbstredend von den cachurecos und um seinen parteikollegen alejandro carreras, der war bis vor kurzem chef des honduranischen fußballverbands aber dann kam der FIFA-skandal. chef des fußballverbands kann nur sein, wer mit den mächtigen und kriminellen familien befreundet ist. nehmen wir nur die teams von san pedro sula und von tocoa, das eine gehörte einem geschäftsmann der wegen geldwäsche und drogenhandel im gringoland angeklagt wird und das zweite wurde vom olancho-kartell aufgebaut, der mächtigsten narco-familie in honduras bis 2016. er hat mit sicherheit geld von diesen leuten bekommen und bestimmt auch welches gewaschen.

Hawit pfuscht seit jahren in der politik herum. zahlreiche gemeinden beißen sich an der umweltbehörde die Zähne aus. In der zeit als hawit direktor war wurden neunundsechzig lizenzen für staudammprojekte vergeben und ungefähr hundertfünfzig zur erkundung von rohstoffvorkommen. Bei keinem einzigen von den projekten wurde die bevölkerung gefragt …

Nein, der Text brachte ihn nicht weiter. Ulrich ließ Hilfe suchend seinen Blick durch die Flughafenhalle schweifen. Er wusste natürlich, dass ihm niemand helfen konnte, aber er fühlte sich so allein in diesem ganzen Schlamassel, dass er sich am liebsten einen Fremden mit einem gütigen Lächeln gekrallt und ihm sein Leid geklagt hätte.

Es war nicht viel los an diesem Vormittag. Die Familie mit den beiden dicken Kindern, die zusätzlich zum Gepäck noch an einem überladenen Trolley hingen, war bestimmt nicht der richtige Ansprechpartner. Eher die Mädchen mit den müden, aber erwartungsvollen Gesichtern, die gerade ihre großen

Trekkingrucksäcke schulterten und sich zum Opfer des nächsten Taxifahrers mit unverschämten Preisen machen würden. Würde Ulrich ihnen seine Geschichte erzählen, würden sie wahrscheinlich gleich rückwärts wieder durch die Polizeikontrolle stolpern und dankend abwinken. Im *Lonely Planet* stand doch, dass nach dem Putsch wieder Ruhe eingekehrt wäre.

Wenn das Olancho-Kartell oder andere kriminelle Netzwerke ihre Finger im Spiel hatten, dann sah es für die Menschen in Triunfo nicht gut aus. Vielleicht gab es Journalisten, die bereits zu möglichen illegalen Geschäften der Komiteemitglieder recherchierten. Die Brüder Lozano waren in den USA zusammen mit dem Fall der Familie Benegas durch die Presse gegangen. Ulrich erinnerte sich vage, einen langen Artikel über die Geschäfte der Oligarchenfamilie in der New York Times gelesen zu haben, zu der Zeit, als Jorge Benegas in den USA verhaftet worden war. Wie war bloß der Name des Journalisten?

Der letzte Artikel in der NYT über Honduras, den ihm die Suchmaschine ausspuckte, war über das Attentat. Geschrieben von Henry Guthrie. So konnte er geheißen haben. Ulrich klickte auf die Namenszeile unter dem Artikel und richtig, es poppte ein kleines Fenster mit einem schematischen Porträtkopf eines mittelalten kahlköpfigen Herrn mit Brille auf, darunter stand: *Henry Guthrie, Staff Writer, Correspondent for Central America and the Caribbean. See all articles of Henry Guthrie.* Ja, das musste es gewesen sein: *Rise and Fall of a family of oligarchs.* Und dann, noch besser: *Contact Henry Guthrie.* Hier öffnete sich der Messenger mit einer leeren, an Foreigndesk@nyt.com adressierten E-Mail.

Dear Ladies and Sirs,
I would like to offer you additional information on the bomb attack in Tela, Honduras. Please let me know how to contact Mr Guthrie on this behalf.

Nein. Ulrich konnte das Bombenattentat in Tela nicht in seiner Anfrage erwähnen, die Alarmglocken jeder Überwachungssoftware würden schrillen.

Dear Ladies and Sirs,
I am an old acquaintance of your staff writer Henry Guthrie, we met in Central America. I hope I won't molest you, but since I lost Mr. Guthries contact, I would like to ask you, if you could send him my email address. Thank you so much.

Er klickte auf *Senden.* Das ging bedenkenlos durch, drückte nur überhaupt keine Dringlichkeit aus. Guthrie würde antworten, wenn er irgendwann mal Zeit hatte. Oder die Angelegenheit ganz vergessen.

Ulrich notierte sich die Nummer der New Yorker Redaktion und schielte wieder nach dem Zeitzähler. Zwei Minuten blieben ihm, um Guthries Artikel zu überfliegen.

Honduras ist kein friedliches Land. Aber die ZEDEs – kurz für Zonen für Arbeit und wirtschaftliche Entwicklung – sollten sich aus Armut und Gewalt erheben wie Phönix aus der Asche. Die Sonderwirtschaftszone Cuero Ulúa Victoria, die zurzeit rund um die Kleinstadt Tela entsteht, sollte nur die erste dieser Zonen sein und beweisen, dass der halb autonome Status eine positive wirtschaftliche Entwicklung in Gang setzen kann. Aber nicht nur das: Man versprach auch der Bevölkerung einen Neuanfang jenseits von Kriminalität und Gewalt. Mit dem gestrigen Attentat ist nicht nur diese idealistische Idee zerschlagen worden, Honduras wurde auch um Jahrzehnte zurückgeworfen, in eine Zeit, als auf dem Isthmus noch die Systeme gegeneinander kämpften. Gerade die älteren Korrespondenten unter uns werden das Gesicht unserer Kollegin Ruth Sandford nicht vergessen, die an diesem Tag unschuldig gestorben ist, und in unserer Erinnerung wird es sich mit dem Gesicht von Linda Frazier überlagern, die vor über dreißig Jahren an der Grenze zu Costa Rica von den Bombern von La Penca ermordet wurde. So wie wir damals hätten Linda Frazier sein können, hätten wir heute Ruth Sandford sein können. Ich hätte Ruth Sandford oder Pablo Nieves oder Antonio Danilo sein können. Ich war es nicht, weil ich gerade in Mexiko-Stadt zu tun hatte. Ich habe seither mit mehreren Kollegen telefoniert, die das Attentat überlebt haben. Niemand hatte damit gerechnet. Honduras hat keine Guerilla, lediglich bewaffnete Banden und Drogenhändler, auch die Widerstandsbewegung, die sich nach dem Putsch gebildet hatte, ist in weiten Teilen vergessen und gilt als friedlich. Kommen wir also an einen Punkt, wo die Banden so deutliche und grausame Zeichen der Gewalt setzen wie in Ciudad Juarez?

Ein schwarz-grüner Balken schob sich über den Text.

Ihre Zeit ist abgelaufen. Wollen Sie Ihre Zeit verlängern? Dann drücken Sie bitte jetzt auf Bestätigen.

Ohne darüber nachzudenken, drückte Ulrich auf *Ja.*

Vielen Dank für Ihren Einkauf.
Wir buchen 3 Dollar 00 Cent von Ihrer Mastercard xxxx xxxx xxxx 9856 ab.

O Gott, hoffentlich kam der Geschäftsmann nicht zurück und bemerkte, dass Ulrich noch immer am Rechner saß.

Er bestätigte ein zweites Mal. Der Blocker verschwand vom Bildschirm.

In den letzten Jahren ist in Honduras der Schlag gegen zwei große Drogenkartelle gelungen. Die Lücken, die dadurch kurzzeitig gerissen werden, schließen sich schnell wieder. Trotzdem gab es an der Nordküste, in der Region der ZEDE, die reale Chance auf einen Neuanfang. Sollten die Drogenkartelle den Neuanfang unterminiert haben, hätten sie doch kein Motiv, das an die Öffentlichkeit zu bringen. Nehmen wir an, die Kartelle hätten ihren Weg gefunden, in der nagelneuen Modellstadt ihre schmutzigen Geschäfte zu machen, und das unter den Augen von hochkarätigen internationalen Experten. Sie würden das Image dieser neuen sauberen Welt auf gar keinen Fall ankratzen wollen. Es sei denn, es ginge hier um zwei sehr mächtige Gegner, die ein Revier umkämpfen, wobei der eine Gegner das Revier beinahe schon gewonnen hat. Der andere, unterlegene Gegner sinnt nun auf Rache und will das schöne neue Revier vermiesen. In den letzten drei Jahren wurden die beiden mächtigsten Drogenkartelle von Honduras zerschlagen, die Brüder Duarte und das Olancho-Kartell. Das Olancho-Kartell hat die ganze Nordküste von Honduras kontrolliert, sie waren das wichtigste Verbindungsglied zwischen den kolumbianischen und den mexikanischen Kartellen. Was bedeutet: Sie hatten überall Einfluss: Sie kauften Bürgermeister, Polizeichefs, Befehlshaber des Militärs. Wir wissen, über welchen Kanal sie ihr Geld wuschen, nämlich die Bank der Familie Benegas. Nach der Auslieferung der Lozano-Brüder an die USA erfolgte der Fall der Familie Benegas, deren Mitglieder sich nun vor US-amerikanischen Gerichten wegen Geldwäsche werden verantworten müssen. Ihr Firmenimperium mit dem Herzstück, der Banco del Norte, ist zerschlagen.

Was könnte das mit dem Bombenattentat von Tela

und dem tragischen Tod von drei Journalisten zu tun haben?

Die Kräfteverhältnisse, die über zehn Jahre mit der Herrschaft dees Olancho-Kartells relativ stabil waren, sind ins Wanken gekommen. Das Olancho-Kartell und nach ihm die Familie Benegas sind von ihren Alliierten verraten worden und sinnen auf Rache. In den archaischen Strukturen bleibt die blutige Rache eine wichtige Figur – es darf auch nicht vergessen werden, dass die Brüder Lozano ursprünglich aus Olancho kommen, wo Rache eine besondere Tradition hat. Mag sein, dass es ihnen gelungen ist, einen Rächer nach Honduras zu schicken, der den Traum von einem Neuanfang zerbomben sollte. Insofern ist es eine Rache an denjenigen, die noch auf ihren politischen Posten sitzen, einschließlich des Präsidenten.

Das Rachemotiv ist nur eine Hypothese. Es könnte auch der Wettstreit von zwei neuen Akteuren sein, die um das frei gewordene Hoheitsgebiet des Olancho-Kartells kämpfen. Die in Mexiko und Guatemala aktiven Zetas sind beispielsweise dabei, ihren Einfluss nach Süden auszuweiten. Es ist letztlich die Aufgabe der Ermittlungsbehörden, dieses Rätsel zu lösen. Die Mitglieder des Komitees für die Beste Praxis müssen sich jedoch die Frage stellen lassen, warum es nicht gelungen ist, den schmutzigen Drogenkrieg vom Territorium der ZEDE fernzuhalten. Noch dringender dürfte die Frage sein: Wieso konnten sie den Tod der Journalisten Ruth Sandford, Pablo Nieves und Antonio Danilo nicht verhindern?

Rivalisierende Drogenbanden und der Kampf um die territoriale Hoheit, dazu noch eine Portion Rache. Das Motiv klang so einfach wie logisch. Aber dass der Journalist so sehr an das Expertentum des Komitees und an die Chance auf einen

Neubeginn glaubte, wunderte Ulrich. Er wechselte zurück in seinen Posteingang. Die *New York Times* hatte ihm wie zu erwarten nicht innerhalb von wenigen Minuten geantwortet.

Dafür war eine Mail von Ingo eingegangen, abgeschickt von seiner Privatadresse. Seltsam, die Mail hatte er gar nicht erwähnt, als sie heute Morgen telefoniert hatten. Und sie war vor zwanzig Minuten noch nicht dagewesen, obwohl sie schon gestern Abend um 23:37 Uhr abgeschickt worden war, zu einer Uhrzeit, zu der in Tegucigalpa längst nichts mehr ging, sein Ex-Chef sich aber wahrscheinlich in seinem Hotelzimmer einen angesoffen hatte und noch nicht schlafen konnte. Oder jemand vom honduranischen Geheimdienst hatte den Text heute Morgen erfunden, nachdem Ulrich mit Ingo telefoniert hatte. Allerdings konnten die Geheimdienstler in der Regel kein Deutsch.

Ulrich,
wo steckst du? Bist du am Ende etwa doch abgereist, wie es der Botschafter dir empfohlen hat? Das sähe deinem mangelnden diplomatischen Feingefühl eigentlich gar nicht ähnlich. Aber wenn dem so sein sollte, dann melde dich, wenn du wieder zu Hause bist. Ich muss dir noch etwas sagen.

Der Botschafter hat sich zwar wieder beruhigt, aber du kannst dir vorstellen, was mit dem Attentat losgebrochen wurde. Da wird jetzt im Auswärtigen Amt hin- und her- und vor- und zurückanalysiert, ob wir momentan überhaupt noch in Honduras arbeiten können. Als wenn die Gesellschaft nicht in Afghanistan arbeiten würde, wo öfter mal eine Bombe hochgeht, das verstehe ich ehrlich gesagt nicht. Ich glaube, es geht um etwas ganz anderes als die Sicherheit unserer Mitarbeiter. Das Auswärtige Amt hat Angst, auf einmal als Unterstützer von Terroristen dazustehen. Die honduranische Regierung schießt sich jetzt ganz auf die Kampagne gegen die Garífuna ein und wird alles daransetzen, ihnen unterzuschieben, dass sie eine gewalttätige terroristische Vereinigung sind. Was uns natürlich mit dem Vorwurf konfrontiert, dass wir mit Terroristen zusammengearbeitet hätten. Total dumm, wenn du mich fragst, denn damit beißen sie in die Hand, die sie füttert. Möglich, dass wir uns also am Ende ganz zurückziehen müssen. Um die Leute in unserem neuen Projekt in der Moskitia tut es mir leid. Aber gut, wenn die Honduraner es so wollen, dann lassen wir sie eben mit dem Elend und der Armut alleine. Ich bin fest angestellt, ich werde nicht verhungern. Dann gehe ich eben zurück ins langweilige Bonn, das haben schon andere vor mir überlebt ;)

Auch Ingo drehte also allmählich am Rad. Es war nicht seine Art, über Dinge zu schreiben, über die er besser schweigen sollte, schon gar nicht über die Hand, die ihn fütterte, nämlich das Auswärtige Amt. Was war es, das Ingo Ulrich sagen, aber nicht schreiben wollte? Wenn es etwas Wichtiges war, dann war diese E-Mail seine Chance. Ulrich drückte auf die Antworttaste.

Hallo Ingo,
danke für deine Nachricht. Ich kann deinen Frust verstehen. Alles, was wir erarbeitet haben, ist mit dieser Sonderentwicklungszone hinfällig geworden, jetzt kommt noch die dumme Regierung und reißt den Rest unserer Erfolge ein.

Ich selbst streiche die Segel. War eine Schnapsidee, nach Honduras zu kommen. Jetzt sitze ich am Flughafen und warte, dass ich von diesem unwirtlichen Boden abheben darf. Ich werde meinen Urlaub demnächst auf den Kanaren nachholen. Ich skype dich an, wenn ich zu Hause bin. Schade, dass wir es nicht mehr geschafft haben, uns auf unser traditionelles Vier-Uhr-Bier im Irish Pub in Palmira zu treffen.

Und verzeih, wenn ich dich in Schwierigkeiten gebracht habe.

Herzliche Grüße
Ulrich

Wenn Ingo die Botschaft nicht verstand, dann wusste Ulrich auch nicht mehr weiter. Sie hatten sich noch nie im Irish Pub in Palmira getroffen. Und so etwas wie ein traditionelles Vier-Uhr-Bier gab es zwischen ihnen schon gar nicht. Ulrich fragte sich eher, ob er den Treffpunkt so eindeutig angegeben hatte, dass es auch jeder andere potenzielle Mitleser verstehen würde.

Er hatte gerade auf *Senden* gedrückt, schon ploppte eine neue Nachricht in sein Postfach, Absender: Henry Guthrie. Das war ja der Wahnsinn!

Dear Mr. Geissenberg,
thank you so much for your message. Before we speak about further details I suggest we exchange our pgp-keys in order to communicate safely.
Best regards
H. Guthrie

Er hatte seinen Schlüssel angehängt. Nur saß Ulrich an einem öffentlichen Rechner ohne Verschlüsselungsprogramm.

Er hasste Komplikationen mit Computern. Dass Guthrie mit ihm verschlüsselt kommunizieren wollte, ließ hoffen, dass er sensibles Wissen besaß.

Dear Mr. Guthrie,
thanks for your immediate answer. I don't have access

to my private computer. Is there any other way we can communicate?

Die Antwort kam sofort.

Come to Managua, even if it is just for a day.

I am afraid that's not possible.

Wenn Ulrich sich heute einen Ausreisestempel in seinen Pass drücken ließ, würden sie ihn nicht wieder einreisen lassen, da war er sich sicher. Ulrich hatte gehofft, dass Guthrie wie aus der Pistole geschossen eine neue Option anbieten würde. Dem war nicht so. Stattdessen: *Ulrich, du hast eine neue Freundschaftsanfrage auf Facebook.*

Mal sehen, welcher alte Klassenkamerad ihn wiedergefunden hatte. Er schluckte. *Teresa Bióloga schickt dir eine Freundschaftsanfrage. Zu Teresa Biólogas Profil.* Er klickte auf den Link. Facebook wollte seinen Benutzernamen und sein Passwort. Uli Geissenberg war sein Benutzername, deswegen wurde er auch immer wieder von Leuten aus der Vergangenheit gefunden, obwohl er nie ein Foto von sich öffentlich gepostet hatte. Wollte er sich wirklich mit der dubiosen Teresa von gestern befreunden? Dass sie es war, war naheliegend.

Teresa Bióloga war dem Foto nach die Person, die er erwartet hatte. Sie hatte dreihundertdreiundsechzig Freunde und teilte die meiste Information nur mit ihnen. Zu sehen gab es ein paar Fotos von Teresa vor wechselnder Kulisse und orangerot eingefärbte Abendhimmel. Ulrich scrollte sich langsam durch ihre dreihundertdreiundsechzig Freunde, meist junge, freundlich in die Kamera lächelnde und darüber hinaus nichtssagende Gesichter von Latinos und Latinas, kaum Schwarze darunter. Er fand Diana nicht, weder dem Namen nach noch erkannte er eines der Gesichter als das ihre. Ein paar von Teresas Freundinnen und Freunden zeigten kein Porträtfoto und benutzten Pseudonyme, wie FidelVive mit dem berühmten Schwarz-Weiß-Foto von Che oder gataoscura mit dem Sternbild des Skorpions. Ulrich klickte sich durch die Profile dieser Leute, doch wie zu erwarten, behielten sie nicht nur ihren wahren Namen und ihr Gesicht lieber für sich, sondern teilten ihre Inhalte auch nur mit Freunden. Er akzeptierte Teresas Freundschaftsanfrage und schrieb ihr eine kurze Notiz, dass er Honduras in Kürze verlassen würde. Es gab im Moment nicht viel mehr, das er tun konnte, außer zu hoffen, dass Ingo seine Nachricht verstehen würde und Guthrie etwas einfallen würde.

23

Der Irish Pub, dessen Name Ulrich nicht mehr einfallen wollte, war direkt neben dem Mariott Hotel. Es war ein unverdächtiger Ort, kein Treffpunkt von Linken oder Künstlern, sondern einer von Geschäftsleuten und Expats, wie sich im Ausland lebende Amerikaner gern nannten. Touristen, die sich nach Tegucigalpa verlaufen hatten, schneiten hier abends genauso herein wie honduranische Bürgertöchterchen und –söhnchen.

Ulrich war genervt von dem Koffer, der ihn noch immer begleitete. Leider gab es in Zeiten der Angst vor Terrorattacken keine Gepäckschließfächer mehr am Flughafen. Er hatte ein beliebiges Taxi vor dem Flughafen genommen und es zum Mariott Hotel geschickt.

Dort war er erst in die Hotellobby und dann wieder hinaus und in den Pub gegangen. Glücklicherweise war er nur fünf Minuten zu früh eingetroffen.

Der Pub war nicht besonders groß, aber recht verwinkelt. Ulrich musste erst in mehrere Nischen gehen, um sich zu überzeugen, dass Ingo noch nicht da war. Ob sein Ex-Chef wirklich verstanden hatte? Oder versuchte er verzweifelt, ihn anzurufen, um ihn zu fragen, ob sie sich denn nun heute Nachmittag treffen würden? Ulrich hatte sein Telefon ausgeschaltet und den Akku herausgenommen. Das Beste wäre gewesen, auch gleich den Chip zu zerstören, aber das traute er sich nicht, für Notfälle.

Das traditionelle Vier-Uhr-Bier, das nicht existierte, erschien als Verlockung vor seinem inneren Auge und so genehmigte sich Ulrich ein kleines und sicher sündhaft teures Kilkenny.

Ingo ließ auf sich warten. Mechanisch wanderte Ulrichs Hand zum funktionslosen Handy in seiner Tasche, ließ es sofort wieder los. Er starrte aus dem Fenster und tauchte seine

Lippen in den Schaum des frisch gezapften Getränks. Auf der Straße passierte nichts.

Ulrich musterte die anderen drei Gäste der Kneipe, ein Händchen haltendes Pärchen und eine Frau mit Laptop und Kaffee. Keiner der drei hatte von ihm Notiz genommen. Wie lange sollte er auf Ingo warten? Vielleicht hatte sein ehemaliger Chef die Mails gar nicht mehr gecheckt. Vielleicht hatte er auch noch nicht frei oder steckte irgendwo im Stau. Als der Inhalt von Ulrichs Glas zu einer Pfütze geschrumpft war, kam sein ehemaliger Chef herein. Ingo trug den professionell besorgten Ausdruck eines Politikers im Gesicht.

»Ich sehe, du hast schon angefangen«, sagte er nur und winkte gleich den Kellner heran, um noch zwei Bier zu ordern. »Ich glaube, du bist mir eine Erklärung schuldig.«

Wie sollte Ulrich eine Situation erklären, die er selbst nicht verstand und für die er schon gar nicht verantwortlich war?

»Es ist so ein Gefühl. Jemand ist hinter mir her. Ich dachte, der beste Weg, ihn oder sie abzuschütteln, wäre, meine Ausreise vorzutäuschen.«

Ingo musterte ihn skeptisch, als wäre Ulrich ein Bewerber auf eine neue Stelle und hätte gerade im Vorstellungsgespräch eine falsche Antwort gegeben.

»Es ist schockierend, was wir hier gerade erleben. Ich hätte nicht damit gerechnet, dass es so schlimm kommen würde. Du hast wahrscheinlich noch viel weniger von alldem erwartet. Meinst du nicht, dass der Schock dich, na ja, ich will ja nicht sagen paranoid, aber doch etwas überempfindlich gemacht hat?«

Ingo hatte das Wort ausgesprochen. Der Zusatz ›ich will ja nicht sagen‹ war bedeutungslos. Sein Ex-Chef hielt ihn für paranoid. Ulrich fragte sich ja selbst auch, ob er paranoid war. Nur war es eben besser, paranoid zu sein als tot. Es war jetzt äußerst wichtig, den richtigen Ton zu treffen.

»Nein, ich bin nicht paranoid. Ich bin auch nicht überempfindlich. Mein Taxi wurde verfolgt, die Rezeptionistin musste dringend telefonieren, als ich ihr sagte, dass ich abreise. Vor drei Tagen bin ich verhaftet worden und am selben Abend hat mich ein dubioser Polizist verfolgt. Ist das normal? Du brauchst nicht zu antworten. Was ich dich eigentlich fragen wollte: Was wolltest du mir noch sagen, aber nicht schreiben?«

»Das ist nicht mehr so wichtig. Inzwischen wissen sowieso zu viele Leute, dass du hier warst. Ich wollte, dass du in Bonn unser Zusammentreffen nicht erwähnst.«

»Das war alles?«

Ulrich hatte auf etwas anderes gehofft. Einen Fingerzeig, der ihm bei der Suche nach Yessica weiterhalf.

»Ja, was hast du denn gedacht?«

»Nichts.«

»Was willst du jetzt tun? Weiter versuchen, Urlaub in Honduras zu machen, obwohl du dich verfolgt fühlst? Oder gegen die Kriminalisierung der Garífuna protestieren, bis du wirklich ausgewiesen wirst?«

»Wie positioniert sich denn die Gesellschaft dazu? Was sagt der Botschafter?«

»Die Gesellschaft positioniert sich natürlich gar nicht. Du weißt ganz genau, dass wir keine Organisation sind, die politische Position ergreift. Das ist die Aufgabe des Auswärtigen Amts. Und so schnell kann ich nichts machen. Aber ich habe den Botschafter nach deinem Anruf darauf angesprochen, dass die Garífuna-Organisation OCGH und ihre Leitung offenkundig ohne hinreichende Beweise kriminalisiert würden. Er hat gesagt, er würde Informationen zusammentragen und sich mit seinen Kollegen in Berlin besprechen. Er hat mich auch um eine schriftliche Einschätzung gebeten. Die deutsche Regierung nimmt das alles sehr ernst. Aber wir sind einfach nicht diejenigen, die im Brustton der Überzeugung ihrer Empörung Luft machen können. Die Rolle können die NGOs übernehmen. Und jetzt wirf mir bitte nicht vor, dass ich nichts täte. Ich habe den ganzen Nachmittag telefoniert und hätte das auch noch weiter getan, wenn du mich nicht um vier Uhr hierherbestellt hättest.«

»Entschuldige. Weißt du, wer alles verhaftet wurde?«

»Wie du schon gesagt hast, die Koordinatorin, dann Obed Mejía aus dem Büro. In Triunfo wurden wohl mehrere Leute mitgenommen. Die Polizei sagt aber, dass niemand verhaftet wurde, sondern nur Vernehmungen stattfinden. Die Menschenrechtsorganisation ADEHUH behauptet, dass es noch einzelne Festnahmen an anderen Orten gegeben hat. Sie sind dabei, die Daten der Verhafteten zusammenzutragen. Es wird sich zeigen, ob allen Verhafteten terroristische Aktivitäten vorgeworfen werden. Wo du mir jetzt schon gegenübersitzt: Erzähl mir mal von deiner Begegnung mit der Polizei. Nur so aus persönlichem Interesse. Auf deine Aussage berufen werde ich mich nicht, weil ich mich in Wirklichkeit nicht mit dir treffe.«

Ulrich seufzte. »So wird der verdiente ehemalige Mitarbeiter zur Persona non grata. Nun gut. Meine Begegnung war, gelinde gesagt, unschön.« Er schilderte seinem Ex-Chef die Gewalt der Polizisten, seine Zwangslage auf dem Boden mit einem Gewehrkolben im Rücken, aus der er nichts hatte beobachten können, die rassistischen und homophoben Sprüche und schließlich den Zustand, in dem Obed in den Gefangenentransporter gebracht worden war. »Da war so ein kubanischer Arzt, der hat sofort nach der Freilassung Fotos von Obeds Verletzungen gemacht. Es lässt sich also alles beweisen.«

Ingo sah wieder sehr besorgt drein, nickte gewichtig und sagte: »Ja, bei dieser Polizei ist noch viel Arbeit nötig.« Immerhin rügte er Ulrich nicht, dass er sich für Obeds Freilassung eingesetzt hatte. »Am Ende ist es ja doch glimpflich ausgegangen. Obwohl es mich schon ärgert, dazu schweigen zu müssen. Es hätte auch einen unserer regulären Mitarbeiter hier treffen können. Eigentlich sollten wir ihnen das nicht durchgehen lassen. Vielleicht sollte ich doch noch mal mit dem Botschafter reden?«

»Lass mal. Der weiß schon Bescheid. Ich glaube, es ist wichtiger, sich auf das zu konzentrieren, was gerade passiert. Wenn es gelingt, die ganze Führung der Garífuna-Organisation zu kriminalisieren, dann kann das Komitee in aller Ruhe weiter enteignen. Und wenn sich hinterher herausstellt, dass die Anschuldigungen falsch waren, ist es auch egal, denn dann existiert Triunfo nicht mehr.«

»Du magst recht haben. Aber du solltest dich wirklich an die NGOs wenden.«

»Gut, lassen wir das. Ich habe noch ein anderes Problem. Vielleicht kannst du mir wenigstens dabei helfen. Ich brauche etwas zum Übernachten, mindestens für heute.«

»Hast du kein Geld mehr?«

»Nein, ich möchte nicht mit meinem Namen einchecken. Du kannst meinetwegen denken, dass ich paranoid bin, aber ich gehe lieber auf Nummer sicher.«

Ingo guckte gequält. Er wollte Ulrich loswerden, aber sein schlechtes Gewissen erlaubte es ihm nicht.

»Ich überlege«, sagte er schließlich, auch wenn ihm das schon die ganze Zeit anzusehen war. »Ich könnte dich vielleicht bei einem Bekannten unterbringen. Wir brauchen aber eine Geschichte, wer du bist und warum du nicht ins Hotel gehen kannst. Ach, warum machen wir es nicht einfach so, dass du ein Zimmer auf meinen Namen buchst? Ich gebe dir meinen Pass und meine Kreditkarte und du gehst eben rüber ins Marriott und meldest dich an.«

»Danke, aber ich weiß nicht. Ich hatte an eine etwas günstigere Preisklasse gedacht.«

»Überweis mir das Geld einfach irgendwann später. Oder, ach was, ich geb dir die Hälfte dazu. Aber ich fahre jetzt nicht mit dir durch die Stadt und klappere die Hotels ab. Vielleicht schaffst du es ja, deinen Aufenthalt auf eine Nacht zu beschränken?«

»Ich tue mein Bestes.«

Ingo legte seinen Pass und seine Kreditkarte auf den Tisch. »Nun geh schon, und nimm bitte nicht die Präsidentensuite!«

Hundertsechzig Dollar kostete das günstigste ›Standardzimmer‹. Hundertsechzig Dollar bedeutete, dass Ingo achtzig Dollar für ihn ausgab. Und dass Ulrich selbst auch achtzig Dollar für eine Übernachtung ausgeben musste, was er privat eigentlich nie tat.

Vielleicht musste er Ingo noch ein Bier ausgeben. Oder lieber einen Schnaps, das ging schneller. Er konnte es nicht abwarten, endlich auf Guthries Mail zu antworten. Er setzte jetzt alle Hoffnungen in den Journalisten.

»Soll ich dir einen Schnaps bestellen, bevor ich dir den Preis für das Zimmer sage?«, fragte er Ingo beim Zurückkommen.

»Danke, nein. Ich will gleich los. Die Arbeit ruft. Ich muss heute unbedingt meinen Bericht ans Auswärtige Amt fertigbekommen. Wie teuer war's denn?«

»Hundertsechzig Dollar.«

»Schreib mir bei Gelegenheit mal, ob das Bett bequem war. Pass auf dich auf und meld dich, wenn du wirklich zurück in Bonn bist.«

»Ich weiß nicht, wie ich dir danken soll.«

»Ach komm, jetzt lass die Phrasen.«

Ingo klopfte mit den Fingerknöcheln auf den Tisch und ging. Ulrich konnte sehen, dass er am Tresen auch noch ihre Rechnung bezahlte. Nein, Ulrich sollte kein schlechtes Gewissen haben. Es war überhaupt ein Unding, dass man mit ein bisschen Geld anderen Menschen ein schlechtes Gewissen machen konnte.

Nachdem Ingo weg war, nahm Ulrich seinen Koffer und machte sich auf in sein ›Standardzimmer‹. Der Ausblick auf die Stadt war ganz nett, das Bett angenehm federnd. Ulrich befreite sich aus seinen Schuhen, holte seinen Laptop hervor und legte sich bäuchlings aufs Bett. Er schickte eine Mail mit seinem pgp-Schlüssel an Guthrie und bat ihn, sich möglichst schnell zurückzumelden.

Es dauerte nur wenige Minuten und er hatte eine verschlüsselte Mail des Journalisten im Posteingang.

Thank you. Where are you now?

Das war alles. Keine Anrede, keine Unterschrift. Guthrie schien geizig mit Worten zu sein, für die er kein Honorar erhielt.

In Tegucigalpa. I cannot leave Honduras or I probably cannot come back.

Can you come to Hog Islands tomorrow?

Hog Islands, das waren die Cayos Cochinos. Ulrichs Herz klopfte unvermittelt schneller, als er den Namen der Inseln las. Die Cayos Cochinos waren in seiner Erinnerung eins geworden mit der Erinnerung an Yessica. Es war unvorstellbar, dass die Inseln ohne Yessica darauf hatten weiterexistieren können. Konnte es sein – die Hoffnung war völlig unbegründet –, dass Guthrie Kontakt zu Yessica hatte oder zu ihrer Familie, die wiederum ihren Aufenthaltsort kannte?

I don't know. The news said that the road to the coast is blocked.

It will be open tomorrow. I asked. Try to get the bus at 5:30.

Wie schade um das teure Bett! Das bedeutete, dass Ulrich es ab jetzt bis vier Uhr morgens nicht mehr verlassen sollte.

I will. Where do we meet on the islands?

Go to La Ceiba and take the boat that picks up the guests for the hotels on Cayo Grande. I am either on the same boat or I pick you up once you land on the island.

Cayo Grande war die falsche Insel. Die der reichen Touristen und der Filmindustrie. Da kündigte sich doch der nächste Angriff auf Ulrichs Reisebudget an. Dafür, dass er nichts erreichte, war sein Zickzackkurs durch Honduras ganz schön kostspielig.

Okay. See you tomorrow. How do we know each other?

Don't worry about it. I will recognise you.

Ein wenig unheimlich war der Mann schon. Wieso konnte er ihn erkennen? War Ulrich am Ende dabei, seinem unbekannten Feind in die Arme zu laufen? Willkommen, Paranoia, dir stehen auch im Marriott-Hotel alle Türen offen.

Ulrich rollte sich auf den Rücken und streckte sich. Er hatte wahrlich keine Lust, das Bett wieder zu verlassen. Neben dem Telefon stand eine laminierte Karte mit den Menüs des Zimmerservices. Ulrich ignorierte die Preise und bestellte telefonisch einen großen Salat mit Putenbruststreifen.

24

05.06.2019

Henry Guthrie hatte einen kahlen Schädel, der wirkte, als hätte er ihn blank poliert. Er trug eine randlose Brille und war sehr groß. Investigative Recherchen in Zentralamerika sollten sich diesem Mann eigentlich schon aufgrund seiner körperlichen Auffälligkeit verbieten. Er erinnerte Ulrich an seinen Musiklehrer aus der Grundschule.

Guthrie holte ihn am Bootsanleger ab. Er griff sich mit seinen über sechzig Jahren Ulrichs Koffer, als wäre es eine Handtasche, und winkte ihn hinter sich her, bevor die anderen Passagiere mit dem Bestaunen der Insel fertig waren.

»Wir haben Cabaña 15«, sagte er und folgte einem leicht geschwungenen Pfad, der von tropischen Zierpflanzen eingerahmt war.

Äußerlich wirkte die Cabaña kaum anders als das, was Ulrich von Chachahuate kannte, ein traditioneller Holzbau mit einem Palmendach, wenngleich noch ziemlich neu und gut in Schuss. Im Inneren verbarg sich ein Hotelzimmer der Luxusklasse. Die Wände erstrahlten in hellem Weiß, zwei Doppelbetten waren mit lindgrünen Dekokissen verziert, der Fußboden war aus dunklem Holzparkett gearbeitet und eine Sitzgruppe war an einer breiten Fensterfront platziert, die es in den traditionellen Hütten nicht gab. Fensterglas wurde auf den Cayos kaum verwendet, die Fensteröffnungen wurden normalerweise nur mit einem Mückennetz bespannt. Ulrich fühlte sich eingeschüchtert und ein wenig schuldig. Er würde sich zumindest für eine Nacht von diesem Guthrie oder von der Spesenabteilung seines Arbeitgebers aushalten lassen, obwohl er ihm keine substanzielle Information zu bieten hatte.

Guthrie bot ihm mit einer Handbewegung einen Platz in der Sitzecke an, auf den sich Ulrich bereitwillig fallen ließ.

»Möchten Sie etwas trinken? Wasser? Limo? Bier? Saft müsste ich an der Rezeption bestellen, aber dann werden wir sofort wieder gestört.«

Guthrie wollte also gleich auf den Punkt kommen.

»Wasser ist gut. Haben Sie welches mit Kohlensäure?«

Guthrie öffnete eine Minibar, die in eine dunkle Schrankwand integriert war, und zog eine blau gefärbte Flasche hervor.

»Herrlich, danke.« Ulrich hielt sich die eiskalte Flasche an die Stirn.

»Wie war die Reise?«

»Glücklicherweise problemlos.«

»Sind Sie unterwegs kontrolliert worden?«

»Nein.«

»Ist Ihnen im Bus oder im Boot jemand aufgefallen?«

Endlich jemand, der Ulrichs Paranoia teilte.

»Sie meinen, ob mir jemand gefolgt ist? Ich glaube nicht. Sie haben doch die Reisegruppe von koreanischen Rentnern gesehen, die mit mir angekommen ist.«

»Gut. Ich hoffe, wir haben hier unsere Ruhe und das Zimmer ist sauber. Ich buche nie im Voraus, damit niemand auf die Idee kommen kann, vorab mein Zimmer zu verwanzen.« Guthrie stellte einen Laptop vor Ulrich auf den Couchtisch und klappte ihn auf. »Ich wollte Ihnen etwas zeigen.« Der Journalist drückte eine Tastenkombination und auf dem Bildschirm erschien eine Internetseite. Darauf, unverwechselbar, ein Foto von Ulrich unter der Überschrift: *Steuert dieser Deutsche die Terrororganisation der Garífuna?* Das Foto musste vor wenigen Tagen während seines Aufenthalts in Honduras aufgenommen worden sein. Er trug darauf Shorts, ein grau meliertes T-Shirt und sah insgesamt ziemlich erschöpft aus. Nicht nur übermüdet, sondern psychisch am Ende seiner Kräfte. Er hatte einen Gesichtsausdruck, den er niemals vor einer Kamera zur Schau gestellt hätte. Die Aufnahme war auf einer Straße gemacht worden, aber der Hintergrund war verschwommen.

Ulrich vermutete, dass das Gebäude in seinem Rücken die Polizeistation in La Ceiba war.

»Und, wie finden Sie den Artikel?«, fragte Guthrie.

»Ich bin noch nicht ganz fertig.«

Einmal mehr hatte Ulrich sich an unwesentlichen Details festgehalten, in seiner Eitelkeit seine abgespannten Gesichtszüge studiert. Der Text beschuldigte ihn der Einmischung in die inneren Angelegenheiten von Honduras, den Namen des Landes in den Dreck zu ziehen, der Aufwiegelung der Bevölkerung, der Zusammenarbeit mit einer terroristischen Organisation. Er beschuldigte ihn auch, an dem Tag der Razzia eine großzügige Summe in bar an den Sekretär der Organisation übergeben zu haben, was dieser gegenüber der Polizei ausgesagt haben sollte. Entweder die Polizei oder der Verfasser des Textes hatte dieses Detail erfunden. Beweise lieferte der Text keine, aber Ulrichs Anwesenheit im Büro der Organisation zum Zeitpunkt der Razzia war geeignet, Zweifel zu säen. Frappierend war, dass Ulrichs voller Name inklusive des zweiten Vornamens, sein Geburtsdatum und sein Geburtsort genannt wurden. Daten, die die Polizei in La Ceiba oder die Migrationsbehörde hatten. Über das Internetportal *Nomasmentiras* war Ulrich vor ein paar Tagen schon gestolpert, dort hatte er die diffamierenden Artikel über Yessica, Laura, Juancito und die Garífuna-Organisation gefunden.

»Wann ist das erschienen?«, fragte er Guthrie.

»Vor vier Tagen. Das Seltsame ist, dass der Post innerhalb kürzester Zeit wieder aus dem Netz verschwunden ist. Zum Glück habe ich sofort einen Screenshot gemacht. Sie wussten nichts von diesem Artikel, sehe ich das richtig?«

Ulrich schüttelte den Kopf.

»Der deutsche Botschafter hat auch nichts dergleichen erwähnt?«

»Woher wissen Sie, dass ich beim Botschafter war?«

»Ich habe mich nach Ihnen erkundigt, als ich diesen Artikel

gefunden habe. Keine Sorge, der Mann hat mir nur gesagt, dass er mit Ihnen gesprochen hat.«

»Nein, von dem Artikel hat er nichts gesagt. Er hat Andeutungen gemacht, dass die honduranischen Sicherheitsorgane mich beobachten. Und mir indirekt gedroht, dass er ab einem bestimmten Zeitpunkt nicht mehr für meine Sicherheit bürgen könne. Aber wenn er von dem Artikel gewusst hätte, hätte er es bestimmt gesagt, schließlich wollte er mich von einer schnellstmöglichen Ausreise überzeugen.«

»Irgendjemand muss den Betreiber der Internetseite angewiesen haben, den Artikel wieder herunterzunehmen. Oder der Betreiber ist selbst auf die Idee gekommen, dass er Sie lieber doch nicht ärgern möchte. Auf jeden Fall sind sich da irgendwelche Leute uneinig, ob sie Sie aus Honduras vergraulen wollen oder lieber doch nicht.«

»Wissen Sie, wer dieses Schmierenportal betreibt?«

»*Nomasmentiras* ist nur eine von vielleicht einem halben Dutzend Verleumdungsseiten. Hinzu kommen Hunderte von Fake-Profilen auf Facebook, die nur für Hasspropaganda genutzt werden. Manche sagen, dass die Seiten und die Profile im Auftrag des Präsidialamtes programmiert und ihre Inhalte von Robotern verfasst werden. Aber ich habe einen anderen interessanten Hinweis bekommen. Eigentlich nur einen Namen: Randy Mitchener. Er ist US-amerikanischer Staatsbürger, war mal bei der Armee und ist seit gut zwanzig Jahren im Consulting-Geschäft. Mitchener ist Seniorchef der Firma *Greengrounds Consulting,* die sogenannte Sozialmanagementsysteme im Rahmen von Großprojekten anbietet. *Greengrounds* berät Firmen dabei, ihre sozialen und ökologischen Sorgfaltspflichten einzuhalten. Kunden sind zum Beispiel Bergbauunternehmen oder Betreiber von Wasserkraftwerken. Die Firma *Victoria S.A.* hat ebenfalls die Hilfe von *Greengrounds* angefordert. In Ihrem Fach ist Ihnen die Arbeit solcher Consulting-Firmen bestimmt besser bekannt als mir.

Mitchener hatte zuvor schon zwei andere Consulting-Firmen. Am interessantesten fand ich aber, dass er auch an einer Firma beteiligt ist, die anonyme Webservices anbietet. Die Server von Mitcheners Firma stehen in Panama und die Daten der Kunden bleiben geheim. Bezahlt wird über Internetwährungen wie Bitcoins, sodass kein Geldtransfer nachvollziehbar ist. Nur wenn der Kunde Fehler bei der Übermittlung der Inhalte macht, kann er erwischt werden. *Nomasmentiras* liegt auf so einem Server in Panama, wobei ich nicht weiß, ob es ein Server von Mitchener ist.«

»Ich dachte, da steht ein Punkt hn am Ende, die Endung für eine Seite aus Honduras?«

»Das lässt sich problemlos umleiten, ohne dass der Besucher im Internet etwas davon merkt. Wenn sich nachweisen ließe, dass Mitchener gleichzeitig für das Social Management der *Victoria* und für die Diffamierung ihrer Gegner im Internet verantwortlich ist, wäre das brisant. Und noch ein Detail zu Mitchener: Er ist ein alter Bekannter von Dwight Johnson aus dem Komitee. Sie haben zusammen die Marineakademie besucht – der berühmt-berüchtigte Oliver North war übrigens auch in dem Jahrgang und sie waren zur selben Zeit im selben Bataillon im Vietnamkrieg.«

»Das heißt, wir sollten Mitchener und diesem Johnson auf die Spur kommen?«

»Sieht so aus. Es sind aber noch mehr Leute verwickelt, glauben Sie mir.«

»Zum Beispiel die, die meine Daten weitergegeben haben. Auf dieser Seite stehen mein zweiter Vorname und mein Geburtsdatum. Die können nur von der Polizei oder der Migrationsbehörde kommen.«

»Möglich«, meinte Guthrie. »Darf ich Ihnen noch ein paar Fragen stellen? Ich habe nämlich die vage Vermutung, dass sich unterschiedliche Leute für Sie interessieren.«

»Wie schmeichelhaft. Ich hätte gar nicht gedacht, dass ich

so interessant bin«, versuchte Ulrich zu scherzen, merkte aber selbst, dass er nicht einmal zu einem müden Lächeln aufgelegt war.

»Hatten Sie aufgrund Ihrer Tätigkeit in Honduras jemals mit dem Komitee für die Beste Praxis zu tun?«

»Das gab es zu der Zeit noch gar nicht.«

»Doch, das gibt es schon einige Jahre, schon bevor die *Victoria S.A.* die Konzession für die Sonderentwicklungszone bekommen hat. Vielleicht hatten Sie mit Personen zu tun, die darin vertreten sind? Mit irgendeinem der Amerikaner, also Dwight Johnson, Christian Belham, Amaris Winwright, Richard Adams oder Michael Webster?«

»Nein.«

»Oder mit den Honduranern Hawit, Carreras oder Bustillo?«

»Auch nicht.«

»Ich zähle der Vollständigkeit halber alle anderen Namen auf: Wilson Morales, Antonio Saavedra, Cecilia Hayes, Ferdinand Koller oder Scheich Ibn Azadi?«

Ulrich schüttelte den Kopf.

»Hatten Sie jemals Kontakt zu Edwyn Hermilo oder seiner Glaubensgemeinschaft Divina Creación?«

»Gott bewahre.«

»Auch nicht indirekt? Vielleicht hat er ja irgendetwas kommentiert, was Sie getan haben?«

»Bestimmt, aber ich habe nicht darauf geachtet, welche Kirchen sich gegen das Projekt ausgesprochen haben. Wir haben ein Programm mitfinanziert, das die reproduktiven Selbstbestimmungsrechte von Frauen und Mädchen fördert. Das hat vielen Kirchen nicht gefallen.«

»Gab es dabei direkte Kritik an Ihrer Person?«

»Nein, ich glaube, mich als Person haben die gar nicht wahrgenommen.«

»Hatten Sie in letzter Zeit den Eindruck, dass Sie beobachtet werden, von der heutigen Anreise einmal abgesehen?«, fragte Guthrie.

»Unbedingt. Beobachtet ist aber eine harmlose Formulierung dafür. Sie beobachten mich so aggressiv, dass ich sie bemerken muss. Vor vier Tagen ist mir vom Strand von La Ceiba ein Polizist hinterhergelaufen. Er hat unter einem fadenscheinigen Vorwand meinen Pass kontrolliert. Ich stünde im Verdacht, eine Ausländerin ausgeraubt zu haben. Übrigens hat er vorher kurz mit einer Ausländerin geredet, die dort auf einer Bank saß, wie soll ich sagen, einer ziemlich konservativ dreinschauenden Lady. Zwei Tage später wurde ich in Tegucigalpa in einem Taxi verfolgt. Der Fahrer hat den Verfolger abgeschüttelt. Es kann sein, dass die ganze Geschichte inklusive Verfolgungsjagd eine Inszenierung war, um mich einzuschüchtern.«

»Warten Sie mal, mich interessiert die Lady. Können Sie sie beschreiben?«

»Nicht wirklich. Sie hatte auf jeden Fall einen Stock im Arsch. Mir ist sie nur aufgefallen, weil sie so deplatziert wirkte. Ein bisschen hat sie mich an Margaret Thatcher erinnert.«

»Interessant.« Guthrie blätterte in einer Mappe und zog ein aus einer Zeitung ausgeschnittenes Foto hervor. »Könnte es diese Frau gewesen sein?«

Die ehemalige Repräsentantin von Montana, Amaris Winwright, hieß es in der Bildunterschrift.

»Krass, die aus dem Komitee! Ich werde verrückt! Was will die denn von mir?«

»Nehmen wir es erst einmal zur Kenntnis. Also, Sie meinen, dass es diese Frau gewesen sein könnte?«

»Ja, kein normaler Mensch trägt eine solche Frisur.«

»Gut, erzählen Sie weiter. Als Sie im Taxi verfolgt wurden, wo sind Sie da hergekommen?«

»Ich hatte mich mit einer jungen Frau getroffen, von der ich gehofft hatte, sie könne mir bei der Suche nach einer alten Bekannten aus Triunfo helfen. Konnte sie aber nicht.«

»Und die junge Frau, woher kannten Sie die?«

»Ich kannte sie nicht. Ich habe sie zufällig an der Uni getroffen.«

»So ganz schlüssig ist das nicht, was Sie mir gerade erzählen.«

»Meine Bekannte, die ich suche, hat eine Tochter, die in Tegucigalpa Biologie studiert. Ich dachte, ich könnte sie vielleicht nach ihrem Seminar abpassen. Da hat mich diese andere Frau angesprochen und wir haben uns für den späteren Nachmittag verabredet.«

»Hm. Haben Sie noch Kontakt zu der Frau?«

»Nein. Sie hat mir zwar angeboten, wir könnten uns wieder treffen, aber ich habe ihr geantwortet, dass ich gleich aus Tegus abreisen würde. Gestern hat sie mir eine Freundschaftsanfrage auf Facebook geschickt. Ich habe sie angenommen, ich dachte, es kann nicht schaden.«

»Wie ist denn der Facebook-Name der Frau, wenn ich fragen darf?«

»Teresa Bióloga.«

»Ich werde sie überprüfen lassen.«

»Wie das denn?«

»Facebook ist keine komplett anonyme Datenkrake, der Laden hat auch Angestellte. Ich kenne da jemanden.«

»Ich weiß auch ungefähr, wo sie wohnt. Der Taxifahrer hat sie zuerst abgesetzt. Das war in der Calle Eucalipto in der Colonia Las Lomas.«

»Und hatten Sie den Eindruck, dass diese Frau Ihre Verfolgung inszeniert haben könnte?«

»Ich habe keine Ahnung. Ich hatte ein komisches Gefühl bei ihr.«

»Gab es noch weitere Personen, die Sie verfolgt oder beobachtet haben?«

»Gestern Morgen, als ich aus dem Hotel ausgecheckt habe. Ich habe der Rezeptionistin gesagt, dass ich vorzeitig wieder nach Hause fliegen muss. Daraufhin ist sie mit dem Telefon am Ohr weggelaufen, als müsste sie erst jemanden fragen, was sie jetzt tun soll.«

»Und es kann nicht sein, dass sie zufällig in dem Moment ein Privatgespräch geführt hat?«

»Unwahrscheinlich. Die Tage davor hat sie auch ständig an der Rezeption private Telefonate geführt. Wieso sollte sie dafür auf einmal aus dem Raum gehen?«

»Es könnte trotzdem ein Zufall sein. Alle anderen Zwischenfälle wirken, wie Sie schon sagten, eher wie Einschüchterungsversuche. Die hätten alle gut zu dem Artikel gepasst, den ich Ihnen gezeigt habe. Ich glaube fast, Sie haben es mit zwei Fraktionen zu tun: Die einen wollen Sie aus dem Land ekeln und die anderen wollen Sie aus irgendeinem Grund hierbehalten. Für wen könnte es von Nutzen sein, dass Sie hierbleiben?«

»Ehrlich gesagt verstehe ich überhaupt nicht, warum irgendwer irgendetwas von mir will. Weder mich rausekeln noch mich hierbehalten. Alles, was ich getan habe, ist, mich bei der Razzia für eine menschenwürdige Behandlung Obeds einzusetzen. Ich bin erst seit acht Tagen wieder in Honduras und ich verstehe jeden Tag immer weniger.«

»Überlegen Sie in Ruhe! Mit Ihrem Einsatz für einen Mitarbeiter der Garífuna-Organisation könnten Sie zum Beispiel jemandem aus dem Komitee unangenehm aufgefallen sein. Etwa Amaris Winwright. Was ist es, was Sie gerne verstehen würden?«

Ich will verstehen, warum Yessica López García untergetaucht ist. Aber noch viel mehr, als es zu verstehen, möchte ich sie einfach finden und in die Arme schließen, formten sich die Worte in Ulrichs Kopf. Aber er brauchte diese Banalität nicht mit einer weiteren Person zu teilen. Er hatte schon mit zu vielen darüber gesprochen. Am Ende würde er in der amerikanischen Presse über seine flüchtige wie verbotene Liebesaffäre lesen.

»Ich will verstehen, warum dieses Komitee für die Beste Praxis meine Arbeit der letzten Jahre kaputtmacht. Warum es nicht nach einer friedlichen Lösung sucht, sondern sich vorgenommen hat, die Bevölkerung von ganz Triunfo zu vertreiben.«

»Ich glaube, das ist kein primäres Anliegen des Komitees, jedenfalls nicht in seiner Gesamtheit. Aber warum sind Sie eigentlich zurück nach Triunfo gekommen? Doch nicht um der Arbeit dieses Komitees nachzuspüren, nehme ich an?«

»Nein, verdammt! Und ich habe auch nichts mit diesem Attentat zu tun. Ich bin einfach zur falschen Zeit am falschen Ort angekommen. Mehr als Sie weiß ich auch nicht, da muss ich Sie enttäuschen. Ich habe nur diesen Knall gehört, dann die Hubschrauber und dann war ich über Stunden in einem Restaurant in Tela gefangen. Ich habe Ihren Artikel gelesen, ich weiß, dass Ihnen das Attentat, der Tod von Kollegen, nahegeht. Es ist ja auch schrecklich. Aber für mich ist gerade schrecklich, was dieses Attentat nach sich zieht. Ich habe für die Zukunft der Menschen an der Küste gearbeitet und jetzt sollen sie mit einem Mal alle Terroristen sein?«

»Sie müssen sich nicht dafür entschuldigen. Uns allen sind die am nächsten, die wir kennen oder mit denen wir uns identifizieren können.«

»Glauben Sie wirklich, dass das Olancho-Kartell oder die Familie Benegas hinter dem Attentat stehen, wie Sie in Ihrem Artikel angedeutet haben? Und glauben Sie wirklich, dass diese Sonderentwicklungszonen sonst für ein Ende von Armut und Gewalt gesorgt hätten?«

»Das sind zwei sehr unterschiedliche Fragen, die beide sehr umfangreich sind. Vielleicht diskutieren wir später darüber? Ich würde gerne noch ein paar wichtige Dinge klären. Wie Sie selbst wissen, sind momentan einige Leute in einer sehr prekären Lage. Ich würde gerne schnell etwas veröffentlichen, was sie entlastet. Was wissen Sie über Yessica López Garcia?«

Ulrich verschluckte sich an seinem Wasser. Unter Hustentränen sah er den Journalisten verständnislos an.

»Wie kommen Sie jetzt auf Yessica? Ist sie auch verhaftet worden?«, brachte er krächzend hervor.

»Nein. Sie hat mich um Hilfe gebeten, Genaueres dazu kann ich nicht sagen. Mir bereitet große Sorge, dass ich seit Längerem nichts von ihr gehört habe. Der Grund, warum ich mich bei Ihnen gemeldet habe ist, nun ja, ich will nicht indiskret sein, aber es sind wohl mehr als Gerüchte, dass Sie ein intimeres Verhältnis zu Frau López hatten, als Sie mir gerade vormachen. Und als ich gehört habe, dass Sie in Honduras sind, habe ich gehofft, dass Sie vielleicht mehr über den Verbleib von Frau López wissen. Aber es sieht so aus, als ob Sie Frau López selbst verzweifelt suchen.«

Ulrich hielt noch immer die Mineralwasserflasche umklammert, die sich in seinen Händen allmählich erwärmt hatte. Um die Flasche herum war ein kleiner Krater aus abgeknibbeltem Papier entstanden. In seinem Hals saß ein handfester Kloß. Wenn ein seriöser Journalist sich schon Sorgen um Yessica machte, konnte es nur schlimm um sie stehen. Er schüttelte den Kopf. Der Kloß rang seine Stimme nieder, er konnte keinen Laut von sich geben.

»Habe ich mir fast gedacht«, redete Guthrie weiter. »Vielleicht können wir das Puzzle trotzdem gemeinsam ein Stück voranbringen. Wieso sind Sie gerade jetzt nach Honduras gekommen?«

Was sollte er antworten? Es gab keinen besonderen Grund. Sein langweiliges Leben in Bonn, der glücklose Beziehungsversuch mit Carmen, ein paar Drinks zu viel kombiniert mit einem erinnerungsbelasteten Song, dazu ein Resturlaubsanspruch. Es war so banal, dass es schon peinlich war, darüber zu reden.

Dass er plötzlich wieder an Yessica gedacht hatte, hatte weniger mit Yessica zu tun als mit der Leere in seinem Leben.

Das war eine ernüchternde Erkenntnis, die er nicht gerade mit einem fremden Journalisten teilen wollte.

»Ja, ich wollte Yessica treffen. Nein, es gab keinen besonderen Grund, warum ich gerade jetzt gekommen bin. Sie wusste auch nicht, dass ich kommen würde. Ich hatte die absurde Idee, sie zu überraschen.«

Bildete er sich das ein oder war der Blick des Journalisten mitleidsvoll, als dächte er für sich: Du armer Trottel?

»Okay, fangen wir also weiter vorne an. Wann haben Sie Ihr Projekt in Honduras beendet und sind zurück nach Deutschland gegangen?«

»Ende 2017.«

»Sie haben sich bestimmt darüber unterhalten, wie es mit dem Gesundheitsaufklärungsprojekt von Frau López weitergehen würde.«

»Ja, wir sind irgendwann mal die Formalitäten für den Folgeantrag durchgegangen. Yessica, also Frau López, und ich haben im Grunde in getrennten Projekten gearbeitet, zumindest was den Fördertopf anging.«

»Wurde der Folgeantrag denn gestellt?«

»Ich bin fest davon ausgegangen, aber sicher weiß ich es nicht.«

»Gut. Haben Frau López und Sie sich denn sonst manchmal geschrieben oder miteinander telefoniert?«

»Ganz selten. Ich bin sowieso schlecht im Kontakthalten. Selbst meinen langjährigen Kumpels schreibe ich nur einmal im Jahr zum Geburtstag, wenn ich den nicht vergesse. Yessica hätte ich gerne geschrieben. Ich habe sogar manchmal angefangen, aber nach ein paar Zeilen hatte ich immer den Eindruck, dass sie mein neues altes Leben in Bonn einfach nicht verstehen würde. Außerdem dachte ich, dass vergessen besser ist, als sich am Gespenst einer Erinnerung festzuhalten. Das erste halbe Jahr nach meiner Abreise haben wir uns manchmal noch geschrieben.«

»Und nach dem ersten halben Jahr?«

»Ich hatte eine neue Freundin. Damit wollte ich Yessica nicht behelligen. Und sie hat auch immer seltener geschrieben.«

»Die neue Freundin gibt es nicht mehr, nehme ich an?«

»Sie werden aber nichts von dem schreiben, was ich Ihnen gerade erzähle?«

Guthrie lachte kurz auf. »Dass die Menschen immer solche Angst vor Journalisten haben. Nein, keine Sorge.«

»Wir haben uns vor einem halben Jahr getrennt. Ich habe mich getrennt. Sie wollte, dass wir zusammenziehen und Kinder bekommen.«

»Und das wollten Sie nicht? Haben Angst bekommen?«

»Ja, also nein. Ich habe keine Angst bekommen, aber ich wollte keine Kinder mit ihr.«

»Wie haben Sie sich eigentlich mit den Kindern von Frau López verstanden?«

»Mit denen hatte ich so gut wie gar nichts zu tun. Die Ältere hat auf Roatán gewohnt und die Kleine war meistens woanders, in der Schule, bei Freundinnen, bei ihrer Oma, keine Ahnung. Ich war fast nie bei Yessica zu Hause. Die meiste Zeit haben wir zusammen im Auto verbracht.«

»Haben Sie versucht, Kontakt zu den Töchtern von Frau López aufzunehmen?«

»Ja, zu der älteren, Diana. Yessica hatte mir geschrieben, dass Diana in Tegucigalpa Biologie studieren würde. Ich hatte also geglaubt, dass sie in der Hauptstadt ist. Aber dann wollte ich sie an der Uni suchen und diese Teresa erzählte mir, dass Yessica und Diana zusammen in die USA gegangen seien, sie aber keine Adresse von ihnen hätte. Nachdem ich mich mit ihr getroffen und sie mit dem Taxi wieder zu Hause abgesetzt hatte, wurde ich verfolgt.«

»Und dann?«

»Dann hat der Taxifahrer das andere Auto abgeschüttelt und ich habe am nächsten Tag so getan, als würde ich aus Honduras abreisen. Es tut mir leid, dass ich Ihnen nicht mehr sagen kann. Ich hatte eigentlich gehofft, dass Sie mehr über die Situation in Triunfo wissen, irgendetwas, was mich auf eine Idee bringen könnte.«

Ulrich sah sein Gegenüber prüfend an, fragte sich mit einem Mal, ob Yessica ihn hätte als Mann interessant finden können. Guthrie war gut zwanzig Jahre älter als er und kahlköpfig, aber was hieß das schon? Vermutlich war er hochintelligent und ein viel besserer Gesprächspartner als Ulrich, einer, mit dem sich stundenlang über lateinamerikanische Politik reden ließ, ein Mann mit einem unendlichen Wissensfundus, nicht mit schnell angeeignetem Halbwissen wie Ulrich. Wahrscheinlich konnte Guthrie sich noch dazu in Yessicas Sorgen als Mutter hineinversetzen. Ulrich dagegen hatte außer einem hübschen Lockenkopf und einem jungenhaften Gesicht nicht viel vorzuweisen und Yessica nie mehr angeboten. Was Beziehungen zu Frauen anging, war er auf ganzer Linie ein Versager. Und das mit nunmehr vierzig Jahren.

Er senkte seinen Blick und starrte auf die Mineralwasserflasche in seiner Hand. Sollte er Guthrie fragen, ob er ein romantisches Verhältnis zu Yessica hatte? Und wollte er die Antwort wirklich wissen?

»Ist alles in Ordnung?«, drang die Stimme des Journalisten zu ihm durch. Er hatte wohl schon vorher etwas gesagt, was Ulrich nicht wahrgenommen hatte.

»Ja. Nein, nicht ganz. Sie müssen mir jetzt erklären, warum Sie so sehr an Yessica interessiert sind. Wenn Sie von mir die ganze Wahrheit wissen wollen, aber über Ihre eigenen Motive schweigen, dann bleibt das hier ein Verhör und kein Gespräch.« Er war selbst erstaunt über die deutlichen Worte, die ihm wie von selbst aus dem Mund drangen.

»Fürwahr. Aber Sie glauben jetzt nicht, ich hätte eine private Beziehung zu Frau López, oder?«

Er sah Guthrie ertappt an. »Na ja, warum denn nicht?«

Der Journalist lachte. »Nein, wirklich nicht. Sie ist mit Sicherheit eine großartige Frau, aber meinen Informantinnen gegenüber bleibe ich immer professionell.«

Das klang wenig überzeugend. Vielleicht war er, anders als Ulrich, professionell geblieben, fühlte sich aber trotzdem in besonderer Weise zu ihr hingezogen. Und dass sie jetzt ein professionelles Verhältnis pflegten, schloss ja für die Zukunft nichts aus.

»Um es klar zu sagen: Ich mache mir große Sorgen um Frau López. Sie war meine Informantin und sie ist verschwunden. Vielleicht hat sie sich nur versteckt, vielleicht ist ihr etwas zugestoßen. Aber um sie nicht noch mehr zu gefährden, darf ich nicht viel verraten. Und das hat nichts damit zu tun, dass ich Sie nicht für vertrauenswürdig halte, vielmehr ist jeder Mitwisser auch eine potenzielle Schwachstelle. Und nach Ihrer Begegnung mit Frau Winwright können wir davon ausgehen, dass Yessicas Feinde Sie beobachten, auch wenn Sie ihnen kurzzeitig entwischt sind.«

»Was könnte ihr zugestoßen sein? Jetzt hören Sie schon auf, mich zu quälen! Glauben Sie eigentlich, ich wäre noch in Honduras, wenn ich mir keine Sorgen um Yessica machen würde? Und was hat es mit dieser Winwright auf sich, was will sie von Yessica?«

»Über Letzteres kann ich nur spekulieren. Zu Ihrer ersten Frage: Sie könnte tot sein, ermordet. Man könnte sie vorher gefoltert haben. Sie könnte auch noch leben und in diesem Moment gefoltert werden. Ihre kleine Tochter könnte jeden Moment entführt werden. Ihre große Tochter ist glücklicherweise in Sicherheit, das weiß ich, aber die Kleine … Die Koordinatorin war für mich ein wichtiges Bindeglied zu Yessicas Familie. Aber sie ist dummerweise inhaftiert und nicht erreichbar. Wenn sie heute nicht freigelassen wird, werde ich morgen ins Gefängnis fahren und versuchen, mit ihr zu sprechen.«

»Ein bisschen mehr müssen Sie mir schon erzählen. Sie

wollen ja schließlich, dass ich Ihnen helfe, Yessica zu finden, oder verstehe ich das falsch? Und wieso fragen Sie mich nach den Töchtern, wenn Sie wissen, wo sie sind?«

»Weil Ihre Kontaktaufnahme ein Risiko für die beiden bedeuten könnte. Herr Geissenberg, über die Überzeugungen von Frau López muss ich Ihnen ja nichts erzählen. In letzter Zeit ist sie nicht nur für ihre Überzeugungen eingetreten, sondern sie ist zur Privatdetektivin in eigener Sache geworden. Sie wollte wissen, wer genau hinter den Drohungen und Anschlägen steht, die immer wieder Leute aus ihrer Organisation treffen. Sie hat vermutet, dass das Komitee für die Beste Praxis darin verwickelt ist, und angefangen, Komiteemitgliedern hinterherzuspionieren. Zugegeben, ich hatte ihren Verdacht nicht gleich geglaubt, aber sie hat einige Hinweise darauf gefunden, dass Komiteemitglieder vor der Küste ihre Drogengeschäfte abwickeln. Und dass sie dabei vom Militär unterstützt werden. Sie hat auch sogenannte Profile von Garífuna-Aktivisten gefunden, das heißt persönliche Informationen, die sie zu einfachen Zielen für Attentate machen. Wenn es also stimmt, dass Leute aus dem Komitee an illegalen Aktivitäten beteiligt sind, und wenn Frau López entdeckt worden sein sollte, dann ist das Schlimmste zu befürchten. Dann ist sie nicht nur eine Aktivistin, sondern auch eine unerwünschte Zeugin.«

»Können Sie denn nichts machen? Diese Leute aus dem Komitee sind doch zum großen Teil Amerikaner, können Sie die nicht in den USA anzeigen? Fragen Sie Ihre Abgeordneten nach Yessica López, auf dass sie Nachforschungen anstellen. Und damit das Komitee weiß, dass es von der Öffentlichkeit beobachtet wird, dass es Yessica nicht einfach verschwinden lassen kann.«

»Klar, ich habe darüber nachgedacht. Aber wenn sie doch nicht aufgeflogen ist, dann enttarne ich sie und bringe sie erst recht in Gefahr. Und ein Mord lässt sich in Honduras leider immer verschleiern, egal ob man beobachtet wird oder nicht. Raubmord, ein eifersüchtiger Mann, irgendetwas findet sich immer.«

Nun waren sie in Ulrichs Kopf, die Bilder, die er nicht hatte sehen wollen. Eine kaum noch identifizierbare Leiche in einem Straßengraben. Oder ein paar schwarze Plastiksäcke mit Teilen eines zerstückelten Körpers, verteilt in der Landschaft. Ein zusammengesunkener Körper über dem Lenkrad eines Autos, Spritzer von Blut und Hirn auf Windschutzscheibe und Nackenstütze. Dunkelrote Krusten in schwarzem Haar, blaugrüne Flecken auf fast schwarzer Haut, unnatürlich verdrehte Gliedmaßen.

Die Bilder lösten Ekel aus, zum Glück gelang es ihm nicht, ihnen Yessicas Gesicht zu verleihen. Er kannte sie nur äußerst lebendig, als misshandelte und verstümmelte Leiche war sie unvorstellbar.

»Was schlagen Sie also vor? Wir können ja kaum untätig hier herumsitzen, wenn ihr jeden Moment etwas zustoßen könnte.« Ulrich sprang auf und stellte die Flasche mit einem lauten Knall auf den Tisch. »Sie haben Yessicas Situation schließlich mitzuverantworten!«

Er lief zur Fensterfront, warf dem azurblauen Meer einen hasserfüllten Blick zu, lief wieder ins Innere des Raumes und baute sich dann vor Guthrie auf. Doch er wusste nicht, was er sagen sollte.

Stattdessen sprach der Journalist: »Warten Sie. Ich weiß, es ist schwer stillzuhalten, sobald man sich einmal das Schlimmste ausgemalt hat. Aber vergessen Sie nicht, dass Frau López hochintelligent ist, sich an der Garífuna-Küste bestens auskennt und jede Menge vertrauenswürdige Kontakte hat, von denen wir nichts wissen. Und ja, verantwortlich fühle ich mich, aber nicht schuldig. Es war ihre Idee, das Komitee auszuspionieren. Ich habe sie nicht dazu ermuntert.«

»Was sagt denn die Koordinatorin? Haben Sie in den letzten Tagen mit ihr gesprochen? Ich habe nach der Razzia in La Ceiba versucht, mit ihr zu reden, aber alles war so chaotisch und dann hatte sie mich schon abgewimmelt.«

»Ich habe leider auch seit fast einem Monat nicht mit ihr gesprochen. Ich habe zu lange auf eine Nachricht von Frau López gewartet. Frau López und ich hatten uns vage für das Wochenende vom 27. Mai verabredet. Aber dann hat sie sich nicht mehr gemeldet. Ich war beunruhigt, habe ihr noch zwei Nachrichten geschickt, die sie nicht beantwortet hat. Ich wollte die Koordinatorin am Anfang der Woche anrufen, aber dann kam das Attentat dazwischen.«

Das war ein Zug, der Guthrie sympathisch machte. Er versuchte nicht, sich zu rechtfertigen, er sagte einfach, wie die Dinge waren. Die Sorge hing schwer in der Luft wie ein sichtbarer Rauchschleier. Sie biss in den Augen, dass die Tränen hervortraten.

»Es gibt noch ein zweites Detail«, fuhr Guthrie fort. »Ich hatte Frau López einen Informanten vermittelt. Sie hat mich überhaupt nur kontaktiert, weil sie jemanden beim Militär gesucht hat, der ihr bei ihrer Recherche hilft. Nein, das klingt zu harmlos. Sie wollte nichts weniger als jemanden, der bereit war, sein Leben zu riskieren.«

»Und so jemanden haben Sie gefunden?«

»Ob Sie es glauben oder nicht, ja. Es ist für die Aufgabe nicht der beste Mann, da er von niedrigem Rang ist und wahrscheinlich nur einen geringen Teil von dem mitbekommt, was in Führungskreisen besprochen wird.«

»Und es kann nicht sein, dass der Mann Schiss bekommen und Yessica verraten hat?«

»Ich habe genauso den Kontakt zu ihm verloren wie zu ihr und ja, das bereitet mir große Sorge. Dass die beiden gleichzeitig nicht mehr erreichbar sind, kann nichts Gutes heißen. Aber wenn er Schiss bekommen hat, wie Sie sagen, dann ist er untergetaucht. Denn nach allem, was er getan hat, würden sie ihn hinrichten, egal, ob er vorher Frau López ans Messer lieferte oder nicht.«

»Sie könnten ihn also erwischt, gefoltert und sogar ermordet haben.«

»Das wäre das schlimmste Szenario, ja. Wenn Yessica oder unser Soldat sicher im Ausland angekommen wären, dann hätten sie bestimmt ein Lebenszeichen von sich gegeben. So muss ich davon ausgehen, dass beide noch in Honduras sind, tot oder lebendig.«

»Hatten Sie denn keinen Notfallplan?«, fuhr Ulrich ihn an. »Ich halte das jedenfalls nicht aus, hier herumzusitzen und mir böse Szenarien auszumalen.«

»Meinerseits gab es keinen Notfallplan. Ob einer der beiden anderen einen hatte, weiß ich nicht. Kann ich mir aber nur schwer vorstellen.«

»Was hat der Typ denn herausgefunden?«

»Hören Sie, alles was ich Ihnen verrate, kann Sie zusätzlich gefährden. Und wenn Ihre Verfolger Sie finden, können Sie mit dem Wissen andere gefährden.«

»Jetzt weiß ich doch schon von dem Informanten. Was tut es da noch zur Sache, was er herausgefunden hat? Seinen Namen will ich ja gar nicht wissen.«

»Unglücklicherweise weiß ich nur die Hälfte von dem, was Frau López weiß. Er hat ihr zweimal Informationen übergeben, aber ich kenne nur das erste Paket. Aus dem zweiten nur einen Namen.«

»Warum hat er seine Informationen denn nicht direkt Ihnen gegeben? Wäre das nicht der sicherere Weg gewesen?«

»Erstens: Ich bin nur manchmal vor Ort. Es wäre nicht leicht gewesen, die Treffen zu arrangieren. Zweitens: Frau López hat auf der Basis seiner Informationen, ich sage mal, weitergearbeitet. Kommen Sie, wir vertreten uns ein bisschen die Beine.«

Ulrich wusste nicht, ob er statt mit Yessica mit einem fremden Amerikaner an den Stränden der Cayos Cochinos entlangspazieren mochte. Yessica war so schmerzhaft präsent, auch wenn sie damals auf der Nachbarinsel gewesen waren. Ein Spaziergang mit einem anderen erschien ihm fast wie ein Sakrileg. Zuerst dachte er, dass der Wind seine Augen zum Tränen brachte, dann begriff er, dass er weinte. Guthrie lief einfach neben ihm her und überließ ihn seinen Gedanken. Ulrich war ihm dankbar, dass er nicht nachbohrte, sondern ihn seiner Trauer und Verzweiflung überließ.

»Yessica und ich hatten ein Spiel, eine Art ›Wahrheit oder Pflicht‹, mit dem wir uns die Autofahrten verkürzt haben. Nur dass es die Option ›Pflicht‹ nicht gab, sondern wir immer die Fragen beantworten mussten. Einer von uns dachte sich eine Frage aus und zählte bis zehn, dann musste die Antwort kommen. Um die Fragen zu überlegen, haben wir uns mehr Zeit gelassen. Damit haben wir uns das Recht auf Vergeltung für gemeine Fragen eingestanden. Trotzdem gab es immer wieder Versöhnungsfragen, wie: Wenn wir jetzt im Restaurant säßen, was würdest du bestellen? Einzige Regel: Die Fragen mussten hypothetisch sein. Ich habe mich jetzt daran erinnert, weil wir immer wieder Katastrophenszenarien dabeihatten und die Frage, wo wir dann hingehen würden. Ich wollte zum Beispiel wissen, wo Yessica hingehen würde, wenn ein Hurrikan hier wieder alles zerstörte. Sie meinte, das komme darauf an, am besten in den nächstmöglichen Ort, der nicht zerstört sei, um schnell wiederkehren und helfen zu können. Einmal habe ich sie gefragt, wo sie sich verstecken würde, wenn sie wegen Mordes gesucht würde. Und sie meinte, im Knast vielleicht oder am Grab des Ermordeten. Das war natürlich Quatsch, ich weiß auch nicht, warum mir das gerade jetzt wieder einfällt.«

»Doch, das ist gut. Können Sie sich an weitere Fragen und Antworten erinnern?«

»Wo wir schon beim Mord sind: Wenn du einen Mord frei hättest, wen würdest du am liebsten ermorden? Und sie sagte:

›Miguel Facussé, aber der ist leider kürzlich eines natürlichen Todes gestorben.‹ Die einsame Insel hatten wir auch im Programm, ich wollte wissen, welche einsame Insel sie wählen würde, wenn sie ein Jahr auf einer verbringen müsste. Aber sie meinte, das ginge nicht, dazu müsse sie ja erst mal die einsamen Inseln dieser Welt kennenlernen. Aber sie kenne eine aus dem Fernsehen, aus der Serie *Supervivientes,* die würde sie nehmen. Kennen Sie die Serie?«

»Nein, muss ich das?«

»Nicht wirklich, da rennen B-Promis durch den Regenwald und müssen haarige Spinnen streicheln und Würmer essen. Aber sie wurde auf den Cayos Cochinos gedreht. Eine geschickte Antwort, oder? Yessica wählte ihre über alles geliebten Cayos Cochinos, obwohl hier ja eigentlich Menschen wohnen.«

»Wenn man bedenkt, dass in jedem Scherz ein Fünkchen Wahrheit steckt, könnte sie hier in der Nähe sein?«

»Nein, sie könnte keinen halben Tag unerkannt auf den Cayos verbringen. Sie hat Familie hier, alle kennen sie.«

Was ihr damaliges gemeinsames Abenteuer noch gewagter gemacht hatte. Yessica hatte ihn mit in ihr persönliches Paradies genommen, alles darunter war zu wenig. Manchmal hatte sie die Tür zu ihrem Leben ganz weit aufgemacht, um sie dann ängstlich wieder zu verschließen. Ulrich hingegen hielt seine Tür immer einen Spalt breit geöffnet, ließ aber die Sicherheitskette vorgelegt.

»Was hat Frau López Sie gefragt?«

»Ach, unsinnige Sachen wie: Wenn du in einer Nussschale über das Meer fahren würdest, zu welcher Seite würdest du über Bord kotzen? Ich habe gesagt ›Backbord‹, also vom Wind weg, und sie meinte, nein, ich würde das verwechseln, ich meinte Lee. Lee sei die windabgewandte Seite, Backbord einfach links. Ansonsten wollte sie noch wissen, was ich tun würde, wenn ich als Präsident von Honduras aufwachen würde. Ich meinte, wie jeder normale Mensch morgens auf Toilette gehen, aber das ließ sie nicht gelten, ich weiß nicht mehr, was ich dann gesagt habe. Aber ich habe mich mit einer Präsidentenfrage revanchiert, nämlich: ›Stell dir vor, man hätte dich unter dem Einsatz von K.-o.-Tropfen mit dem derzeitigen Präsidenten von Honduras verheiratet, was würdest du tun?‹

›Ich würde ihn nach den Zugangsdaten zu seinen Schwarzgeldkonten und zu den Präsidialgeheimnissen fragen. Und dann würde ich sein Essen vergiften‹, war ihre Antwort. Wie gesagt, das war alles nur ein Spiel.«

Ihm fiel noch eine Frage Yessicas ein und die war kaum noch spielerisch: ›Stell dir vor, du hättest dich in deine Projektpartnerin aus Honduras verliebt und müsstest bald in deine Heimat zurückkehren?‹

›Ich würde zu meinem Chef laufen und ein Geständnis ablegen. Der würde mir auferlegen, hundertmal in mein Hausaufgabenheft zu schreiben: *Du sollst keine emotionalen Beziehungen zu Projektpartner/innen haben.* Ich müsste versprechen, dass es nicht mehr vorkommen würde, und er würde mir die Absolution erteilen.‹

Was hatte Ulrich getan, so flapsig auf eine zarte Anfrage nach einer möglichen gemeinsamen Zukunft zu reagieren? Er würde sich am liebsten noch immer rechts und links dafür ohrfeigen.

Guthrie murmelte: »Gefängnis und Friedhof.« Dann lauter: »Hat Yessica manchmal einen Friedhof besucht? Sich in manchen Situationen sogar ganz gerne dort aufgehalten?«

»Nein, nicht dass ich wüsste. Sie ist manchmal ans Grab ihres Vaters gegangen. Der ist in San Juan beerdigt. Der Friedhof dort ist ziemlich unspektakulär und bietet bestimmt keine Verstecke, wenn Sie darauf anspielen.«

»So habe ich das auch nicht gemeint. Ich dachte nur, es gäbe vielleicht eine spirituelle Verbindung, die sie zum Grab eines Verstorbenen hinziehen würde.«

»Ich glaube nicht.«

»Das Gefängnis können wir sowieso ausschließen, niemand will in ein honduranisches Gefängnis.«

»Es war nur ein albernes Spiel. Was machen wir jetzt?«

»Ich gehe zurück und überprüfe, ob es Neuigkeiten von der Koordinatorin gibt. Und Sie denken weiter nach. Versuchen Sie, sich an Details Ihrer Gespräche zu erinnern. Vielleicht finden wir doch noch einen Hinweis.«

»Das bringt doch nichts.«

»Haben Sie eine bessere Idee?«

Am Strand sitzen und nachdenken, um Yessica zu retten, was für eine Aufgabe! Und wenn er schlichtweg zu dumm, zu ahnungslos und zu unkreativ war? Würden sie Yessica ermorden, weil Ulrich Geissenberg sein Hirn nicht stärker angestrengt hatte? ›In welche Richtung würdest du von Bord kotzen?‹ Er sah Yessica in einem schaukelnden Einbaum auf dem Meer und einen Mann, der sich am Rand festkrallte und sich zu einer Seite krümmte. Die Lösung, wo Yessica sein konnte, lag direkt vor seiner Nase. Nichts als Wasser in seiner blauen Weite. Die Lösung war Ulrich ein bisschen zu groß. Das Meer, nichts Geringeres als das Meer. Alles andere wäre auch zu bescheiden für Yessica.

Yessicas Vater hatte sie früher zum Fischen mitgenommen, als Kind hatte sie viel Zeit auf den Cayos verbracht, hier lebten die Menschen halb auf dem Meer, auch wenn ihre Häuser auf einem kleinen Flecken Sand standen. Wenn Yessica fliehen musste und ihr an Land überall Militärposten auflauerten, dann musste ihr das offene Wasser als der bessere Weg erscheinen. Aber woher würde Yessica ein Boot nehmen? Und auf welcher Art von Boot würde sie das Weite suchen? Eine dieser kleinen Nussschalen, die sie von klein auf kannte, die aber auf offener See sehr wackelig war? Oder hatte sie mit ihrem Militärinformanten zusammen eine Motoryacht gestohlen?

War sie an Bord eines großen Schiffes gegangen, auf dem irgendein Bekannter aus Triunfo arbeitete, und konnte sich nicht melden, weil sie als blinde Passagierin unterwegs war? Yessica in den Weiten des karibischen Meers zu finden erschien noch unmöglicher als in Honduras.

Ulrich ging zurück zum Bungalow, um Guthrie von seiner Eingebung zu erzählen.

Der Journalist hatte sein Mobiltelefon zwischen Schulter und Ohr geklemmt und tippte beidhändig auf seinem Computer.

»Nein, ich kann hier jetzt nicht weg. – Nein, ich finde in Tegucigalpa auch nicht mehr heraus, die verhängen immer gleich eine Nachrichtensperre. Außerdem müsste ich fliegen, die Straßen werden nicht passierbar sein. Da hängt man alle paar Meter in einer Kontrolle fest. Ich bin ja schon dabei, alles aufzuschreiben, was ich über den Mann habe. Wir telefonieren, wenn es Neuigkeiten gibt.«

»Ich …«, setzte Ulrich an, als der Journalist das Telefon zur Seite legte.

»Hawit ist erschossen worden«, verkündete Guthrie. »Er wurde an einer Straßenkontrolle gezwungen auszusteigen und von einem Heckenschützen getroffen. Ein klassischer Hinterhalt, würde ich sagen. Ich wette, die Militärpolizei ist an dem Überfall nicht unbeteiligt.«

Hawit, das war einer von Juancitos Liste der Bösen. Juancito und seine Genossen würden dem Kerl mit Sicherheit keine Träne nachweinen. Das war der Typ, der großzügig Umweltlizenzen entgegen dem Willen der Garífuna und anderer Indigener verteilt hatte, erinnerte sich Ulrich. Derjenige, der erst als Richter die Sonderentwicklungszonen durchgesetzt hatte und dann ins Komitee zu ihrer Gestaltung übergewechselt war. Korrupt bis über beide Ohren.

»Und, hat man den Garífuna schon die Schuld in die Schuhe geschoben?«, fragte Ulrich.

»Davon habe ich noch nichts gehört. Es ist auch denkbar schwierig, wenn gerade alle führenden Mitglieder der Organisation in Haft sind. Ich vermute, die Attentäter von Tela sind wieder am Werk, sprich ihre Auftraggeber. Hawit hat wahrscheinlich mit Bustillo zusammengearbeitet. Sie müssen Gegenspieler haben, die auch nicht auf dem Boden des Gesetzes agieren. Sonst hätten sie die beiden – und wer noch so dazugehört – ja auch anzeigen können. Hach, das ist eine unglaubliche Sch... Muss das ausgerechnet jetzt passieren!«

»Sie müssen darüber schreiben?«

»Richtig. Ich würde meine Zeit wirklich lieber anders nutzen. Obwohl uns die Geschichte mitten in die Abgründe führt, zu denen Yessica López recherchiert hat.«

»Ich hatte gerade noch eine Idee. Ich glaube, wenn Yessica geflohen ist, dann hat sie den Seeweg genommen.«

»›In welche Richtung würdest du über Bord kotzen?‹, das ist mal eine echte Seemannsfrage. Aber wie, mit welchem Schiff und in welche Richtung?«

»Wenn ich das wüsste. Sie kann gut mit kleinen Fischerbooten umgehen. Aber wenn sie eine weitere Strecke zurücklegen will, also aus honduranischen Gewässern raus, müsste sie ein größeres Schiff nehmen. Am nächsten liegt Belize, aber ob man sich da wirklich sicher fühlen kann? Ich meine, wir wissen nicht genau, wer hinter Yessica her ist, aber wenn es Narcos sind, lassen die sich von Landesgrenzen bestimmt nicht aufhalten.«

»Die Idee ist wirklich sehr gut. Aber leider wäre das die Suche nach der berühmten Stecknadel im Heuhaufen. Dafür bräuchten wir ein Flugzeug oder einen Helikopter und ich glaube, das kann ich nicht mehr als normale Recherchespesen abrechnen. Ich versuche weiter, an die Koordinatorin heranzukommen. Entschuldigen Sie, ich muss jetzt dringend ein Polizeistatement zur Ermordung Hawits einholen.«

»Wenn Sie mir verraten würden, wo Yessica zuletzt war

und seit wann Sie nichts mehr von ihr gehört haben, könnte ich überlegen, wie weit sie gekommen sein könnte.«

Guthrie sah ihn streng an. »Sie schweigen, egal was geschieht?«

»Ja.«

»Sie war nicht weit weg von Tela. Und ihre letzte Nachricht habe ich am 18. Mai bekommen. Ich muss jetzt telefonieren.«

Das war über zwei Wochen her, was hieß, dass Yessica fast überall sein konnte. Wie weit mochte sie mit einem Außenborder am Tag kommen? Hundert Kilometer vielleicht? Wenn sie keine größeren Mengen Benzin an Bord hatte, musste sie regelmäßig ihre Vorräte aufstocken.

Ulrich faltete seine Honduras-Karte auseinander und markierte die Strecken, die sie von Tela aus pro Tag hätte zurücklegen können. Im Westen hätte sie demnach in ein bis zwei Tagen nach Guatemala oder Belize kommen können, im Osten hätte sie eine gute Woche gebraucht, um die nicaraguanische Grenze zu erreichen, verbunden mit der Schwierigkeit, dass es kaum noch Orte gab, wo sie Benzin und andere Vorräte erwerben konnte, und jenseits der Grenze sah es erst mal nicht anders aus. Wenn Yessica nicht komplett wahnsinnig war, war sie längst im Westen über die Grenze. Aber warum meldete sie sich dann nicht bei Guthrie?

Amaris

25

05.06.2019

»Unser deutscher Lockvogel ist doch nicht abgeflogen«, eröffnete Amaris das Gespräch. »Ich habe die Passagierlisten aller Flüge überprüfen lassen, die gestern von Tegucigalpa gestartet sind.«

Sie saß mit Johnson in einem Café in Washington. Endlich hatten sie die Bananenrepublik verlassen können.

»Vielleicht hat er einen falschen Namen benutzt?«, fragte Johnson.

»Dann bräuchte er auch gefälschte Papiere. Zu so was hat einer wie der keinen Zugang.«

»Vielleicht hat er seinen Flug verpasst und ist erst heute geflogen?«

»Ich habe auch den heutigen Tag überprüfen lassen. Nein, ich sage Ihnen, unser Lockvogel ist noch im Land.«

»Schön, aber ich frage mich langsam, ob er als Lockvogel überhaupt etwas taugt. Denn Ihre Yessica López lässt sich von ihm nicht aus der Reserve locken. Sonst hätte sie ja längst auf die Nachrichten geantwortet, die wir ihr in seinem Namen geschickt haben. Ich sage Ihnen, er tappt genauso im Dunkeln wie wir.«

»Was wäre, wenn er einen kleinen Unfall hätte? Würde sie dann versuchen, mit ihm Kontakt aufzunehmen? Frauen sind doch immer so fürsorglich.«

»Na, Sie kennen sich doch angeblich mit der weiblichen Intuition aus«, stichelte Johnson.

»Haha.«

»Vielleicht sollten Sie ihn erst einmal wiederfinden?«

An dem Punkt hatte er recht. Es war extrem nachlässig gewesen, niemanden zum Flughafen zu schicken, sondern sich auf die Aussage einer Hotelangestellten zu verlassen. Sie war auf die Finte des Deutschen hereingefallen, auf die Finte eines blutigen Laien!

»Ich glaube, wir brauchen ein bisschen männliche Intuition. Wo würden Sie nach einer ehemaligen Geliebten suchen?«

»Am besten in meiner Erinnerung. Wenn ich meiner Erinnerung auf die Sprünge helfen müsste, an dem Ort, wo wir unsere schönsten Momente verlebt haben.«

Amaris sah den Kollegen nachdenklich an. Was er sagte, half zwar nicht, um einen Menschen wirklich zu finden, aber wenn der Deutsche mit dem unaussprechlichen Namen keine Ahnung hatte, dann war vielleicht genau das sein Weg, sich der ehemaligen Geliebten anzunähern.

»Es ist verbürgt, dass die beiden zusammen auf den Cayos Cochinos herumgeturtelt haben. Vielleicht sollten wir jemanden dorthinschicken.«

»Aus Kostengründen würde ich eher eine Drohne entsenden. Die arbeiten besser und effizienter. Wenn wir Ihren Mann wirklich auf den Inseln finden, können wir immer noch zugreifen.«

»Lassen Sie ihn aber nichts merken. Er ist schon misstrauisch genug. Wenn er mitbekommt, dass eine Drohne über seinem Kopf herumschwirrt, wird er vielleicht sofort die Flucht ergreifen.«

»Wir können ihn auch direkt ausschalten, wenn wir ihn finden.«

Amaris wurde ärgerlich. Johnson nahm sie weder ernst, noch hörte er ihr zu. »Ich will ihn nicht ausschalten, ich würde nur einen Unfall in Betracht ziehen. Es muss hässlich aussehen, aber lassen Sie sein Gesicht ganz und seine Gliedmaßen dran. Verstümmelte und entstellte Männer wirken auf Frauen eher abstoßend. López soll sich Sorgen um sein Überleben machen, aber wir wollen ihr keinen kompletten Matsch präsentieren.«

»Jetzt machen Sie keine Wissenschaft daraus. Dieser Deutsche und wahrscheinlich auch diese Frau López sind eine

Sackgasse, wenn Sie mich fragen. Gut, López würde ich aus praktischen Gründen nehmen, und zwar lebendig, zumindest bis sie hinter Gittern sitzt. Um sie zu finden, sollten wir uns meiner Meinung nach aber eher auf das Kind konzentrieren. Meine Intuition sagt mir, dass ihr ihre Tochter wichtiger ist als ein verflossener Liebhaber.«

»Lassen wir es auf einen Versuch ankommen. Schicken Sie die Drohne und lassen Sie uns das Ganze noch einmal besprechen, wenn Sie ihn gefunden haben.«

»Wie Madame wünschen. Aber richten Sie vorerst keine privaten Bitten an unseren Freund Randy mehr. Auch nicht, wenn Sie mal wieder eine Schnapsidee haben.«

Gleichzeitig brummten die Handys vor ihnen auf der Tischplatte. Ihre Blicke wanderten nach unten, dann trafen sie sich wieder.

»Haben Sie die gleiche Nachricht bekommen?«, fragte Amaris Winwright.

»Ja. Mayday. Nicht dass ich um Hawit trauern würde. Aber wir kommen langsam in Erklärungsnot. Ich schätze, wir sehen uns in den nächsten Tagen in Honduras.«

»Dwight Johnson, seien Sie bitte ehrlich, haben Sie irgendeine Ahnung, wer das gewesen sein könnte?«

»Nein.« Er legte eine Zehndollarnote auf den Tisch und verließ grußlos das Café.

Von ihrer alten Freundschaft war keine Spur geblieben. Johnson vertraute ihr nicht mehr.

ULRICH

26

06.06.2019

Ulrich rieb sich die Augen. Etwas, was er angesichts des feinen Sands, der an den Fingern klebte, nicht tun sollte. In der Bucht lag ein rostiger Zweimaster, sah aus wie ein veritables Piratenschiff. Mussten sie ausgerechnet jetzt wieder anfangen, hier ihre schlechten Serien zu drehen? Aufgeregte Filmteams, die einen aus dem Bild scheuchten, und gescheiterte C-Promis waren nichts, was er jetzt gut ertragen konnte. Das Schiff lag vor Anker, die Besatzung musste sich schon an Land begeben haben. Ein Stück von ihm entfernt hatte man ein Schlauchboot auf den Sand gezogen. Wo trieb sich die Besatzung herum? Vielleicht sollte er schnell das Weite suchen, um ihnen gar nicht erst über den Weg zu laufen.

Stattdessen ließ ihn die Neugierde zu dem Schlauchboot hinüberschlendern. Wenn ihn nicht alles täuschte, hing die Flagge Panamas am Heck. Im Boot lagen zwei Schnorchelausrüstungen und ein wenig Angelzeug. Und schon war es zu spät. Ein Mann mit nacktem, rotbraun gebranntem Oberkörper, langen, etwas verfilzten blonden Haaren und verlaufenen Tätowierungen an Armen und Beinen kam auf ihn zu. Ob der Typ jetzt irgendein C-Promi war, vermochte Ulrich nicht zu sagen, er las zu wenig Klatschspalten.

»Hi! You like our ship, I can see?«, begrüßte ihn der Mann mit unverkennbar deutschem Akzent.

»Deutscher?«, fragte Ulrich zurück.

»Nee, im Herzen internationalistischer Pirat.«

Wie ein C-Promi redete der Typ nicht gerade. Obwohl, war nicht auch mal einer aus der Kommune 1 in einer Survivalshow gelandet?

»Wird hier gerade gedreht?«, fragte Ulrich den selbst ernannten Piraten.

»Wie meinst du das, gedreht? Jo, wir drehen irgendwann um und fahren zurück Richtung Panama.«

»Ich meine, ein Film gedreht?«

»Bei uns an Bord bestimmt nicht. Außer vielleicht von den Kids, die fahren gerade voll auf Handyvideos ab. Und du machst hier Urlaub, oder was?«

»Äh, ja.« Obwohl Ulrich als Tourist getarnt sein sollte, traf ihn die Frage unerwartet.

»Hast wohl das nötige Kleingeld, was?«

»Es ist nicht ganz billig, aber es lohnt sich. Wirklich, einer der schönsten Orte auf der Welt. Und, auf welcher Route seid ihr unterwegs?«

»Der große Karibiktörn und auch sonst alles, was törnt: Panama, San Andrés, Jamaica, Santiago de Cuba, Utila. Jetzt ruft der Heimathafen.«

»Und die lokalen Fischer schimpfen nicht, wenn ihr ihnen die Fische wegfangt?«

»Ach, die paar Fische, die sich an unsere Haken verirren. Nee, die Leute sind total nett, das sind ja nicht so Neidhammel wie bei uns, ich meine wie in Deutschland.«

»Habt ihr in den letzten zwei Wochen eine Fischerin getroffen?«

Es huschten ein paar Falten über die Stirn des Langhaarigen. »Nee, das waren alles Männer. Wieso?«

»Deswegen ist sie mir aufgefallen. Ich bin einfach nur neugierig, was das für eine Frau ist.«

»Nee, habe ich nicht gesehen.«

»Kann man euer Schiff mal besichtigen? Das ist schon fast historisch, oder?« Ulrich hoffte, dass ihm der andere die Rolle des neugierigen Reichen abnahm.

»Die alte Lady ist vor über hundert Jahren vom Stapel gelaufen, ja. Aber zur Besichtigung kann ich dich jetzt nicht mitnehmen, Kumpel. Das geht gegen die Regeln. Kein Besuch, ohne vorher das Kollektiv zu fragen.«

»Sorry, ich wollte nicht aufdringlich sein. Vielleicht kannst du mal fragen, falls ihr morgen noch hier seid?«

»Jo, mal gucken, was die so von Besuch von, wie soll ich sagen, mh, Geldadel halten. Wenn du einen guten Tropfen mitbringst vielleicht. Wie heißt du denn, Kumpel?«

»Uli. Und du bist?«

»Basti. Na dann, vielleicht sehen wir uns morgen.«

»Ahoi!«

Ulrich sah dem Pseudopiraten noch eine Weile hinterher. Angesichts Bastis Harmlosigkeit würde sich wohl jeder echte Pirat kaputtlachen. Trotzdem hätte Ulrich dem Fremden nicht seinen echten Namen sagen sollen. Egal, die Typen würden wahrscheinlich schon morgen weiterfahren und mit Militärs, Narcos oder DEA hatten sie bestimmt nichts am Hut. Vielleicht würde er auch selbst morgen weiterfahren. Schließlich hatte sein Aufenthalt auf den Cayos keinen besonderen Sinn und selbst Guthrie, so korrekt er auch sein mochte, konnte ihn wohl kaum länger auf seiner Spesenrechnung durchfüttern.

Ulrich lehnte sich an den Stamm einer Kokospalme und starrte aufs Meer. Etwas musste sich radikal verändern. Er wollte diejenigen finden, die Yessica jagten. Wenn er wenigstens wüsste, wer es war. Wenn er ein Gesicht vor sich hätte, auf das er seinen ganzen Hass richten könnte. Er malte ein Mondgesicht in den Sand und ließ seine Fäuste zweimal niedergehen, aber das brannte nur an den Fingern. Wenn es wirklich diese Politikerin war? Würde er sie verprügeln, eine kleine ältere Frau?

Vom Meer hörte er ein leises Brummen. Jemand ließ ein Modellflugzeug die Wellen entlangfliegen. Ein Modellflugzeug? Ulrich warf sich bäuchlings in den Sand und zog sich seinen Sonnenhut über den Kopf. Als das Brummen nicht mehr zu hören war, spähte er unter dem Hut heraus. Er sah kein Flugobjekt mehr und auch niemanden in der Nähe, der es hätte fliegen lassen können. Im Schatten der Palmen ging

Ulrich zurück zum Bungalow. Drinnen zog er wortlos die Vorhänge vor die Fenster.

Guthrie sah ihn halb fragend, halb ärgerlich an. »Was wird das? Darf ich jetzt das Meer nicht einmal von Weitem anschauen, wenn ich schon an den Schreibtisch gefesselt bin?«

»Ich glaube, ich habe gerade eine Drohne gesehen. Sie flog den Strand entlang. Sie sind auf unserer – oder auf meiner – Spur.«

»Ganz ruhig. Atmen Sie! Sind Sie gerannt?«

»Nein. Ich bin ganz ruhig gegangen, unauffällig. Immer schön in Deckung der Palmen.«

»Sind Sie sicher, dass nicht jemand ein Modellflugzeug hat fliegen lassen?«

»Das habe ich auch erst gedacht. Aber da war niemand. Hoffentlich bin ich nicht zu erkennen. Die haben bestimmt den ganzen Strand gefilmt. Wir müssen hier weg.«

»Das klingt fast so, ja. Wir dürfen aber nicht hektisch werden. Wir werden uns morgen nicht rühren, das heißt, keiner von uns geht vor die Tür. Übermorgen verschwinden wir mit dem ersten Boot.«

»Und Yessica? Ihre Spur verläuft sich auf den Weiten des Ozeans und wir lassen sie einfach im Stich. Wir sollten die Fischer in Travesía und Omoa befragen, ob sie sie gesehen oder ihr sogar Benzin verkauft haben. Dort wohnen Garífuna, dort würde sie sich am ehesten an Land trauen.«

»Und wie wollen Sie das machen? Tun Sie mir einen Gefallen und lesen Sie einfach mal ein Buch.«

»Aber«, setzte Ulrich an und verstummte. Er wusste ja selbst, dass seine Idee mit ihren Mitteln nicht umsetzbar war.

27

07.06.2019

Guthrie versuchte den ganzen folgenden Tag, Kontakt zu den Verhafteten herzustellen. Selbst den Anwälten der Organisation war es bislang nicht gelungen, ihre Mandantinnen und Mandanten persönlich zu sprechen. Die Polizei wollte bei ihnen mittlerweile Waffen und Sprengstoff gefunden haben. Außerdem seien Überwachungsaufnahmen aus dem Convention Center aufgetaucht. Yessica López, zurzeit flüchtig, habe die Räumlichkeiten ausgekundschaftet, um das Attentat zu planen. Am Tag des Attentats habe ein Mann, vermutlich Olwin Heredia, Angehöriger der Streitkräfte, die Bombe deponiert. Heredia stamme aus einer Garífuna-Familie, in seinem Spind seien Beweise für seine Radikalisierung in den letzten Monaten gefunden worden.

Ulrich hielt den norwegischen Krimi in den Händen, den er aus einem Regal im Eingangsbereich gezogen hatte, und starrte auf die Seiten. Selten gelang es ihm, sich einen Absatz lang zu konzentrieren. Wie auch, waren doch die Telefongespräche, die Guthrie neben ihm führte, weitaus spannender als eine eingefrorene Leiche in Norwegen. Manchmal fluchte der Journalist bei der Arbeit vor sich hin, was so gar nicht zu seiner korrekten Ausdrucksweise passen wollte. Der Fluch, der jetzt kam, war wie eine Welle, die sich langsam immer weiter auftürmte und schließlich in lautem Getöse brach.

»Was zur Hölle? Nein, heilige verfickte Scheiße! Diese Bestien!«

»Was ist passiert?«

»Meine Frau hat einen Brief an mich geöffnet. So etwas tut sie normalerweise nicht, aber da es sich um einen Umschlag mit Trauerrand handelte, war sie besorgt. In dem Umschlag befand sich ein von Hand beschriebener Zettel. Der Text war auf Spanisch, bestand aber nur aus wenigen Sätzen, die meine Frau mit einem Wörterbuch schnell übersetzen konnte. Sie lauteten ungefähr so: ›Olwin Heredia und Edmundo Zelaya sind tot. Ihre Leichen lagen am 20.05. mit Folterspuren im Graben zwischen El Progreso und Campo Buena Vista. Zwei Stunden später waren sie weg. David wird das Begräbnis nicht abwarten.‹ Was bedeutet, dass Olwin Heredia am 30. Mai keine Bombe deponiert haben kann. Meine Frau sagt, es lag ein Foto der misshandelten Körper bei. Es tut mir so leid, dass sie das sehen musste. Jetzt macht sie sich Sorgen um mich, meint, das wäre eine Drohung gegen mich. Dabei habe ich bis heute nie etwas von Heredia und Zelaya gehört.«

»Und David?«

»David ist das Pseudonym unseres Militärinformanten. Außer Frau López, dem Informanten selbst und mir kennt niemand diesen Decknamen. Ich glaube, dass David die Nachricht selbst geschrieben hat.«

»Oder Yessica. Oder jemand hat den Namen aus ihr herausgepresst.«

»Wahrscheinlicher ist, dass David desertiert ist, unmittelbar nachdem die Leichen aufgetaucht und wieder verschwunden sind. Das hieße, dass er schon seit über zwei Wochen von seiner Einheit weg ist. Wenn er es in der Zeit nicht geschafft hat, aus dem Land zu kommen, fürchte ich, dass er das Schicksal von Heredia und Zelaya teilt. Mr. Geissenberg, wir müssen morgen wie besprochen die Insel verlassen. Mein Vorschlag wäre, dass Sie nach Nicaragua ausreisen. Von dort aus sollten Sie möglichst bald Ihren Heimflug organisieren.«

»Das heißt, ich soll einfach so aufgeben? Während die Gefahr für Yessica immer größer wird? Ich fahre zu ihrem Onkel und suche mit ihm das Meer nach ihr ab.«

»Das werden Sie definitiv nicht tun. Vor allen Dingen nicht, während hier irgendwelche Drohnen durch die Lüfte schwirren. Überlegen Sie mal: Wenn Sie Frau López finden, bringen

Sie sie erst recht in Gefahr. Ihre Verfolger wollen ja gerade, dass Sie weitersuchen. Abgesehen davon, dass Sie mit Ihrem eigenen Leben und dem des Onkels spielen würden. Seien Sie vernünftig. Fahren Sie mit mir zusammen aufs Festland und ich setze Sie in einen Bus, der nonstop nach Managua fährt. Wenn Sie in Deutschland sind, setzen Sie alles in Bewegung, was Sie können. Glauben Sie mir, das ist mehr, als von hier möglich ist.«

Ulrich nickte stumm. Alles, was er in Honduras tun konnte, würde die Situation noch schlimmer machen. Er sollte so schnell wie möglich zurück nach Deutschland fahren und sich einer Zentralamerika-Solidaritätsgruppe anschließen – deren Mitglieder die Leute waren, über deren Helfersyndrom er immer gelächelt hatte.

»Ich habe übrigens noch eine gute Nachricht«, sagte Guthrie.

»Und die wäre?«

»Teresa Bióloga ist wirklich eine Studienkollegin und Freundin von Diana. Ich habe sie direkt interviewt, nachdem ich ihre Kontaktdaten herausgefunden hatte. Sie weiß, warum Diana das Land verlassen hat. Mit Laura Benítez von der Gesundheitsstation hat Teresa den Plan ausgeheckt, alle Neugierigen und Verfolger mit verwirrenden Geschichten abzuwimmeln.«

»Und was ist mit dem Verfolger des Taxis? War das auch von ihr inszeniert?«

»In der Tat. Teresa wollte Sie gründlich erschrecken. Wenn Sie nicht am nächsten Tag abgereist wären, hätte sie weitergemacht.«

»Verrückt. Das heißt, sie hatte auch die Hotelangestellte bestochen, mich zu beobachten?«

»Nein. Mit der hatte sie wohl nichts zu tun.«

»Ich fasse es immer noch nicht.«

Jemand klopfte vehement gegen den Bungalow. Viel zu unhöflich für einen Hotelangestellten. Ulrich zuckte zusammen und sah sich dann nach Versteckmöglichkeiten um. Unter dem Bett oder im Schrank waren Verstecke für Kleinkinder, sicherlich keine, um skrupellosen Ex-Militärs zu entkommen.

»Wer ist da?«, rief Guthrie in Richtung Tür.

»Piraten.«

»Ich kenne keine Piraten. Ich glaube, Sie haben sich in der Tür geirrt.«

»Wir wollen zu Uli.«

»Ich sage doch, Sie haben sich in der Tür geirrt. Wenn Sie mich jetzt bitte in Ruhe lassen würden!«

»Wir wissen, dass er hier ist.«

»Hören Sie, ich kenne keinen Herrn Uli. Jetzt gehen Sie mir nicht weiter auf die Nerven.«

»Sagen Sie ihm, eine Fischerin schickt uns.«

Ulrich sprang auf und ging zur Tür, öffnete sie aber sicherheitshalber nur einen Spalt. Draußen standen der langhaarige Deutsche und ein weiterer Mann.

»Jetzt komm schon, Audienz auf dem Schiff. Das wolltest du doch besichtigen, oder?«

»Kann ich meinen Freund mitnehmen?«

»Nein. Von dem war keine Rede. Außerdem hat er gerade gesagt, er kennt dich gar nicht.«

»Mir wäre lieber, wenn er mitkommt.«

»Nein, keine weiteren Gäste. Befehl der Fischerin. Komm jetzt, oder willst du, dass wir noch mehr auffallen? Die vom Hotel haben uns vorhin schon schief angeguckt.«

Guthrie sah verständnislos in Richtung Tür. »Sie wollen doch nicht wirklich mitgehen, oder?«

»Ich glaube, es ist okay. Ich erkläre es später.«

»Sie sind wahnsinnig. Mehr kann ich dazu nicht sagen.«

»Das hier sind Hippies, die sind harmlos. Also, bis nachher.«

Ulrich griff nach seinem Hut und stülpte ihn so tief über den Kopf, wie es ging.

»Sie haben mir doch versprochen, nicht mehr hinauszugehen«, rief ihm Guthrie hinterher.

»Ich erkläre es Ihnen später.«

Ulrichs Beine zitterten, als er hinter den beiden Hippiepiraten an den Strand stolperte. Schnell gingen sie zum Schlauchboot. Es dauerte keine zwei Minuten, bis sie das stählerne Schiff erreichten. Vom Schlauchboot aus gesehen war das Segelschiff recht imposant und nicht ohne Weiteres zu erklimmen. Ulrich suchte ängstlich und erwartungsvoll die Reling nach Menschen ab. Tatsächlich tauchte der Kopf einer Frau auf, die erst ein Seil und dann eine Strickleiter herunterließ.

»Der Gast zuerst«, sagte der Langhaarige und machte eine einladende Geste in Richtung Strickleiter. Solange die anderen beiden sie unten festhielten, war die Angelegenheit auch gar nicht so wackelig.

An Deck sah es aus wie auf einem harmlosen Touristenausflug. Ein paar Leute aalten sich in Hängematten, ein junger Mann saß im Schneidersitz und flickte ein Segel. Zwei Mädchen, vielleicht acht und zehn Jahre alt, spielten Karten. Aber wo war sie? Ulrichs Begleiter waren jetzt auch an Bord geklettert. Jemand schob Ulrich am Arm in Richtung der Kajüte. Dort saß sie auf einer abgewetzten Couch. Sie sprang auf und lag in seinen Armen. Dann schob sie ihn auf Armlänge von sich, betrachtete sein Gesicht und schüttelte den Kopf.

»Was hast du dir bloß für eine schlechte Zeit ausgesucht, um mich zu besuchen!«

»Gott, bin ich froh, dass es dir gut geht. Wir haben uns schon das Schlimmste ausgemalt.«

»Wer ist ›wir‹?« Ihre Stimme verhärtete sich, wurde misstrauisch.

»Guthrie und ich. Er hat mir alles erzählt, na ja, nicht alles, aber vieles. Deswegen habe ich mir ja überhaupt solche Sorgen gemacht.«

»Wo hast du ihn getroffen?«

»Na hier. Er sitzt im Bungalow und hat mir einen Vogel gezeigt, dass ich mich einfach so auf Befehl einer Fischerin von Piraten auf ein Schiff verschleppen lasse.«

»Das mit der Fischerin war gut, wirklich! Wenn du das nicht gesagt hättest, hätte ich ein paar Hundert Meter von dir entfernt herumgehangen und nie etwas von dir gewusst. Ich meine, ich weiß schon eine Weile, dass du in Honduras bist, aber ich hätte dich nicht direkt vor meiner Nase vermutet. Wir müssen Guthrie abholen! Der Arme! Ich konnte ihm keine Nachricht mehr schicken, mein Telefon liegt im Meer.«

»Gib mir fünf Minuten, dich anzuschauen, ja?«

»Lass mal, lieber nicht.« Sie lachte. »Ich sehe einfach zu albern aus, oder? Ich fühle mich jedenfalls total verkleidet.«

Sie hatte recht. Eigentlich sah sie ganz normal aus, nur eben nicht gekleidet wie Yessica. Sie trug ziemlich kurz abgeschnittene Jeans, ein ärmelloses schwarzes Hemd und eine Baseballkappe. Nur die Füße steckten wie gewohnt in Flipflops und die Fußnägel waren farbenfroh lackiert. Wenn Ulrich sich recht entsinnte, hatte er Yessica noch nie in Shorts gesehen, höchstens zum Baden.

»Du siehst wie immer gut aus.«

»Haha, das musst du jetzt sagen. Tatsache ist, dass mich außer dieser verrückten Besatzung sowieso kein Mensch sieht. Kannst du dir eigentlich vorstellen, wie langweilig mir ist?«

»›Langweilig‹?«

»Seit ich auf diesem Schiff bin, bin ich zum Warten verdammt. An Land gehen kann ich nicht und an Deck wage ich mich hier, so nahe an der Küste, auch kaum. Wenn, dann ziehe ich mir dieses blöde Cap ganz tief ins Gesicht oder setze mir einen riesigen Strohhut auf. Und um noch unauffälliger zu sein, lege ich mich im Bikini in den Liegestuhl. Ich hasse es, mich in der Sonne zu brutzeln, und noch dazu halb nackt!

Aber Touristinnen tun halt so was. Das Aufregendste ist immer noch das Fischen.«

»Da würden andere viel Geld für bezahlen. Aber sag mal, hast du überhaupt eine Ahnung, was da draußen los ist, Yessica?«

»Es ist alles eine riesengroße Scheiße. Außer dass sie Hawit jetzt auch erwischt haben, das hat mich doch ein bisschen gefreut. Ja, wir hören Radio, manchmal bekomme ich sogar den Sender aus Sambo Creek rein. Und Basti bringt mir jeden Tag eine Zeitung mit, wobei die Journalisten natürlich das schreiben, was ihnen die Politiker diktieren. Aber wir sollten wirklich Guthrie an Bord holen. Basti?«

Musste das jetzt sein? Konnten sie nicht einen Moment für sich sein, nach anderthalb Jahren, nach dem ganzen Schrecken? Soweit für sich sein in der Enge des Schiffs überhaupt möglich war. Trotzdem, diese Hippies waren Fremde, hatten nichts mit ihrer Geschichte zu tun, sie ließen sich ausblenden. Sobald Guthrie hier wäre, würde es nur noch um die Ereignisse der letzten Wochen gehen.

»Und, war es der richtige Mann?«, fragte der langhaarige Pseudopirat, der die steile Treppe hinunterkam.

»Auf jeden Fall. Aber warum habt ihr den anderen nicht auch gleich mitgebracht?«

»Da hättest du dich vorher etwas klarer ausdrücken müssen.«

»Ihr habt ihn mir nicht gut genug beschrieben.«

»Wir haben den ja auch kaum gesehen. Der saß die ganze Zeit in der Hütte vorm Computer.«

»Egal. Uli, bist du so gut und fährst mit, um Guthrie abzuholen? Der lässt sich sonst nicht überzeugen, so wie ich ihn kenne.«

›So wie sie ihn kannte‹? Das klang nach einer gemeinsamen Vergangenheit, nach einem Durchschauen des anderen, das sich nur aus längerer Beobachtung ergab.

»Ja, klar«, sagte Ulrich. Er drückte Yessica noch einmal an sich.

»Ist ja gut, wir sehen uns gleich wieder!« Sie schob ihn sanft von sich weg.

»Moment, eine Frage noch: Besitzt hier an Bord jemand eine Drohne?«

Yessica lachte. »Willst du Guthrie lieber einen Brief per Drohne schicken oder was?«

»Vor zwei Tagen ist eine Drohne die Küste entlanggeflogen. Ich glaube zumindest, dass es eine Drohne war.«

»Scheiße«, sagte Basti.

»Morgen setzen wir die Segel«, sagte der andere.

In Yessicas Augen standen plötzlich Tränen. Ulrich verstand gar nichts mehr.

Basti strich ihr kurz über den Arm. »Wir holen jetzt deinen anderen Freund und dann überlegen wir weiter, okay?«

Sie nickte stumm und ließ sich schlapp auf die Couch sinken.

Ulrich folgte den beiden Männern zurück aufs Schlauchboot und verfluchte die Motorengeräusche, die ein leises Brummen jederzeit übertönen würden. Er traute sich nicht, seinen Blick in den Himmel zu richten.

Mit automatischen Schritten ging er zum Bungalow. Seine beiden Begleiter warteten im Boot, um nicht den Eindruck zu erwecken, dass er Guthrie unter Zwang überredete mitzukommen. Ulrich klopfte behutsam an die Tür.

»Ja bitte?«, kam es ihm laut entgegen.

»Ich bin's nur.«

»Kommen Sie rein, Sie haben doch einen Schlüssel.«

»Nee, den habe ich in der Hektik liegen gelassen.«

Guthrie öffnete die Tür, vorsichtig, wie um sich zu versichern, dass keine bewaffneten Männer hinter Ulrich standen.

»Okay, erklären Sie mir diesen seltsamen Auftritt von vorhin? Mein Gott, Sie sehen aus, als hätten Sie ein Gespenst gesehen. Oder Mutter Teresa oder vielleicht auch eine Mischung aus beidem.«

»Sie müssen mitkommen. Sie ist hier, direkt vor unserer Nase. Schon seit zwei Tagen.«

»Wer ist hier?«

»Yessica.« Jetzt flüsterte Ulrich, als würde sie sich wieder in Luft auflösen, wenn er ihren Namen zu laut sagte.

»Nein! Jetzt sagen Sie bloß, auf diesem komischen Rostkahn da draußen?«

»Genau da. Sie hat mir noch nicht erklärt, wie sie dorthin gekommen ist, sie wollte, dass ich Sie zuerst abhole.«

»Gut, gehen wir.«

Guthrie fuhr seinen Laptop runter, zog eine Plastiktüte darüber und klemmte ihn sich unter den Arm. Dann griff er noch eine Flasche Rum aus der Zimmerbar.

»Wo sind Ihre Piraten?«

»Die warten beim Schlauchboot.«

»Alles klar. Keine Flugobjekte am Himmel?«

»Ich glaube nicht.«

Auch diesmal wurde auf der Überfahrt nicht gesprochen. Es dämmerte bereits, der Zweimaster hatte an Bug und Heck Positionslichter eingeschaltet. Yessica saß auf dem Oberdeck und begrüßte auch Guthrie mit einer festen Umarmung. Sie bedankte sich bei den beiden Männern. Guthrie fragte nach Bechern und goss allen Anwesenden zwei Finger breit Rum ein.

»Gibt es irgendeinen Ort, wo wir in Ruhe reden können?«, fragte Guthrie.

»Nicht wirklich«, sagte Yessica. »Hier gibt es keine Wände und ungefähr zweieinhalb Quadratmeter Platz für jeden. Ich kann fragen, ob wir in den Maschinenraum gehen können. Der ist eigentlich für Gäste tabu, aber momentan läuft der Motor ja nicht.«

»Herr Geissenberg, ich würde gerne einen Moment alleine mit Frau López reden«, sagte Guthrie.

Ulrich spürte Ärger in sich aufsteigen. Jetzt wurde er also nicht mehr gebraucht. Oder er störte.

Der Journalist musste seinen Ärger bemerkt haben und fügte hinzu: »Ich habe Ihnen gesagt, dass eine weitere Person in Gefahr ist, und ich fühle mich dafür mit verantwortlich.«

Ulrich nickte. Sie waren ja alle so vernünftig. Er setzte sich in die Sofaecke.

Wenig später kam Basti zu ihm. »Hey, ich denke, du kannst an Deck kommen. Es ist zu dunkel für Drohnen.«

»Danke.«

Die Fülle von Menschen auf diesem Schiff überforderte ihn. Er setzte sich zu ihnen, obwohl ihm ganz und gar nicht nach Small Talk zumute war.

Basti erzählte, dass der alte Pott unter ihm einst in Bremen gebaut und in den Neunzigerjahren von einer Crew von Aussteigern über den Atlantik gebracht worden war. Seither kreuzte das Schiff in der Karibik umher und nahm neben der festen Crew zahlende Gäste an Bord, etwa für die Reise über den Darien Gap zwischen Kolumbien und Panama. Gerade waren sie auf einem längeren Karibiktörn, hatten aber nicht vorgehabt, mehr als einen Tag bei den Cayos Cochinos zu bleiben. Bis jetzt waren alle entspannt, aber lange konnten sie nicht mehr warten, da eine Familie in einer Woche wieder in Panama sein wollte.

Auf was sie denn warteten, wollte Ulrich wissen.

»Das muss dir deine Freundin erklären«, erhielt er zur Antwort.

Vertraute ihm denn überhaupt niemand?

Sie wechselten das Thema, redeten über Fischen und Schnorcheln. Ulrich hörte kaum zu. Seine Gedanken verfingen sich im Sternbild des Pegasus. Endlich kam Yessica aus dem Schiffsinneren, nahm seine Hand und zog ihn mit sich. Bevor sie in den Maschinenraum gingen, schlang sie einen Arm um seine Taille und entschuldigte sich.

»Ich kann mir vorstellen, wie blöd sich das alles für dich anfühlt.«

»Ich schätze mal, dass sich für dich alles noch viel beschissener anfühlt. Du sahst jedenfalls vorhin so aus.«

Ihre Augen wurden wieder wässrig. »Komm!« Sie griff nach seiner Hand und führte ihn in den Maschinenraum.

Es war eng und roch nach Schmieröl, eine grelle Neonröhre verbreitete unangenehmes Licht.

»Okay, dann erzählt mal«, sagte Ulrich. »Wie geht es weiter? Und worauf wartet ihr auf diesem Schiff eigentlich?«

»Ich warte auf meine Kleine. Diana ist zum Glück in Sicherheit. Ich will ohne Paty nicht das Land verlassen. Aber wenn sie schon mit Drohnen nach mir suchen, können wir nicht mehr warten. Sunny hat recht.«

»Und wieso ist es so schwierig, Paty herzubringen? Ist sie nicht auf Roatán? Da muss doch nur jemand mit dem Boot rüberfahren.«

»Die Koordinatorin hat gesagt, vor dem Haus meiner Schwester stünden ständig komische Leute. Sie wollte sich etwas überlegen, wie wir Paty ungesehen wegholen können. Aber jetzt sitzt sie im Knast und ich kann nicht mit ihr reden. Ich habe keinen Kontakt zu meiner Schwester, ich weiß nicht, wie die Lage gerade ist.«

»Ich bin morgen mit dem Anwalt der Koordinatorin verabredet«, sagte Guthrie. »Ich fürchte nur, die Kommunikation wird sehr langsam laufen. Ich rufe bei den Peace Brigades an. Die sollen jemanden zu Paty schicken, um sie zu begleiten.«

»Aber so bekommen wir sie nicht aus dem Land, da wird sie nur noch auffälliger.«

»Wir müssen sie entführen«, warf Ulrich ein.

»Das haben wir an Bord schon mehrmals überlegt. Aber wie

sollen wir sie entführen, wenn sie die ganze Zeit beobachtet wird?«

»Auch während sie in der Schule ist? Wenn sie sich morgens aus der Schule rausschleichen und in ein Boot steigen könnte, dann hätten wir einen Vorsprung von ein paar Stunden.«

»Und woher soll Paty wissen, dass sie das tun soll?«

»Wir müssen ihr eine Nachricht schicken. Mit dem Boot, das morgens die Tagestouristen von Roatán abholt.«

»Ich kenne den Typen nicht, der das macht. Wie willst du ihm vertrauen?«

»Yessica, es ist nicht sicher, dass es funktioniert. Aber einen Versuch ist es wert, oder? Besser, als morgen einfach so abzufahren.«

Guthrie schüttelte nur den Kopf. »Sie sind beide verrückt. Das Risiko für das Mädchen ist zu groß. Mit welchem Boot wollen Sie sie überhaupt abholen, mit dem Schlauchboot?«

»Ich bin schon mit kleineren Booten rübergefahren. Uli hat recht. Wenn wir es jetzt nicht riskieren, werden wir die nächsten Tage oder Wochen gar nichts mehr tun können. Wir müssen gleich mit der Besatzung sprechen. Basti wird das gefallen. Er ist gut in Entführungen!«

Sie grinste Ulrich an, der sich fragte, wie Yessica überhaupt noch lachen konnte. Noch immer wusste er nicht, was sie in den letzten Wochen alles durchgemacht hatte und wie sie letztlich an Bord dieser schwimmenden Rostschüssel gelangt war.

Basti hörte sich Yessicas Vorschlag ruhig an. Er breitete sogar gleich eine Seekarte aus und zeigte mit dem Finger auf einen Punkt im Blau, der seiner Meinung nach am besten geeignet für die Kindesübergabe war. »Ich glaube, dass es möglich ist«, sagte er. »Aber ich fürchte, wir müssen erst Plenum machen.«

»Was bitte?«, fragte Guthrie.

»Sie entscheiden alles kollektiv. Es gibt keinen Kapitän, der Befehle erteilt«, erklärte Yessica.

»Und wie funktioniert das bei Sturm? Entscheiden Sie da auch gemeinsam, wann das Segel eingeholt wird?«

»Beim Segeln gibt es feste Aufgaben«, antwortete Basti geduldig. »Aber ob wir Leute aus Honduras schmuggeln, entscheiden wir besser zusammen. Ich führe gerne bei anderer Gelegenheit in unser Bordleben ein, aber jetzt müssen wir schnell beraten, ob wir das Mädchen abholen.« Noch während er aus dem Maschinenraum trat, rief er: »Plenum!«

28

08.06.2019

Sie mussten ihre Koffer zum Bootsanleger tragen. Der weiche Sand machte das Gehen beschwerlich, als wollte er die Füße und ihre Besitzer auf der Insel halten. In einer Hand fest umschlossen hielt Ulrich Yessicas Nachricht an ihre Tochter. Wäre er doch eine Brieftaube, die eine so kostbare Botschaft zuverlässig und unabhängig zu ihrer Empfängerin bringen könnte.

Stattdessen entriss er dem Bootsmann erst seinen Koffer, drückte ihm dann einen Geldschein in die Hand und zog den Mann dicht zu sich heran. Er drückte ihm das Briefchen in die Hand und flüsterte ihm ins Ohr, wohin er es transportieren sollte, und zwar unverzüglich! »Ich kenne ein paar Familien hier auf den Inseln. Falls der Brief nicht ankommt, könnte jemand den Ruf deines Geschäfts verderben«, fügte Ulrich hinzu und setzte einen Blick auf, den er am Abend vor dem Spiegel einstudiert hatte. Innerlich zitterte er wie noch nie in seinem Leben.

Derweil kletterte Guthrie an Bord des Boots nach La Ceiba und verschwand grußlos. Ulrichs Koffer landete in einem Schlauchboot mit panamesischer Flagge. Ulrich nutzte das geschäftige Treiben bei den Booten, um sein T-Shirt auszuziehen und in flachem Bogen in das ruhige türkisblaue Wasser zu tauchen. Er schwamm ein Stück parallel zum Strand, der noch nahezu menschenleer war, bevor er auf den Zweimaster zuhielt. Vielleicht würde ein Fischer von den Cayos Cochinos bald ein unauffälliges grau meliertes T-Shirt tragen, das ein Tourist am Strand vergessen hatte.

Yessica stand in Bikini und breitkrempigem Strohhut an Deck und beobachtete, wie Ulrich an das Segelschiff heranschwamm. Sie warf ihm die Strickleiter herunter. »Willkommen an Bord«, sagte sie, als er tropfnass neben ihr stand. »Ihr Gepäck wurde bereits angeliefert. Leider sind momentan alle unsere Zimmer belegt und Sie müssen sich mit dem Fußboden im Durchgang begnügen.«

»Ich habe die Brieftaube auf den Weg geschickt. Jetzt können wir wohl nur noch beten, dass sie sich nicht verfliegt.«

»›Beten‹?« Das Willkommenslächeln auf ihrem Gesicht löste sich auf. »Haben die Glaubensbrüder mit ihren schönen Worten nun auch dein Herz erwärmt?«

»Yessica, um Himmels ... Nein! Das ist doch nur ein Spruch, wenn einem sonst nichts mehr einfällt.« War das eine typisch deutsche Redensart? Er wusste es nicht.

»Entschuldige. Ich habe gerade einen Hass auf die Kirchen. Mit den Evangelikalen von Edwyn Hermilo hat die ganze Scheiße angefangen. Auch wenn ich später mitbekommmen habe, dass sie auch nur aufgehetzt worden sind.«

»Willst du mir nicht überhaupt mal erzählen, was du in den letzten Wochen gemacht hast und wie du am Ende auf diesem Touristenboot gelandet bist?«

»Willst du ein Handtuch haben?«

»Nicht nötig, die Sonne macht das schon.«

»Dann setz dir wenigstens eine Mütze auf. Solltest du sowieso, wegen möglichen unbekannten Flugobjekten.« Sie griff die Baseballkappe der New York Yankees, die sie selbst gestern getragen hatte, und stülpte sie über Ulrichs nasse Haare. »Ich kann versuchen, dir die Geschichte zu erzählen. Auch wenn ich am liebsten den ganzen Tag auf den Horizont starren und darauf warten würde, dass das Schlauchboot mit Paty dort auftaucht.«

»Meinst du nicht, dass du angesichts der Lage lieber nicht an Deck sein solltest?«

»Ich weiß. Wir können uns unter das Sonnensegel setzen, da sind wir geschützt.« Sie ließen sich in ein paar Liegestühle aus von der Sonne verblichenem Stoff fallen. Derweil machte sich die Besatzung an den Segeln und der Ankerwinde zu schaffen. Basti wuchtete einen Benzinkanister ins Schlauchboot und winkte kurz, bevor er auf das offene Meer hinaussteuerte.

»Wenn sie uns beschatten, müssen wir sie beschatten. Ich brauchte Unterstützung für mein Vorhaben, aber ich wollte selbst nicht untätig sein. Ich habe als Zimmermädchen im Laru Beya Resort angeheuert. Das war Anfang April, nachdem mir ein Auftragskiller vor meinem eigenen Haus eine Waffe gezeigt hatte. Ich war so wütend – wenn meine Reflexe gut genug gewesen wären, hätte ich die Pistole an mich gerissen und auf den Typen geschossen. Obwohl der ja auch nur eine arme Sau ist. Das war der Moment, in dem ich entschieden habe, dass etwas grundlegend anders werden muss«, fing Yessica an.

»Moment, ich verstehe noch nichts. Wer hat euch beschattet? Und wen meinst du mit ›wir‹? Und was hat das mit dem Golfresort in Tornabé zu tun?«

»Du hörst mir ja auch noch keine zwei Minuten zu. Ich wusste nicht genau, wer uns beschattet, auch nicht, wer alles beschattet wurde. Ich war mir ziemlich sicher, dass Profile aller politisch aktiven Leute aus Triunfo existieren, und ich vermutete, dass die Betreiber der Modellstadt dahintersteckten. Denen waren wir schließlich massiv im Weg. Ich habe mich in Laru Beya eingeschlichen, weil viele aus dem Komitee dort Villen haben. Ich habe mir gedacht, dass die Weißen unsere Gesichter sowieso nicht auseinanderhalten können. Sie lassen Profile von uns erstellen und kommen nicht auf die Idee, dass wir uns in ihrer nächsten Umgebung bewegen könnten. Noch dazu in einer, die ihnen vorbehalten ist. Leider war es dann doch anders und ich bin der Ami-Politikerin über den Weg gelaufen, bei der ich geputzt habe.«

»Winwright?«, warf Ulrich ein.

»Ja, genau die. Die Anweisung an die Zimmermädchen war ja, so unsichtbar wie möglich zu sein. Ich habe mich tunlichst daran gehalten. Ich war glücklicherweise gerade dabei, das Bett frisch zu beziehen und nicht auf ihrem Schreibtisch herumzustöbern, als Winwright hereinkam. Sie hatte die Villa gerade erst verlassen, aber anscheinend hatte sie etwas vergessen. Ich habe sie höflich gegrüßt, etwas anderes blieb mir in der Situation nicht übrig. Die Höflichkeit hat mir fast körperlich wehgetan. Ich habe mir die Knarre ihres Auftragskillers vorgestellt, ein weiteres Mal habe ich sie ihm in Gedanken entrissen und dieser Lady ins Gesicht gefeuert. Sie hat mich angeschaut, als wäre ich ein Gespenst oder eine Mischung aus Gespenst und Einbrecherin. Hatte sie gedacht, ihre Villa zaubere sich jeden Tag von selbst in Ordnung? Hatte sie etwa geglaubt, dass die Zimmermädchen in Laru Beya nicht schwarz wären? Als sie ihr Handy zückte, wusste ich, dass ich sofort raus aus ihrer Villa muss, raus aus dem Resort und nie wiederkommen. Ich bin über die Veranda zum Strand gerannt und habe mich ins Wasser gestürzt, damit man mich nicht sieht. Dort habe ich meinen Arbeitskittel ausgezogen und auch gleich mein Handy versenkt. Ich bin in Hemd und Slip in Richtung Tornabé halb geschwommen, halb gelaufen und kam dort folglich in Unterhosen an. Das war unpraktisch, als Strandbekleidung war mein Outfit halbwegs akzeptabel, aber ich musste ja weiter. Und dann habe ich gedacht: Halt, wenn du jetzt versuchst, mit dem Bus oder Taxi wegzukommen, fährst du geradewegs in die Falle. Die Leute vom Komitee haben bestimmt alle Kontrollposten instruiert. Sie mussten erst überzeugt sein, dass ich entwischt war, damit ich mich wieder frei bewegen konnte.«

»Moment mal«, unterbrach Ulrich ihren Redefluss. »Hast du nicht ein bisschen überreagiert, als du weggerannt bist? Ich meine, die Politikerin hat blöd geguckt und hatte ein Telefon in der Hand, ich glaube, so was machen Politiker und selbst normale Leute öfter.«

»Nein, du verstehst nicht. Die Frau hatte ein ausführliches Profil von mir in ihrer Schublade. Mit meinem Foto, den Namen meiner Töchter, wo und wann sie zur Schule oder zur Uni gehen und so weiter. Sie hat Hermilo auf unsere Gesundheitsstation angesetzt. Ich bin mir sicher, dass sie mir den Killer vors Haus geschickt hat.«

»Und ausgerechnet bei der hast du geputzt? Du bist ja wahnsinnig.«

»Ja. Nein. Wie hätte ich sonst an Beweise gegen sie kommen können? Außerdem war mir das ganze Ausmaß am Anfang noch gar nicht so klar.«

»Und, hast du Beweise gefunden?«

»Wenn die Profile mal keine sind! Aber ich habe noch andere Sachen gefunden, bei anderen Leuten. Jetzt lass mich weiter erzählen, wie ich hier gelandet bin. Das wolltest du doch wissen, oder? Vierundzwanzig Stunden lang habe ich mich gar nicht gerührt. Ich habe den größten Teil der Zeit in den Überresten einer Strandbar verbracht. Ich hatte Hunger und Durst und mir war entsetzlich langweilig. Jede einzelne Minute des Stillstands ist unerträglich, wenn dein Körper auf Flucht gepolt ist. In der Nacht habe ich den Strand ausgekundschaftet. Ich brauchte ein intaktes Boot und Ruder. Die meisten Boote am Strand waren Wracks, genauso wie die Einwohner, die einst Fischer waren. Im Dunkeln zu erkennen, ob ein Boot noch seetauglich ist, das ist schon eine Herausforderung. Es gelang mir nur halbwegs, aber vielleicht war dieses Boot auch das Beste, was der Strand von Tornabé zu bieten hatte.«

»Und dann bist du nachts weggerudert? Ganz alleine übers Meer? Ich bin beeindruckt.«

»Vor allen Dingen ohne Motor. Erst haben meine Arme höllisch wehgetan und irgendwann fühlten sie sich an wie weicher Pudding. Aber irgendwie bin ich angekommen. Es muss früher Morgen gewesen sein, als ich am Mückengitter von Amadas Schlafzimmerfenster gekratzt habe. Von drinnen kam ein Brummeln, dann tapsende Schritte nackter Füße auf Betonfußboden. Durch das Mückengitter konnte ich sie nicht wirklich erkennen. Ich gab mich mit ihrem Umriss und ihrer Stimme zufrieden. Sie war einigermaßen erschrocken, mich um die Uhrzeit zu sehen oder besser gesagt: zu hören. Ich habe sie überzeugt herauszukommen, damit wir die Kinder nicht wecken. Amada ist im Nachthemd und barfuß mit mir an den Strand gegangen. Erst als wir über die spitzen Steine der Schotterstraße balanciert waren, hat sie gemerkt, dass ich noch spärlicher bekleidet war als sie selbst. ›Ich wollte nicht, dass du als Einzige aussiehst wie gerade aus dem Bett geholt‹, habe ich gesagt und: ›Ich brauche deine Hilfe. Wenn dein Mann zurückkommt, musst du mich mit dem Boot wegbringen. Aber du darfst ihm nichts sagen.‹

›Mh ja, mal gucken‹, meinte sie. ›Vielleicht wenn er seinen Mittagsschlaf macht. Wo willst du denn hin?‹

›Sambo Creek‹, habe ich geantwortet, woraufhin sie mich für verrückt erklärte. Sie hat mir vorgeschlagen, mir ein Kleid zu geben und mich in den Bus zu setzen. Das Kleid würde ich nehmen, habe ich gesagt, aber den Bus ganz bestimmt nicht. Es helfe nichts, ich bräuchte ein Boot. Sie hat das gar nicht infrage gestellt, wollte nur wissen, wie sie ihrem Mann und den Kindern erklären sollte, dass sie das Boot verliehen hatte. Er werde schließlich auch in der nächsten Nacht wieder zum Fischen fahren. Und das Boot müsse irgendwie zurückkommen. Sie müsste sich halt was einfallen lassen, habe ich ihr gesagt. Und mich bei ihren Erklärungen ihrem Mann gegenüber aus dem Spiel lassen. Sie hat das alles geschluckt, keine Fragen. Amada versteht mehr als die meisten im Dorf. Viel mehr als die Männer, die immer die Klappe aufreißen. Sie wusste nur nicht, woher sie Geld für so viel Benzin nehmen sollte. Bis Sambo brauchte ich mindestens eine komplette Tankfüllung. Geld hatte ich auch nicht. Mir fiel nichts Besseres ein, als die Kasse der Frauengruppe zu plündern. Amada hat mir noch ein Kleid gebracht und ich bin zur Punta Izopo gelaufen und habe dort auf sie gewartet. Sie war verdammt schnell, keine

Ahnung, wie sie das in der kurzen Zeit alles organisiert hat. Sie hat mir sogar noch eine große Portion Reis und Fisch gebracht, das war eine Wohltat! Die Fahrt nach Sambo lief ohne Zwischenfälle, aber auch dort fühlte ich mich natürlich nicht sicher.«

»Und das Boot des armen Fischers? Das hast du einfach so entführt und stehen lassen?«

»Das hat natürlich jemand zurückgebracht. Aber du bist ein aufmerksamer Zuhörer, das gefällt mir. Ich habe einen Fehler gemacht, indem ich auf die Cayos Cochinos gefahren bin. Dieses kindliche Gefühl der Geborgenheit, das ich dort immer hatte, hat mich unwiderstehlich gelockt. Aber in meiner Situation war es nicht gerade schlau, dahin zu fahren, wo mich das ganze Dorf kennt. Ich konnte den Leuten ja auch nicht erklären, dass sie die Klappe halten sollten. Das hätte mich nur noch interessanter gemacht. Mir war klar, dass früher oder später jemand zum Festland fahren und erzählen würde, dass ich bei meiner Tante zu Besuch war. Und danach wären die Cayos vielleicht weniger friedlich. Und jetzt bin ich schon wieder hier, ist das nicht verrückt? Blöd ist es, denn wenn sich herumgesprochen hat, dass ich auf den Cochinos war, könnten meine Feinde mich hier immer noch suchen. Und nach der Drohnensichtung ist das wahrscheinlich.«

»Und noch dazu suchen sie mich, weil sie denken, dass ich dich finden könnte. Trotzdem bin ich froh, dass du hier bist. Ich hatte keine Ahnung mehr, wo ich noch nach dir suchen sollte. Der Zufall hat mir erst Guthrie geschickt und dann den deutschen Hippie, Basti meine ich. Guthrie hatte mir ansatzweise erklärt, in welche Lage du dich begeben hast. Was ich nicht recht verstehe, ist, wie diese Frau Winwright, die dich hat bedrohen lassen, mit den anderen Schurken zusammenhängt. Einen weiteren haben sie ja vorgestern umgelegt.«

»Hawit, ja. Der hat wohl zusammen mit Bustillo zu hoch gepokert. Sie hatten gedacht, sie könnten an den anderen Komiteemitgliedern vorbei ihre eigenen Geschäfte machen. Ansonsten sind die Verflechtungen kompliziert. Mir fehlen noch ein paar Puzzlestücke, die David hoffentlich hat. Guthrie hat dir von dem Informanten erzählt, nicht wahr?«

Ulrich nickte. Wusste sie von der letzten Nachricht Davids mit dem Trauerrand?

»Für das Komitee war ich eigentlich nur eine der üblichen ›Entwicklungsfeindinnen‹, wie wir in neoliberalen Kreisen genannt werden. Aber der Trick war von Anfang an, uns nicht als Ganzes zu bekämpfen, sondern Schwachpunkte jeder einzelnen Person herauszuarbeiten und so eine Art individuelle Kriegsführung zu betreiben. Dafür sprechen die Akten, die ich in Winwrights Schreibtisch gefunden habe. Was mich erstaunt hat, war ihre Besessenheit. Sie wollte unbedingt die Gesundheitsstation haben. Natürlich ist sie nicht selbst in Erscheinung getreten, sondern hat den evangelikalen Pastor Edwyn Hermilo vor ihren Karren gespannt, hat aber anscheinend übersehen, dass die Leute in Triunfo ihn und seine Kirche hassen. Weil er ein Freund des Präsidenten und ein bigottes, rassistisches, sexistisches und homophobes Arschloch ist. Winwrights größter persönlicher Triumph wäre es gewesen, wenn ich mit den Evangelikalen kooperiert hätte.«

»Und jetzt versucht sie, dir die Verantwortung für das Attentat zuzuschieben.«

»Sieht so aus. Wobei sie sich wahrscheinlich Verbündete innerhalb des Komitees gesucht hat, denen eine verdächtige Garífuna nur allzu gelegen kommt, um ihre eigenen Machenschaften zu vertuschen. Leider kann ich die Intrige nicht komplett nachvollziehen. Bustillo und Hawit haben jedenfalls zusammen versucht, Soo – das ist der Chef der Firma *Victoria*, die die Modellstadt betreibt – für den Drogenumschlag zu gewinnen. Ob er am Ende mitgemacht hat, weiß ich nicht. Bustillo und Hawit sind jetzt beide tot. Warum hat man sie umgebracht? Warum hat man nicht versucht, sie bei ihren Drogengeschäften zu überführen und einzusperren? Das kann doch nur heißen, dass ihre Gegner in ebenso schmutzige Geschäfte verwickelt sind.«

»Das heißt, du weißt immer noch nicht, wer ihre Gegner sind?«

»Teilweise, aber ich habe noch nicht das ganze Bild. Es gibt Hinweise, dass die Drogenpolizei der Amis mit drinsteckt. Ich hatte auf David gehofft. Jetzt weiß ich nicht, wie wir ihn wiederfinden sollen.«

Yessica sprach die schlimmste Befürchtung nicht aus, als ob das, was nicht gesagt wurde, auch nicht sein konnte. Sie wusste wohl nichts von dem letzten Brief an Guthrie.

»Ach siehst du, wenn ich einmal anfange, rede ich viel zu viel. Dabei sollte ich meine Klappe halten, bis wir wirklich in Sicherheit sind. Es ist diese Einsamkeit, die macht etwas mit mir. Deswegen werden Leute in Isolationshaft gesteckt, weil sie dann jedem beliebigen Bullen ihre Lebensgeschichte erzählen.«

»Ich glaube nicht, dass du das tun würdest. Und zwischen einem Bullen und mir besteht ein kleiner Unterschied. Da Hawit in einer Polizeikontrolle erschossen wurde, wird dir niemand die Schuld dafür in die Schuhe schieben können. Und deinen Mitstreiterinnen auch kaum, denn die saßen zu der Zeit schon alle im Knast.«

»Sei dir da nicht so sicher. Sie basteln sich immer was zurecht. Wenn ich hier lebendig rauskomme und aussagen kann, dann müssen sie sich natürlich etwas Neues ausdenken. Wie spät ist es?«

»Zwanzig nach zehn.«

»Ich weiß nicht, wie ich noch mindestens drei Stunden aushalten soll. Ich glaube, ich sterbe einfach. Ich frage mal eben Sunny, ob schon ein Funkspruch gekommen ist. Und was die Wettervorhersage vermeldet. Es ist ganz schön Wind aufgekommen.«

»Willst du mir nicht deine Fluchtgeschichte zu Ende erzählen?«

»Wir haben mehr als genug Zeit. Ich bin gleich wieder bei dir.«

Damit verschwand Yessica im Steuerhaus oder Cockpit oder wie auch immer die Fahrerkabine eines Segelschiffs heißen mochte. Wieso konnte sie selbst hier, wo man sich kaum fünfundzwanzig Meter voneinander entfernen konnte, nicht länger als fünfzehn Minuten an seiner Seite bleiben? Sie wusste genau, dass Sunny keine Neuigkeiten hatte, sonst wäre er bestimmt zu ihr gekommen. Ulrich war ungerecht. Yessica war in Gedanken bei ihrer Tochter. Er konnte nicht ernsthaft auf ein kleines Mädchen eifersüchtig sein. Aber ein Stich blieb. Und was machte sie so lange beim Kapitän, wenn es doch keine Neuigkeiten gab?

Ulrich schloss die Augen und versuchte, tief ein- und auszuatmen. Alles würde gut werden. Er musste Ruhe ausstrahlen, Yessica beruhigen, egal wie sie sich verhielt.

»Bist du eingeschlafen?« Sie saß plötzlich wieder neben ihm.

»Nein. Ich versuche nur, mich zu entspannen. Und, hat Sunny etwas gesagt?«

»Das Wetter macht ihm ein wenig Sorge. Der Wind soll am Nachmittag noch weiter auffrischen. Zum Segeln ist das gut, aber Basti sollte besser so schnell wie möglich zurückkommen, sonst wird das ein wilder Tanz auf den Wellen.«

»Er ist bestimmt schon unterwegs.«

»Er hat noch nicht gefunkt.«

»Mach dir keine Sorgen. Alles wird gut.«

»Du glaubst gar nicht, wie sehr ich diesen Spruch satthabe. Den höre ich ständig, seit ich auf diesem Schiff sitze. Das ist so eine deutsche Form von Optimismus, oder? Positives Denken so sehr generalisiert, dass es niemand mehr ernst nehmen kann.«

»Wie lange bist du eigentlich schon an Bord? Du wolltest mir doch erzählen, wie du zwischen den ganzen Hippies gelandet bist.«

»Okay, also, ich erlaubte mir zwei Tage Ruhe auf den Cayos. Äußerliche Ruhe wohlgemerkt, die innere war mir gründlich abhandengekommen. Ich musste dringend mit der Koordinatorin sprechen. Und ich musste meinen Informanten warnen, dass er mich nicht finden würde und der Versuch, mit mir Kontakt aufzunehmen, gefährlich sein könnte. Was am schlimmsten war: Ich musste meine kleine Tochter in Sicherheit bringen. Ich wollte gar nicht darüber nachdenken, aber sie würde nirgendwo in Honduras sicher sein. Ich bin mit einem Tourunternehmen, das Gringos gehört, nach Útila weitergefahren und habe dort versucht, auf Touristin zu machen. Endlich konnte ich mir unter falschem Namen ein neues Handy beschaffen. Ich habe um Garífuna einen großen Bogen gemacht und so getan, als wäre ich Amerikanerin, und das mit meinem schlechten Englisch. Ich habe mir ein billiges Zimmer gesucht in einer Absteige voll mit Kakerlaken und geizigen Weltreisenden. Obwohl ich ihr den Ernst der Lage nicht am Telefon schildern konnte, ist die Koordinatorin schon am nächsten Vormittag eingetroffen. Ich war so glücklich, sie zu sehen, vor allem aber die große Kühltasche, die sie bei sich hatte. Ich hatte nämlich schon das wenige Geld, das meine Tante mir leihen konnte, für die Übernachtung und mein neues Handy ausgegeben. Die Koordinatorin und ich breiteten ein opulentes Picknick am Strand aus wie zwei Ausflüglerinnen, die alle Zeit der Welt haben. Nachdem ich ihr alles erzählt hatte, was ich inzwischen herausgefunden hatte, sagte sie: ›Du musst schleunigst aus Honduras raus.‹ Ich schüttelte den Kopf. Ich würde nicht gehen, bevor nicht Paty in Sicherheit wäre. Diana ist zum Glück in Costa Rica. Sie schaut sich die Uni in San José an. Sie wäre froh, wenn sie dort studieren kann, an der UNAH lernt sie nichts. Ich habe immer noch Skrupel,

Paty ins Ausland zu bringen. Ich komme mir vor, als würde ich ihr ihre Kindheit stehlen. Das erste Mal seit meiner Entscheidung, das Komitee zu bespitzeln, zweifelte ich. Nein, ich zweifelte nicht, ich war mir sicher, alles falsch gemacht zu haben. Ich hätte an einen anderen Ort an der Küste ziehen sollen, der außerhalb der Modellstadt lag. Mein Profil senken, wie wir so schön sagen. Wenn sich die Dinge beruhigt hätten, hätte ich vielleicht wieder aktiver werden können. Vor allem wenn Paty älter wäre. Aber dann wäre vielleicht schon alles zu spät gewesen, Triunfo geräumt und ich eine von Tausenden Vertriebenen. Die Koordinatorin versprach mir, sich um Paty zu kümmern und Diana Bescheid zu geben, dass sie vorerst in San José bleiben müsse. Obwohl sie wirklich mehr als genug zu tun hat. Sie meinte immer noch, ich solle sofort das Land verlassen und nicht auf Paty warten. Als Untergetauchte könne ich sowieso nichts für meine Kinder tun. Ich habe eingewandt, dass es verdammt schwierig würde, Paty als Minderjährige alleine ausreisen zu lassen. Sie war nicht begeistert, hat sich aber schließlich geschlagen gegeben und mir erlaubt, noch zwei Wochen zu warten. ›Erlaubt‹ klingt blöd, aber sosehr ich auch große Töne spucke, am Ende höre ich immer auf sie. Das musst du nicht verstehen.«

»Ich habe gar nichts gesagt.«

»Stimmt, ich habe nur gedacht … Egal. Ich bin noch zwei Nächte in dem lausigen Hostel geblieben und habe mit niemandem gesprochen. Ich konnte das Gerede der Traveller sowieso nicht ertragen. Ist es etwa eine besondere Kunst, sich durch die Welt zu bewegen und doch gar nichts von ihr mitzubekommen? Und dann hat die Bombenexplosion in Tela alles durcheinandergebracht. Ich war mir ziemlich sicher, dass das Komitee nicht nur das Gebiet der Modellstadt umkrempeln würde, sondern jeden Ort, wo Garífuna wohnten. Früher oder später also auch die Inseln. Vielleicht etwas weniger martialisch als an anderen Orten, um die Touristen nicht zu erschrecken, aber ich musste trotzdem auf der Hut sein. Winwright konnte meinen Steckbrief an alle möglichen Leute weitergegeben haben, vielleicht hatte sie über Johnson die Militärpolizei und das Sonderkommando Aguas Bravas alarmiert. Das Einzige, was mir spontan einfiel, war, mir ein Boot zu leihen, eine Angel, eine Plane und einen großen Kanister Frischwasser einzuladen und für ein paar Tage durch die Mangroven zu den kleinen Cayos zu fahren. Unpraktisch war daran, dass ich keine Nachrichten mehr empfangen würde. In der ersten Nacht habe ich im Boot mitten in den Mangroven geschlafen, aber die Moskitos haben mich schlicht aufgefressen, also habe ich für die nächste Nacht eine unbewohnte kleine Insel gewählt. Ich hatte sogar zwei Fische gefangen, die ich über einem kleinen Feuer grillte, und dann hat das Segelboot vor dem Cayo geankert und die Hälfte der Besatzung kam herübergeschwommen und ist in mein einsames Abendessen hineingeplatzt. Ich hatte Angst, dass es irgendwelche Umweltschützer wären, die mich wegen des Feuerchens und der Fische anzeigen würden, aber sie waren sehr höflich, haben sich tausendmal dafür entschuldigt, mich zu stören, und mich dann gefragt, wo man am besten angeln kann. Sie sind alle zurück zu ihrem Schiff zum Schlafen, aber am nächsten Morgen sind eine Frau und ein Mann mit dem Schlauchboot rübergekommen und haben mir Brot und Rührei mit Bohnen gebracht, außerdem neues Trinkwasser. Extrem aufmerksam. Sie mussten am Abend gemerkt haben, dass mein Wasserkanister fast leer war und ich in meinem Boot keinerlei Habseligkeiten hatte. Ich habe sie vorsichtig darüber ausgefragt, was sie über das Bombenattentat wussten. Aber sie hatten auch nur im Radio davon gehört und konnten sich keinen Reim darauf machen. Ich bin schließlich mit an Bord gegangen, um ihnen *Radio Progreso* einzustellen und selbst ein paar Nachrichten aufzuschnappen. Der Empfang war schlecht, aber deine Stimme habe ich trotzdem erkannt. *Radio Progreso* hat ausgerechnet in dem Moment die Sendung aus Triunfo wiederholt, in der Angel dich ans Mikro geholt hat. Das war ganz schön verrückt. Und dann sagtest du, du wärst aus Sehnsucht zurückgekehrt, das war irgendwie süß, ich habe trotz des kratzigen Senders eine Gänsehaut bekommen.« Sie küsste ihn auf die Stirn und wich blitzschnell wieder zurück. »Die Leute auf dem Schiff haben mich ausgefragt, was das für eine Sendung sei und so weiter. Die Art ihrer Fragen hat mir gezeigt, dass sie politisch in Ordnung waren. Ich habe mich entschieden, alles auf eine Karte zu setzen und ihnen von meiner misslichen Lage zu erzählen. So bin ich an Bord der *Yorikke* – ich kann diesen seltsamen Schiffsnamen nicht aussprechen – gelangt.«

»*Yorikke im Glück.* Das ist deutsch.« Der eigenwillige Name am Bug des alten Segelschiffs war Ulrich sofort aufgefallen.

»›Im Glug‹? Ihr habt echt komische Wörter. Die Besatzung hat erst beraten, ob sie mich aufnehmen, aber das war eher eine Formalie. Sie haben mir dirkt angeboten, Paty zu entführen, aber ich hatte einfach keinen Plan. Aber dass sie meine Tochter und mich als blinde Passagiere aus Honduras herausschmuggeln würden, das stand nie infrage. Wenn sie nur endlich hier wäre!«

29

Ab dem Mittag hielten sich alle an Deck auf, zeitweise standen sie zu zehnt an der Reling und schauten auf der Suche nach einem Punkt am Horizont aufs Meer hinaus. Dabei war vor vierzehn Uhr kaum mit Bastis Rückkehr zu rechnen. Manche Punkte zogen in der Ferne an ihnen vorbei, sofern sie keine optische Täuschung waren. Die Frau, die am Morgen Ulrichs Koffer abtransportiert hatte, ermahnte immer mal wieder alle, nicht so auffällig aufs Meer zu starren. Yessica presste sich bei diesen Gelegenheiten in ihren Liegestuhl, den ganzen Körper angespannt wie bei einem gefürchteten Zahnarztbesuch. Sie legte sich den Hut über das Gesicht, lüftete aber ständig eine Seite und schielte darunter hervor, um zu kontrollieren, ob ihre Mitwartenden wieder zur Reling gelaufen waren. Ulrich griff einmal nach ihrer Hand, um sie zu beruhigen, und sie presste ihre langen Fingernägel so stark in seine Handfläche, dass er vor Schmerz losließ.

Es gab ein Fernglas, das von einer Hand zur anderen wanderte. Einmal zeigte eine Gruppe von Delfinen ihre Rückenflossen.

»Das sind sie!«

Ulrich wusste nicht, wer gesprochen hatte, es war auch egal, das unwirklich Scheinende wurde zur Realität und die Realität ab diesem Moment unwirklich. Sobald das orangefarbene Beiboot mit zwei Menschen an Bord eindeutig identifiziert war, verwandelte sich die Spannung der Wartenden in eine unglaubliche Effizienz. Jeder schien einen Platz und eine Aufgabe zu haben. Sie ließen das Schiff in den Wind schießen, bis die Segel lose flatterten und sie keine Fahrt mehr hatten. Andere bezogen Stellung an der Strickleiter, der Hebevorrichtung für das Beiboot, dem Ausguck und bald standen nur noch Yessica, Ulrich und die Kinder an der Reling und verfolgten, wie sich das Boot mit allem, was der Motor hergab, näherte. Basti fuhr zu schnell. Hoffentlich würde ihnen das nicht im letzten Moment noch Ärger einbringen.

Jetzt griff Yessica nach Ulrichs Hand und vergrub einmal mehr ihre Fingernägel darin, aber er ließ es geschehen. Kaum war Paty die Leiter hochgeklettert und in Yessicas Armen verschwunden, setzte sich das Segelschiff auch schon wieder in Bewegung.

Es war, als hätte jemand das Bild heller gedreht und den Ton angeschaltet. Ulrich hörte mit einem Mal das Murmeln des Wassers unter dem Schiffsrumpf. Die Wellen glitzerten verheißungsvoll in der Sonne. In der Ferne war die Küstenlinie von Honduras zu sehen. Ulrich würde das honduranische Territorium mit Yessica an seiner Seite verlassen. Das war mehr, als er sich hätte erträumen können, aber doch ganz und gar nicht das, worauf er gehofft hatte.

Doch Yessica stand gar nicht mehr neben ihm. Sie hatte sich wohl mit Paty ins Innere des Schiffs verzogen. Ulrich entschied sich, die beiden in Ruhe ihr Wiedersehen genießen zu lassen. Der seltsame Stich von Eifersucht, den er vor ein paar Stunden verspürt hatte, war verschwunden, jetzt fühlte er sich leicht und nahezu entspannt. Dabei befanden sie sich, solange sie die Inseln Roatán und Guanaja in ihrem Norden hatten, in honduranischen Hoheitsgewässern. Erst östlich von Trujillo konnten sie in internationale Gewässer hinaussteuern. Dort durften die Spezialeinheiten von General Rodriguez sie nicht mehr aufbringen. Ein wirksamer Schutz vor den Narcos waren Seegrenzen natürlich nicht. Trotzdem fühlte Ulrich sich zuversichtlich, der Wind pustete den Verfolgungswahn der letzten Woche aus seinem Gehirn. Und Yessica war da, nur wenige Meter von ihm entfernt, und sie hatten zwei endlose Tage vor sich, bevor sie San Andrés erreichen würden. Und dann? Hätte er noch eine knappe Woche Urlaub. Ein Traum wäre es, einen Bungalow auf der Insel zu mieten und mit Yessica und Paty so zu tun, als wären sie eine gewöhnliche Kleinfamilie im Urlaub.

Er wusste, das würde nicht geschehen, zumindest nicht jetzt. Ihre undokumentierte Ausreise aus Honduras würde Komplikationen nach sich ziehen, vielleicht mussten sie nach Bogotá fahren, um ihre Passangelegenheiten zu regeln. Das war längst nicht alles, Yessica musste sich überlegen, ob sie gleich in Kolumbien Asyl beantragen wollte, oder sich um Möglichkeiten der Weiterreise kümmern. Und sie würde keine Ruhe geben, solange ihre Genossinnen und Genossen in Honduras zu Terroristen erklärt wurden. Weiterhin galt es, die Spur des Informanten David zu suchen.

»Hey Uli!« Basti war auf ihn zugekommen. »Ich weiß, das ist ein bisschen gemein bei dem Wetter, aber du solltest auch unter Deck gehen. Wenigstens bis wir an Guanaja vorbei sind. Hier ist zu viel Verkehr und es gibt echt gute Ferngläser.«

»Okay.«

Schade. Er hatte sich gerade mit der flirrenden Meeresoberfläche angefreundet. Er stieg die paar steilen Stufen in den Aufenthaltsraum hinunter. Yessica und Paty hatten sich auf einem der Sofas zusammengerollt, Paty perfekt in die Krümmung von Yessicas Körper geschmiegt, Yessicas Hand in Patys Haar vergraben. Mutter und Tochter hatten die Augen geschlossen und atmeten ruhig. Waren sie eingeschlafen oder kosteten sie nur den Moment des Wiedersehens aus? Ulrich ging auf Zehenspitzen zum Bücherregal und zog einen Comic heraus. Er setzte sich in einen Sessel und schlug das Heft auf, aber sein Blick wanderte sofort wieder hinüber zu den katzenhaft ein- und übereinandergerollten Körpern. Yessica öffnete die Augen und sah ihn an, sonst blieb sie reglos. Ertappt, dass er sie beobachtet hatte, wollte Ulrich schnell wieder ins Buch schauen, doch ihr Blick hielt seinen fest. So verharrten sie einige Minuten, bis plötzlich Paty ihren Kopf hob und sagte: »Mama, ich muss meine Hausaufgaben machen.«

Yessica lachte. »Heute brauchst du keine zu machen, du hast die nächsten Tage schulfrei.«

»Ich mache meine Hausaufgaben immer sofort nach der Schule. Tante Kenia hat mir das so beigebracht und ich finde, sie hat recht.«

»Hat sie eine kleine Streberin aus dir gemacht?« Yessica strich dem Mädchen zärtlich über das Haar. »Es wird Zeit, dass ich dich wieder zur Rebellin erziehe. Kennst du eigentlich noch Uli? Er war mal länger in Triunfo. Nicht nur in Triunfo, in der ganzen Gegend. Wir haben zusammengearbeitet und ...« Yessica führte den Satz nicht zu Ende.

»Und was?«

»Und nichts, wir sind gute Freunde.«

»Hallo Uli!« Paty winkte ihm vom Sofa aus zu.

»Hallo Paty! Schön, dich zu sehen.«

»Egal was du sagst, Mama, ich mache jetzt meine Hausaufgaben. Und morgen nehme ich die nächste Lektion einfach alleine durch. Ich weiß nämlich schon, was drankommt.« Mit diesen Worten kramte Paty Buch und Heft aus einem abgenutzten Rucksack, der neben der Couch stand.

Yessica lächelte nicht ohne Stolz.

Paty funktionierte mustergültig, es war fast ein wenig zum Fürchten. Nachdem sie ihre Hausaufgaben erledigt hatte, wollte sie rausgehen, die anderen Kinder an Bord suchen und sich anschauen, wie ein Segelschiff funktionierte. Yessica nahm sie in den Arm und drückte sie an ihre Seite.

»Du hast wieder vergessen, was ich dir am Anfang gesagt habe. Ich würde auch gerne rausgehen und segeln lernen. Aber wir beide dürfen nicht an Deck. Um die anderen Kinder kennenzulernen, musst du warten, bis sie herunterkommen. Irgendwo da draußen sind Leute, die mich immer noch suchen. Die würden auf mich schießen und auf dich leider auch.«

»Aber du hast doch gesagt, wir sind jetzt in Sicherheit.«

»Ja, das habe ich auch so gemeint. Sicherheit ist immer relativ. Du kannst dich ganz sicher fühlen und ganz plötzlich zieht ein Gewitter auf und du wirst vom Blitz getroffen.«

»Oder dir fällt am Strand eine Kokosnuss auf den Kopf«, fügte Paty kichernd hinzu.

»Okay, oder dir fällt eine Kokosnuss auf den Kopf. Aber das hier ist anders. Im Vergleich dazu, dass der Mann mit der Pistole schon vor unserem Haus stand, sind wir jetzt ziemlich sicher und in zwei Tagen wird es quasi nur noch die Gefahr geben, dass uns die Kokosnuss auf den Kopf fällt oder uns der Blitz trifft.«

»Oder wir vom Auto überfahren werden oder mit dem Flugzeug abstürzen oder an Dengue sterben oder uns mit resistenten Keimen infizieren ...«

»Sag mal, seit wann beschäftigst du dich denn so sehr mit Todesarten?«

»Tue ich gar nicht. Darf ich den Fernseher anmachen?«

»Meinetwegen. Aber ich weiß nicht, ob wir hier draußen auf dem Meer Empfang haben.«

Paty zappte sich durch die Kanäle, wobei es hauptsächlich Schnee in verschiedenen Pixelgrößen zu sehen gab, ab und an mit der vagen Andeutung eines Bildes unterlegt.

»Was wirst du tun, wenn wir in Kolumbien ankommen?«, fragte Ulrich Yessica.

»Ich werde eine ordentliche Dusche nehmen und mir die Fußnägel machen lassen, was dachtest du denn?«

»Ich hatte ganz vergessen, dass du so eine Tussi bist.«

»Eine was?«

»Das sagen wir in Deutschland zu Frauen, die sich hauptsächlich um ihr Äußeres scheren. Und jetzt im Ernst?«

»Ich meine es ernst. Den Rest weiß ich noch nicht. Guthrie hat mir versprochen, einen Anwalt in Kolumbien zu organisieren, der mir bei den ganzen Migrationsgeschichten hilft. Außerdem wollte er unser Büro in New York kontaktieren. Je nachdem, was die Leute herausfinden, muss ich entscheiden, ob ich Asyl beantragen will, und wenn ja, in welchem Land. In den USA stehen die Chancen momentan eher schlecht. Kanada wäre eine Option, vielleicht aber auch Kuba. Kuba ist aber insofern unpraktisch, weil ich, wenn es wirklich gelingt, die Mitglieder des Komitees vor Gericht zu bekommen, des Öfteren in die USA reisen müsste. Wegen Paty würde ich aber am liebsten nach Kuba gehen. Ich will sie ungerne in ein kaltes Land versetzen, schlimmstenfalls noch fernab des Meeres.«

»Warum denn nicht, Mama? Dann können wir im Winter Schlitten fahren. Und Ski. Oder noch besser: Snowboard«, fragte Paty.

»Wer hat dir denn das alles erzählt?«

»Eine Freundin von Tante Kenia. Die war zum Skifahren in den Rocky Mountains. Sie hat uns ganz viele Fotos gezeigt. Aber sie meinte, man müsse selbst spüren, wie man den Berg hinunterrast und einem von dem vorbeirauschenden Weiß ganz schwindelig wird.«

»Hat sie dir auch erzählt, dass man mindestens die Hälfte des Jahres friert?«

»Ach was, daran gewöhnt man sich.«

Yessica schüttelte sich. »Irgendwann gehen wir Skifahren, okay? Aber deswegen müssen wir nicht gleich nach Kanada auswandern.«

»Ich könnte dir Surfen beibringen«, meinte Ulrich. »Das ist wie Snowboardfahren, nur nicht so kalt.«

»Vielleicht.« Paty klang nicht überzeugt und wandte sich wieder dem Fernseher zu, dem sie so etwas wie bewegte Bilder im Nebel abgerungen hatte.

»Und du?«, fragte Yessica.

»Was ›und ich‹?«

»Na, was wirst du machen, wenn wir in San Andrés ankommen?«

»Vermutlich versuchen zu erklären, warum ich keinen Ausreisestempel aus Honduras habe. Ich werde natürlich alles tun, um dich zu unterstützen.«

»Ach Uli, das ist lieb, aber was willst du denn tun?«

»Ich könnte auf Paty aufpassen, während du mit der Bürokratie beschäftigt bist. Uns eine Unterkunft suchen, kochen, all das, wozu du sowieso nie Zeit hattest.«

»Uli, nur weil wir uns in dieser prekären Situation treffen, werden wir nicht plötzlich Vater, Mutter, Kind spielen.« Es war eine Zurechtweisung, die keinen Widerspruch duldete.

30

11.06.2019

Die nächsten drei Tage und Nächte auf dem Schiff waren buchstäblich hart. Ulrich schlief auf dem nackten Boden, gepolstert nur durch ein paar Handtücher. Er war froh, Yessica um sich zu haben, aber trotzdem hielt er gebührenden Sicherheitsabstand.

Er hatte Yessica kaum mit ihren Kindern erlebt und sie war ihm in ihrer Mutterrolle fremd. Ihr Charakter änderte sich nicht, sie war wie eh und je selbstbewusst, direkt und witzig. Fremd war für ihn, wie wenig sie über Politik und die Organisation von Gemeinden redete. Überhaupt redete sie weniger als gewohnt, dafür hörte sie ihrer Tochter aufmerksam zu. Wahrscheinlich hatten sie lange nicht mehr so intensiv Zeit miteinander verbracht.

Es gab wenig, womit sich Ulrich von seinen Rückenschmerzen und dem Gefühl des Überflüssigseins ablenken konnte. Schwimmen half ein bisschen, aber sie machten nur sehr kurze Badepausen, um keine Zeit zu verlieren. Nicht nur, dass Yessica und Paty so schnell wie möglich auf kolumbianischem Hoheitsgebiet stehen sollten, auch einige der Passagiere mussten dringend nach Hause. Zwei hatten sogar schon ihren Urlaub verlängert. Die Stimmung wurde jeden Tag angespannter, das türkisblaue Meer um sie herum wurde allmählich zur Belastung.

Die meisten waren froh, als am Horizont die Betonklötze der Stadt San Andrés auftauchten, sogar die Kinder, die sofort anfingen, von ihren Lieblingseissorten zu reden. Zum Abschied fielen sich alle um den Hals wie unzertrennliche Freunde, auch wenn sie es in den letzten Tagen nicht hatten erwarten können, getrennte Wege zu gehen. Es gab ein Abschiedsfoto vor der *Yorikke im Glück* mit strahlenden Gesichtern, diesmal sogar zusammen mit Yessica, Paty und Ulrich, den drei Bordphantomen.

Die Einreiseformalitäten gestalteten sich einfacher als erwartet. Ulrich erzählte einfach, dass die Migrationsbehörde auf Útila vergessen habe, ihm einen Ausreisestempel in den Pass zu drücken. Er habe es in dem Moment nicht überprüft. Der Grenzbeamte zuckte die Schultern und genehmigte sowohl ihm als auch Yessica einen Aufenthalt von bis zu neunzig Tagen in Kolumbien.

Ulrich fühlte sich unglaublich leicht, als sie auf die Straße traten. Sie waren aus dem Gröbsten raus, sie waren legal in Kolumbien und sie waren allein, fast allein. Sie würden sich ein Hotelzimmer nehmen können, wo sie niemand belauschte, vielleicht sogar zwei Hotelzimmer. Aber eventuell war der Sicherheitsabstand gar nicht nötig, nachdem sie der Enge des Schiffs entflohen waren.

»Paty, was war noch mal dein Lieblingseis? Ich glaube, ich habe zwei Ecken weiter eine Eisdiele gesehen«, fragte Ulrich.

»Schokolade mit Kokos«, bekam er prompt zur Antwort.

»Na dann los, schauen wir mal, ob sie das haben.«

»Geht ihr schon mal vor. Ich rufe schnell Guthrie an und sage ihm, dass alles geklappt hat«, sagte Yessica. Ihre Stimme klang geschäftsmäßig, ein bisschen besorgt sogar. Sie teilte seine Leichtigkeit nicht.

Ulrich und Paty knabberten an den Resten ihres Eises, als Yessica endlich wieder zu ihnen stieß. Sie sah immer noch besorgt aus.

»Guthrie sagt, wir sollten uns auch hier nicht mehr als nötig in der Öffentlichkeit zeigen. Wir fliegen gleich morgen weiter nach Bogotá. Er ist gerade dabei, Flüge für uns zu buchen.«

»Für uns drei?«

»Ja. Auch du kannst nicht unbeschwert Tourist sein. Nicht

hier und nicht jetzt. Am besten fährst du in deinem nächsten Urlaub auf die Kanarischen Inseln. Da bist du doch sonst immer hingefahren, oder?«

»Komisch, das habe ich auf dieser Reise auch schon gedacht. Wirst du mitkommen?«

»Uli, ich bin nicht in Stimmung für Witzeleien. Lass uns ein Hotel suchen. Ach, und kannst du das Geld auslegen? Ich habe wirklich keinen Centavo mehr.«

»Mach dir bitte über Geld keine Gedanken.«

»Danke.«

»Sag nicht danke. Nicht für Geld, das ist das Schlechteste, wofür man sich bedanken kann.«

»Du hast recht. Was hältst du von dem da vorne? Da hängen auf jeden Fall Satellitenschüsseln dran, das heißt, wir können uns wenigstens den Abend vor dem Fernseher vertreiben.«

»Mama, wir gehen danach doch noch an den Strand, oder?«, schaltete sich das Mädchen ein.

»Nein, Paty, ich fürchte nicht.«

»Du hast gesagt, dass wir hier in Sicherheit sind.«

»Das hatte ich gedacht, mein Schatz. Wir sind auch schon viel sicherer als in Honduras. Aber Señor Guthrie hat mir gerade gesagt, dass wir uns weiter verstecken sollen.«

»Und wenn wir nicht auf Señor Guthrie hören? Wieso soll der das eigentlich besser wissen als wir?«

»Er ist gerade besser informiert. Ich habe die letzten Wochen auf dem Meer verbracht und fast keine Nachrichten gehört. Die Leute, die hinter uns her sind, haben Freunde in Kolumbien, sehr gefährliche Freunde.«

»Und die würden uns auch erschießen?«

»Ja.«

Nichts fühlte sich mehr leicht an. Sie betraten das Hotel und Ulrich fragte nach einem Einzel- und einem Doppelzimmer. Yessica sah ihn halb erstaunt, halb erbost von der Seite an und machte den Mund auf.

»Das Doppelzimmer für die Eltern, das Einzelzimmer für das Kind?«, fragte die Rezeptionistin mit aufgesetzter Freundlichkeit.

Ulrich überlegte, ob er sie korrigieren sollte, ließ es aber. Was gingen die Frau ihre existierenden oder nicht existierenden Verwandtschaftsverhältnisse an? Sie wollte Ulrichs Pass sehen, die restlichen Namen interessierten sie nicht.

Als sie im zweiten Stock vor den Zimmern standen, fuhr Yessica ihn an: »Was sollte das denn? Wieso hast du zwei Zimmer genommen? Du weißt genau, dass ich kein Geld habe.«

»Jetzt hör doch mal bitte mit dem Geld auf. Ich bezahle. Es ist kein Problem und du musst dich auch nicht bedanken.«

»Und nur weil du das Geld hast, entscheidest du auf einmal, was für Zimmer wir nehmen, ohne mich zu fragen! Das ist genau das gleiche Prinzip wie bei der bescheuerten Gesellschaft, für die du arbeitest. Die anderen dürfen mal was sagen, aber im Endeffekt treffen diejenigen die Entscheidungen, die das Geld haben.«

»Mama, gib mir die Schlüssel«, sagte Paty. »Ihr könnt ja auf dem Gang stehen bleiben und eure Probleme diskutieren.«

Sie schloss erst das Einzelzimmer auf, warf sich rücklings aufs Bett, und dann das Doppelzimmer, in das sie nur einen Blick warf.

»Ich finde das kleine Zimmer besser. Da steht der Fernseher genau gegenüber vom Bett. Ihr könnt das große Zimmer haben«, verkündete sie bestimmt.

»Siehst du, Paty entscheidet auch, ohne irgendetwas bezahlt zu haben«, sagte Ulrich.

Yessica boxte ziemlich heftig gegen seinen Arm. Sie war sauer, versuchte aber, sich zusammenzureißen. »Meine liebe Paty, ich weiß nicht, ob ich dich alleine in einem Zimmer mit einem Fernseher gegenüber vom Bett lassen soll. Woher soll ich wissen, welche Programme du dir anschaust und ob du irgendwann mal schläfst? Ich fände es besser, wenn du mit mir in einem Zimmer schläfst und Uli das Einzelzimmer nimmt.«

Patys Mundwinkel glitten nach unten. »Ich habe noch nie in meinem Leben ein Zimmer für mich alleine gehabt.«

»Das ist doch Blödsinn, du hattest die ganze Zeit ein Zimmer für dich alleine, als Diana auf Roatán zur Schule gegangen ist und du noch in Triunfo.«

»Ja, aber es war immer auch ihr Zimmer, ihre Sachen waren da, ihre Bilder und so.«

»Paty, eigentlich willst du mir sagen, du hattest noch nie ein Zimmer mit einem eigenen Fernseher. Gut, wir machen es so: Du zeigst mir, was du dir anschaust, und spätestens um zehn ist alles dunkel bei dir. Ich komme später herein und kontrolliere das, da kannst du dir sicher sein.«

»Danke, Mama!« Paty umarmte Yessica und küsste sie auf die Wange.

»Trotzdem kommst du gleich mal zu uns ins Zimmer, wir müssen noch ein paar Sachen besprechen.«

»Okay, sofort. Ich mache mich nur eben frisch!«

»Wo hat das Kind nur solche Ausdrücke her?«, fragte Yessica der sich schließenden Tür hinterher. Im Zimmer ließ sie sich rückwärts aufs Bett sinken und blieb regungslos liegen.

»Es tut mir leid«, sagte Ulrich. »Ich wollte gar nicht bestimmen, wer in welches Zimmer geht, sondern nur der Frau an der Rezeption nicht unsere Beziehung erklären.«

»Lass uns nicht mehr über dieses Zimmerthema reden, ja? Wir müssen uns auf die nächsten Schritte konzentrieren.«

»Wie wär's, wenn wir uns mal kurz entspannen?«

»Hast du dich in den letzten zwei Tagen noch nicht genug entspannt?«

»Es hat keinen Sinn, mit dir über Entspannung zu reden, du weißt gar nicht, was das ist.«

»O doch. Vor meinem Haus in der Hängematte liegen, eine

Weile die Blätter des Mangobaumes betrachten und dann die Augen zufallen lassen.«

Es klopfte. Paty kam ins Zimmer. »Okay, Lagebesprechung. Ich habe schon das Fernsehprogramm durchgeschaut und ich werde ab siebzehn Uhr die *Simpsons* gucken, danach entweder *Chicago Med* oder *Paraísos Submarinos del Mundo* und dann …«

»Das war nicht ganz das, was ich besprechen wollte.« Yessica drückte sich auf die Ellenbogen und brachte ihren Oberkörper in eine halb aufrechte Position. »Guthrie hat unsere Flüge gebucht. Morgen um zehn Uhr fliegen wir nach Bogotá. Um sieben Uhr dreißig kommt ein Taxi und holt uns ab. Frühstück gibt es am Flughafen und nachher bestellen wir eine Pizza. Niemand von uns verlässt vor morgen früh das Hotel, verstanden?« Sie blickte erst Paty, dann Ulrich an, Ulrich sogar noch ein wenig strenger als ihre Tochter. »In Bogotá werden wir eine sehr gute Anwältin treffen, die alles Weitere mit uns bespricht. Guthrie wird ebenfalls dorthin kommen. Uli, du musst mir versprechen, das zu tun, was diese Frau für das Beste hält. Auch wenn das heißt, dass du noch am selben Tag nach Hause fliegst.« Sie setzte sich ganz auf und streckte ihren Arm in seine Richtung.

Ulrich blieb am Fenster stehen.

»Uli, ich will dich nicht loswerden. Ehrlich, ich habe mich unglaublich gefreut, dich zu sehen. Ich war sehr froh, dass du die letzten drei Tage bei mir warst. Aber jetzt muss ich alles tun, um die anderen so schnell wie möglich zu entlasten. Jeder Tag in einem honduranischen Gefängnis kann einer zu viel sein, verstehst du?«

»Und ich kann dir nicht dabei helfen.«

»Doch, klar. Indem du in Deutschland darüber berichtest, was in Honduras passiert.«

»Ich verspreche dir, dass ich mache, was diese Anwältin sagt. Können wir jetzt bitte über etwas anderes reden?«

»Zum Beispiel, wann wir diese Pizza bestellen?«, schlug Paty vor.

»Sag mal, hast du nicht gerade ein Eis gegessen? In einer Stunde, Schatz. Du wolltest doch die *Simpsons* gucken.«

»Jaa!« Damit war das Mädchen zur Tür hinaus.

»Kommst du jetzt her oder willst du ewig am Fenster stehen bleiben?«, fragte Yessica. Ulrich setzte sich neben sie auf die Bettkante. Sie zog ihn rückwärts auf die Matratze und schmiegte sich an seine Seite. »Lass uns einfach eine Weile so bleiben, okay?«, flüsterte sie, doch ihre Hände blieben nicht still, sondern schoben sich erst unter sein T-Shirt und dann zwischen seinen Hosenbund. Bald hatten sich die Kleidungsstücke zwischen ihnen in Luft aufgelöst. Ihre Körper hatten nichts vergessen und arbeiteten auf Hochgeschwindigkeit, zusammen waren sie ein Blitz, die Entladung einer großen Menge Energie inmitten einer Schlechtwetterfront. Erst danach konnten sie eine Weile einfach so daliegen, aneinandergeschmiegt und eingehüllt in den Körpergeruch des anderen.

Irgendwann griff Ulrich erschrocken nach seiner Uhr und sagte: »Wir müssen uns anziehen, die *Simpsons* sind gleich vorbei.«

Und richtig, ein paar Minuten später stand Paty im Zimmer. Ohne vorher zu klopfen.

»Paty, klopfst du bei Kenia zu Hause nicht an Zimmertüren, bevor du sie öffnest?«

»Doch. Aber es ist jetzt exakt eine Stunde später und wir sind verabredet, um Pizza zu bestellen.«

»Kind, du machst mir Angst. Uli, könnt ihr Paty irgendwie in Deutschland gebrauchen? Das mit der Pünktlichkeit hat sie ja schon raus.«

Sie aßen zu dritt Pizza vor dem Fernseher. Es lief *Die Strategie der Schnecke*, ein Wohlfühlfilm, den Ulrich vor ungefähr zwanzig Jahren schon einmal gesehen hatte. Er hatte ein seltsames Gefühl von Familie, das sich noch dazu gut anfühlte.

Als Paty wieder in ihrem Zimmer war, fragte ihn Yessica: »Du hast doch bestimmt ein Buch dabei, oder?«

»Ja, wieso?«

»Liest du mir etwas vor?«

»Das Buch ist aber auf Deutsch.«

»Das macht nichts.«

Er hatte *Kruso* in seinem Koffer, das er bisher nicht angerührt hatte, obwohl er während der letzten Tage auf dem Schiff Zeit genug gehabt hätte. Stattdessen hatte er lieber in Comics geblättert und versucht, den Krimi zu lesen, den er bei Guthrie aus dem Regal gefischt hatte. Er hatte sich nie länger als ein paar Minuten konzentrieren können. Vielleicht war jetzt ein guter Zeitpunkt, mit *Kruso* zu beginnen.

Nach drei Seiten war Yessica neben ihm eingeschlafen. Ulrich blätterte vor, um auf Hiddensee anzukommen, an der eisig blauen Ostsee und den hellen Dünen, einem Meer, das kaum mit dem verbunden schien, das ihn in den letzten Tagen umgeben hatte. Um zehn ging er in Patys Zimmer. Der Fernsehapparat lief noch, aber das Mädchen schlief tief und fest. Ulrich schaltete ihn aus und schlich sich wieder aus dem Zimmer.

Mitten in der Nacht gab es einen neuerlichen Zusammenstoß mit Yessica. Er konnte nicht sagen, wer von ihnen zuerst aufgewacht war, oder ob einer von beiden im Traum angefangen hatte und sie dann davon wach geworden waren. Sie sprachen kein Wort.

Am Morgen war Yessica wieder die unanfechtbare Chefin. Sie scheuchte ihre Tochter aus dem Bett, dirigierte alle pünktlich zur Rezeption und am Flughafen zum richtigen Schalter. In der Cafeteria genehmigten sie sich Kaffee, Arepas und frisch gepressten Orangensaft mit Blick auf das Flugfeld.

»Verabschiedet euch von San Andrés, das tropische Paradies im siebenfarbigen Meer«, sagte Yessica.

Ulrich musste an die Ostsee denken.

Wenig später saßen sie versammelt im Besprechungsraum der Anwältin Lucia Borges in Bogotá. Ulrichs Kopfschmerzen hatten pünktlich eine Stunde nach der Landung eingesetzt. Die plötzliche Höhe gefiel seinem Körper nicht. Die Anwältin hatte sie vom Flughafen abgeholt. Paty war aus dem Staunen über eine richtige Großstadt nicht mehr hinausgekommen. Sie wollte alle möglichen Zahlen wissen, wie hoch das höchste Hochhaus war, wie viele Einwohner die Stadt hatte, was ihr tiefster und ihr höchster Punkt waren und vieles mehr.

»Ich wünschte, meine Tochter würde sich so für Geografie interessieren«, bemerkte die Anwältin zwischendurch.

»Paty ist eine kleine Streberin. Von mir hat sie das nicht«, meinte Yessica.

Guthrie hatte sie in der Kanzlei erwartet. Er entschuldigte sich, dass er nicht zum Flughafen mitgekommen war. Er nutzte jede Minute zum Schreiben. Wenn sie Glück hatten, würde die Enthüllungsgeschichte über das Komitee für die Beste Praxis und die Sondereinheit Aguas Bravas schon in ein paar Tagen erscheinen.

»Wie geht es der Koordinatorin? Wie geht es Laura? Und Juancito?«, wollte Yessica wissen.

»Sie wurden alle gegen Kaution freigelassen, aber sie müssen sich alle vierzehn Tage bei der Polizei in La Ceiba melden. Und sie dürfen das Land nicht verlassen.«

Yessica seufzte. »Das Übliche. Und niemand fragt, wie Laura oder Juancito alle zwei Wochen ihr Busticket bezahlen sollen.«

»Dafür wird New York schon sorgen«, beruhigte sie Guthrie. »Dass sie freigelassen wurden, ist dem massiven internationalen Druck zu verdanken. Wenn unser Artikel erscheint, wird der Druck noch einmal zunehmen. Sie werden die Verfahren gegen die Mitglieder Ihrer Organisation letztendlich einstellen müssen.«

»Ich hoffe. Darf ich Diana endlich anrufen?«

»Mir wären verschlüsselte Nachrichten lieber. Wir kümmern uns später um ein neues Handy. Ich habe in den letzten Tagen versucht, etwas über Olwin Heredia und Edmundo Zelaya herauszufinden. Ich war bei Heredias Ehefrau. Sie sagt, sie hat seit dem 14. Mai nichts mehr von ihrem Mann gehört. Normalerweise hätten sie alle drei bis vier Tage telefoniert. Sie war ziemlich aufgelöst. Sie hat schon einige Male bei seiner Einheit angerufen und wurde immer vertröstet. Ihr Mann sei auf einer längeren Übung, aber man werde ihm Bescheid geben, dass er sich dringend melden solle. Passiert ist nichts. Ich musste ihr sagen, dass ihr Mann höchstwahrscheinlich tot ist. Das war alles andere als leicht. Vielleicht hätte ich sie vor der Hiobsbotschaft fragen sollen, aber von der Meldung, dass ihr Mann der Bombenleger von Tela gewesen sein sollte, hatte sie noch nie gehört. Es habe sie auch niemand darauf angesprochen. Aber sie habe sich schon gewundert, warum ihre Nachbarin sie seit ein paar Tagen nicht mehr grüße. Für sie ist wirklich die Welt zusammengebrochen. Zuerst hat sie nicht verstanden, warum Leute aus Heredias Einheit sie anlügen sollten. Dann wollte sie nicht verstehen, dass man ihren Mann als Terroristen beschuldigte. Er sei ein rechtschaffener Mensch. Ich habe ihr noch die üblichen Fragen gestellt: ob Heredia Streit mit jemand in seiner Einheit hatte oder vor seinem Verschwinden irgendetwas Ungewöhnliches erzählt hatte. Sie meinte nur, dass er bei ihrem letzten Telefonat sehr aufgeregt gewirkt habe. Darauf angesprochen, habe er gesagt, es sei nichts, sie bilde sich das ein. Zelaya scheint dagegen gar keine Angehörigen in Honduras zu haben. Heredias Witwe, muss ich wohl sagen, hatte den Namen Edmundo Zelaya schon einmal gehört, aber kannte ihn nicht, wusste auch nichts Genaueres über ihn. Und Zelaya ist nun mal ein Allerweltsname in Honduras. Insgesamt war meine Recherche nicht sehr aufschlussreich.«

Guthrie blickte in die Runde der enttäuschten Gesichter

und schien sie irgendwie auszukosten. Ulrich war schon aufgefallen, dass seine Berichte nicht ohne Dramaturgie auskamen.

»Nachdem ich bei Heredias Witwe war, bin ich zu Davids Mutter gefahren. Er hatte mir die Adresse am Anfang gegeben, für den Fall, dass ihm etwas zustößt. Er wollte, dass wenigstens seine Mutter Bescheid wüsste. Es war ein ziemlich bescheidenes Haus in San Pedro Sula und es war niemand zu Hause. Ich bin in dem Barrio gleich aufgefallen und so hat mich eine Nachbarin angesprochen und gefragt, was ich wolle. Eigentlich hat sie mich mehr angeschnauzt als angesprochen, aber ich habe die Gelegenheit genutzt und nach Davids Mutter gefragt. So habe ich erfahren, dass sie seit zwei Wochen tot ist. Ich habe mir die Adresse des Friedhofs geben lassen. Irgendwie musste ich mich überzeugen, dass die Nachbarin mir die Wahrheit gesagt hatte. Auf dem Weg zum Friedhof ist mir Ihre Geschichte wieder eingefallen, Herr Geissenberg.«

»Welche Geschichte?«

»Die mit dem Versteck auf dem Friedhof.«

Yessica blickte von einem zum anderen und sagte dann zu Ulrich gewandt: »Du hast doch nicht …«

Er nickte.

Guthrie sprach ungerührt weiter: »Der Friedhof war sehr schlicht, kein Ort, an dem sich ein erwachsener Mann verstecken könnte, höchstens eine Maus. Das Grab der Mutter existierte und war frisch, so weit stimmte also, was die Nachbarin gesagt hatte. Vor einem schlichten Kreuz stand eine Vase mit ein paar Plastikblumen. Ich weiß nicht, warum ich sie in die Hand genommen habe. Dabei habe ich gemerkt, dass noch etwas anderes als Blumen in der Vase war, nämlich das hier.« Er legte einen USB-Stick in einer Plastikhülle auf den Tisch.

»Das ist jetzt nicht wahr, oder?«, sagte Ulrich.

»Was ist da drauf?«, fragte Yessica, die sich von dem Fundort unbeeindruckt zeigte.

»Das werden wir gleich hören. Dieses Gerät ist kein einfacher USB-Stick, es ist ein Minirekorder, umgangssprachlich auch Wanze genannt. Paty muss hinausgehen, das ist nichts für Kinder.«

Paty sah erwartungsvoll zu ihrer Mutter, wohl in der Hoffnung, dass sie widersprechen würde.

Yessica tat ihr den Gefallen nicht, sondern sagte: »Na los, geh schon. Du kannst dich bestimmt in Señora Borges' Büro setzen.«

Die Anwältin nickte. Paty verließ mit beleidigter Miene den Raum.

Guthrie hatte den USB-Stick mit seinem Laptop verbunden und ließ die Datei abspielen.

»Haben die beiden etwas gesagt?«

»Sie haben bis zum Ende behauptet, nur ihre Arbeit gemacht zu haben, so. Es habe außergewöhnliche Aktivitäten auf dem Schiff gegeben, also hätten sie die DEA informiert. So sieht die Sache aus.«

»›Ihre Arbeit‹? In wessen Auftrag? Doch nicht in unserem!«

»Glaub mir, die Typen waren Idealisten. Die dachten wirklich, sie würden einen Kampf gegen die Drogen führen.«

»Aber wenn sie das dachten, warum sind sie nicht zu dir gekommen? Sie hätten ihre Beobachtungen doch ihrem Vorgesetzten und nicht irgendeinem – mit Verlaub gesagt – Sesselfurzer in den USA mitteilen müssen. Da hat uns die DEA ein paar Fremdagenten ins Nest gesetzt.«

»Wir haben nicht mehr aus ihnen herausbekommen, so. Und wir bekommen normalerweise jeden zum Reden, das ist die Wahrheit. Okay, Heredia hat sich zu früh verabschiedet. Das war so nicht geplant. Er muss

ein schwaches Herz gehabt haben. Aber ich sag dir, der hatte keine Spezialausbildung. Ein Typ vom Dorf, militärische Grundausbildung, ein halbes Jahr im Irak, so, das war alles.«

»Und, weißt du, was er im Irak gemacht hat? Du solltest deine Leute besser durchleuchten!«

»Nein, sorry. Der Zweite, den wir härter rangenommen haben, hat auch nichts anderes gesagt. So ist es nämlich.«

»Meinst du wirklich, die beiden sind nur gestorben, weil sie zu trottelig waren? Na ja, soll es auch geben. Wir müssen aber sichergehen, dass nicht Bustillo und seine Leute dahinterstecken.«

»Warum sollte er die Bucht verpesten lassen, wenn er die Bucht selbst haben will?«

»Weil er und seine Leute blutige Anfänger sind. Egal, ob die beiden für Bustillo gearbeitet haben oder nicht, es wird Zeit, einen neuen Technischen Sekretär zu suchen.«

»Wie soll das Ganze ablaufen?«

»Wir nehmen Morales' Plan.«

»Ich weiß nicht. Zu viel Kino nach meinem Geschmack. Wir sollten ihn einfach verschwinden lassen. Unspektakulär, wie immer.«

»Bist du wahnsinnig? Damit sie alles nach ihm durchkämmen? Wir machen es laut und sichtbar, damit klar ist, dass der Typ mausetot ist.«

»Kein Problem. So, er wird auf offener Straße abgeknallt, fertig. Aber Morales' Plan ist bescheuert. Damit versaut ihr doch eure eigenen Geschäfte. So sieht es aus.«

»Ganz im Gegenteil. Wir eliminieren lästige Konkurrenz. Und wir geraten garantiert nicht unter Verdacht. Wer legt sich schon selbst eine Bombe unter den Hintern?«

»Lasst wenigstens diese bescheuerte Symbolik weg.«

»Ganz und gar nicht. Die ist großartig, verwirrt alle total.«

»So, damit eins klar ist: Ihr zieht das durch, ich habe damit nichts zu tun.«

»Du nicht, aber vielleicht zwei deiner Offiziere. Was habt ihr mit Heredia und Zelaya gemacht?«

»Die wurden wie üblich entsorgt, nehme ich an.«

»Macht das nicht! Wir können sie später noch gebrauchen.«

»Wir haben aber kein Kühlhaus, so.«

»Dann entsorgt sie wenigstens ordentlich, dass sie keiner finden kann. Dieses Gespräch hat übrigens nie stattgefunden. Auch nicht für Johnson oder Mitchener.«

Sie blieben stumm. Von draußen waren gedämpft die Straßengeräusche zu hören.

»Das ist ...« Ulrich überlegte, fand kein Wort, das angemessen war. »Widerlich. Wer sind die beiden?«

»Der eine ist Rodrigo Rodriguez, stimmt's?«, fragte Yessica. »Der, der immer ›so‹ sagt?«

»Ja. Ich habe die Stimme mit öffentlichen Aufnahmen von Rodriguez verglichen. Und der andere muss Antonio Saavedra sein. Ich habe zwar bis jetzt keinen Stimmvergleich gefunden, aber er spricht mit chilenischem Akzent.«

»Und sie sprechen von Johnson und Mitchener, die ja beide Generäle kennen«, ergänzte Yessica. »Wie pervers. Sie hätten Bustillo erschießen lassen können, aber sie haben sich entschieden, wahllos Journalisten mit in den Tod zu reißen. Warum?«

»Es gehört schon eine gehörige Portion Sadismus dazu. Die Lebensgeschichten dieser Figuren sind allerdings voll von Sadismus. Wir wissen wortwörtlich nicht, wie viele Leichen sie im Keller haben.« Guthrie hielt inne. »General Rodriguez' Folterkeller werden wir jedenfalls nicht ausheben. Die honduranische Polizei wird es nicht tun und die DEA wird sich auf der Ebene auch nicht mit ihm anlegen wollen.«

»Habe ich richtig verstanden, dass Johnson und Mitchener nichts von den Drogengeschäften wussten?«, fragte Ulrich.

»Ich würde sagen, wir wissen es nicht. Oder haben Sie dazu noch etwas gefunden, Frau López?«

Yessica schüttelte den Kopf.

»Dieses Komitee für die Beste Praxis sollte in Komitee der Fiesesten Intrigen umbenannt werden«, murmelte Ulrich, dann lauter: »Und wer hat jetzt mit welchem Kartell zusammengearbeitet?«

Yessica stand plötzlich auf. »Gibt es auf dem Gerät keinen Hinweis, wo David ist?«

»Das war alles«, meinte Guthrie. »Und tatsächlich ist dieser Stick vor Gericht wertlos. David hat sich mit der Aufnahme sogar strafbar gemacht.«

»Das ist mir klar. Deswegen müssen wir ja David finden. Damit er aussagt, hat er das nicht versprochen?« Yessicas Stimme nahm Fahrt auf.

»Vielleicht hat er nicht mit dem Ausmaß der kriminellen Aktivitäten seines Generals gerechnet. Ich denke, dass seine Angst zu groß ist, nach allem, was er gehört hat. Vielleicht sollte ich diese Aufnahme auch nicht finden und er wollte nur seiner toten Mutter sein Herz ausschütten. Vielleicht wollte er sie auch selbst eines Tages wieder abholen, wenn sich die Wellen geglättet hätten.«

Yessica wandte sich ab und sah zum Fenster hinaus. Ulrich überlegte, ob er sie in den Arm nehmen sollte. Aber nach einem Schritt in ihre Richtung spürte er ihre Mauer aus Unnahbarkeit. Er blieb unschlüssig im Raum stehen.

»Frau López, wir haben genug in der Hand für eine Veröffentlichung. Ich darf den Inhalt der Tonaufnahme verbreiten. Jemand kann sie mir zugespielt haben, ich muss nicht sagen, woher sie kommt. Mein Artikel wird einige Leute ihre Posten kosten. Und Ihre Freunde aus der Organisation werden komplett entlastet.«

»Ich will, dass dieses komplette Komitee verschwindet, die koreanische Firma abzieht, alle Grundstücke zurückgegeben werden und das Gesetz über die ZEDEs rückgängig gemacht wird.«

»Wollen wir nicht einen Schritt nach dem anderen machen?«

»Ja. Nur damit wir das Ziel nicht aus den Augen verlieren.«

Guthrie war anzusehen, dass er eine Notiz in seinem Gedächtnis machte. Er würde die Aktivistin charakterisieren als eine, die, noch nicht ganz in Sicherheit, nur an ihr großes politisches Ziel dachte.

»Ich habe ein paar Möglichkeiten eruiert, wie wir Sie und Ihre Tochter aus der Schusslinie nehmen können«, meldete sich nun in ruhigem, freundlichem Ton die Anwältin zu Wort. »Dazu müssten die Herren jetzt aber den Raum verlassen, Klientengespräche sind immer noch vertraulich. Sie können hinterher selbst entscheiden, ob Sie den Herren etwas vom Inhalt unseres Gesprächs sagen wollen oder nicht, Frau López.«

»Und Paty? Sollen wir sie mitnehmen?«, fragte Ulrich.

»Nein, sie kann wieder hereinkommen. Gehen Sie doch einfach einen Kaffee trinken und kommen Sie in einer Stunde wieder, ja?«

Ulrich war gar nicht danach, weiter mit Guthrie über Yessicas Zukunft oder die intriganten Verstrickungen des Komitees für die Beste Praxis zu diskutieren. Doch der Journalist nahm zwei Tageszeitungen vom Tresen und legte sie auf den Tisch. Dankbar nahm Ulrich eine davon zur Hand und begann, den Politikteil durchzulesen. Erst jetzt fiel ihm auf, dass er sich seit zwei Wochen nicht mehr damit beschäftigt hatte, was außerhalb von Honduras geschah. Zur Ablenkung taugte die Weltpolitik dennoch nicht.

Yessica brauchte gar nichts zu sagen. Im Türrahmen einer Anwaltskanzlei in Bogotá traf sie der Moment des Abschieds. Yessica drückte Ulrich fest an sich.

»Du gehst?«, fragte er.

»Ja. Danke, dass du bei der Entführung mitgemacht hast. Und wenn du mich das nächste Mal besuchen kommst, sag mir doch bitte vorher Bescheid.«

»Dazu bräuchte ich erst mal deine Adresse.«

»Wenn ich wieder eine habe, melde ich mich bei dir, versprochen.«

31

21.12.2019

Beim Joggen hüpfte Ulrichs vom Alkohol angeschlagenes Gehirn unangenehm gegen seine Schädeldecke. Gleichzeitig wirkte die kalte, feuchte Luft äußerst belebend. Neben ihm versank der Rhein im Nebel. Das andere Ufer war gerade so zu erahnen. Er war nahezu allein an diesem Samstagvormittag, nur ein paar andere Jogger und Hundebesitzer waren unterwegs. Die Kopfschmerzen und das Sauwetter taten seiner guten Laune keinen Abbruch.

Die Enthüllungen des Journalisten Henry Guthrie über den Drogen- und Korruptionsskandal rund um die Sonderentwicklungszone Cuero Ulúa Victoria in Honduras waren auf der gestrigen Weihnachtsfeier wieder einmal heftig diskutiert worden. Zumal Guthrie erst vor wenigen Tagen geschrieben hatte, dass ein wichtiger Zeuge wieder aufgetaucht sei. Das konnte nur David sein. Seine Identität müsse aufgrund des Zeugenschutzes streng geheim bleiben, schrieb Guthrie. Wenn David aufgetaucht war, bedeutete das vielleicht auch, dass die Verfahren gegen Saavedra, Morales und General Rodriguez wegen Bildung einer kriminellen Vereinigung und mehrfacher Anstiftung zum Mord doch noch eine Chance hatten. Sollte einer von ihnen tatsächlich aussagen, um sich selbst zu entlasten, konnte man vielleicht auch an Johnson und Mitchener herankommen. Allerdings hatte sich Mitchener nach dem Tod Hawits in Luft aufgelöst.

Doch das war es nicht, was die Kolleginnen und Kollegen bei der Weihnachtsfeier diskutierten. Es ging um die Grundsatzfrage, ob die Sonderentwicklungszonen oder auch Modellstädte eine positive Entwicklung nach sich ziehen konnten oder ob sie eigentlich immer der ansässigen Bevölkerung schaden würden.

Ein von den Mojitos schon etwas hin- und herschaukelnder Kollege meinte, die Sonderentwicklungszone hätte besser gegen Korruption geschützt werden müssen. Um Korruption zu vermeiden, hätte man gar keine Honduraner und am besten auch keine Lateinamerikaner in das Projekt einbinden dürfen. Vielleicht sei es auch nötig, noch mehr Tabula rasa zu betreiben. Die komplette Bevölkerung umsiedeln, alle alten Geschäfte und Strukturen beenden, um dann wirklich von null anzufangen. Wenn die Sonderentwicklungszone sich erst einmal entwickelt habe, sollten die Honduraner zurückkehren können und sehen, wie gut es sich in einem sauberen System ohne Korruption leben ließ. Ulrich hatte überlegt, ob er ihm das Wort ›Kolonialist‹ ins Gesicht spucken sollte, immerhin war es jetzt auch egal, er würde den Kollegen nach der Feier nie wieder sehen. Trotzdem hatte er sich damit begnügt, den anderen auszulachen und zu sagen, dass die Modellstädte auf dem Mars vielleicht besser aufgehoben seien.

Er dachte an Yessica und das, was sie ihm geschrieben hatte. Sie war die stille Heldin der Geschichte, denn in den nordamerikanischen und den europäischen Medien war Henry Guthrie der große Enthüllungsjournalist, der den ganzen Skandal aufgedeckt hatte. Selbst wenn Yessica L. in seinen Artikeln vorkam, selbst wenn er schrieb, dass sie unter Gefahr für ihr eigenes Leben über die Komiteemitglieder und ihre kriminellen Beziehungen recherchiert hatte, wurde sie später immer zu einer namenlosen Zeugin oder, schlimmer noch, einer Betroffenen degradiert.

Doch Yessicas gute Stimmung, die aus den Worten ihrer letzten E-Mail sprudelte, hatte Ulrich angesteckt. Sie schrieb, dass sie vor Weihnachten nach Triunfo zurückkehren und dort die Feiertage mit ihren Töchtern verbringen werde. Ihre Freundinnen Laura und Amada seien selbstverständlich auch da und viele Leute, die ausgewandert seien, würden bestimmt zu Besuch in ihre alte Heimat kommen. Klar würden auch honduranische Tagesausflügler zum Picknicken an den Strand kommen. *Für ein paar Tage wird alles fast wie früher sein*, schrieb Yessica. *Wie ich mich auf meinen Mangobaum freue! Ich muss nur aufpassen, dass er mich in der Hängematte nicht mit seinen Früchten bewirft.* Bei der bildlichen Vorstellung hatte Ulrich lächeln müssen. *Vielleicht werden wir alle gemeinsam Triunfo wiederentdecken und Rückkehrpläne schmieden …* hatte Yessica ans Ende ihrer E-Mail geschrieben, wohl nicht sicher, ob sie die Hoffnung überhaupt aussprechen durfte.

Ihr Optimismus war ansteckend, selbst hier am kalten, trüben Rhein. Trotzdem blieben Ulrich Zweifel, Zweifel, die er Yessica nicht schreiben wollte, die aber in seinem Kopf kreisten.

Zum einen hatte es noch kein Urteil im Prozess gegen die einstigen Komiteemitglieder Carreras, Saavedra und Morales wegen Geldwäsche und Drogenhandel gegeben. Gegen Huay Soo und die *Victoria S.A.* war angeblich ergebnislos ermittelt worden. Trotzdem hatte der koreanische Mutterkonzern *Hyunwoo* seine honduranische Tochterfirma liquidiert und war dabei, den Vertrag mit der honduranischen Regierung rückabzuwickeln. Yessica hatte zwischendurch geschrieben, dass es immer wieder Gerüchte über potenzielle neue Investoren gab, aber die Nachrichtenlage war wie üblich trübe. Das hieß, dass, selbst wenn *Hyunwoo* ging, die Sonderentwicklungszone nicht vom Tisch war und Yessica und die Garífuna-Organisation auch in Zukunft Leuten im Weg sein würden.

Darüber hinaus standen die Ermittlungen gegen Saavedra, Morales und General Rodriguez wegen Bildung einer kriminellen Vereinigung und mehrfacher Anstiftung zum Mord kurz davor, als ergebnislos eingestellt zu werden. Wenn David wirklich aufgetaucht wäre, würde dies eine völlig neue Wendung bedeuten. Was den Mord an Zelaya und Heredia betraf, waren ein Dutzend Männer, einige von ihnen Soldaten aus Rodriguez'

Einheit, als materielle Täter ausgemacht worden. Zwei von ihnen waren in Haft verstorben, einer angeblich an Herzversagen, der Zweite in einem Streit mit einem Mitgefangenen.

Randy Mitcheners Consultingfirma existierte laut Guthrie nicht mehr und Mitchener selbst hatte sich in Luft aufgelöst. Im Komitee für die Beste Praxis waren derzeit einige Posten vakant, selbstredend Hawits sowie die der Kriminellen Carreras, Morales und Saavedra. Amaris Winwright hatte ihren Sitz im Komitee von sich aus aufgegeben und sich in die Politik ihres Bundesstaates Montana zurückgezogen. Ein Ermittlungsverfahren gegen sie war nach Guthries Kenntnis nicht eröffnet worden. Die detaillierten Profile honduranischer Aktivisten in ihrem Schreibtisch reichten wohl als Verdachtsmoment nicht aus. Dwight Johnson saß nach wie vor im Komitee für die Beste Praxis. Offenbar hatte ihn niemand belastet, was sich nun aber ändern könnte. Zum Fiasko der Sonderentwicklungszone Cuero Ulúa Victoria in Honduras verweigerte Johnson jegliche öffentliche Aussage. Alles in allem waren weiterhin Leute in Freiheit, die Yessicas und Davids Aussagen wohl lieber verhindern würden. David stand anscheinend unter strengem Schutz, aber was war mit Yessica?

Selbst wenn die Schuldigen verurteilt wurden und das Projekt Cuero Ulúa Victoria eine Bauruine blieb, wie lange würde es dauern, bis ein anderer Investor das Gebiet für sich entdeckte und die Garífuna wieder um ihr Land kämpfen mussten?

Ulrich nahm sich vor, nicht zu negativ zu sein. Er wollte Yessica fragen, wie ihr Weihnachten in Triunfo war. Und er wollte sie fragen, wann er sie dort besuchen konnte. Zeit hatte er ja jetzt, nachdem er bei der Gesellschaft gekündigt hatte.

Lust auf weitere Lektüre?

Lucie Flebbe

Jenseits von Wut

ISBN 978-3-89425-587-9
Auch als E-Book erhältlich

Gesellschaftskritische Milieustudien, aktuelle Themen und ein frisch-authentischer Erzählstil – der Auftakt der Jenseits-Trilogie.

Knall auf Fall steht Edith ›Eddie‹ Beelitz mit ihrer kleinen Tochter Lotti auf der Straße: Ehemann Philipp war eindeutig die falsche Wahl. Weil bei der Bochumer Polizei Personalnotstand herrscht, kann Eddie kurzfristig in ihren ungeliebten Beruf zurückkehren, und das sogar in Teilzeit bei den Mordermittlern. Die haben gut zu tun: Vor dem Jobcenter liegt die Leiche der arbeitssuchenden Ronja Bleier – sie wurde brutal erschlagen. Eddie, die gehofft hatte, nur Schreibarbeiten übernehmen zu müssen, ist überfordert. Wie soll ausgerechnet sie dabei helfen, einen Mord aufzuklären?

»Lucie Flebbe spielt virtuos mit vertrauten Handlungsmustern und versteht es, Lesererwartungen auf elegante Weise zu unterlaufen.« Joachim Feldmann, CrimeMag

Hochspannend und von einem Insider geschrieben

Olaf R. Dahlmann

Das Recht des Geldes

ISBN 978-3-89425-467-4
Auch als E-Book erhältlich

Sie will nur ihren Job machen, doch sie soll eine Marionette sein. Also beginnt sie ihr eigenes Spiel …

Ein ermordeter Anwalt in Liechtenstein, verschwundene Steuerdaten und ein handlungsunfähiger Chef: Referendarin Katharina Tenzer soll für die angesehene Hamburger Kanzlei Friedemann Hausner unverhofft eine Unternehmerfamilie gegenüber der Steuerfahndung vertreten. Doch Hausner sagt ihr nicht alles. Als Katharina begreift, worum es wirklich geht, verfügt sie längst über Wissen, das sie eigentlich nicht verheimlichen darf. Und das sie zum nächsten Ziel des Mörders macht …

»Steuerbetrug kann lebensgefährlich sein und sehr unterhaltsam. Der Volldampf-Wirtschaftskrimi ›Das Recht des Geldes‹ beweist es. Und anders als bei der Steuererklärung versteht man hier auch wirklich alles.« Udo Feist, WDR 2